風知道的事

WHAT THE WIND KNOWS

歷史愛情名家、《紐約時報》暢銷作者
艾米・哈蒙——著
Amy Harmon

林小綠——譯

獻給我的高祖母
安・加拉赫・史密斯

風知道的事

WHAT THE WIND KNOWS

目次

前進吧，說故事的人啊！
去捕獲渴望的獵物，
無所畏懼，
萬物真實存在，
大地不過是我們腳下的一點塵埃。

——W．B．葉慈

序幕

一九七六年十一月

「爺爺，我想聽你媽媽的故事。」

他默默撫摸我的頭髮，好久好久，我差點以爲他沒聽見我說話。

「她很漂亮，頭髮烏黑，就像妳一樣有雙綠色眼睛。」

「你想她嗎？」我的臉貼著他的肩膀，淚水從我的眼角落下，濡濕了他的肩膀。我好想念自己的媽媽。

「不想了。」爺爺撫慰道。

「爲什麼？」我倏地發火。他怎麼可以背叛她？他有責任要想她。

「因爲她一直在我身邊。」

我哭得更兇了。

「好了，小安。安靜下來，要是妳哭個不停，就聽不到了。」

「聽到什麼？」我嚥下口水，痛苦的情緒稍加平復。

「風啊！風在唱歌喔！」

爺爺說可以聽到歌聲，我打起精神，側耳傾聽。「沒有歌啊！」我宣稱。

「仔細聽，說不定風正在對妳吟唱。」風呼嘯而過，拍打著臥室窗戶。

「是有風聲。」我坦承，任由風聲撫慰我。「可是不像在唱好聽的歌，比較像在大吼大叫。」

「或許風是在吸引妳的注意，說不定它有非常重要的話想說。」他喃喃地說。

「它想叫我不要難過？」我猜測。

「一點也沒錯。我在妳這個年紀的時候也很難過，但有人告訴我一切都會沒事，風無所不知。」

「知道什麼？」我一頭霧水。

他用渾厚溫暖的聲音，哼唱了一段我從未聽過的歌詞。「風和浪仍然記得他。」他倏地打住，似乎忘了接下來的歌詞。

「還記得誰？」我追問。

「記得曾經存在過的人。風和浪都知道。」他輕聲說。

「知道什麼？」

「所有事。妳聽到的風，吹起的都是同一陣風，落下的都是同一陣雨，像巨大的循環一再反覆。從有時間以來，風和浪就存在了。石頭和星星也是，只是石頭不會說話，星星又太遙遠了，不會把知道的事告訴我們。」

「它們看不到我們。」

「是不會，但風和浪知道這片大地上的所有祕密。它們聽到所有說出口的話，看到所有發生過的事。假如妳傾聽，它們會說出所有故事，唱出每一首歌。那些數以百萬計的生命，數以百萬計的故事。」

「它們知道我的故事嗎？」我愣愣地問。

「是的。」他嘆息道，笑看我仰望的臉蛋。

「也知道你的？」

「對，我們的故事是串連在一起的，小安。妳有一個特殊的故事，得花上妳全部的人生來訴說，妳和我的人生。」

第1章　蜉蝣

「啊，莫因疲憊而如喪考妣。」他說。
「愛還在等待。
在無悔的時光之中繼續憎恨，繼續愛吧。
永恆在我們面前，我們的靈魂是愛，
是不斷的告別。」

——W．B．葉慈

二〇〇一年六月

愛爾蘭建立在許多傳說之上。很久很久以前，早於英國人、派翠克和牧師來到之前，精靈和仙子就已經居住在愛爾蘭。我爺爺歐文．加拉赫非常重視這些故事。他教導我，我們的祖先、文化和歷史就活在這些傳說和故事之中。記憶形成了故事，假如我們忘記，便會失去它們。如果沒有故事，人們也將不復存在。

或許因爲年幼就經歷死亡和失去，我從小對歷史著迷，渴望了解古人的故事。然而，我知道，有天我也會死，沒人會記得我，世界終會將我遺忘。故人不在，新人取代，世界依然不停運轉。生命來了又黯然地離去，那是種我無法承受的悲痛。

一九一五年，歐文出生於利特林郡，九個月後，一場足以改變整個愛爾蘭未來的「復活節起義（注）」爆發了。他的父母，也就是我的曾祖父母，在那場抗爭之中雙雙身亡，歐文沒來得及認識他們便成了孤兒。這點跟我很像，我和爺爺一樣從小就成爲孤兒，他的命運在我身上重演，我的悲痛成了他的悲痛。

父母走時，我年僅六歲，還是個口齒不清、想像力非常豐富的小女孩。歐文走進我的人生，拯救我，養育我。

我咿咿呀呀地努力吐出字，爺爺拿出紙筆。「說不出來，就寫下來，能留存得更久。把妳想說的全寫下來，小安。寫下來，把那些話全宣洩出來。」

我照做了。

但這個故事與眾不同，有別於以往我敘述、撰寫過的故事，這是一個關於我家族的故事。交織我的過去，刻入我的記憶。追溯起來，一切要從我爺爺去世的那天開始說起。

「我的桌子有一個上鎖的抽屜。」爺爺說。

「我知道啊！」我嘻皮笑臉地說，彷彿我之前曾想過打開抽屜。但事實上我根本不知道，我已經搬出歐文在布魯克林的家很長一段時間了，也很久沒喚他一聲「爺爺」，現在只叫他「歐文」，所以他的抽屜上不上鎖跟我沒關係。

「別頂嘴，丫頭。」歐文喝斥，他接下來說的話我這一生至少聽了上千遍。「鑰匙跟車鑰匙扣在一起，最小的一支，妳可以去拿嗎？」

我照他的話做。我打開抽屜，拿出一個盒子，盒子上放了一個大公文袋，盒裡整齊擺放一綑綑信件，至少有上百封。我愣了一下，這些信都沒有被拆封過，每一封的角落都標上了小小的日期。

「把那個大公文袋拿給我。」歐文躺在床上，頭也不抬地吩咐。他病懨懨地躺在床上已快一個月，很少下床。我把盒子擺到一旁，拿起信封走回到他身邊。

注 復活節起義（Easter Rising），由愛爾蘭共和國及北愛爾蘭發起的武裝起義，目的在終結英國的統治，建立一個獨立的愛爾蘭共和國。

我解開公文袋上的扣環，小心翼翼往床上倒出一堆散落的照片和一小本皮革書。一枚色澤黯淡、頂部圓滑的老舊銅扣最後滾了出來。我拿起它，撫摸這個看似無害的東西。

「歐文，這是什麼？」

「那是肖恩．麥克德莫特(注1)的鈕扣。」他嘶啞著說，眼中閃爍著光芒。

「是我知道的**那個**肖恩．麥克德莫特？」

「獨一無二的那個人。」

「**你**是怎麼拿到的？」

「別人送的，背面刻有他的名字縮寫，看到了嗎？」

我高舉鈕扣對著燈光左右查看，果不其然，表面有一個小小的*S*和*M*$_c$*D*。

「那是他大衣釦子。」歐文說。我熟知他的故事。這幾個月來，我埋首研究愛爾蘭歷史，替自己的小說尋找靈感。

「他因為參與起義被捕，在槍決的前一晚，把自己的名字縮寫刻在大衣鈕扣和幾枚硬幣上，送給他的女友敏．芮恩。」我說，不敢置信自己竟手握著一小段歷史。

「沒錯。」歐文說，微微勾起唇角。「他是利特林郡人，也就是我出生長大的地方。他走遍全國，在各地設立愛爾蘭共和兄弟會(注2)的分支，因為他的關係，我的父母也加入了。」

「真不敢相信。」我屏息地說：「你應該把鈕扣拿去鑑定，存放到安全的地方。歐文，這個值不少錢呢！」

「它現在是妳的了，安丫頭，由妳決定如何處理它。但妳要答應我，絕對不能把它交給不明白它重要性的人。」

我直視他的雙眼，鈕扣帶來的喜悅煙消雲散，他一臉蒼老且疲憊不堪。我不想失去他——還不是時候。

「可是……我不知道自己能不能參透，歐文。」我輕聲低語。

「參透什麼？」

「它的價值。」我要他說話，讓他保持清醒，填補他的虛弱在我心中造成的空洞。「我看了很多關於愛爾蘭的傳記、文件檔案、收藏品、日記，花了六個月做研究，腦袋塞滿了各種資料，但我不知道如何運用。一九一六年復活節起義之後的歷史非常雜亂，而且充滿爭議、沒有共識。」

歐文冷笑了一聲。「親愛的，這就是愛爾蘭呀！」

「是嗎？」這也太令人難過了。

「全是見解，沒什麼結論，而世人給出再多的見解也改變不了過去。」歐文嘆道。

「我不知道該說什麼故事，所有的論點都會互相矛盾。我感到很絕望。」

「愛爾蘭人都這麼覺得，所以我才離開。」歐文伸手輕撫破舊的皮革書封，溫柔得就像小時候他在摸我的頭般。有好一會兒，我們兩人都沒說話，陷入各自的思緒中。

注1 肖恩・麥克德莫特（Seán Mac Diarmada），愛爾蘭的革命家和政治活動家，愛爾蘭共和兄弟會的領導成員之一，是復活節起義的主要策劃者和領導者之一。

注2 愛爾蘭共和兄弟會（Irish Republican Brotherhood，簡稱ＩＲＢ）是一個祕密的革命組織，成立於一八五八年，旨在為愛爾蘭建立一個獨立民主的共和國，脫離英國的統治。

「你想念愛爾蘭嗎？」我問道，我們從不提起這個話題。我和他一開始就生活在美國，住在一個如歐文那雙炯炯有神的藍眸般充滿活力的城市。我對爺爺之前的人生所知甚少，他也沒想讓我多加了解。

「我想念那裡的人們，空氣中的味道，碧綠如茵的大地。我想念大海和那裡的永恆，愛爾蘭……幾乎沒什麼改變。別寫關於愛爾蘭歷史的書，小安，那類的書已經夠多了，寫一段愛情故事吧！」

「得要有內容啊，歐文。」我莞爾道。

「是，當然，但別只顧著研究歷史，卻忽略了生活在這片土地上的人們。」歐文顫抖著拿起其中一張照片湊近眼前細看。「有些路注定帶來痛苦，有些行爲會奪走人的靈魂，讓他們從此彷徨失措，尋找失去的東西。」他低喃，彷彿在引述一段他曾經聽過的話，那些與他產生共鳴的話。

他把手中的照片遞給我。

「這個人是誰？」我問道，看著照片中和我對視的女人。

「是妳的曾祖母，安．芬尼根．加拉赫。」

「你母親？」

「是的。」他輕聲說。

「我跟她長得好像。」我欣喜地說。從衣著打扮和髮型來看，她顯然是一名風情萬種的異國女子，然而那張跨越數十年時空與我對望的臉，幾乎是我的翻版。

「沒錯，妳們兩人非常相似。」歐文說。

「她看起來有點嚴肅。」我說。

「那段日子可不能笑。」

「一次也不行？」

「當然不是。」他噗哧一笑。「不是每次。只是拍照時，我們必須出裝出比平時更嚴肅的一面，大家都想表現出革命者該有的樣子。」

「這位是我曾祖父嗎？」我指著下一張照片，照片中有個男人站在安身邊。

「對，他是我父親狄克蘭．加拉赫。」

泛黃照片中的狄克蘭．加拉赫青春洋溢，我立刻就喜歡上他，同時心痛地意識到狄克蘭．加拉赫已經死了，我無緣認識他。

歐文拿起另一張照片，照片中有他的母親、父親，以及一個我不認識的男人。

「他是誰？」照片中的陌生人和狄克蘭一樣穿著正式的三件式西裝，翻領西裝外套底下是一件剪裁合身的背心。他手插口袋，兩側削平的微鬈頭髮俐落地後梳，從照片上看不出髮色是棕色或黑色，他眉頭微鎖，似乎不太習慣照相。

「他是托馬斯．史密斯，我父親的摯友。我愛他就像我愛妳一樣，他對我來說就像是父親。」歐文柔聲說，再度闔上眼睛。

「是嗎？」我難掩詫異地說。歐文從沒提起過這個人。「歐文，你以前爲什麼不給我看照片？我從沒看過他們。」

「還有更多照片。」歐文置若罔聞，彷彿沒有力氣多加解釋。

我拿起下一張照片。

是歐文年輕時的照片，大大的眼睛，滿臉雀斑，頭髮往後梳齊，穿著短褲、長襪、背心和西裝小外套。他身後站著一名女性，雙手搭在他的肩上，若不是笑得過於僵硬，她其實長得很好看。

「她是誰？」

「我的祖母布麗姬，我父親的母親，我叫她奶奶。」

「照片中的你幾歲了？」

「六歲，奶奶那天很不開心，因爲我想要全家人一起拍照，但她堅持和我兩個人單獨拍。」

「這一張呢？」我拿起下一張照片。「這位是你母親，這一張的她頭髮比較長耶！而這是醫生，對吧？」我看著照片，心中小鹿亂跳。托馬斯・史密斯低頭看著身旁的女人，在快門按下的那一刻，彷彿再也無法克制自己的感情。女人目光低垂，唇邊泛起神祕的笑容。兩人沒有肢體接觸，卻強烈感受到彼此的存在。照片裡除了他們，沒有其他人。以當時的年代，這張照片似乎顯得有些露骨。

「托馬斯・史密斯是不是……愛著安？」我支吾地問，莫名地無法呼吸。

「是……也不是。」歐文輕聲說，我眉頭一皺，抬眼看他。

「這算什麼回答？」我問。

「實話實說。」

「她嫁給你父親了呀！他不是狄克蘭的摯友嗎？」

「是的。」歐文嘆道。

「哇啊！背後有故事喔！」我驚呼。

「的確有。」歐文低聲說，閉上眼，唇角輕顫。「很精彩的故事，每當看著妳時，我就會想起這段故事。」

「能夠回想起來是好事吧？」我表示。

「是好事。」他說，痛苦地皺起臉，緊抓棉被。

「你多久之前吃的止痛藥？」我高聲說，放下照片，奔到浴室拿置物櫃裡的藥丸。我焦慮地倒出一顆藥，裝滿一杯水，扶起歐文的頭並餵他喝下。我很希望他待在醫院，隨時有人照顧，他卻想待在家裡和我在一起。他這一輩子都待在醫院照顧病患和垂死之人，六個月前，他被診斷出癌症，平靜地說自己不接受治療。

當時我哭個不停，連哄帶騙，他才妥協吃藥緩解痛苦。

「妳得回去，安ㄚ頭。」他說，在藥效的影響下，聲音輕柔飄忽。

「回去哪？」我心情沉重地問。

「愛爾蘭。」

「回去？歐文，我沒去過愛爾蘭，記得嗎？」

「我也得回去，妳能帶我去嗎？」他口齒含糊地說。

「我一直想跟你回愛爾蘭，什麼時候走？」我輕聲說。

「我死之後，妳帶我回去。」

我心如刀割，努力壓抑自己的情緒，痛苦卻猶如梅杜莎的頭髮般，不斷向外張牙舞爪，淚水止不住地流下。

「別哭，小安。」歐文氣若游絲地說，我強忍淚水，不想增添他的痛苦。「我們不會有結束的一天。我死後，將我的骨灰帶回愛爾蘭，撒在吉爾湖中央。」

「骨灰？湖中央？」我強顏歡笑。「不是埋在教堂附近？」

「教堂只想賺我的錢，但我希望上帝能接收我的靈魂。剩下的我屬於愛爾蘭。」

窗戶嘎嘎作響，我起身拉上窗簾。雨水敲打在窗格上，這一星期以來，美國東海岸籠罩在一場春末的暴風雨之中。

「這風聲眞像庫蘭獵犬的咆嘯（注）。」歐文喃喃地說。

「我喜歡那個故事。」我坐回到他身旁。他閉上眼，兀自喃喃低語，若有所思，彷彿沉浸在回憶之中。

「小安，妳說庫．胡林的故事給我聽時，我很害怕，妳還讓我睡在妳的床上。醫生整夜一直來查看。我可以聽到風的呼嘯聲。」

「歐文，庫．胡林的故事不是我說給你聽，是你說給我聽的，而且好多次。」我糾正他，調整他的被子。他抓住我的手。

「對，我說也好，妳說也好，妳就再說一次。反正只有風知道眞相。」

他迷迷糊糊地睡著了，我握著他的手，在風雨聲中陷入回憶。六歲時，歐文成爲我的支柱和照顧者。我哭著尋找再也回不來的爸媽時，他握著我的手。現在，我多希望他能再次握住我的手，只要他能繼續陪我，我情願人生重新再來一次。

「沒有你我該怎麼活下去，歐文？」我悲痛地說。

「妳是個成年人，不需要我了。」他喃喃地說。我嚇了一跳，以爲他已陷入熟睡。

「我一直都需要你。」我哭著說。他雙唇顫抖，知道我是眞心的。

「我們終會相聚，小安。」歐文不是一個信教的人，這句話讓我大感意外。撫養他長大的祖母是個虔誠的天主教徒，但他十八歲離開愛爾蘭時拋下了信仰。他堅持我去上布魯克林的天主教學校，接受宗教教育，但也僅止於此。

「你眞的相信？」我輕聲說。

「我知道。」他睜開沉重的眼皮，肅穆地望著我。

「但我不知道，我好愛你，我不想放你走。」我哭得不能自已，他就要走了，留下我一個人面對未來的日子。

「妳聰明、美麗又富有。」他虛弱地笑了。「妳靠自己和故事賺到財富，我以妳爲榮，安丫頭。我爲妳感到非常驕傲，但妳的人生除了書以外是一片空白，沒有愛。」他迷茫的眼睛飄向我的後方。「還沒有。答應我，妳會回去，小安。」

「我答應你。」

他睡著了。我待在他身邊，一點睡意也沒有，渴望他的陪伴、他說的話，我急切需要他安定我的心。他途中醒來過一次，痛得直喘氣，我再次餵他吃下止痛藥。

「求求妳了，小安，妳一定要回去。我需要妳，我們都很需要妳。」

「你在說什麼，歐文？我就在這裡，誰需要我？」

他開始神智不清，在痛苦中陷入昏迷，我能做的只有握著他的手，假裝我都明白。

注 凱爾特神話的英雄庫·胡林（Cú Chulainn），幼年時出於自衛而殺死了鐵匠庫蘭（Culann）的愛犬，庫·胡林心懷愧疚，並許諾在庫蘭培育出另一隻看家犬之前，自己將守護庫蘭的房子，之後被祭司賜予「庫·胡林」之名，意為「庫蘭的獵犬」。

「睡吧，歐文，睡著後就不會那麼痛了。」

「記得看那本書，他愛妳，他非常愛妳。他一直都在等妳，小安。」

「他是誰，歐文？」我流下的淚滴落在兩人緊握的手上。

「我好想他，好久好久了。」他深深地嘆息，始終閉著雙眼。他陷入回憶和痛苦之中，不停地囈語，最後只剩急促的喘息和不安的夢境。

夜晚終至盡頭，天亮了，而歐文再也沒醒來。

一九一六年五月二日

他死了，狄克蘭死了。都柏林滿目瘡痍，肖恩、麥克德莫特在凱勒梅堡監獄等待槍決。我不知道安的下落，我坐在這裡，撫摸著這本書的頁面，彷彿這樣就能把大家帶回來。所有細節是一道又一道的傷口，為了釐清事情真相，我必須抽絲剝繭。有一天，小歐文必須知道所有的來龍去脈。

我毅然決然慷慨赴義。復活節星期一，我拿起步槍跟隨大家衝進郵政總局，但一放下槍就再也沒拿起過。我在臨時救護站忙得不可開交，救護站一團混亂，分工不明，眾人情緒激昂，最初幾天沒人知道要做什麼，但至少我懂得包紮傷口、止血、固定夾板和取出子彈。隆隆的砲聲持續了整整五天。

我不分晝夜地工作，精疲力盡，坐著都能聽著砲聲打瞌睡。難以置信的是，砲艦開始轟炸薩克維爾街了。狄克蘭很興奮，安激動到都哭了，強大的火力讓人有一種就要獨立成功的感覺。她相信英國終將聽到人民心聲。

我感到自豪，同時又不免沮喪。我年輕時崇尚民族主義，追求愛爾蘭獨立，但起義帶來破壞和傷亡。明知是以卵擊石，我仍義無反顧，即使只能眼睜睜看著一群滿腔熱血卻紀律鬆散的烏合之眾，一個個受傷倒下等待救治。

狄克蘭不讓安涉足險境，於是她、布麗姬和小歐文便待在我位於蒙喬伊廣場的房子，狄克蘭和我則加入義勇軍，在大街小巷衝鋒陷陣，試圖實現我們的革命夢。星期三，安踢破窗戶，爬進郵政總局找狄克蘭，渾然不覺自己左大腿和手掌被碎玻璃劃破流血，我強迫她坐下來讓我照料傷口。她告訴狄克蘭，要死也要兩個人一起死，不管狄克蘭怎麼罵她、威脅她都沒用，最後，因為沒人給她槍枝，她來往於郵政總局和雅各的工廠之間傳遞訊息，居然還有本事全身而退，不被盤問和射殺。只是不知道她的好運何時會用光。我最後一次看見她是在星期五清晨，當時大火吞噬修道院街，我們不得不撤離郵政總局。

為了把傷患轉送到傑維斯街醫院，我跟聖約翰救護車人員討來一台擔架，他另外給我三個紅十字臂章，讓我們可以往返亨利街和傑維斯街，不被射殺或攔阻。康納利的腳踝骨折了，但他不肯離開，我把他交給星期二就來幫忙的醫學系學生吉姆．萊恩照顧。我一共走了三趟，天黑了，架設起的路障讓從科克郡來到都柏林參與起義的兩個男孩和我沒辦法回到郵政總局。我要男孩們離開城市，抗爭結束了，用走的也要走回家。我自己則回到傑維斯街醫院，找一個無人角落，用外套包住頭倒地就睡。一名護理師叫醒我，戰火隨著我從郵政總局蔓延到醫院，不久，醫院勢必也得疏散。我累到管不了那麼多，倒頭繼續睡，而等我醒來時，火勢已受到控制，起義軍投降了。

英國士兵來到醫院逮捕叛亂份子，醫護人員告知我是外科醫生，我奇蹟般逃過一劫，轉身來到摩爾街處理死者和垂死之人。四十個男人試圖掩護一般民眾逃出熊熊燃燒的郵政總局，結果男女老少一律遭到英國軍隊殲滅。煤煙覆蓋住死去之人的臉龐，蒼蠅圍著一顆顆頭顱飛舞，有些人被燒到面目全非。我內心無比自責，爭取自由是一回事，但戰爭波及到無辜生命又是另一回事了。

就在這個地方，我找到狄克蘭。

我叫著他的名字，捧起他髒污的臉龐，他聽到我的聲音，睜開眼。我激動了一下，那一瞬間，我以為自己還能救他。

「歐文就麻煩你了，可以嗎，托馬斯？照顧好歐文和我母親，還有安，安就交給你了。」

「狄克蘭，她在哪？安在哪？」

他閉上眼，呼吸哽在喉間。我揹起他跑去求救。我知道他走了，但還是帶他跑到傑維斯街醫院，要來一塊地方讓他躺下，清洗掉他皮膚和頭髮上的血漬和沙塵，整理好他的衣服，包紮好再也無法癒合的傷口。我帶著他回到大街上，走過傑維斯街、帕內爾街、加德納街，一路暢行無阻回到蒙喬伊廣場。我揹著一個死人經過市中心，大家嚇到紛紛別開目光。

狄克蘭的母親布麗姬或許再也無法從喪子之痛中走出來。她是唯一愛狄克蘭勝於安的人。我得把他帶回老家朵姆赫鎮，之後，布麗姬希望將他埋在巴林納加村，常伴他父親左右。屆時，我會再回來都柏林尋找安。上帝垂憐，我不得不先丟下她。

T、S、

第2章　茵尼斯弗里湖島

我將即刻起身，
只因無論日夜，我都能聽見岸邊低沉的湖水拍打聲，
當我佇立路邊，或是灰色人行道上，
聲音迴盪在我心深處。

——W．B．葉慈

我把歐文的骨灰偷偷藏進行李箱中，搭機飛往都柏林。我不清楚，也不想去了解國際法律或是愛爾蘭法律對於運送死者是否有相關規定。行李箱在提領處等著我，在確認過行李沒被沒收後，我租了一輛汽車，往西北先開到斯萊戈郡。我打算先在那裡住幾天，認識一下朵姆赫鎮附近的環境。我不習慣靠左行駛，在開往斯萊戈郡的三小時車程中，車子左搖右晃，我不時驚叫出聲，深怕錯過任何一個路標，或是撞上迎面而來的車子，根本無心欣賞沿途風光。

我在曼哈頓很少開車，更沒有必要買車。但歐文堅持要我學開車，取得駕照。他說，自由就是隨心所欲去到任何地方。長大後，我們會開車到東海岸，到處度假探險。我滿十六歲的那年夏天，整個七月，我們開車橫貫美國，從布魯克林到洛杉磯。也就是在那段時間，我學會了開車，穿越漫長的公路，遊歷一個又一個我不會再看到的小鎮。翻過起伏的山嶺，越過西部紅色山崖，行經荒蕪大地，歐文一直陪在我身邊。

自駕旅途中，我背下葉慈所寫的一首敘事詩歌〈拜利和艾琳〉（Baile and Aillinn），詩裡充滿傳說、渴望、死亡和謊言，以及超越生命的愛情。歐文拿著一本被翻爛的葉慈詩集，聽著我結結巴巴背誦詩句。他會溫柔糾正我，指導我古老傳說中蓋爾語名字的正確發音，直到我可以行雲流水地朗讀出每一行詩句。我喜歡葉慈，他深愛著女演員茉德．岡，然而她卻把愛給了一名革命者。

歐文傾聽我高談闊論，我自以爲是地浪漫化了哲學、政治和愛爾蘭民族主義。有一天，我告訴他，我想撰寫一本以愛爾蘭爲背景，發生在一九一六年起義期間的小說。

「悲劇造就偉大的故事，但我希望妳的故事——我指的是妳的人生，而非妳的寫作——充滿喜樂。別沉浸於悲傷，小安，要慶祝愛情，一旦找到愛情，不要放棄。到最後，它會是妳唯一不悔的事。」歐文說。

我對於故事以外的愛情沒有興趣。接下來一年，我一直纏著歐文帶我去愛爾蘭，去他出生的朵姆赫鎮。我想參加斯萊戈郡的葉慈節。歐文說過斯萊戈離朵姆赫鎮不遠。我想精進蓋爾語，這是我們之間共同生活的語言。

然而歐文拒絕了，我們罕見地爭吵，我用彆腳的愛爾蘭口音折磨他兩個月。

「別太用力，小安，如果妳說話時還在想舌頭要怎麼動，那就太不自然了。」他皺眉地指正我。我加倍努力，堅持不懈，想著一定要去愛爾蘭。我甚至打電話請教旅行社，把各種規劃、日期和價格方案拿給歐文看。

「我們不去愛爾蘭，小安，還不是時候。」他繃緊下巴，推掉我的旅遊冊子和行程。

「那要等到什麼時候？」我哄誘著他。

「等妳長大。」

「什麼？可是我已經長大啦！」我執拗地說，依舊是那彆扭的口音。

「太好了，口音這麼自然，一聽就知道妳是美國人。」他試圖讓我分心。

「拜託，歐文，它在呼喚我。」我哀號得有點誇張，但我是眞心迷戀愛爾蘭。它的確在呼喚我，我做夢都會夢到它，嚮往它。

「我相信，小安，我相信。但我們現在不能回去，萬一再也回不來呢？」

那就太棒了。「我們可以住下來！愛爾蘭需要醫生，有何不可？我可以去上都柏林的大學！」

「我們的生活在這裡。總有一天我們會去，但不是現在，小安。」歐文駁回。

「那我們去玩就好，就當作旅遊，歐文。旅程結束的時候，不過我有多愛、多想留下，都會跟你回家。」我自認這個要求已經非常合情合理，實在不懂他爲什麼那麼固執。

「愛爾蘭不安全，小安！」他逐漸失去耐心，耳際泛紅，兩眼閃著光芒。「耶穌、聖母瑪利亞和聖約瑟，丫頭，別再說了。」

他對我發脾氣，這比直接給我一巴掌還嚴重。我跑進房間，砰的一聲摔上門，又哭又鬧，幼稚地計劃離家出走。

但他毫不讓步，而我也不是個叛逆的孩子。他沒給過我任何叛逆的理由。他不想去愛爾蘭——不希望我去——而出於對他的愛與尊重，我最後還是放棄了。若是愛爾蘭的回憶如此令他傷心，我怎麼能強迫他回去？我丟掉旅遊宣傳手冊，收起愛爾蘭口音，只在獨自一人時才讀葉慈的作品。我們仍舊使用蓋爾語，但蓋爾語讓我想起的不是愛爾蘭，是歐文，而他鼓勵我去追尋其他夢想。

我開始寫自己的故事，創作自己的傳說。十八歲時，我寫了一部以塞勒姆獵巫事件爲背景的青少年小說，賣給出版社。歐文爲此陪我在麻州塞勒姆鎮待了兩個星期，讓我盡情研究。接著，我藉由瑪麗·安東尼的貼身仕女，透過其視角撰寫了一本關於法國大革命的小說。歐文非常樂意調整他的行程，重新安排他的病人，帶我前往法國。我們曾特地去澳洲，爲了寫一部英國囚犯被送往澳洲的故事。我們還去了義大利羅馬，如此一來，我就能寫一篇羅馬帝國衰亡時期一位年輕士兵的故事。我們到過日本、菲律賓和阿拉斯加，都是爲了蒐集素材。

唯獨沒去過愛爾蘭。

我單獨旅行過好幾次，十年來，我投入全部精力在工作中，寫出一個又一個的故事，四處遊歷、研究和寫作。我大可以一個人去愛爾蘭，但我沒有。

時機總是不對，而我還有其他故事要說。我一直在等待歐文，但現在歐文走了。在他走後，我終於踏上愛爾蘭的土地，在靠左車道上開車。歐文的身影縈繞在我的腦海，骨灰則放在後車廂裡。

他拒絕了十六歲的我，當時的不解和忿忿不平再度湧上心頭。

「該死的，歐文，你現在應該在這裡陪我的！」我哭喊著搥打方向盤，淚眼模糊中差點撞上一台卡車。卡車急忙轉彎，猛按喇叭警告我。

傍晚時分，我抵達斯萊戈郡的南方大飯店——那是一座富麗堂皇的淡黃色建築，在愛爾蘭內戰數年後興建。我坐在擁擠的停車場中，誦讀久違的玫瑰經。謝天謝地，我還活著。

我拖著行李走進飯店，辦好入住手續，沿著樓梯上樓。這座樓梯讓我聯想起鐵達尼號的照片，莫名對應到我目前的心境。自從離開紐約以來，我總感覺自己不斷下沉。

我癱倒在一張大床上，四周是以紫色調爲主的厚重家具和壁紙，我鞋也沒脫便沉沉睡去。十二個小時後，我迷迷糊糊地醒來，搞不清天南地北，飢腸轆轆。我跌跌撞撞走進浴室，窩在小不啦嘰的浴缸裡渾身發抖，想方設法要打開熱水。我感到惱怒，陌生環境的確需要花點時間適應，但也不至於搞到這麼狼狽吧！

一小時後，我梳洗完畢，拿著鑰匙，順著華麗的階梯來到樓下餐廳。

我黯然走在斯萊戈的街道上，像個對所有事物都感到新奇的孩子，同時又是個沉浸在憂傷中的女子。我終於來到這裡，身旁卻少了歐文。

我信步在沃夫唐街上，經過神殿，站在斯萊戈大教堂的鐘塔底下，仰頭等待鐘聲響起。牆上繪有一頭白髮、戴著眼鏡的葉慈，一旁題字：葉慈的國家。這幅畫把他畫得像史提夫．馬丁（注），太

注 史提夫．馬丁（Steve Martin，一九四五～），美國喜劇演員及編劇，曾獲頒美國電影學會終身成就獎，在《粉紅豹》、《比利．林恩的中場戰事》等知名電影中演出過。

俗氣了，我不喜歡，葉慈不該被這種低劣的壁畫糟蹋。我冷漠地直接通過葉慈博物館。

小鎮在海拔較高的地方，潮水沖刷後的長沙灘閃閃發光。我走了很久，渾然不覺自己走了多遠，貪婪地想將周遭的一切盡收眼底。我走進一家糖果店，想要補充糖分並同時問個路。我得知道回飯店的方向，另外，如果我有勇氣明天下午開車，也得知道往朵姆赫鎮該怎麼走。

老闆是名年約六十的親切男子，他向我推薦甘草糖和焦糖巧克力，並問我來到斯萊戈的感想。我的口音洩露出我是美國人的身分。當我提到要去朵姆赫尋根時，他點點頭。

「不遠，大概二十分鐘左右。妳可以繞湖泊一圈，沿著２８６號公路開，會看到往朵姆赫的路標，途中會經過帕克城堡，很值得一看喔！」

「是吉爾湖嗎？」脫口而出那一刻，我即時改回正確的愛爾蘭發音。

「沒錯。」

我內心泛起酸楚，不去想湖泊的事，我還不想面對骨灰和道別的時刻。他指出回飯店的方向，叮嚀我萬一走錯路，可以聽教堂的鐘聲辨識。替我結帳時，他順口問起我的家人。

「加拉赫？以前有個叫加拉赫的女人溺死在吉爾湖，噢……那差不多是快一世紀以前的事了。我聽祖母說過這個故事，沒人找到她的屍體。據說，在晴朗的夜晚，有時可以看到她在水面上行走。我們有自己的湖中女神，我記得葉慈寫了一首關於她的詩，他還提到朵姆赫呢！」

「『他站在朵姆赫的人群之中，心思全在一件絲綢洋裝上，在投入大地冰冷的懷抱之前，他終於感受到一絲溫柔。』」(注) 我引述道，用的是我小時候就精通的愛爾蘭口音。我想不起任何跟女鬼相關的詩歌，但有一首提到歐文摯愛的朵姆赫。

「不錯嘛！小姑娘，挺行的啊！」

我笑著道謝，把一塊巧克力塞進嘴裡，沿著城鎮街道走回到歷史悠久的飯店。糖果店老闆說得對，開往朵姆赫的路上，沿途風光明媚。為了自身安全，以及那些不知情的愛爾蘭旅客，我緊握方向盤，戒愼恐懼地緩緩繞過每一個彎道。有時兩側茂密的樹叢朝我逼近，驅使我前進，在每一個轉角處作勢要擋住我的去路。接著，綠葉散開，眼前豁然開朗，下方的湖泊波光粼粼，歡迎著我回家。

我找到一處可以俯瞰的地方，停好車，爬上分隔道路和陡坡的低矮石牆，盡情欣賞眼前的美景。

從地圖上可以看出吉爾湖面積很長，從斯萊戈延伸到利特林郡，但從我的位置俯瞰東側湖畔，往山坡延伸出去，四面八方盡是被石堆圈出的方形農田，顯得十分封閉。

坡上零星坐落著幾戶人家，景致跟一百年前應該沒有多大差別。我可以輕鬆翻過石牆，沿著長長的草坡往下走到湖畔，但實際距離也許比目測要來得更遠。我思索片刻，心想自己可以帶著骨灰罈下去完成艱鉅的任務。我內心有一部分渴望把腳趾浸入湛藍的湖水中，告訴歐文我找到他的家了。但最終我抗拒了湖水的誘惑，天曉得那一片草叢底下是不是沼澤，我可不想抱著歐文的骨灰罈陷進泥濘的淤泥之中。

十分鐘後，我像隻無頭蒼蠅般行駛在朵赫姆鎮大街上尋找路牌和地標，畢竟總不能到處敲門去尋找一個過世已久的人吧！我走過教堂墓地，視線掃過墓碑上的名字和日期，聚在一起的墓碑暗示

注 出自葉慈的詩作〈夢想仙境的人〉（The Man Who Dreamed of Faeryland）。

了一個家庭，放在上面的花束意味著愛。

墓地裡沒有加拉赫家族的墓碑，於是我回到車上，沿著大街繼續開。我看到一塊標示著「圖書館」的路牌，底下有個箭頭，指向一條和巷道差不多大小的小徑。

所謂的圖書館是一間石頭砌成的小屋，四面是粗糙的牆壁，有兩扇黑暗的窗戶。但不管如何，圖書館是找資料最理想的地方。我把車停進一片碎石地，然後關掉引擎。整個地方最多只能停三輛車。

館內比我曼哈頓家裡的書房還小。要知道，曼哈頓的公寓可是臭名昭著地小，即便它要價兩百萬美元。一名年長我幾歲的女人正低頭閱讀小說，桌上堆著需要重新上架的書籍。她挺直身軀，心不在焉地笑了笑，仍沉浸在故事當中。我伸手致意。

「妳好，這麼說可能有點冒昧，不過，我認爲圖書館應該是找人的好地方。我爺爺一九一五年在這裡出生，他說他父親是名農夫。三〇年代初，我爺爺去了美國，之後就沒回來過。我來是想——」我無助地朝窗戶擺擺手，窗外除了一條小巷，什麼也看不到。「看看他出生的地方，也許還能找到他父母安息的所在。」

「妳的家族姓氏是？」

「加拉赫。」我說，但願別再聽到那個女人溺死在湖裡的故事。

「這是很普遍的姓氏，我母親也姓加拉赫，不過，她出身於多尼戈爾郡。」她起身繞過桌子和那疊堆到沒地方擺的書。

「有一位女作家也叫加拉赫，我們館裡收藏了一系列她的作品。」她站在書櫃前整理一疊書。「寫於二〇年代初，去年春天重新出版，捐贈給圖書館。每一本我都讀過，眞的很精彩，她是名前衛的女子。」

我笑著點頭。我來此不是爲了找一個姓氏普通的女作家的書，但我不想太唐突。

「哪一個鄉鎮？」她熱心地問。

我茫然地盯著她。「鄉鎮？」

「這片土地被劃分成許多鄉鎮，每一個鄉鎮都有名字。光是利特林郡就有一千五百多個鄉鎮，妳說妳的曾祖父是農夫。」她苦笑。「在愛爾蘭的鄉村，人人都是農夫，親愛的。」

我想起之前開車經過的那座小得可憐的村莊，零星的聚落，和一條小小的主要街道。「有墓園嗎？我自己去找好了，這個郡不大吧？」

輪到她一臉茫然地盯著我。「每個鄉鎮都有墓園，如果不知道是哪一個鄉鎮，妳找一輩子也找不到墳墓。古墳大部分沒有墓碑，造墓碑需要錢，但大家都沒有錢，只能做記號讓家屬知道誰是誰。」

「我就是家屬，但我什麼也不知道！」我脫口而出，時差、和死亡擦身而過的體驗，以及大海撈針的無力感讓我一時間情緒激動。

女人見我煩躁的模樣，瞪大了眼睛。「我來打電話給梅芙，她擔任基拉努默里教區的祕書將近快五十年了。也許有一些教堂紀錄可以查閱。如果說誰最有可能知道，那一定是梅芙。」她提議。

她根據記憶撥打電話，眼睛不安地在我和她桌上的一堆書之間游移。

「梅芙，我是圖書館的蒂兒麗，妳一直在等的那本書來了，不，不是那本，是壞男人億萬富翁的那本。」蒂兒麗沉默下來，點點頭，即使她說話的對象並不知道她同意了。「沒錯，我翻了一下，妳一定會喜歡。」她瞄了我一眼又別開視線。「梅芙，我這裡有一位從美國遠道而來的女士。

她說她的家族來自這個地區，我想知道是否有教堂紀錄可以供她查閱，她想找到安葬祖先的地方。」她再次點頭，這次帶著悲傷的神情，我猜梅芙的回答在她意料之中。

「妳可以去一趟巴利莫爾鎮。」蒂兒麗移開話筒說，似乎是梅芙要她立刻轉告我。「那裡有一間家譜中心，也許他們可以幫忙。妳會留在斯萊戈嗎？」

我詫異地點頭。

「這附近沒有旅館，除非妳在湖畔那裡的莊園租了房間，但多數人都不知道那裡，他們不做廣告。」蒂兒麗解釋道。

我搖搖頭，示意我也不知道。蒂兒麗把這情況告訴了梅芙。

「家族姓氏是加拉赫。」她聽了一會兒。「我會告訴她的。」她再次移開話筒。

「梅芙要妳送那本關於億萬富翁的書過去給她，順便跟她一起喝杯茶。妳可以說說關於妳家族的故事，也許她會想起一些蛛絲馬跡。雖然她跟山一樣老了，」她掩著話筒小聲說話，免得被梅芙聽到。「但她記得所有的事。」

我還沒敲門，那位女士便開了門。細膩輕盈的秀髮圍繞著她的頭，形成一抹灰色的雲朵。黑框眼鏡有我的手掌那麼厚，比她的臉龐還要寬，眼鏡後一雙炯亮的藍色眼睛看著我，紫紅色嘴唇抿起。

「梅芙？」我突然意識到自己並不知道她的全名。「很抱歉，蒂兒麗沒有告訴我妳的全名。我能叫妳梅芙嗎？」

「我認識妳。」她的眉頭——宛如地形圖上的溝壑——皺得更深了。

「妳認識我？」

「是啊。」

我伸手致意。「蒂兒麗讓我來的。」

她沒握住我的手，反而後退一步，示意我進門。「丫頭，妳叫什麼名字？我認得妳的臉，但不代表我記得妳的名字。」她轉身走開，明顯要我跟上去。我走進去並關上門，四周飄散著濕氣、塵土和貓毛。

「我叫安・加拉赫。我在進行一場尋根之旅。我爺爺在朵姆赫出生，我很想找到他父母的墓地。」

梅芙正在走向一張擺有茶具的小桌，桌旁是一扇挑高的窗戶，可以俯瞰過度茂盛的花園。當我說出自己的名字時，她震驚地打住腳步，彷彿忘記自己要走去哪。

「歐文。」她說。

「沒錯！歐文・加拉赫是我爺爺。」我心跳加速，往前走了幾步，不確定她是要我坐下來喝茶或繼續站著。她背對著我靜默了好一會兒，午後陽光照亮她嬌小的身軀。她一動也不動，或許是陷入回憶，也可能是記性不好，我不清楚是哪一個。我等待她的指示或邀請，但願她沒忘記自己剛讓一名陌生人進入家中。我微微清了清喉嚨。

「梅芙？」

「她說妳會來。」

「蒂兒麗？是啊，她要我帶本書給妳。」我從手提包中找到書，往前又走了幾步。

「不是蒂兒麗，傻瓜，是安。安說妳會來。我需要茶，我們來喝茶吧！」她嘟囔著，走過來坐在桌前，一臉期待地看著我。我猶豫著要不要藉故離開，突然覺得自己像被困在狄更斯的小說（注1）裡，和郝薇香夫人一起喝茶。我不想吃傳統的婚禮蛋糕，也不想用灰塵滿布的茶杯喝伯爵紅茶。

「謝謝妳。」我避重就輕地說，把那本壞男人億萬富翁的書放在最近的茶几上。

「歐文再也沒回來朵姆赫，沒什麼人會回來，妳知道有個名詞叫『愛爾蘭式告別』（注2）嗎？但妳來了。」梅芙仍盯著我看。

我被歐文的名字吸引，把手提包放在她對面的椅子旁，自己往椅子一坐，努力不去打量那一小盤餅乾、花紋盤和茶杯。不知道就不會有事。

「妳來倒茶好嗎？」她端莊地問道。

「好、好的，我很樂意。」我結巴地回答，試圖從回憶中擠出一個比現在更令一個美國人感到尷尬的時刻。我不懂喝茶禮儀，絞盡腦汁回想第一步要先做什麼。

「要喝淡的還是濃的？」我問道。

「濃一點。」

當我拿起小濾網放在她的杯子上，爲她倒入四分之三杯滿的茶時，我的手在顫抖。歐文也喜歡喝茶，我可以替她泡茶。

「要加糖、檸檬還是牛奶？」我問道。

她聞了聞。「都不要。」

我咬著唇暗喜，替自己的茶杯添一點茶。我比較想喝紅酒。

她舉起茶杯就口，毫不在意地喝了一口，我也跟著喝了口茶。

「妳認識歐文嗎？」我在兩人都放下茶碟後問道。

「不太認識，他比我年輕很多，是個小搗蛋。」

歐文比梅芙年輕？歐文去世時已經快八十六歲，不知道她所謂的「年輕很多」到底差多少歲？

「我九十二歲了。」梅芙補充道：「我母親活到一百零三歲，我祖母則活到九十八歲。我曾祖母老到沒人知道她到底幾歲，我們都很高興那老太婆終於走了。」

我噗哧一笑，趕緊假裝咳嗽掩飾過去。

「讓我看看妳。」她要求，我順從地抬起目光看著她。

「真不敢相信，妳長得跟她一模一樣。」她驚嘆道。

「像歐文的母親？」

「像安。」她附和。「真是神奇。」

「我看過照片，的確很像，沒想到妳還記得。她去世時，妳應該還是個小女孩。」

「不。」她搖搖頭。「哦，不是的，我很熟悉她。」

「我聽說狄克蘭和安．加拉赫在一九一六年去世了，歐文是由他的祖母，也就是狄克蘭的母親布麗姬撫養長大。」

注1 即英國大文豪狄更斯的長篇小說《遠大前程》，又名《孤星血淚》。

注2 Irish goodbye，即不告而別。

「不不不。」她不同意，一邊搖頭一邊緩緩地說：「安回來了，當然不是馬上就回來，我還記得她回來之後，大家都在談論她。有些謠言……猜她去了哪裡。但她確實回來了。」

我目瞪口呆地看著老婦人。「我……我爺爺沒告訴我。」我結巴地說。

她沉吟片刻，點頭喝茶，垂下目光，我也咕嚕猛喝自己的茶，因爲感受到背叛而心跳急促。

「也許是我搞混了。」她輕聲說：「老人家有時候就是會胡說八道，別想太多。」

「那是很久以前的事了。」我說。

「是的。記憶是一件很有趣的事情，它會欺騙我們。」

我點了點頭，如釋重負。幸好她一下子就收回了她的說法。剛才她說得那樣斬釘截鐵，差點動搖我的信心。

「他們被埋在巴林納加村。這一點我很確定。」

我急忙從包中拿出小筆記本和鉛筆。「我該怎麼去那裡？」

「哦，可以散步過去，景色很漂亮，開車也很快，不到十分鐘吧。從這條主街往南走可以走出城鎮——看見了嗎？」她指著前門。「一直往下走大約三公里，在分叉路口右轉，繼續走約半公里，左轉，再走一小段路，教堂——聖瑪麗教堂——會在妳的左手邊。墓園就在教堂後面。」

當她說到右轉時，我停下筆。

「這些街道沒有名字嗎？」我問。

「哦，親愛的，它們不是街道，是路。這裡的人都知道。如果你迷路了，停下來問路。路人會知道教堂在哪裡。當然，妳也可以禱告。當我們想找教堂的時候，上帝總是會聽到我們的禱告。」

一九一六年五月十五日

我將狄克蘭的屍體包裹好，固定在車子的踏板上，開車前往朵姆赫鎮，這是我人生中最漫長的一段路。布麗姬不發一語，孩子彷彿感受到我們的絕望，一路哭個不停。我把她和孩子送到加瓦戈里後，自己帶著狄克蘭去找達比神父，將他安葬在巴林納加村，與他父親相伴。我買了一塊墓碑，等銘刻好了之後再放置上去。倘若安真的死了，我們會將她和狄克蘭葬在一起，共用這塊墓碑，這會是他們想要的。

我回到都柏林，但要進城很困難。英軍宣布戒嚴，裝甲車和士兵封鎖所有道路，我出示自己的證件和醫療包才得以通行。醫院裡滿是受傷的起義者、士兵和平民。尤以平民居多，現場非常需要醫療人員，因此當其他人都被拒絕時，他們讓我通過了。

我找遍所有停屍所和醫院太平間——傑維斯街醫院、慈悲醫院、聖派翠克大學醫院，我甚至還去了婦女醫院，在那裡，我聽說起義者投降後都聚集在草坪上。梅瑞恩廣場公園中搭建一個臨時戰地醫院，我去了一趟，但已人去樓空。根據附近居民所說，死傷者都已被帶走，但不確定去了哪裡。有傳聞格拉斯涅文公墓和狄恩肯瑞墓園裡埋葬了大量身分不明的死者，我苦苦哀求疲憊的管理員給我名單，他們說我來得太晚，必須等《愛爾蘭時報》公布完整死者名單。但沒人知道會是什麼時候。

我走遍大街小巷，薩克維爾街上曾經宏偉的建築被燒燬到只剩瓦礫殘骸。我穿過無盡的灰燼，部分地方的餘燼高溫足以融化我的鞋子。在我找到狄克蘭的摩爾街上，人們在搖搖欲墜的公寓大樓裡進出，其中一棟位於市中心的大樓被直接炸毀，當場倒塌，孩子們在殘垣斷瓦之中尋找柴火和可以賣掉的東西。這時，我看見安的披肩——和她眼睛最為相襯的亮綠色。最後一次見到她時，她緊緊裹著那件披肩，披肩尾端塞進裙子裡以免妨礙行動。現在，一名年輕女孩正穿著它，披肩在風中飄揚，宛如我們當初意氣風發在郵政總局上方升起的三色旗。如今旗幟毀了，就像狄克蘭和安一樣，不復存在。

恐懼和疲憊使我失去理智，我跑向那個女孩，要求她告訴我在哪找到這條披肩。她目光迷茫地指著腳下的瓦礫堆。這孩子年紀可能不超過十五歲，眼神卻顯得十分滄桑。

「就在這些磚塊底下，披肩破了一個小洞，我要留著它，這是我的房子，所以它是我的了。」她抬起下巴，以為我要搶走披肩。也許我真的會吧！一整個下午，我在石塊和牆壁間的瓦礫堆中尋找安的屍體。直到太陽西落，仍一無所獲。女孩取下披肩遞給了我。

「我改變主意了，給你吧！這可能是你太太唯一留下的東西。」我忍不住落淚，當她轉身離開時，眼神不再那樣老成。明天，我要把披肩帶回朵姆赫，跟狄克蘭埋在一起。

T．S．

第3章　被偷走的孩子

人類孩子來了，
牽著妖精的手來到湖泊與荒野，
離開他無法理解、充滿哭泣的世界。

——W·B·葉慈

我的心臟跳到了喉嚨，睜大眼睛，像吟詠葛利果聖歌般重複著梅芙的指示，找到了巴林納加墓地。墓地前方，一座教堂宛如守護神般矗立著。教堂位於一片荒蕪之中，後方一棟小屋子，僅有無盡的愛爾蘭石牆和少數牛隻陪伴。我把車停在教堂前的空地上，踏入微暖的六月午後——如果愛爾蘭有夏天，那麼夏天顯然還沒到。我彷彿身在各各他（注），親眼看見耶穌被釘在十字架上。我眼眶泛淚，顫抖著手推開高大的木門，走進空蕩蕩的小教堂。牆壁和木質坐席滲透出一股肅穆和悠遠的歷史，挑高的天花板迴盪著數以千計的洗禮、難以勝數的死亡，以及比墓碑上日期更為久遠的無數次婚禮。

我喜歡教堂，一如喜歡墓園和書籍。這三者是人性、時間和生活的標誌。在宗教的圍牆內，我沒有感到一絲譴責、罪惡感、沉重或恐懼，或許是因為歐文的關係，我有自己獨特的感受。歐文總是以尊重和幽默的態度面對宗教，這是一種奇怪的組合：重視好的一面，用適當的角度看待不好的一面。我和上帝的關係同樣不受干擾，我曾聽說，我們對上帝的看法跟教導我們的人息息相關，我們對上帝的形象往往反映了我們對他們的形象。歐文教導我認識上帝，因為我愛和珍惜歐文，所以我同樣愛和珍惜上帝。

在學校裡，我學習天主教的教義和歷史，像學習其他科目那樣吸收了它——堅信引起共鳴的事物，捨棄無法共鳴的東西。修女們頗有微詞，她們說宗教不是自助餐，只挑想吃的菜餚。我客套地笑笑，默默不表贊同。生活、宗教和學習就是這樣，如果試圖一次性消化完所有呈現給我的東西，很快就飽和了，而當所有味道混合在一起，每樣東西都會失去本身的意義。

我坐在古老的教堂裡，想像歷代祖先曾在此參拜，無數的人在此祈禱、傷心、治癒。哪怕只是提供生死議題更多觀點，在這短暫的一刻，宗教的存在便有了意義。教堂是與過去相連的紀念碑，安慰了生者，也安慰了我。

我爬上教堂後面的山坡，來到一座墓園。從這裡可以俯瞰教堂尖塔和我剛走過的蜿蜒道路。有些墓碑傾斜或凹陷，一些被青苔和歲月塵封，無法辨識上面的名字或日期。其他的墳墓則是新的，被石頭圍繞，擺滿悼念逝者的紀念品。新的墳墓，新的死亡，盤繞在墓園邊緣，死亡彷彿一顆扔進湖中的石頭，往外泛起漣漪。嶄新的墓碑、平滑的大理石，名字很容易辨認。梅芙曾說過，愛爾蘭許多墓園都是古老與現代的混合，聯繫起家族關係，即便這段關係跨越了數百年。巴林納加墓園裡，大多數的墳墓，特別是那些在高處的墳墓，就像是石化的小矮人和哈比人，從草地中露出頭，吸引我前往。

我在一棵樹下找到了我的家人，他們被葬在舊區的邊緣。墓碑是一塊高高的長形石頭，底部刻有「加拉赫」之名。上方是狄克蘭和安的名字。我瞪大眼睛，激動莫名地摸著石碑上的名字。年份依舊清晰可見，一八九二到一九一六。我感到無比釋懷，梅芙果然記錯了，就像我認定的那樣，狄克蘭和安是一起死的。我頭暈目眩又心情亢奮，怕是無法繼續站著，於是跪了下來。我發現自己在跟曾祖父母對話，傾訴關於歐文和我的事，傾訴找到他們對我來說有多麼重要。

傾訴完後，我起身再次撫摸墓碑，這才注意到附近的墳墓。左邊一塊較小的墓碑上同樣刻有加拉赫的名字，布麗姬和彼得的名字清晰可見，日期卻難以辨認。彼得·加拉赫，狄克蘭的父親，在狄克蘭和安之前去世，布麗姬則在那之後。歐文從未告訴我，或者說我從未問過，我只知道他離開

注 舊約聖經中指耶穌受難、被釘死在十字架上的地方，位於現在的耶路撒冷東部。

愛爾蘭時，他的祖母已經不在人世了。

我輕撫布麗姬和彼得的名字，感謝布麗姬養育歐文，塑造他成爲那個全心全意愛護我的男人。就像他愛我一樣，她肯定也深深愛著他，使他學會如何愛人。

此時烏雲開始密布，風吹得我雙頰發麻，提醒我該離開了。正當我轉身準備離去時，距離加拉赫家墓地不遠處的一塊墓碑吸引了我的注意，或者說是深色墓碑上若隱若現的一個名字——史密斯——吸引了我。刻文太接近地面，以至於部分文字掩沒在雜草底下。我猶豫片刻，想知道這座墳墓是否屬於托馬斯·史密斯。那個穿著三件式西裝的嚴肅男子，那個歐文視爲親生父親般的男人。

我感受到一滴雨落在身上，接著又一滴，天空轟然作響，轉瞬間傾盆大雨。我顧不得內心的好奇，倉皇下山，穿過在雨中閃閃發光的紀念碑，向那些墓碑承諾我會回來。

當天晚上回到斯萊戈的旅館後，我翻找行李箱，想找出那件被歐文鎖在抽屜裡的東西。當時，我隨意把公文袋扔進行李箱裡——因爲歐文堅持我得看完那本書。然而自從他去世後，我便把這件事拋在腦後。我沉浸在悲痛中，無法集中精神，也疲憊到無法進行研究。我迷失自我，忙著尋找定位，一事無成。但現在，我見到了曾祖父母的墓碑，我想記住他們的面孔。

我不禁去想，有多久不曾有人想起他們。我又一次心碎。自從歐文去世以來，我一直努力忍住淚水，愛爾蘭並沒有減輕我的痛苦，但我的情緒不同了。我心中充滿喜悅和感激，一樣是淚水，感受卻大不相同。

就像一個月前在歐文床邊做的那樣，我在小桌上倒出公文袋內的東西。先掉出來的是比較重的那本書，照片隨之散落四周。我把公文袋扔到一旁，它掉落時撞到桌邊，發出小小的碰撞聲。

我撿起公文袋，出於好奇伸手進去摸，而在公文袋內的底部，有枚戒指被卡在角落。我將其取出來，發現是一枚精雕細琢的金戒指，中央鑲嵌著一顆瑪瑙，上面有著淺淺浮雕肖像。

這是一枚可愛而古老的戒指，對歷史學家來說，是一種令人著迷的組合。我將它戴在手指上，欣喜地發現尺寸吻合。眞希望歐文能告訴我戒指的主人是誰。

也許是他母親的戒指。我拿起舊照片查看，裡頭也許會拍到她戴著這枚戒指。其中一張照片，安的手藏在灰色外套的口袋裡，而另一張照片，她挽著狄克蘭的手臂，其他照片要不沒拍到手，要不就是被擋住了。

我再次翻看所有照片，輕撫那些在我誕生前出現過的面孔。我停在歐文的照片上，他那張不悅的小臉和整齊旁分的頭髮讓我不由得紅了眼睛，心情激動。不管是下巴線條還是唇上的唇紋，我在孩子的臉上看見了老人的影子。年齡是這張照片唯一的色彩，我只能憑空猜測他有一頭鮮豔的頭髮或藍色的眼睛。認識爺爺以來他就是一頭白髮，但他聲稱自己有著和他父親一樣的紅髮，而我父親則繼承了他的紅髮。

我放下歐文的照片，繼續研究其他照片，目光再次停留在托馬斯．史密斯和曾祖母的照片上。拍攝時間不同於安、托馬斯和狄克蘭的三人合照，安的頭髮和衣服不一樣，托馬斯．史密斯穿著一套更深色的西裝。不知爲何，這張照片中的他似乎年歲更長了。照片陳舊的光澤包容了一切，他頂著一頭茂密的黑髮，也許是那緊繃的肩膀或肅穆的站姿所致。照片有些過曝，抹去安身上洋裝的細節，賦予肌膚在古老照片中常見的珍珠質感。

還有幾張我沒看過的照片，歐文去世那天晚上，他的痛苦打斷了我對照片的觀察。我停下來打量其中一張照片，上面是一座宏偉的房子，樹群環繞，遠處湖光粼粼。我仔細研究那片風景和水域，看起來像吉爾湖。早知道就把照片帶到朵姆赫鎮，這樣就可以向梅芙探聽那座房子的事。

另一張照片中，有一群我不認識的男人站在托馬斯和安身旁，那是一個華麗的舞廳。狄克蘭不在照片中，一名高大的黑髮男子滿臉笑容地站在照片中央，一手隨意地擱在安的肩膀上，另一手則搭著托馬斯，安凝視鏡頭，一臉不可思議的神情。

我很清楚——我也常在自己的簽書會上露出那種表情，傳達出我的不自在和詫異，不敢相信怎麼會有人想跟我合照。我已經慢慢學會控制表情，戴上專業微笑，基本原則就是，不去看公關定期寄給我的活動照片，沒看到就不會不安。

我繼續研究照片，目光瞬間被站在安身旁的男人吸引住。

「不！」我驚呼。「不可能。」我瞪大眼睛。「真的是他。」摟著安肩膀的那個男人是麥可·柯林斯，他所領導的革命運動促成了英愛條約。在一九二二年之前，關於他的照片非常少。每個人都聽過麥可·柯林斯和他的游擊戰術，但只有在他身邊的核心成員才知道其長相，英國皇室難以拘捕到他。簽署條約之後，他開始號召愛爾蘭人接受條約，他被人拍攝，照片才得以保存在歷史長河中。

我看過那些照片——其中一張是他在演講時激昂地揮舞雙臂，另一張的他則身穿指揮官制服，在那一天，英國交出城堡的控制權。那座城堡在過去一百年來都象徵著英國對都柏林的控制。

我驚嘆地凝視這張照片。片刻後，我將照片放在一旁，伸手拿起那本書。那是一本古老的日記，字跡整齊傾斜，書寫方式古老，筆觸間盡顯優雅的曲線。我匆匆瀏覽了一下，沒有細讀，只是查看日期，時間範圍從一九一六年到一九二二年，紀錄是零散的，有時相隔幾個月，甚至數年後才又重新記錄。

筆跡始終如一，沒有塗改或劃掉的痕跡，也沒有墨漬或破損的頁面，每篇紀錄結尾都只簡單標註上「T．S．」。

「托馬斯．史密斯（Thomas Smith）？」我喃喃自語。這是唯一對得上的名字。只是我很訝異歐文居然有這個人的日記。我翻閱第一篇，日期是一九一六年五月二日。當我讀到有關復活節起義和狄克蘭．加拉赫的死亡時，恐懼和驚訝不斷加深。我翻閱更多紀錄，看到托馬斯苦苦尋找安的下落，以及他試圖接受失去朋友的現實。肖恩．麥克德莫特在凱勒梅堡監獄被處決的那天，日記裡寫道：肖恩今天早上死了。行刑暫緩了好幾天，我以為他會被赦免，結果他也被帶走了。唯一的安慰是，我知道他視死如歸，他自認是為了愛爾蘭的自由而死。然而，我只感到極其悲哀，我會非常想念他。

托馬斯寫到他從都柏林的醫學院畢業後，回到朵姆赫鎮，有意在斯萊戈郡和利特林郡設立診所：

人民十分窮困，我無法想像我的努力能賺多少錢，但我的生活不虞匱乏，而這是我一直以來想做的事。如今，我從一個城鎮到另一個城鎮，從北到南，東到斯萊戈，再往西走。我經常覺得自己像個小販，而這些人無法支付我所提供的服務。昨天我去到巴利莫爾的一戶人家看診，沒有收取任何費用，但獲得了大女兒甜美的歌聲。一家七口住在只有兩房的小屋裡，一個約莫六、七歲，年紀最小的女孩已經好幾天無法下床。我發現她不是生病，而是餓了——餓到沒有力氣動。全家人骨瘦如柴。我在加瓦戈里有一塊三十英畝的土地無人耕種，工頭的屋子還空著。我告訴那位名叫奧圖的父親，我需要有人來耕種那塊地，如果他覺得可以勝任，這個職位就是他的了。這是一時衝動做出的提議，我對耕作毫無興趣，也不想承擔養活一個家庭的責任。但那男人哭了，問我是否可以第二天開始工作。我給他二十英鎊，兩人握手達成協議。那天早上，我留下布麗姬替我準備的晚餐——我不需要吃這麼多——離去前餵小女孩吃了一塊麵包和奶油。麵包和奶油。我身懷多年的醫學訓練和學習，但孩子需要的卻只是麵包和奶油。從現在起，除了醫療包，我會在旅行中隨身攜帶雞蛋和麵粉。比起醫生，他們更需要食物。我不確定當再次遇到飢餓臥床的人家時，我能怎麼做。

我停止閱讀，喉嚨像哽住般翻開下一頁，那是另一個關於在朵姆赫鎮行醫的悲慘描述。他寫道：「比起治療她的女兒，那位母親似乎更想要我娶她。她誇讚自己的女兒有紅潤的臉頰和明亮的眼睛，然而，那是因爲已經到肺結核末期的關係。她恐怕不久於人世。我答應下次會帶藥來舒緩她的咳嗽，母親欣喜若狂，應該沒有意識到我並不是要來拜訪那個女孩。」

他寫到布麗姬．加拉赫對愛爾蘭共和兄弟會的憤怒。托馬斯仍是其中的一員。布麗姬認爲都是兄弟會的錯，導致狄克蘭的死亡，英國警力「黑棕部隊」(注1)橫行愛爾蘭。托馬斯寫道：「我不想跟她爭論。我無法說服她改變想法，也同樣放不下自己的執念。儘管希望渺茫，但我仍渴望自由，渴望解放愛爾蘭，這份渴望有多強，我的內疚就有多深。和我一同起義的好友們，許多人被關押在威爾斯的弗朗戈克監獄(注2)。在我心中，我知道自己應該和大家同生共死。」

他的筆下充滿對歐文的愛。「他是我生命裡的一道光，閃爍著更美好的希望。我請布麗姬替我打理家務，如此一來，我就能就近照顧她和孩子。安和我一樣舉目無親，在這世上孤單一人。她有個姊姊在美國，父母和哥哥早逝。布麗姬是歐文僅有的家人。我會成爲他的家人，一定會讓他知道他父母親的身分，愛爾蘭的意義。」

歐文曾經說：**他就像我的父親**。我對這位憂鬱的托馬斯．史密斯湧起一陣溫柔的感情，並繼續閱讀。他的下一篇日記在幾個月後，他提到奧圖一家人，以及新工頭所做的努力，孩子日益增加的體重讓他感到滿意。他寫下歐文開口說的第一句話，每次回家，小歐文會咿咿呀呀地跑向他。「他開始叫我爹地，布麗姬聽出來後嚇壞了，哭了好幾天，我試著說服她歐文是在叫我醫生，但她拒絕被安慰。我開始在晚上給這小傢伙上課，他現在可以清楚地說出醫生兩個字，還會叫布麗姬一聲奶奶，她總算有點笑容了。」

他寫道，在一九一六年耶誕節前夕，他口中最後一批的愛爾蘭自由鬥士獲得釋放。他去都柏林迎接眾人回家，萬萬沒想到居然會受到民眾熱烈歡迎。「復活節隔天，當我們走過街道，策劃叛亂，挑起對抗，而人們嘲笑我們，要我們去對抗德國人。現在，群眾不再視我們為麻煩，而是有如迎接英雄般歡迎男孩們回家。我很開心，一旦民心變了，就有可能帶來眞正的改變。阿麥似乎也是這麼認為。」

阿麥？麥可．柯林斯的朋友都暱稱他為阿麥。從照片來看，我認為托馬斯．史密斯與他非常熟稔。這本日記根本是個寶藏，我納悶為何歐文沒有早點給我，他明知道我在深入研究這段歷史，而

注1 黑棕部隊（Black and Tans），指英國派駐愛爾蘭的警察部隊，因身穿黑色制服外衣和棕色的軍褲而得其名，主要對抗愛爾蘭共和軍和其他獨立運動組織。

注2 弗朗戈克監獄（Frongoch），在一九一六年愛爾蘭復活節起義後，該監獄成為關押許多參與起義的愛爾蘭人的地點，成為愛爾蘭獨立運動的重要象徵。

托馬斯似乎是其中的關鍵人物。

我的眼皮愈來愈沉，自從去了一趟巴林納加村，我心中始終盪漾著一股異樣情緒。我正打算放下日記，頁面往前闔上，露出最後一頁。泛黃的頁面上不是紀事，而是一小節詩篇。沒有標題或註釋，只是一首托馬斯親手寫下的詩歌。讀起來像是葉慈的風格，也給人一種葉慈的感覺，但我從未聽過這首詩歌。我懷疑這是關於那個在湖中溺水的女人的詩，早上糖果店老闆提到的。我一遍又一遍地讀，這些句子充滿了渴望和不安，我無法從頁面上移開目光。

我從水中救起妳，
安置在我的床上，
一個孤獨的迷途女兒，
來自一個還未消逝的過去。

迷戀莫名演變成愛意，
破碎掉一顆鐵石心腸，
懷疑成了告白，
莊嚴許下血肉之盟。

我聽見風的哀鳴，
朝聖者的靈魂被時光尋回，

呼嘯著要將妳帶回，
吩咐我隨之甜蜜地沉溺。

親愛的，別靠近水邊，
遠離岸邊和海洋，
親愛的，妳無法行走水面，
湖水會將妳帶離我身邊。

我翻到下一頁，那是皮革裝訂的書背，上面沒有其他文字。朝聖者的靈魂被時光尋回。葉慈在〈當你老了〉（When You Are Old）一詩中提到過朝聖者的靈魂。儘管這是一首美麗的詩，但我確定這不是葉慈的詩，也許托馬斯．史密斯只是因爲喜歡而記錄下來，或者，這是出於他的手筆。

「親愛的，別靠近水邊，遠離岸邊和海洋，親愛的，妳無法行走水面，湖水會將妳帶離我身邊。」我重讀一次。

明天早上，我會帶著歐文的骨灰去吉爾湖，湖水將接納他。我闔上書本，關燈，將另一顆枕頭抱在胸前，感到前所未有的孤獨和無助。淚水如洪水般湧出，沒人能將我從水中拉出，並留在他的床上。我爲爺爺哭泣，爲一個逝去的過往哭泣，當風拒絕將我吹離時，我感覺自己被遺棄了。

一九一六年七月十一日

歐文今天滿周歲了。他是個愛笑的小傢伙，健康又開心。我發現自己常盯著他看，他是如此天真無邪。

但我也為此黯然神傷，總有一天，他會明白他失去了什麼。都柏林事件之後，他老是哭著找媽媽，他還沒斷奶，除了母親，沒人能安撫他。他現在不再找媽媽，我猜他已經沒有任何關於他們的記憶了。這個殘酷的真相沉甸甸地壓在我心頭。

在復活節週的行刑之後，愛爾蘭鄉村地區開始出現騷動。博蘭磨坊(注)的指揮官艾蒙・戴・瓦勒拉被赦免，次要成員威利・皮爾斯則遭到處決。死刑和監禁未能起到震懾效果，反而助長了國內暗潮洶湧的反叛氛圍。社會的不公加劇民眾的不滿，替愛爾蘭人心裡數百年歷史的忿怨添上一筆，傳承下一代。

然而儘管社會騷動，民眾卻因受到傷害而害怕，我們現在沒有能力反擊，還不是時候。但這一天終會到來，當歐文長大成人，愛爾蘭將會自由。我埋首在他細軟的頭髮中，輕聲許下承諾。

布麗姬提起要帶歐文去美國，我沒阻止，也沒表現出我的感受，但我無法忍受失去歐文。他已經是我的孩子，我被偷走的孩子。

布麗姬擔心我會結婚，不再需要她來管理家務和照顧我。在這一點上，我經常安慰她，她和歐文在我家永遠保有一席之地。我沒有告訴她，每當我閉上眼睛，我會看到安的臉龐。我夢見到她，心中感到不安。

布麗姬不會明白，我自己也不確定。我並不愛安，她卻總在我心中揮之不去。或許找到她之後，一切會有所不同。

但她至今仍然下落不明。

T．S．

注 Boland's Mill，一九一六年復活節起義期間，博蘭磨坊四周地區成為愛爾蘭志願軍第三營的總部，由艾蒙·戴·瓦勒拉（Eamon de Valera）指揮。志願軍部隊佔據了此地區，艾蒙·戴·瓦勒拉在博蘭磨坊升起一面綠旗，上面有一把金色豎琴，這是愛爾蘭獨立的象徵。

第4章　見面

一時隱藏於暮年，
在斗篷和兜帽的遮掩之下，
面對面站立，憎恨彼此所愛。

——W．B．葉慈

隔天，當我走進圖書館大門時，蒂兒麗笑盈盈地迎接我，似乎並不意外再次看到我。

「梅芙要妳去一趟巴林納加，有什麼進展嗎？」她問道。

「有，我找到他們了——我是說他們的安息之地。我打算明天回去，在墓上放些花束。」我內心再次湧現當時在荒煙蔓草中感受到的柔情。我尷尬地笑了笑，心想自己又一次在圖書管理員面前失態。我清了清喉嚨，拿出夾在托馬斯．史密斯日記當中的房子照片，像揮舞盾牌般拿給蒂兒麗看。

「妳可以告訴我這是什麼地方嗎？」我問。

她接過照片，透過眼鏡下方細看，下巴微微前伸，眉毛挑高。

「這是加瓦戈里。」她愉快地說。「這是一張老照片吧？老天，是什麼時候拍的？這個地方幾乎沒變，就是多了旁邊的停車場，最近好像還蓋了幾間客用木屋。」她瞇起眼看照片。「妳可以隱約看到樹林裡有一棟小屋，年代比莊園還要久遠，屋主是吉姆．唐納利，他十年前整修過一次。他會帶旅客去遊覽湖上風光，探索獨立戰爭期間走私者藏匿武器的洞穴。我祖父說，在那些年，他們利用湖泊運送武器進出這個地方。」

「加瓦戈里。」我驚訝地喃喃自語，我早該想到的。「屋主是一個叫托馬斯．史密斯的人，對不對？」

她茫然地看著我。「妳是指什麼時候？」

「一九一六年，我猜那是在妳出生之前的事。」我尷尬地說。

「是隔了一點時間。」她大笑。「但我可能多少還是有點印象。嗯，不確定，但我記得這棟房子和資產如今是透過家族信託管理，家族成員都不住在裡面，現在只有管理員和員工，還有房間出租，就位在吉爾湖靠朵姆赫鎮的那側。有人都直接稱它爲莊園。」

「妳昨天有提到，我當時沒意識到。」

「沒錯，那裡也有一個碼頭，可以跟吉姆租船去湖上釣魚或消磨時間。那座湖泊通向一個小灣口，漲潮時，可以沿著灣口直達斯萊戈沙灘，進入大海。在奧羅克（注）時代，吉爾湖有不少海盜船故事，奧羅克建造了一座城堡——後人稱之爲帕克城堡。妳去過嗎？」

我點點頭，她滔滔不絕地接著說。

「他也建造了克里夫利修道院。奧羅克因爲給予西班牙無敵艦隊的流亡船員庇護，被英國以叛國罪處以絞刑。英國國王將奧羅克的城堡給了一個叫帕克的人。妳能想像嗎？花了二十年建造一座能夠屹立百年的城堡，就這樣憑空被人奪走。」她厭惡地搖了搖頭。

「我想去看看加瓦戈里，有對外開放嗎？」

她指路的方式幾乎跟梅芙一樣。「往左走一點，再右轉一小段，萬一迷路了，就停車問路。離這裡不遠，應該不至於會迷路才對。」

我專心聆聽，從手提包裡拿出小記事本寫下。「謝謝妳，蒂兒麗。如果妳遇到梅芙的話，請代爲轉達我的謝意。找到墓地對我來說意義重大。」

「梅芙．奧圖是知識的源泉，她知道的事比我們所有人加起來都多，我一點也不意外她知道妳

注　一五四〇年到一五九一年，布萊恩．奧羅克（Brian O'Rourke）統治時期，正值都鐸王朝征服愛爾蘭後期，英格蘭人入侵他的領地，他於一五九一年在倫敦被判死刑。

親人的事。」

我停下自己轉身正要離開的腳步。這個名字很耳熟。

「梅芙的姓氏是奧圖？」

「那是她的婚前姓氏，之後陸續改成麥凱、荷柏和歐布萊恩，她的命可長過三任丈夫囉，記都記不清楚，我們還是習慣叫她一開始的姓氏。怎麼了嗎？」

「沒什麼。」我聳聳肩，梅芙沒提起過她的家族曾住在加瓦戈里，我也還沒讀完日記，不清楚托馬斯幫助的奧圖一家後來如何了。

通往加瓦戈里的小路上有一道柵欄門，緊閉的大門上了鎖。透過林間，我看到那棟房子，照片在我眼前鮮活起來，但依然遙不可及。

我按下大門左側按鈕，不耐煩地等待回應。無人應門。我只好重新上車，但沒有原路折返，而是選擇岔路，沿著湖畔小路前進，希望能從另一個角度看一眼那棟房子。但這條狹窄道路的盡頭是一座鋪滿碎石的停車場，從停車場可以俯瞰長長的碼頭，上面停泊著幾艘獨木舟和小船。蒂兒麗提到的小屋離碼頭最近，那是一棟白色屋子，有著藍色百葉窗和相襯的藍色飾邊。我朝它走去，但願有人在裡面。門旁釘子上掛著一塊小牌子，顯示正在營業中。我走進屋裡。

小小的門廳被改造成接待區，有個狹窄的木製櫃檯和幾張摺疊椅。櫃檯放了一個小鈴鐺，我不情願地輕按了一下。在天主教學校裡，有位修女的辦公桌上也放了一個類似的鈴鐺，她經常用力狂按，從此以後，一聽到那個聲音就讓我有陰影。好幾分鐘過去了，無人回應。但我沒有再次按響。

「唐納利先生？哈囉？」我決定出聲呼喊。

身後的門開了。我滿懷期待地轉身，一個眼睛濕潤、鼻子泛紅的男人慢悠悠地走進來。他穿著涉水褲，頭上戴著一頂報童帽，用吊帶防止褲子滑落。他被我嚇了一跳，用手擦了擦嘴巴。

「對不起，小姐，我不知道妳在等我。我看到妳的車，但以爲是有人來散步或釣魚。」

我伸出手，他有些尷尬地回握住我的手。「我叫安・加拉赫，我可以租一小時的船嗎？」

「安・加拉赫？」他眉頭緊鎖，不可置信地問。

「是的。」我拉長語氣。「有什麼問題嗎？」

他聳聳肩，搖了搖頭。「沒事。」他嘟囔著說：「我可以帶路。雲層正在移動，我不喜歡讓客人獨自過去。」

我總不能說我打算把骨灰撒進他的湖泊裡，而且也不希望他在我向歐文告別時待在一旁。「我不會划太遠，你隨時可以看到我，就給我一艘腳踏船或碼頭上那種小划艇，沒事的。」

他沉吟片刻，看了我一眼，視線飄向窗外陰沉的午後，停泊船隻的碼頭上空無一人。

「半小時就好，唐納利先生，我可以付你雙倍的費用。」我強調，既然人都來了，我只想盡快完成任務。

「好吧，那就在這裡簽名，不要划太遠，隨時留意雲層的狀況。」

我簽下他的免責聲明，將四十英鎊放在櫃檯，跟著他走向碼頭。

他幫我選了一艘船，一看就是艘歷經風霜的船，少說也有十年歷史了，但還算堅固，船上附帶兩支槳和一件救生衣。爲了安撫唐納利先生，我穿上救生衣，儘管其中一條帶子斷了，我仍裝作若無其事。唐納利先生建議我把隨身物品放在門廳的一個小置物櫃裡，但我婉拒了。包包裡有歐文的骨灰，總不能當著他的面拿出來。

「妳的包包會濕掉，穿著也不適合。」他抱怨著，眼睛打量我的衣服和平底鞋。我穿著一件厚重的針織毛衣、純白襯衫和米色長褲。這是歐文唯一的一場告別式，穿運動鞋和牛仔褲會顯得太隨便了。

我的思緒再次飄回巴林納加村的墓地，回到昨天拜訪過的石碑。我希望歐文也有一個證明他存在過的紀念碑，一種永恆的東西，有著他名字和活過的年歲。但這並不符合他的遺願。倘若我在巴林納加村留下一座墓碑，一旦回到美國後，就再也不會有人去探望或關心，這樣也不對。

我答應過他的。我嘆口氣，握住吉姆．唐納利的手，踏入搖晃的小船，穩穩地抓住槳。唐納利先生疑惑地看了我一眼，之後解開船繩，一腳用力一推。

我把槳插入左側水中，然後是右側，試划了幾下，努力找到節奏。小船順利前進，我慢慢划離碼頭。我只需要划開一小段距離。天空逐漸陰沉下來，水面卻是平靜無波。唐納利觀察了我一會兒，確定我掌握技巧之後，便朝碼頭另一端走去，回到岸邊和他那棟有著藍色屋頂的舒適小屋，沿路金雀花盛開。

我對自己的成果感到滿意，如今能在水面上順利前行，一前一後的推槳對我來說是新鮮的體驗。湖面宛如浴缸裡的水般平靜，輕柔地拍打著船身，我很喜歡這種感覺。長時間伏案寫作對健康並不好，我發現強迫自己運動對寫作很有幫助。爲了預防駝背和手臂消瘦，我會跑步、做伏地挺身。汗水、運動和聽音樂皆有助於我在幸福的一小時內忘卻煩惱，驅除腦霧，活躍神經突觸。我規律運動了十年，有足夠的體力可以划出一段距離，在將歐文的骨灰交給風之前，有些私密空間與他對話。

我的槳在水中忽隱忽現，無聲地推動船前行。我不打算划太遠，現在我可以看見身後的碼頭，再過去就是坐落在山陵起伏之間的莊園，淡色屋頂在一片綠意之間格外醒目。我繼續划船，放骨灰罈的包包就放在腳邊。我的視線從岸邊飄向天空，眼前景象奇特，灰色天空與水面融爲一體。萬籟俱寂，彷彿是另一個世界。我被這片寧靜所吸引，停止划槳，任由小船漂浮。湖畔在我右側，四周是寬闊的天空。

我拿起骨灰罈，短暫地擁抱它並拔開塞蓋，爲只有一人出席的儀式做好準備。

「我帶你回來了，歐文。我們在愛爾蘭的朵姆赫鎮。就在吉爾湖中央。你說得對，這裡很美，萬一我漂流到海上，你要負責喔！」我刻意笑了笑。歐文和我經常大笑，沒有他，我該如何是好？

「我還沒準備好讓你走，歐文。」我哽咽著說，我知道在這件事上沒有選擇的餘地，告別的時刻到了。我復述在成長過程中他說過無數次的話，那是來自葉慈的一首詩，若按照我的意願安葬，我會把這段話刻在他的墓碑上。

「精靈們，帶我離開這個沉悶的世界，
因我願與你們在風中翱翔，
在潮水波濤之上奔跑，
如烈焰般在山峰起舞。」

我緊抱骨灰罈，對著風和水默禱，但願歐文的故事永遠隨風飄揚。然後，我傾倒骨灰罈，用力揮動手臂，揚起的白色骨灰沒入四周薄霧。我倒抽一口氣。骨灰宛如一堵白色霧牆，翻騰凝聚，霎時，我看不見船尾以外的任何東西——沒有岸邊，沒有天空，甚至連湖水都消失了。

我把骨灰罈放回包包中，就這樣坐了一會兒，隱藏在霧中，無法前進。船隻搖晃著，就像歐文以前那樣抱著我，我彷彿又變回孩子，坐在他的大腿上，傷心欲絕。

有人在吹口哨。我一驚，立刻聽出熟悉的旋律。這是歐文最愛的曲子〈依然記得他〉（Remember Him Still）。我坐在湖中央，而有人在吹口哨，聲音穿透迷霧，宛如在陰森的白霧中愉快地吹奏長笛，聲音飄渺而不連貫，聽不出來自哪個方向。接著，聲音逐漸變弱，像是那人走遠了，故意戲弄我，和我玩起捉迷藏。

「哈囉！」我大聲呼喊，好確定自己還能發出聲音。聲音沒有傳出去，而是消散在空氣中，被濕氣吸收。這一聲叫得克制，畢竟我自己也不想打破這片寧靜。我抓住槳，但沒有划動，一時間不知該往哪移動。我可不想划錯方向上錯岸，最好等霧散了再試著划回岸邊。

「有人嗎？我遇到麻煩了！」我大叫。

一艘駁船的船頭滑入視野，我一抬頭，發現有三個男人在俯視我。我嚇了一跳，他們也同樣震驚。他們戴著上個年代的扁帽，拉低的帽簷底下，一雙雙驚恐的眼睛盯著我看。

我可憐兮兮地慢慢起身，突然害怕自己會永遠被困在霧中，而這些人是我唯一的機會。我這麼做或許不太聰明，但也許能救我的命。

當我站起來時，那些男人全都渾身僵硬起來，好像我威脅到他們一樣。中間的那個男人瞪大了眼，緊抿雙唇，倏地從口袋拔出一把槍對準我。他的手在顫抖，我也在搖晃。他沒有任何警告和告知，就這麼毫無預警扣動了扳機——隨著一聲低沉的爆裂聲，小船突然劇烈顫動，感覺不是因爲他，而是吉爾湖深處一隻嘶吼的巨獸從船底下竄出，將我拋進水中。

冰冷的湖水奪走了我的呼吸。我拚命掙扎，用腳踢水，奮力把臉探出水面，水面上的白霧就跟水底一樣悶濕。

眼前一片霧濛濛，伸手不見五指。看不到船、大地、天空，也看不到那些拿槍的男人。

我試著將身體後仰浮在水面上，不發出聲音。合理推斷，假如我看不到他們，他們應該也看不見我。我努力保持頭部超出水面，盡量不濺起水花，一邊豎耳傾聽，一邊透過白霧張望。在腎上腺素和刺骨的寒意作用下，側腹有股灼熱的疼痛感。我繼續踢水，不去面對現實。我中槍了，而且得找到自己的船，不然就會溺死。

我瘋狂地來回游動，沿著落水的地點繞了一大圈，試圖在霧中找到我的船。

突然間，口哨聲再度響起，從歌曲一半的地方開始哼，彷彿在停吹口哨的這十分鐘內，那人持續在腦中哼著歌。聲音起伏、中斷，然後變得更加清晰。我再次大喊，牙關打顫，四肢瘋狂划動，好讓頭部能保持在水面上。當時我沒有想到，假如吹口哨的人是駁船上的其中一人，這等於是在提醒他們我還活著。

「救命啊！有人在嗎？」

口哨聲停下了。

「救命！拜託！你能聽到我嗎？」

帶子斷裂的救生衣不見了，鞋子在我踢水的時候脫落，我死命想游往口哨聲的方向，卻被濕透的笨重針織毛衣往水底下拖。

「有人在嗎！」我驚慌失措，高聲尖叫，聲音穿透濃霧。

一艘斑駁的紅色小船宛如海蛇般從迷霧中浮現，朝我划行而來。那艘船跟我從吉姆·唐納利那裡租來的小船有點像。船上有一個人在划槳，濃霧遮蓋了他的臉。我聽見他震驚的咒罵聲。我全身冰冷，分不清是出現幻覺，還是瀕臨死亡，也許都有。那張俯視我的臉龐出奇地眼熟，我只能祈禱他不是我幻想出來的景象。

「抓得到嗎？我拉妳上來。」他催促著，我伸手去抓那個幻象，並且結結實實地抓到了——船是眞的，人也是眞的，雖然只能攀在船邊，但我已經激動得哭了出來。

「天啊，妳是從哪冒出來的？」那人問道。他緊抓著我的手腕，一把將我拉上船，我甚至不用自己出力。我的臀部和腹部擦撞到船側，我痛得大叫，他這才注意到我肚子上的血。

「該死！」他咬牙切齒地說，我再一次哀號。「出了什麼事？」我眼前一片模糊，全身癱軟無力，無法聚焦他的臉。他把我的手從濕透的毛衣中抽出來，就是這件毛衣害我差點游不動。他來回搓揉我的皮膚，暖意回到四肢，我努力睜開眼睛想向他致謝。就像駁船上的人一樣，他戴著一頂扁帽，臉湊得好近，有著一雙蒼白如霧的藍眼睛，當他和我目光相對時，他瞪大了眼睛。

「安？」他難以置信地高聲喊道。他叫出我的名字，好像跟我很熟一樣，簡直跟我現在的處境一樣詭異。

「對。」我輕聲說，僵硬的嘴唇勉強吐出這個字，撐不住的眼皮又重新闔上。他似乎又問了一次，但我的舌頭和腦袋一樣沉重。我沒有回答，只感覺到有雙手拉起我的襯衫，想要幫我脫掉，我無力地抓著衣服抗拒。

「我得替妳止血，讓妳保暖。」他堅持，推開我的手，看清楚狀況後咒罵一聲。

「該死，妳中槍了！」他的愛爾蘭口音跟歐文好像，舒服又好聽，就好像找到我的人是歐文。我虛弱地點點頭，是的，我中槍了，我自己也莫名其妙，而且好累好累。

「看著我，安，現在還不能睡，張開眼睛。」

我照他的話做，緊盯著他。除了扁帽，他還穿著一件花呢外套，內搭羊毛背心和棕色長褲，彷彿他原本要去參加彌撒，卻臨時改去釣魚。他脫下外套和背心，急忙撕開自己的襯衫，鈕扣彈飛開來。

他扶我起身，讓我靠在他身上，我的頭抵在他的胸前起伏。他只穿著一件長袖上衣，身上有濺粉漿、肥皂和煙囪味。他讓我感到安全，接著，他用自己的白色襯衫包住我的腰，扭緊袖子做成一條繃帶，替我披上外套，將我包圍在他的體溫之中。

我的血會沾到他的衣服，我虛弱地想著。他正忙著解開扣子，將我輕放回船底，塞好外套牢牢裹住我，再蓋上一件更大的東西。我努力撐開一半的眼睛望著他。

男人瞪著我，帥氣的臉龐寫滿了震驚。我發現他長得很好看，方正的下顎中央有條深溝，映襯著臉頰上的皺紋和兩道粗眉。他再次讓我想起某個人。我見過他，他好眼熟，但以我目前的狀態，我實在想不起來。

他坐回去，緊握船槳，像似要贏得比賽般，在微波微盪的湖面上死命划行。看他那樣著急，我安心下來。他知道我的名字，有人找到我了。目前這樣就夠了。

我一定是睡著了，因爲突然間我又漂浮起來，迷失在湖水和迷霧中。我痛苦地呻吟，還以爲自己得救了，但原來只是一場夢。接著我意識到，自己沒有掙扎或下沉。我不是漂浮，而是被抱了起來，從船上放到碼頭上。我感覺自己臉貼木板，手掌滑過刮痕滿布的潮濕木頭。

「伊蒙！」救起我的人大喊，我聽見他匆忙爬上碼頭，倉促的腳步聲逐漸遠去，木板貼在我的耳邊震動。「伊蒙！」他再次大喊，這一次聲音離得更遠了。接著，來了兩個人的腳步聲，拉著推車喀噠喀噠走過凹凸不平的木板地。在湖上找到我的男人蹲在我身旁，撥開我臉上的頭髮。

「伊蒙，你認得她是誰嗎？」救我的人說。

「小安？」另一個人驚呼。「是小安嗎？」

救我的人咒罵一聲，他原本也不怎麼相信，但叫伊蒙的男人證實了他的懷疑。

「怎麼回事，醫生？是誰幹的？」

「我也不知道，伊蒙。在我搞清楚她捲入什麼麻煩之前，你別說出去。」

「我以爲她死了，醫生。」伊蒙驚呼。

「大家都這麼認爲。」醫生低聲說。

「你要怎麼隱瞞？你沒辦法把一個人藏起來。」伊蒙反駁。

「我沒有要隱藏她的意思……我是要隱藏這件事。我必須要弄清楚她這段時間到底在哪，爲什麼有人對她開槍，把她扔進湖裡……」

叫伊蒙的男人沉默了，兩人彷彿在無聲之中交流。我想澄清一下他們可能有的誤會，但我的思緒斷斷續續，當他們我放到推車上——車上滿是高麗菜和潮濕的狗氣味——想解釋的念頭已經煙消雲散。我感受到他們的急迫和恐懼，然而，就像迷霧隱藏著那些持槍的人一樣，迷霧也奪走了我的疑問和意識。

一九一七年二月二十四日

麥可・柯林斯正在朵姆赫以南的北羅斯康芒郡為普朗克特伯爵（注1）進行競選活動，我去聽他的演講，他從弗朗戈克監獄被釋放僅兩個月，便投身到繁忙的事務之中。

阿麥在人群中看到我，演講一結束立刻跳下台階，把我當摯友一樣抱起我旋轉。這就是阿麥，總是熱情待人，也是我羨慕他的地方，因為這是我沒有的特質。

他問到狄克蘭和安的近況，我不得不把消息告訴他。他跟安不熟，但他知道狄克蘭並且敬佩他。

我帶他回到加瓦戈里過夜，迫不急待想了解兄弟會內部正在醞釀什麼計畫。據阿麥的說法，民眾普遍認為我們是新芬黨（注2）。「但新芬黨的主張跟我不同，阿托，我相信要透過武力才能將我的國家從英國統治中解放出來。」

當我問他是什麼意思時，他重新倒滿威士忌，像悶了一個月的氣般嘆息。

「我說的不是躲在大樓裡、燒燬都柏林。那樣做沒有效果。我們在一九一六年做出聲明，但只有聲明是不夠的，我們需要不同的戰法，祕密行動，針對重要人物的攻擊。

注1　喬治・諾貝爾・普朗克特（George Noble Plunkett），愛爾蘭復活節起義的領導人之一。

注2　新芬黨（Sinn Féin），愛爾蘭共和主義政黨，愛爾蘭語意為「我們自己」，政策是爭取愛爾蘭完全獨立，創建一個統一的愛爾蘭共和國。

「我們計劃重組愛爾蘭義勇軍（注1），邀請新芬黨和愛爾蘭共和兄弟會加入我們，以某種形式將起義期間在一起的派別再次團結起來，目標只有一個：一勞永逸將英國人趕出愛爾蘭。這是我們要贏得勝利的唯一方法。」

我問他我能幫上什麼忙時，他笑了笑，拍拍我的背。他思索片刻，問起我在都柏林的房子，他們需要在城裡各處設置據點，以便隨時藏匿人員，儲放物資。

我立刻同意，給了他一把備用鑰匙，並承諾會聯繫我不家時負責打理屋子的老夫婦。他把鑰匙收進口袋，輕聲說：「阿托，我們也需要槍枝。」

我沉默不語，他深邃的眼神變得嚴肅。

「我正在建立一個在愛爾蘭各地走私武器的祕密路線。我懂你的感受，在宣示拯救生命的同時卻要奪走生命。但我們必須有能力打一場戰爭，醫生，而戰爭就要來了。」

「我不會為你走私槍枝，阿麥。」

「我就知道你會這樣說。」他嘆了口氣。「也許你可以幫得上另一個忙。」他盯著我看了一會兒，我相信他先提到走私槍枝，是因為知道我會拒絕，而要拒絕兩次會更難。

他問起我的父親是否為英國人。

我告訴他，我父親是一名農夫，祖父也是農夫，曾祖父以及幾百年來的祖先都是農夫。但自從高祖父被指控參與叛亂，遭到武裝部隊強行帶走鞭打，並用瀝青致盲後，他們耕種的土地如今已經荒蕪。我告訴他，我曾祖父在一八四五年的大饑荒（注2）中失去一半的家人，我祖父有一半的孩子移民出國，而我父親很早就過世，一生都在耕種不屬於他的土地。

阿麥的眼睛閃著淚光，他再次拍拍我的背。「抱歉，阿托。」

「我繼父是英國人。」我坦承，我一直知道阿麥的意思，但過去那段我無法糾正的錯誤一直是我心中的痛。

「我是這樣想，阿托，你備受尊敬，不像我們一樣背負弗朗戈克的污點。你擁有地位和人脈，不管是這裡還是都柏林，可能對我都很有用。」

我點了點頭，表示同意，但不確定自己是否真能幫得上忙。阿麥沒有再多說什麼，我們開始談論美好的日子。即使是在下筆的現在，寫在一本我藏起來的書裡，這段對話依然讓我激動不已。

T、S、

注1　愛爾蘭義勇軍（Irish Volunteers），愛爾蘭的民族主義和共和主義者於一九一三年建立的準軍事組織。

注2　愛爾蘭大饑荒，由於愛爾蘭人主要的經濟和食物來源——馬鈴薯——爆發疫情、嚴重歉收，導致大規模的飢餓和疾病，引發大量的死亡和移民。

第5章　瘋狂的女孩

那名瘋狂的女孩即興創作她的音樂，
她的詩歌在岸邊跳舞，
她的靈魂與自己分離，
攀升、墜落，不知何方。

——W·B·葉慈

我在一片橘紅色的黑暗中驚醒，四周有舞動的陰影。是火焰。一根木柴在爐中劈啪作響，應聲迸裂。我跳坐起身，側腹傳來一陣劇痛，讓我不禁哀號出聲。剛才的聲音就像槍聲，我想起來了，但不確定這是一段記憶，或是一個新故事。有時我會沉浸於寫作，以至於所創造的場景和角色在腦中變得栩栩如生，在睡著時入夢造訪。

我中槍了，被一個知道我名字的人從水中拉出來。現在我身處在一間房裡，有點像我在大南方酒店的房間，只是酒店房間的地板覆蓋地毯，而這裡的地板是木頭，鋪著帶有花紋的腳踏墊。牆面的紫色壁紙淡了些，窗戶掛上蕾絲長窗簾，而不是讓房客在正午也能入睡的厚窗簾。床兩側各有一座檯燈，皺褶燈罩邊緣綴以玻璃珠。我深吸一口氣，想知道自己傷得有多重。我小心翼翼摸了摸肚子，避開右側包紮得最厚的部位。雖然稍微動一下就痛得不得了，但從包紮的位置來看，子彈造成的傷口不是那麼嚴重。我被照顧得很好，整個人乾淨清爽——雖然棉被之下一絲不掛。我完全不知道這裡是什麼地方。

「妳又要走了嗎？」床尾傳來一個孩子的聲音，嚇了我一跳。有個人正站在床尾的黃銅欄杆後盯著我看。

我緩緩抬起頭想看個清楚，隨即放棄，腹部肌肉痛到縮在一起。

「你可以靠過來一點嗎？」我氣喘吁吁地問。

在片刻死寂之後，我感覺到一隻小手在我腳邊輕輕一掃，床微微晃動，那個孩子似乎緊貼床邊，把床當作掩護。他花了好幾秒鐘的時間慢慢靠近我，最後好奇心戰勝恐懼，沒多久，我發現自己跟一個小男孩四目相對。他穿著一件白色襯衫，下襬塞進深色褲子，繫著吊帶，就像一個小大人。這孩子的髮色是鮮豔的深紅色，有著小巧的鼻子，門牙缺了一顆，微張的嘴巴裡看得到一個洞。在搖曳的火光之中，依然可見一雙藍色眼睛，睜得老大並直率地打量我。我認得他。我認得那雙眼睛。

「妳又要走了嗎？」他說。

我好一會兒才搞懂他的口音。「泥有咬周了嗎？」他說。

又要走？怎麼可能？我連自己怎麼來的都不知道。

「我不知道我在哪。」我小小聲地說，口齒不清，就像在學他說話一樣。是嗎啡的關係。「所以也不知道能去哪裡。」我把話說完。

「這裡是加瓦戈里。沒有人會在這個房間睡覺，現在可以當妳的房間。」

「眞是太好了，我叫安，能告訴我你的名字嗎？」

「妳不知道？」他皺起鼻子。

「不知道。」我輕聲說，莫名感到有點心虛。

「歐文．狄克蘭．加拉赫。」他自豪地說出全名，果然是個孩子。

*歐文．狄克蘭．加拉赫。*我爺爺的名字。

「歐文？」我詫異地揚高聲音，突然覺得他不是眞人，伸手想去摸摸他。男孩往後退，眼睛瞄了一眼房門。

這是夢。我一定是睡著了，做了一場奇怪而美好的夢。

「你幾歲，歐文？」夢中的我問道。

「妳不記得了？」他回答。

「我……現在腦中一團亂，記不太清楚，你能告訴我嗎？拜託？」

「我快六歲了。」

「六歲？」我大吃一驚。爺爺是一九一五年出生，他出生後不到一年，父母在起義行動中雙亡。如果他快六歲了，那現在就是……一九二一年。這是幻覺。我中槍了，差點淹死。也許我死了。但我沒有感受到死亡。明明吃了止痛藥，卻還是好痛。頭痛，肚子痛。但我能說話，我在夢中是說不了話的。

「我記得你的生日是七月十一日，對不對？」我說，歐文猛點頭，單薄的肩膀推擠他過大的耳朵。他笑了，彷彿我多少彌補了一點過錯。他回答：「沒錯。」

「那麼……現在是幾月？」

「六月喔！所以我說我快六歲了。」他興奮地說。

「歐文，你住在這裡嗎？」

「對，跟醫生和奶奶一起。」他不耐煩地說，好像他已經解釋過了。

「醫生？」**善良的托馬斯．史密斯醫生。歐文說他就像他的父親。**「歐文，那位醫生叫什麼名字？」

「托馬斯，奶奶都叫他史密斯醫生。」

我輕輕地笑了，這個夢也太真實了，怪不得他看起來這麼眼熟，他就是照片中的那個男人，那個眼神冷淡、不苟言笑的人，那個歐文說愛上小安的人。可憐的托馬斯．史密斯，他愛上摯友的妻子。

「你奶奶呢？」我問道，沉浸在這個令人頭暈目眩的夢境中。

「布麗姬．加拉赫。」

「布麗姬．加拉赫。」我無聲地說。「沒錯。」布麗姬．加拉赫就是歐文的奶奶。狄克蘭．加拉赫的母親，安．加拉赫的婆婆。安．加拉赫。

托馬斯．史密斯剛叫我安。

「托馬斯說妳是我媽媽。我聽見他跟奶奶說的。」歐文激動地說。我倒抽一口氣，頹然放下要去摸他的手。「爸爸也會回來嗎？」他沒等我的回答接著問。

他的父親？天啊！是歐文，他真的是歐文，小時候的歐文。父母雙亡，而我不是他媽媽，他的雙親都不會回來了。我摀住雙眼，想要強迫自己醒來。

「歐文！」從屋裡其他地方傳來女人的聲音。她在到處找人。一眨眼，小男孩跑走了，他跑到門口，溜出房間，門輕輕闔上。我陷入另一個夢境，一個安全的黑暗之中，在那裡，爺爺不會變成一個笑得燦爛的紅髮小男孩。

當我再次醒來時，有人在摸我的皮膚，掀開床單，露出我的肚子，替我重新包紮。

「傷口很快就會癒合，雖然會留下疤痕，但幸好沒有大礙。」又是照片中那個男人，托馬斯．史密斯。他把我誤認成別人。我閉上眼睛當他不存在，但他沒有離開，我明顯感覺到他的手指在我的傷口旁游移。我慌了，呼吸變得急促。

「痛嗎？」

我輕聲啜泣，比起傷口的痛，我更害怕洩露身分。我不是他以為的那個女人，我怕到不敢說他犯了一個嚴重的錯誤。

「妳睡了好久，妳得跟我談談，安。」

我還能說什麼？

他餵了我一匙糖漿狀的透明液體，該不會是鴉片酊讓我產生幻覺的吧？

「妳看到歐文了？」他問。

我點點頭，吞了下去，想起那個小男孩的模樣。鮮紅的頭髮，一雙熟悉的眼睛透過床尾的銅欄杆偷瞄我。我居然幻想得出這麼一個漂亮的孩子。

「我叮嚀過他不要來，但也不能怪他就是了。」他嘆道。

「他就跟我想像中的一模一樣。」我輕輕、慢慢地用跟爺爺一樣柔和的口音說話，這不難，我一直以來都在模仿爺爺的口音，但這是不對的。我皺起眉頭。我不該試圖用口音欺騙托馬斯．史密斯。雖然我說的是真話，歐文的確和我想像中的一樣，但我不是他的母親，這一切都不是真的……

當我再次從昏睡中醒來時，腦袋已變得清楚多，火光中交織舞動的深紅與橙色靜止下來，形成了具體的線條和形狀。兩扇玻璃高窗外的光線正在聚集——或是消逝？夜晚走了，但夢境仍舊持續當中。

壁爐中的火和有著爺爺名字的小男孩都消失無蹤，傷口變得更痛，而那個為我溫柔療傷的男人還在。托馬斯．史密斯疲憊地坐在椅子上，似乎在看顧我的時候睡著了。我研究過黑白照片裡的他，他也從舊照片裡凝視我。我告訴自己幻覺不會有危險，並再一次觀察他。陰暗的房間沒有替他增添多少色彩，一頭黑髮和照片如出一轍，只是曾經光滑的波浪，如今散落在深陷的眼睛上，我知道那是一雙藍色的眼睛，這白霧中唯一不同的色彩。他的唇輕輕張開，圓滑的曲線柔化了過於方正的下顎，臉頰消瘦，顴骨突出。

他的穿著更成熟了——高腰褲搭配合身背心，淺色無領襯衫緊扣喉嚨，袖子捲到手肘，黑色翼尖鞋牢牢踩在地上，好像隨時準備被人叫醒。他在高背椅上顯得又瘦又高，四肢放鬆下垂，手腕和手指朝著地板，像一位累到在寶座上沉沉睡去的戰士國王。

我好渴，而且膀胱快爆炸了。我小心翼翼往左翻身，試圖坐起身時，側腹一陣劇痛，不由得倒抽一口氣。

「小心，傷口會裂開的。」托馬斯出聲阻止，濃濃的愛爾蘭口音充滿睡意。他起身時椅子嘎吱作響。我置若罔聞，挺直背脊，將床單抱在胸前，感覺到棉被從我肩膀滑落。我的衣服呢？我背對著他，光裸的背部被他一覽無遺。我聽見他走近，然後停在床邊。

他將一杯水湊到我的唇邊，我感激且顫抖地喝下，他放在我背上的手溫暖且結實。

「安，這段時間妳都在哪？」

我現在在哪？

「我不知道。」我小聲地說，不去看他的反應。「我不知道，只知道我在……這裡。」

「妳會待多久？」他冰冷的聲音令我害怕、充滿恐懼。我的四肢開始麻木，指尖顫動。

「我不知道。」我回答。

「是他們下的手？」他問。

「誰？」在我腦中這是一句哀號，但來到唇邊卻只剩一聲嘆息。

「槍手，安。」輪到他低語。「妳和他們在一起嗎？」

「不是。」我堅定地搖搖頭，整個房間因這個動作隨之天旋地轉。「我需要上廁所。」

「廁所？」他困惑地說。

「馬桶？洗手間？」我在腦中搜尋愛爾蘭人的用語。

「抓住我。」他俯身，手穿過我下方，我死命抓緊床單，而不是他，並在他挺直背脊抱起我時努力遮住自己。

他抱著我走出房間，穿過一條狹窄走廊，進入浴室，輕輕將我放在馬桶上。馬桶水箱高掛在牆上，通過一根長長的黃銅管和圓形馬桶座相連。整個空間一塵不染、潔白無瑕。洗手台和圓弧形獸足浴缸耀眼閃亮。我荒謬地感到心安，他不用穿過屋子走到院子裡去使用戶外廁所，我也不必蹲著使用尿壺，因為此時此刻，我根本蹲不下去。

托馬斯二話不說就離開了，看樣子是認為我能自己處理接下來的事。幾分鐘後，他又回來了，輕輕敲門。我打開門，他再次小心翼翼抱起我，臉盆上方的小鏡子照出兩人的身影，他的視線和我在鏡中相遇。我的頭髮翹得亂七八糟，其中一邊明顯特別塌，淡綠色的眼睛顯得無神，看起來糟透了。但我累到管不了這些，在他將我放回床上並拉上被子前，我差點就要睡著。

「五年前，我找到狄克蘭，但沒找到妳。」他說，彷彿再也無法保持沉默。「我以為妳和狄克蘭在一起。當時我正在把傷患從GPO撤離到傑維斯街，因為火勢太大又設起路障，我回不去。」

我睜開沉重的眼皮，只見他一臉哀傷地凝視著我。他揉著臉，像是想要抹去那段記憶。「火焰吞噬了GPO時，所有人都撤退了。狄克蘭……」

「GPO？」我太累了，不由得脫口而出。

他盯著我，皺起眉頭。「郵局，安。妳和狄克蘭不是和志願軍一起在郵局嗎？馬丁說他以為妳跟婦女一起撤離了，可是小敏說妳又回去了。妳堅持要跟狄克蘭待到最後一刻。結果妳不在狄克蘭身邊……妳去哪了，安？」

我不記得，但隨即恍然大悟。是復活節起義。他正在詳述我曾經讀過的事件。「這是一場不會贏的戰鬥。」托馬斯低語。「我們都知道，妳和狄克蘭也知道。我們談論過革命的意義，反抗意味著會有光榮，也會帶來悲慘。」

「光榮而悲慘。」我低喃，想像那個畫面。我小時候也愛天馬行空，難不成我又像以前一樣過度沉浸在創作之中，幻想自己參與了整起行動。

「我們從GPO撤出的隔天，領袖投降了。我發現倒在街上的狄克蘭。」托馬斯提到狄克蘭時，眼睛打量著我的臉。我只能無助地回望他。「他不會把妳留在GPO，我認識的安也絕對不會離開他。」

我認識的安。

酸澀炙熱的恐懼在我肚子裡翻騰，我不喜歡故事中的發展。他們從未找到歐文的母親，也沒有找到她的屍體，大家以爲她和丈夫一起在那場壯烈收場的起義之中喪命了。我卻來到這裡，喚起埋葬多年的問題。很糟糕，眞的太糟糕。

「如果妳跟其他囚犯一起被送往英格蘭，我們會知道的。幾年前，他們釋放其他女人，所有人都被釋放了。而且……妳很好！」托馬斯轉身背對我，雙手插進褲子口袋。「妳的頭髮……妳的皮膚，妳看起來……很好。」

他沒有提高聲音，但這些話明顯是在責備我，怪我看起來太健康。他轉回來面對我，但沒有走近床邊。

「妳看起來很好，小安，不像是待過英國監獄的人。」

我無言以對，也給不出任何解釋。我不知道一九二一年的安·加拉赫發生了什麼事。我不知道。我想起巴林納加村的墓地，一塊高大的石頭底座上刻著加拉赫的名字，安和狄克蘭共享這塊墓碑，日期清晰可見：一八九二年至一九一六。我昨天才剛看到的墓碑。這是夢，這只是一場夢。

「嗯？」托馬斯追問。

我是個出色的騙子，不是因爲我善於欺騙，而是我的腦海能立即勾勒出各種變化和情節轉折，任何謊言都成了另一種故事版本。我並非特別喜歡自己擅長說謊，但將它視爲一種職業風險。而我現在無法說謊。我目前知道的太少，編不出一個令人信服的故事。睡覺就好了，當我醒來，一切都會結束。我咬緊牙關，閉上眼睛，打算與外界隔絕。

「我不知道，托馬斯。」我直呼其名，只求他放過我，然後轉過身面對牆壁。我得一個人好好想想，消化這一切。

一九一七年九月八日

加瓦戈里意味著「蠻荒之地」，一個如此風景秀麗的地方卻取這種名字。這片土地緊鄰湖泊，樹林高聳，土壤肥沃，青草茂盛，一點也不蠻荒。然而對我來說，加瓦戈里正如其名，是一個艱困的地方。我在愛與恨之間掙扎，它現在屬於我，但不是一直屬於我。

它屬於我的繼父約翰．唐森，一個英國地主。他的家族在他出生前三百年獲得這片湖畔土地。約翰是一個善良的人，善待我的母親也善待我，他去世之後，我繼承了這片土地——一個愛爾蘭人，經過了三百年，這片土地第一次回到愛爾蘭人手中。我始終相信，愛爾蘭的土地應該歸愛爾蘭男女所有，那些世世代代生活在土地上的人。

但我並不因此感到自豪或踏實。

每當想到自己受到命運的青睞、得到加瓦戈里，我的心裡便充滿絕望。擁有的愈多，責任也愈大。我期待自己能實現更大的抱負。

約翰．唐森是英國人，我不怪他，我愛他，他沒有心懷不軌，不對愛爾蘭人懷抱偏見，心中沒有仇恨，他只是一個按照自己所得去生活的人。他繼承的污點隨著世紀的流逝而褪去，他不對父輩的罪行感到愧疚，也沒有這個必要。但我不會遺忘這段歷史。

我跟繼父沒什麼差別，我受益於他的財富，欣然接受被賦予的一切。他悉心栽培我，小時候生病，他為我請來最好的醫生和家教，長大後，他付錢讓我接受高等教育，並在都柏林買了間豪宅，讓我可以就近上都柏林大學的醫學院。大二時，母親去世，他買了輛汽車載我回家。起義前六個月，我的繼父走了，把所有財產留給了我。

我在倫敦證券交易所裡的投資沒有賺到錢，而存放在諾克斯街皇家銀行的資金，以及加瓦戈里圖書館保險庫裡滿滿的鈔票，並不是我工作得來的。這些帳户都在我的名下，但這些錢都不是我賺的。

我大可以走人，不接受約翰．唐森的財富和善意，但我不是傻瓜。我是理想主義者，是民族主義者，是一個自豪的愛爾蘭人，但我不是傻瓜。十五歲時，我坐在韋克斯福德郡的教室裡，聽老師朗讀《法庭演講集》(注)。我發誓，要利用我接受的教育、地位和財富讓愛爾蘭變得更好。這段日子裡，狄克蘭一直在我身邊，同樣熱血，同樣致力於解放愛爾蘭。

約翰．唐森的錢也用在了狄克蘭的教育上，繼父希望我有好友相伴，他支付狄克蘭的食宿費用，安排他回家探望母親。多年後，他甚至支付了狄克蘭和安的婚禮費用，並讓這對夫妻住在加瓦戈里的工頭小屋裡。

約翰．唐森不贊成我和狄克蘭加入當地的新芬黨分部或愛爾蘭共和兄弟會，但是他沒有因此收回他的資金或是他的愛。當加瓦戈里不再迴盪著他的聲音後，我曾想，我們的狂熱是否傷害了他，當我們評判英國統治的不公和血腥時，他是否曾失望地離開。

一想到這，我便懊惱不已。我不得不接受一個事實，理想主義往往會重新詮釋歷史以符合自己的敘事。事實上，不是所有英國人都是暴君，也不是所有愛爾蘭人都是聖人，已經有夠多的鮮血和謾罵來譴責我們所有人。

但愛爾蘭值得擁有獨立，我不再一如既往地熱情或激進，不再天真或盲目，我見識到革命昂貴的代價。

但當我看著歐文的同時，也看到了他的父親，以及我心中仍然能感受到的那份渴望和骨子裡的承諾。

T、S、

注 《法庭演講集》（*Speeches from the Dock*），收錄了愛爾蘭民族主義者在法庭上發表的演講，這些人因參與愛爾蘭獨立運動而被控罪，其中最有名的人物是羅伯特．埃米特（Robert Emmet），他在處決的前夜發表了慷慨激昂的演說。

第6章 死亡之夢

我夢見陌生之地有人死去，
四下無人熟識，
土地上的農民們釘上木板，遮蓋住她的臉，
將她留給冷漠的滿天星辰，
直到我刻下這些話語：
她比你的初戀更為美麗，
如今已躺在木板之下。

——W·B·葉慈

我曾在晚間新聞節目中看過一部紀錄片，講述一個女人在某天早上醒來，卻不知自己爲什麼在這裡，她不認識自己的孩子或丈夫，不知曉自己的過去或現在。她走過家中的走廊和房間，看著摯愛和生活的照片，凝視鏡中陌生的臉龐，她決定假裝一切正常。好幾年過去，她沒有透露自己不記得那天之前的任何事情，直到多年後，淚流滿面地坦白了自己的祕密，家人這才知情。

醫生們認爲是某種動脈瘤之類的問題影響了她的記憶，但身體機能無礙。我不置可否地看著節目——不是懷疑她喪失記憶的眞實性，而是納悶她居然能瞞過家裡的人，沒人察覺異樣。

三天過去了，我感到很不舒服並且拒絕面對現實，能睡就睡，不能睡就盯著花紋牆面。我傾聽房子，懇求它對我敞開心扉，揭示我所不知道的祕密，透露我應該知道的細節。這些散落的細節猶如風中凌亂的紙片，不可能重新補捉。小時候天眞，從沒想過要問歐文他早年的生活。從小到大，我沉浸在他爲我打造的世界中，這個世界充滿所有童年該有的元素，我是他宇宙的中心，我從未思考過在我出現以前，他過著什麼樣的人生。我意識到自己對他過往生活一無所知。

有時候我會害怕到哭泣，拉起被子蓋住自己的臉，躲在一條照理說已不存在的被子底下瑟瑟發抖。這些人——不管是托馬斯、布麗姬還是歐文，他們是過去的人，早已不存在。然而，他們現在就在這裡，和我一樣活著，有血有肉也有情感，活在那些逝去的時光裡。我的眼淚又撲簌落下。

我不禁懷疑自己其實早已經死在湖中，來到一個奇怪的天堂，遇到變回孩子的歐文。這個想法愈來愈強烈，宛如星火燃燒成一道火焰，帶給我溫暖，平靜我紊亂的思緒。歐文在這裡，在我的世界，他已經走了，但在這裡，如同他許下的承諾，我們再一次相聚。是歐文讓我想要留下，哪怕只是暫時也好。

托馬斯時不時來查看我的傷勢，替我更換繃帶，檢查有無感染。「傷口沒事了，安。雖然還會痛，但已經沒什麼大礙。」

「歐文呢？」我問道。從第一個晚上開始，那男孩再也沒來看過我。

「布麗姬去吉爾提克洛赫村找她姊姊住幾天。」

「吉爾提克洛赫。」我喃喃地說，試著回想之前在哪聽過這地方。「肖恩・麥克德莫特在吉爾提克洛赫村出生。」我說，從腦海角落提取這一點小知識。

「對，他的母親瑪莉來自麥克莫羅家，和布麗姬是親姊妹。」

「狄克蘭和肖恩是表兄弟？」我詫異地說。

「沒錯，安，這妳應該知道的啊！」

我難以置信地搖頭。歐文爲什麼對我隱瞞了這麼多過去呢？這麼重要的家族關係，他卻隻字不提。布麗姬・麥克莫羅・加拉赫。我閉上眼睛想要釐清思緒，卻不小心洩露了一點內心話。

「布麗姬是想讓歐文遠離我。」我輕聲說。

「是的。」托馬斯一點也不感到愧疚。「妳怪她嗎？」

「不。」我完全理解布麗姬，換作是我也不會相信我自己。但不管安做錯了什麼，我都不是她。「我想洗澡，可以嗎？」我真的很想洗澡，頭髮油膩膩地貼著我的背部，我不甚自在地摸摸頭髮。

「還不行，必須讓傷口保持乾燥。」

「稍微梳洗一下也不行？用布擦澡？刷刷牙，或者洗個頭髮？」

他迅速瞥了一眼我糾結的頭髮，然後點點頭。「如果妳有足夠的力氣就可以。妳沒有幫手，布麗姬不在這裡，沒人可以協助妳。」

我才不要布麗姬的幫忙。她像一陣冷風掃過我的房間，替我換上一件從頭包到腳的舊睡衣，始終不正眼看我。

「我可以自己來，托馬斯。」

「妳沒辦法自己洗頭髮，會撕裂到側腹的傷口。我來吧。」他生硬地說，掀開毯子扶我起床。「能走嗎？」

我點點頭，在他的攙扶之下，搖搖晃晃走向這幾天他帶我去過好幾次的浴室。我常常得要小解，這是正常需求，是我確信自己不是在作夢或死掉的憑據之一。

「拜託，讓我先刷牙。」我說。

托馬斯在洗手台上放了一個短毛的木製小牙刷，和一個看起來像牙膏的管狀物。粗糙的刷毛是某種動物的毛。我努力不去想那是什麼毛還有牙膏的肥皂味，小心翼翼地刷著，最後用手指完成以免流血。托馬斯等著水管流出熱水，我發現他在看我，眉宇間微微皺起。

刷完牙，托馬斯將一個中等高度的木凳放到獸足大浴缸旁，扶我坐上去。我裹著布麗姬那件不合身的舊睡衣，試圖趴在大浴缸邊緣，但這個角度讓我痛到哀哀叫。

「我彎不下去。」

「站著就好，抓住浴缸邊緣，其他的我來。」

站著是好多了，但我虛弱無力，腦袋昏沉沉地不太舒服。我垂著頭，下巴抵著胸口。他用瓷壺裝滿水，穩穩地往我頭上倒，溫水嘩啦啦地流下。他的悉心照顧讓我感到很舒服，但我一邊得站直身體，同時又不能弄濕身上這件鬆垮的睡衣，窘迫的模樣讓我不由得大笑。身旁的托馬斯停下動作。

「我做得不對嗎？」他問。

「不，你做得很好，謝謝你。」

「我都忘了那是什麼樣的聲音了。」

「什麼？」

「妳的笑聲。」

我收起笑容，驚恐地認知到一個醜陋的事實。我是個冒牌貨。水不斷流下，濕答答的頭髮變得沉重，拉扯我的側身。托馬斯穩住搖晃的我，左手扶住我的同時，右手擰緊我的頭髮。

「我需要兩隻手來洗妳的頭髮，如果我放手，妳會跌倒嗎？」

「不會。」

「逞強是沒用的。」他斥責道。他的口音、清晰的咬字、抑揚頓挫的語調滲入我的肌膚，不知爲何地撫慰了我，也許單純因爲那是我童年熟悉的聲調，像歐文的口音。托馬斯慢慢放開我，想證實我所言不假。見我沒有搖晃，他迅速用一塊肥皂替我濕潤的頭髮上泡沫。我苦著臉，不是因爲痛，而是無法想像頭髮乾了之後會是什麼模樣。我以前都是用昂貴的護髮產品來防止自己的髮變得硬挺蓬鬆、難以整理。

他仔細溫柔地清洗掉我頭髮上的泡沫，修長的手指輕柔地按摩我的頭皮，穩穩地支撐著我——他的善良讓我泫然欲泣。我咬緊牙關，忍住盈眶的淚水，告訴自己這樣太荒謬了。我一定又晃了一下，托馬斯拿毛巾圍住我的肩膀，擰乾我的頭髮，輕輕扶我坐回木凳上。

「你有沒有……油……或護髮素……可以用來讓頭髮滑順？」我結結巴巴地問，思索用字遣詞。「任何可以讓頭髮不會打結的東西？」托馬斯眉毛一揚，撥開額前一縷黑髮。他的襯衫已經濕透，捲到肘部的袖子也沒有好到哪裡。

我感覺就像一個需要人照顧的小孩。「算了，對不起，謝謝你的幫助。」他抿著嘴思索片刻，轉向門邊的高櫃。「我母親以前會用打勻的雞蛋洗頭，再用迷迭香茶沖洗，也許下次可以試試，好嗎？」他微帶笑意地看著我，從櫃子裡拿出一把細齒金屬梳和一小罐玻璃瓶。瓶上有張標有「亮髮油」的黃色標籤，標籤下是一張髮線明顯、頭髮後梳的男仕圖像。我猜這是他在使用的瓶子。

「我只用一點點，布麗姬老抱怨我把頭靠在沙發時會留下油膩的痕跡。」他坐在馬桶上，把我坐著的凳子拉向他，如此一來，我變成坐在他的雙膝之間，背對著他。我聽見他打開護髮油的蓋子，搓揉雙手。味道沒有想像中難聞，是托馬斯的味道。

「從髮尾開始往上。」我柔聲建議。

「是的，夫人。」他幽默地說，我咬著唇忍住笑。我當然有意識到這是一個親密的動作。我無法想像一九二〇年代的男人會這樣照顧自己的女人，更何況我並不是他的女人。

「今天沒有要看診的病人嗎？」我問。他正按照我說的，從我潮濕的髮尾開始上油。

「今天是星期天，安。奧圖家星期天不工作，除非緊急情況，我也不看診。我已經連續兩週沒去參加彌撒，達比神父一定會來找我問原因，順便喝我的威士忌。」

「今天是星期天？」我重複他的話，試著回想自己到吉爾湖撒下歐文骨灰時是哪一天。

「我上個星期天把妳從湖裡拉出來，妳在這裡已經待了一星期。」說著，他把我的頭髮束攏在一起，用一把硬梳小心翼翼地梳理。

「今天是幾月幾日？」我問道。

「七月三日。」

「一九二一年七月三日？」

「是的，一九二一年。」

我沉默了，他繼續替我梳開糾結的髮絲。

「會停戰的。」我低聲說。

「什麼？」

「英國會向愛爾蘭眾議院提出停戰要求，雙方會在一九二一年七月十一日達成停火協議。」唯獨這個日期我記得一清二楚，因爲七月十一日是歐文的生日。

「妳怎麼知道？」他當然不相信，聲音聽起來很疲憊。「從去年十二月開始，戴．瓦勒拉一直試圖說服英國首相接受停火協議。」

「我就是知道。」我閉上眼睛，思索如何要如何解釋，才能讓他相信我是誰。我並不想假裝成別人，但如果我不是安．芬尼根．加拉赫，他會讓我留下嗎？如果我回不了家，又能去哪？

「好了，應該可以了。」托馬斯用毛巾擦拭梳理整齊的髮絲，吸走水分和多餘的油脂。我摸摸滑順的頭髮，髮尾已經開始翹起。我輕聲道謝。他站起身，雙手撐住我的上臂，協助我站起身。

「我先走了，這裡有洗澡用的布和肥皂，要避開繃帶。我就在附近，妳洗完了再叫我。看在老天的份上，千萬別昏倒。」他走向門，在轉動門把時猶豫了一下。「安？」

「什麼事？」

「我很抱歉。」他的道歉迴盪在空氣中。「我把妳留在都柏林。我去找過妳，我應該繼續找才對。」他輕聲說，別過臉，全身繃緊。我讀過他的文字和他對起義的描述，當時我能感受到他的痛苦，現在依然可以。我想替他解除一點憂愁。

「你不需要爲任何事道歉。」我堅定地說：「你照顧歐文和布麗姬，也帶狄克蘭回家了。你是好人，托馬斯．史密斯，一個非常好的人。」

他搖搖頭，顯得有些抗拒，再開口時，聲音中帶著壓抑。「妳的名字刻在他的墓碑上，我把妳的披肩——妳最愛的那件綠色披肩，埋在他身邊。那是我能找到的全部。」

「我知道。」我安慰道。

「妳知道？」他倏地轉身，眼中閃現著我在他聲音裡聽到的悲傷。「妳怎麼知道？」

「我看到了，我看過巴林納加村的墳墓。」

「妳到底出了什麼事，安？」他追問，同樣的問題他已經問了無數次。

「我不能說。」我哀求。

「爲什麼？」他沮喪地大叫，我也跟著提高聲音。

「因爲我不知道！我不知道我是怎麼來到這裡的！」我死死抓著洗手台邊緣。或許是我臉上絕望的表情，也或許是他看出我說的是實話，他重重嘆了口氣，一手爬梳過他亂七八糟的頭髮。

「好吧。洗完了叫我。」他低聲說，沒再多說什麼便離開了，隨後關上浴室門。我顫抖著雙手和雙腳洗澡，感到從未有過的恐懼。

隔天，歐文和布麗姬回來了，我聽見歐文匆匆跑上寬敞的樓梯然後又跑下來，然後是布麗姬說話的聲音。她告訴他我在休息，不要打擾我。我自己上了兩次廁所，很小心地走，而且愈來愈有信心，甚至刷了牙、梳好頭髮。我想換衣服去看歐文，但在養傷的這段時間，我只能穿借來的兩件睡衣。我感到焦躁而且虛弱，一整天只能盯著兩扇窗外的景色。我睡覺的房間位於房子角落，其中一扇窗戶可以清楚看到前院，另一扇窗戶可以眺望美麗的湖景。當我沒在看茂密的樹林和被樹枝遮掩的湖泊時，我都在等待托馬斯從那綠蔭小徑回來。

這個男人幾乎不休息，即便星期天晚上也被找去接生嬰兒。那晚我獨自一人在這間大房子裡四處東看西看。托馬斯臨走前來到我的房間，擔心我一個人會有問題。我向他保證自己沒事，我沒告訴他，成年之後我大多一個人生活，不需要陪伴。

我沒在屋裡閒逛太久，拖著腳步從飯廳走到寬敞的廚房，來到托馬斯用來當作辦公室和診所的兩間房間時，我已經累壞了，最後踉蹌走回自己的床。幸好我被分配到的房間不用爬樓梯，實在是太感激他了。

隔天早上，員工們回來了。晚餐時，一名年輕女孩走了進來，她身穿樸素長裙，身前繫著白色圍裙，背後的金髮編成一條辮子，手裡端著一盤湯和麵包。在我吃飯時，她安靜俐落地換好床單和被子，再次轉身時，眼中充滿好奇，雙臂抱滿骯髒的被褥。

「還有其他需要嗎，小姐？」她問。

「不用了，謝謝妳，請叫我安。妳叫什麼名字？」

「我叫梅芙，小姐，剛到這裡工作。我姊姊約瑟芬和艾莉諾在廚房工作，我是來協助我另一個姊姊茱伊拉打掃。我工作很勤奮的。」

「梅芙·奧圖？」我的湯匙在瓷碗上敲出清脆的響聲。

「是的，小姐。我爸爸是史密斯醫生的工頭，兄弟們在戶外工作，女孩們則在房子裡。奧圖家一共十個人，巴特還是個小嬰兒，如果算上我曾祖母，那就是十一個人，不過她姓吉利斯，不是奧圖。她年紀很大，要算兩個人頭才對。」她笑了。「我們住在小徑再過去一點的地方，就在主屋的後面。」

我打量女孩的五官——她最多十二歲——看不到一絲老女人的痕跡。時間完全改變了她，沒有任何相似之處。

「很高興見到妳，梅芙。」我結巴地說，試著掩飾自己的震驚。她燦爛一笑，點點頭，彷彿我是來訪的貴族，隨後離開了房間。

她回來了。**安回來了**。這是梅芙說的，她沒有忘記，我曾是她過去的一部分。是我，不是我曾祖母。安．芬尼根．加拉赫沒有回來。回來的人是我。

一九一八年五月二十三日

上個月，愛爾蘭每座教堂都放著一份反徵兵宣言，等待愛爾蘭人簽名。英國首相公開表示，英國男子在法國五十哩前線苦戰，愛爾蘭人沒有理由表示不滿。目前，每個愛爾蘭家庭都擔心被強制徵召進英國武裝部隊。

英國開始一場貓捉老鼠的遊戲，他們釋放政治犯，只為了抓住他們並再次逮捕。他們開始逮捕參與任何被視為推廣愛爾蘭主義活動——傳統舞蹈、語言課程、板棍球——以及煽動反英情緒的人。

情勢變得更加緊張。

我在五月十五日去了一趟都柏林，得知下星期五，新芬黨重要成員家中將有一連串突擊搜查。我的名字不在名單上，但阿麥不放心。他從都柏林城堡的內線拿到這份名單，叮囑我不要回家。那晚，我、阿麥和其他幾個人在沃恩酒店過夜，等待搜查結束。戴、瓦勒拉和幾名議員罔顧警告逕自回家，在搜查中被逮捕。我不明白，麥可、柯林斯明明叫大家不要回家，為何還要懷疑他的話。不過，英國人想必很滿意他們逮捕到這些人。天一亮，阿麥身穿灰色西裝，當著那些最想逮捕他的人的眼皮底下，騎著自行車穿梭在大街小巷之中。

我的名字仍然沒在名單當中，既然如此，我就放心去了一趟都柏林城堡。新任命的愛爾蘭總督約翰、弗倫奇勳爵是我繼父的老友。阿麥很高興我有這一層關係。我和約翰、弗倫奇勳爵在他的城堡辦公室見面喝茶，就像人們見到醫生那樣，他說出自己所有的毛病。我答應每個月去探望他一次，提供他治療痛風的新療法。他表明一定會邀請我參加秋天舉辦的總督舞會，我努力不露出厭惡的表情，這點我做得挺成功的。

他甚至高調宣稱，他任職後的首要任務就是發布一道命令，禁止新芬黨、愛爾蘭義勇軍、蓋爾語同盟(注1)和婦女委員會(注2)。我點點頭，暗忖著即將變嚴峻的局勢。

每當我去都柏林，就會想到安。有時我會不自覺地尋找她，彷彿她在叛亂之後仍留在這裡，等著被找到。去年，《愛爾蘭時報》終於刊登復活節起義的傷亡名單，狄克蘭的名字在上面，沒有安的名字。另外有一小部分傷亡者被列為身分不明，但也永遠不會有被證實的一天。

T．S．

注1 蓋爾語同盟（Gaelic League），一八九三年成立至今的非政府組織，負責推廣愛爾蘭語，在蓋爾語復興運動中具有重要地位。

注2 婦女委員會（Cumann na mBan，縮寫C na mB），一九一四年在都柏林成立的愛爾蘭共和主義婦女準軍事組織。

第7章　獵犬之聲

有一天，我們將在黎明前甦醒，
發現古老的獵犬在門前，
清楚知道狩獵已經開始，
再次跌跌撞撞走在那血色的痕跡上。

——W．B．葉慈

托馬斯肯定是在我上床睡覺後才回到家，而他接下來一整天都不見人影。我再度在自己房裡度過一天，最遠只走到浴室就折返。我聽著地下室鍋爐的轟鳴聲——這是大部分鄉下人家享受不到的現代奢侈品。我聽到梅芙和另一個女孩——茱伊拉？——在我門外走廊上發出的驚嘆聲。這是梅芙來到這間大房子的第二天，她對眼前的奢華很是激動。天黑後，托馬斯回到家，輕輕敲我的房門。我回應之後，他跨進房間一步，一雙藍色眼睛充血泛紅，前額一塊黑色污漬，襯衫髒兮兮的，領扣不見了。

「妳感覺怎麼樣？」他站在門邊問，他沒有一天不來檢查我的繃帶，而這兩天不見人，他卻不靠近床邊。

「好多了。」

「我洗完澡後再來幫妳換藥。」他說。

「不用了，我很好，明天再換就好。寶寶怎麼樣了？」

一瞬間，他臉上露出茫然的表情，接著恍然大悟。「母子均安，我沒幫到什麼忙。」

「你爲什麼看起來像剛從戰場回來？」我輕聲問道。

他看了看自己的手和皺巴巴的襯衫，疲憊地靠在門框上。「卡瑞岡農場出了問題，警察……在搜查武器，有人抵抗，他們就放火燒了穀倉和房子，還射殺騾子。大兒子馬丁死了，死前殺了一名警察，打傷另一個。」

「噢不。」我驚呼。我知道這段歷史，但從沒想過會在眼前上演。

「當我抵達時，穀倉已被燒得一乾二淨，房子好一點，需要一個新屋頂。我們救下所有能救的東西，瑪莉·卡瑞岡想去搶救屋內的東西，茅草不斷掉落在她身上，她的手被燒傷，頭髮也毀了一半。」

「我們能做些什麼？」

「妳什麼也不能做。」他虛弱地笑了笑以緩和他的拒絕。「我會治好瑪莉的手。在屋頂修好之前，他們會搬到派翠克的親戚家，之後，他們會繼續生活下去。」

「那裡有武器嗎？」我問。

「他們什麼也沒找到。」他回答，凝視我好一會兒，若有所思，接著別開目光。「但馬丁——在他死前——有走私槍枝的名聲。」

「槍要用來做什麼？」

「用來發揮槍該有的功能。安，我們用燃燒的屎球和自製手榴彈對抗英國人，運氣好時，也會用毛瑟槍。」他聲音尖銳，下顎繃緊。

「我們？」我謹慎地問。

「對，**我們**。妳也曾是一份子，現在還是嗎？」

我不安地打量著他的眼神，保持沉默。我無法回答我不明白的問題。

他關上門，留下一個深色的手印。

寬敞門廳裡的高大時鐘敲響一點後不久，一隻小手摸摸我的臉頰，小鼻子貼著我的鼻子。我醒了過來。

「妳在睡覺嗎？」歐文小聲說。

我摸摸他的臉，很高興看到他。「當然囉。」

「我可以和妳一起睡嗎？」歐文問。

「奶奶知道你在這裡嗎？」我低聲問，撫摸他眉毛上那一撮柔軟的深紅色鬈髮。

「不，她在睡覺，我好怕。」

「你在怕什麼？」

「風聲好大，如果我們沒聽到警察來呢？如果房子著火，我們都在睡覺怎麼辦？」

「你在說什麼？」我摸摸他的頭髮，安撫他。

「他們燒掉康諾的房子，我聽到醫生跟奶奶說的。」他解釋道，眼睛睜得大大的，語氣哀傷。

「歐文？」托馬斯站在門口，他已經梳洗完畢，換了衣服，但不是準備就寢。看他的樣子，他似乎一直沒有睡覺。他穿著長褲、白色扣領襯衫和靴子，右手緊握著一把步槍。

「你在等警察嗎，醫生？」歐文驚呼。

托馬斯沒有否認，他把槍靠在牆上，走進房間，來到我床前朝歐文伸出手。「小傢伙，很晚了，來吧。」

「媽媽要講故事給我聽。」歐文執拗地撒謊，我暗自呻吟了一下。「你乾脆就待在窗戶那裡看，然後跟我一起聽故事，怎樣，醫生？」歐文毫不客氣地指著窗外那條沒入黑暗中的小徑。

「安？」托馬斯嘆了口氣，想尋求我的支持。

「拜託讓他留下，」我懇求。「他會怕，他可以睡在這裡。」

「我可以在這裡睡，醫生！」歐文欣然接受，畢竟這是他的主意。

「小心點，歐文。」托馬斯警告。「不要從你媽媽身上爬過去，從旁邊繞過去。」

歐文立刻跑到床的另一邊，急忙爬上床，鑽進被子緊挨著我。他的身體靠得很近，留出了空間給托馬斯，但托馬斯沒有過來。

他把床邊的椅子挪到可以俯瞰小徑的窗邊，坐了下來，眼睛盯著陰影。歐文沒說錯，他確實在守夜。

我講述了關於芬恩和智慧鮭魚（注1）的一個愛爾蘭傳說，以及芬恩最後是如何得到魔法拇指。

「當芬恩想知道某件事時，他只需要把大拇指放嘴裡，就會有答案了。」故事結束。

「我還要聽。」歐文小聲說，應該是不想讓托馬斯聽到。托馬斯嘆了口氣，沒有多說話。

「你聽過賽坦特（注2）的故事嗎？」

「我聽過賽坦特的故事嗎，醫生？」歐文忘記自己應該要偷偷摸摸的。

「有，歐文。」托馬斯回答。

「但我記不太清楚了，我想再聽一遍。」歐文哀求道。

「好吧。」我同意。「賽坦特是黛克蒂爾的兒子，黛克蒂爾是阿爾斯特國王康喬巴爾．麥克納賽的妹妹。賽坦特雖然是個年幼的男孩，但他一心渴望成為一名為舅舅效勞的戰士，就像其他騎士一樣。有天，趁母親不注意，賽坦特悄悄溜走，開始了前往阿爾斯特的漫長旅程，誓言要加入紅枝

注1　智慧鮭魚（the Salmon of Knowledge）被捕獲後，芬恩被命令煮熟牠，但他自己不能吃。然而，當他檢查魚是否熟透時，不小心燙傷了手指，他放入嘴中舒緩燙傷，就這樣不小心吸收到鮭魚的智慧。

注2　賽坦特（Setanta）即凱爾特神話的英雄庫．胡林的原名。

騎士團。這是一段很艱辛的旅程，但賽坦特並沒有回到母親安全的懷抱中。」

「艱辛？」歐文疑惑地打岔。

「非常困難的意思。」我補充道。

「他不愛他的母親嗎？」他問。

「愛，但他想成爲一名戰士。」

「喔！」歐文的聲音充滿疑惑，似乎沒有眞的明白。他一手抱住我的脖子，將頭枕在我的胸前。「他可以等的。」他喃喃說。

「對。」我低聲說，閉上眼睛忍住突然湧上的淚水。「但賽坦特已經準備好了，當他抵達舅舅的王宮時，他盡其所能要打動國王，個子雖小，卻勇猛無比，國王說他可以接受騎士的訓練。賽坦特學到許多東西，他學會了在適當時沉默，在必要時戰鬥；他學會了聆聽風、土地和水，如此一來，他的敵人永遠不會讓他措手不及。」

「那他後來有再見到母親嗎？」歐文問，他很執著這一點。

「有的，她以他爲榮。」我低語。

「我想聽獵犬的部分。」他要求。

「你明明記得這個故事。」我輕聲說。

歐文默不作聲，意識到自己露餡了。我接著說到康諾國王到鐵匠庫蘭家中用餐，賽坦特殺了庫蘭的兇猛獵犬。從那天起，賽坦特承諾要像獵犬一樣守護國王，從此改叫庫·胡林，也就是庫蘭之犬的意思。

「妳好會說故事。」歐文甜甜地說，小手緊緊擁抱著我，我一時哽咽，淚水滑落臉頰。

「妳怎麼哭了？因爲賽坦特殺了獵犬讓妳難過嗎？」歐文問。

「不是。」我回答，將臉埋進他的髮間。

「妳不喜歡狗？」歐文震驚到提高聲音。

「噓，歐文，我當然喜歡。」我哽咽地說，儘管情緒激動，但還是被他的孩子氣給逗笑了。

「賽坦特必須殺掉那隻獵犬。」歐文安慰我，仍然相信是故事把惹我哭的。「不然他就會被獵犬殺掉。醫生說殺人是不對的，可是有時候不得不這麼做。」

窗前的托馬斯轉身，一道閃電瞬間照亮他臉上的輪廓，隨後又陷入黑暗。

「歐文。」他輕聲斥責。

「你就像獵犬，醫生，你保護這個家。」歐文毫不退卻。

「而你就像芬恩，問太多問題了。」托馬斯溫和地反駁。

「我需要像芬恩那樣的魔法拇指。」歐文舉起手，比出拇指打量著。

「你會有魔法之手，就像醫生一樣，你將用你那雙穩定的雙手讓人們恢復健康。」我壓低聲音說。時間快接近凌晨三點，歐文一點睏意也沒有，這小男孩簡直活力充沛。

我拉起他的雙手塞到他的兩側，重新調整他的枕頭。

「該睡覺了，歐文。」托馬斯說。

「妳會唱歌給我聽嗎？」歐文問，用懇求的眼神望著我。

「不會，但我可以吟一首詩。詩就像一首歌，但你得閉上眼睛。這是一首非常、非常長的詩，更像是一個故事。」

「好啊！」歐文拍拍手。

「不要拍手，不要說話，閉上眼睛。」我說。

歐文乖乖聽話。

「舒服嗎？」

「是的。」他小聲說，仍然閉著眼睛。

我用低沉輕柔的聲音開始說：「我聽不見杓鷸的叫聲，也聽不見強風呼嘯時蘆葦的窸窣聲。」我緩慢吟唱，讓旋律和文字催眠男孩入睡。〈拜利和艾琳〉總能讓歐文睡著，我甚至不用講完故事，他已經輕輕打起鼾。我停下來。

窗前的托馬斯轉過身。「故事還沒完。」

「是沒有，但歐文睡著了。」我低語。

「我想聽完。」他輕聲說。

「我講到哪了？」

「他們來到巨大看守人的地方，顫抖地表達他們的愛，親吻彼此。」他完美地引述了那句話，這些話從他嘴裡說出來既性感又溫暖。我急切地接上，想要取悅他。

「他們知道永恆的事物，因他們遊走於大地凋零之地。」我吟誦最後的段落，結尾在我最愛的句子。「迄今，凡是戀人無不渴望結婚，一如不再活著的他們。」

「一如不再活著的他們。」他輕語。房間變得安靜，充滿好故事留下的餘韻。我閉上眼睛，聽著小歐文的氣息，幾乎不敢呼吸，不想讓這一刻過得太快。

「妳沒有回答他，爲什麼妳要哭？」

我暗忖自己該透露多少才好，試圖將複雜的情緒濃縮成一個最簡單的版本。「爺爺會說故事給我聽，他說了庫蘭之犬的故事，現在我說給歐文聽；有一天，他會把從我這裡聽到的故事，再轉述給他的孫女聽。」

我傳述予你，你傳述予我，只有風知道到底是誰起的頭。

托馬斯從窗前轉身，身體被包覆在微光中，等我繼續說下去。我試著解釋內心澎湃的情緒。

「我躺在這裡，他就在我身邊，他的甜蜜、他的手臂環繞我的脖子，我意識到……我是多麼……快樂。」這是實話，但聽起來很不眞實。我想念爺爺，想念過去的生活。我好害怕，怕得要命。然而，我非常感激躺此刻在我身旁的小男孩，以及守在我房間窗前的男人。

「妳是因爲快樂而哭？」托馬斯問。

「我最近常常哭，但這次是喜悅的淚水。」

「這些日子以來，愛爾蘭很少有開心的理由。」

「對我來說，歐文就是充足的理由。」我老實回答，自己也感到詫異。

托馬斯沉默許久，我感到眼皮沉重，睡意漸濃。

「妳變了，安，我幾乎不認得妳。」托馬斯輕聲說。他的聲音讓我心跳加速，我瞬間睡意全失，再也睡不著。托馬斯沒有離開，他保持警戒，凝視著漆黑的樹林和空蕩蕩的小徑，守著一個從未出現的威脅。

黎明曙光穿透樹間，托馬斯抱起沉睡在我臂彎中的孩子，孩子全身放鬆地倒在他的懷裡。我望著他們離去，歐文有著醒目髮色的頭就枕在托馬斯肩膀上，小手垂在他背後。

「我會趁布麗姬醒來前把他放回他的床上，她不會知道的。妳先睡吧，安。」托馬斯疲憊地說：「黑棕部隊沒有來，我們暫時安全了。」

我夢到書頁在頭上旋轉，我抓到一張，壓在胸前，正想讀的時候，書頁又飛走了。我追逐著那些在湖中飄動的白色紙頁，清楚知道水會模糊掉那些我尚未讀到的字句。彷彿是戲弄我般，書頁隨著波浪朝我眼睜睜地逼近，伸手可及，卻又緩緩沉入水中。這是我曾做過的夢。我一直認爲這是因爲我需要將事情寫下、保存，即使只是在一張頁面上，也能賦予它們永恆的生命。我氣喘吁吁地猛然驚醒，然後想起來了。托馬斯．史密斯的日記，那本在最後對他的愛發出警告的日記，很可能就沉在吉爾湖湖底。我把日記放在我的包包裡，日記裡夾著加瓦戈里的照片。我完全忘記它了，它一直放在那裡，壓在歐文的骨灰罈下面。

我悔恨不已，躺在床上不能動彈。我怎麼會這麼笨，這麼粗心。托馬斯活在那本日記中，而現在日記不見了。我們就像玻璃碎片和塵埃一樣渺小，就像沙灘上的砂礫一樣不可勝數，難以分辨。我們誕生、生活、死去，永無止盡地循環；我們死亡，然後消逝，過了幾代之後，再也沒人知道我們曾經存在過，沒人記得我們眼睛的顏色，或是我們內心的熱情。最終，我們都變成草地上的石頭，被苔蘚覆蓋的紀念碑，而且有時……甚至什麼都不是。

即使回到我在湖中失去的人生，那本日記也找不回來了。托馬斯．史密斯就這樣消失了——他傾斜的字跡、獨特的措辭，他的希望和他的恐懼，他的生命，都消失了。一想到這裡，我就難以忍受。

一九一九年三月十九日

第一次世界大戰結束了，但愛爾蘭的戰爭才剛開始。十一月十一日簽署了停火協定，象徵這場血腥衝突和恐懼徵兵的結束。即使沒有徵兵，仍然有超過二十萬名愛爾蘭青年參戰，其中有三萬五千人為一個不承認他們擁有自主權的國家而死。

或許沸騰的大鍋終究要溢出。在十二月的大選中，新芬黨候選人在英國眾議院的一百零五個愛爾蘭席位中贏得七十三席，但這七十三席中沒有一人會在倫敦西敏市就職。根據每一位新芬黨成員在一九一八年簽署的宣言，愛爾蘭將組建自己的政府，這是第一屆的愛爾蘭下議院。

阿麥一直在籌劃政治犯越獄行動，偷渡銼刀切割鐵欄杆，丟繩梯越過牆壁，偽裝大衣口裡的湯匙是左輪手槍，來嚇跑獄警。當他描述蒙喬伊監獄的越獄行動，以及他們實際上救出不只三名而是二十名囚犯時，他笑個不停。

「奧萊里牽了三輛腳踏車在監獄外等著！他衝進來大叫說整座監獄的人都跑了。」他大笑。

在二月時，阿麥成功從林肯監獄中救出愛爾蘭共和國的新選總統艾蒙．戴．瓦勒拉，戴．瓦勒拉卻打算前往美國，為愛爾蘭獨立籌募資金和支持，沒有預估會待多久。我從沒見過阿麥如此震驚。他感覺自己被遺棄了，而我可以理解他的感受。他的肩上扛著沉重的責任，睡得甚至比我少；他已經準備好全面開戰，戴．瓦勒拉卻說民眾還沒準備好。

我沒有太多時間收集情報，歐洲爆發流感，我的愛爾蘭小角落也未能倖免。我幾乎不知道今天是哪一天，也盡量避免接近歐文和布麗姬，免得沾附在我皮膚和衣物上的疾病感染到他們。能回家的時候，我會先到穀倉脫下衣服，去湖中洗澡的次數多到數不清。

當我划船去探望奧布萊恩家時，我在湖上見到皮爾斯、希漢和馬丁、卡里根一、兩次，我知道他們從斯萊戈碼頭運來槍枝，而他們離開湖泊後去了哪我不清楚。就算他們看到我，也假裝沒看到，我想那樣對我們所有人來說都更安全。

皮達和波莉、奧布萊恩的孫子威力上週因流感去世，他的年紀只比歐文大一點，歐文會想念那個小傢伙，他們一起玩過幾次。為了阻止流感擴大，多數人都選擇火化。但皮達堅持要把男孩的骨灰撒在湖中。前天，皮達的船出現在朵姆赫鎮沿岸，是伊蒙、唐納利發現的，遺憾的是，皮達不在船上。我們擔心湖水帶走了他。可憐的波莉，她現在孤苦無依了。周遭太多令人難過的事。

T、S、

第8章 面具

我只想找到那裡所能找到的，
是愛情或是欺騙。
是面具吸引了你的注意，
然後促使你心跳加速，
而非背後的真相。

——W．B．葉慈

也不知是托馬斯的意思，還是布麗姬自己的決定，兩天後，她走進我的房間，說我該起床更衣了。「妳還沒從都柏林回來時，我把妳的東西收在那邊的箱子裡，留下了狄克蘭的物品。」她語帶哽咽，匆匆結束這個話題。「妳的衣服不多，妳自己認得吧！醫生今天在斯萊戈看病，他說會帶妳去買妳需要的東西。」

我急切地點頭，小心翼翼從床上爬起來。我正在康復中，但還得過段時間才能揮別疼痛，行動自如。

「妳那一頭亂髮看起來就像吉普賽人。」布麗姬厲聲說，打量著我。「要不剪掉，要不夾起來，給人看到還以為妳是從瘋人院逃出來。這就是妳的目的，對吧？讓別人以為妳瘋了，就不用多做解釋了。」

我尷尬地摸摸自己的深色鬈髮。我不可能像布麗姬那樣把頭髮盤成優雅的大髮髻，也許那是這個時代的流行，但我不打算跟進。照片中的安，頭髮長度只到下巴，柔順的鬈髮包覆著她的臉龐。但我不行，我的頭髮太鬈了，要有一定的長度才有重量來壓制，否則會非常蓬鬆。至於布麗姬的指控，我覺得也不壞，要是大家覺得我精神錯亂，就會跟我保持距離。

布麗姬當我不存在般繼續發牢騷。「也不知妳是從哪冒出來——帶著槍傷——穿著男人的衣服，還想我們熱情歡迎妳嗎？」

「我沒這麼想。」我回答，但她充耳不聞，從圍裙口袋裡拿出小鑰匙，打開前窗底下的箱子。她掀起蓋子，確定東西還在裡面後，轉身就要離開房間。

「妳最好別去管歐文的事，他並不記得妳，妳失憶只會讓他難過。」她扔下這句話後轉身要走。

「我做不到。」我不經意脫口而出。

她回過身，緊抿著嘴，雙手緊貼在圍裙上。「妳可以，妳也會這麼做。」她堅決地說，語氣冷淡且不容反駁，我差點就退縮了。

「不會的，布麗姬。」我平靜地說：「我要盡可能跟他待在一起，請不要把他帶走。我知道妳愛他，但我人在這裡，請別把我們分開。」

她鐵青著臉，眼神冷若冰霜，緊閉的雙唇毫無一絲憐憫。

「因爲有妳的愛，他成長得非常好。布麗姬，謝謝妳所做的一切。我無法形容我有多感激妳。」我顫抖且語帶懇求地說，但她不爲所動，當下轉身走人。

她的傷痛和憤恨就像我身上的傷口一樣眞實，我必須不斷提醒自己，就算她的憤怒是直接衝著我來，但那不是我該承擔的。

我緩步從走廊來到浴室，洗臉、刷好牙，梳過頭髮，接著回到房間，翻找箱子裡面的東西。我迫不急待想擺脫身上這件睡衣，換裝走出這間待了十天的房間。

我穿上一條深色長裙，想要扣緊，但腰帶太小了，也可能是我自己的腰太腫的關係。我脫下裙子，在箱裡翻找內衣褲。被托馬斯從湖中救出時，原本穿在身上的內褲被我拿去浴室洗手台洗，現在還是濕的。其他衣服被整齊疊放在小衣櫥上層，子彈射穿的洞已被巧妙修補好。一直到昨天，我都還在考慮要穿上自己的衣服，但我知道奇裝異服只會更加引人注目、引來不該問的問題。我找到一件長度及膝的外套，腰間有一條厚腰帶，領子寬大，前排三顆大鈕扣。底下是一件長及腳踝的灰褐色長裙，這是我從沒見過的顏色。在一個破舊的帽盒裡，我找到一頂棕色絲帽，帽上繫有一條皺巴巴的棕色絲帶。我猜這三件是一套的。盒帽下方塞了一雙低跟靴子，鞋頭和鞋底都已磨損。我設法套上鞋子，幸好還算合腳，至少不用光腳走路。但傷口仍舊使我無法彎腰繫鞋帶。我脫下靴子，繼續翻找。

我拿出一件一看就是束腹的東西，對束腹上的骨架、繫帶和掛勾感到驚懼，同時又深受吸引。我將束腹套在腰間，感覺就像套上一個大手鐲，兩端幾乎無法合上，束腹上部微微加寬，撐起我的胸部，皺巴巴的綁帶宛如玫瑰花蕾般置於其中。

束腹前後較長，兩側微微內縮，讓我的臀部可以自由移動，前後的吊帶很明顯是設計來固定長筒襪。但女人會在下面穿什麼呢？穿上束腹這樣傳統又束縛的東西，最重要的部位卻是赤裸的，這樣的反差也未免太有趣。我一邊試著拉緊兩側的絲質布料，一邊忍不住笑了出來。我很確定——大部分愛爾蘭女人沒有私人女僕，那麼她們是怎麼綁緊這該死的玩意呢？我成功扣上胸前下方兩個鉤子，但難以呼吸而且非常痛，最後只得放棄束腹。再怎麼輕微的槍傷也容忍不了束腹。我轉身回到箱子前，希望找到真正能穿的東西。

一件白色女性襯衫——寬領長袖、皺成一團、幾處微微泛黃——非常合身。袖子短了點，似乎刻意設計成只有三分之二的長度，但整體款式是寬鬆的。

褐色長外套和裙子雖然合身，但羊毛有股潮濕和樟腦丸的味道，穿一下都令人難以忍受。我看起來就像瑪麗・包萍（注）的老氣妹妹。身為安・加拉赫的分身，我實在不懂，她為何偏偏選擇一個不適合她的顏色。

我脫下襯衫、裙子和外套，繼續尋找下一件。

一件白色緊身裙，方形領口，只有下襬和中央點綴了一些蕾絲裝飾，看起來很有潛力。另一件帶有相同蕾絲繡花的衣服，很明顯是用來套在外面；細長的袖子只到手肘，兩側開口可以看到底下的裙子。一條厚腰帶綁住這兩件衣服。我把緊身裙拉過頭頂套上，穿上薄外衣，腰間鬆散地圍上腰帶，在背後綁成蝴蝶結。這件衣服需要熨燙，裙長來到我的腳踝，但十分合身。我盯著橢圓形長鏡中的自己，突然恍然大悟，曾祖母在與狄克蘭和托馬斯合照當中，穿的正是這套衣服。照片中，曾祖母戴著一頂裝飾著花朵的白色圓邊帽。這件裙子太漂亮了，不是日常穿著，但總算有一件衣服我可以當成是自己的。我撥開臉上的頭髮，試著在脖子後面打個結。

有人在外面輕敲房門，我放下頭髮，縮起在地板上光裸的腳趾。

「請進。」我說，一腳把束腹踢進床下，一個扣子露在外面，彷彿在指責我。

「看樣子妳找到自己的東西了。」托馬斯說，表情柔和，眼神卻流露悲傷。承認這件衣服是屬於我的，就像另一個謊言。我把話題轉向皺巴巴的亞麻布。「得再燙一下了。」

「這個嘛……衣服放在箱子裡太久了。」他說。

我點點頭，忸怩地撫平衣服。

「箱子裡還有妳能穿的衣服嗎？」他語帶苦澀地問。

「有幾件。」我含糊其辭。我沒辦法光靠箱子裡的東西過活，得賣掉戒指和我耳朵上的鑽石耳環才行。

注　瑪麗．包萍（Mary Poppins），出自經典兒童文學作品，是一名具有神奇能力的女性，她飛到家中，用特殊的方式照顧和教導孩子，同時帶來樂趣與冒險，後被改編成電影《歡樂滿人間》。

托馬斯顯然也同意。

「也不好一直穿妳結婚時的洋裝，倒是可以穿去參加彌撒。」他若有所思地說。

「結婚時穿的？」我詫異到脫口而出。我摸了摸頭，回想照片中安戴著的帽子。那實在不像是一張結婚照。

「妳也不記得那一天了？」他上揚的語氣裡有掩不住的難以置信，見我搖頭，他那陷入回憶而柔和的神情消失了。「那是美好的一天，安。妳和狄克蘭是那樣地幸福。」

「我沒在箱子裡看到……頭紗……」我傻呼呼地說。

「妳戴著布麗姬的頭紗。妳不是很喜歡那件頭紗，頭紗很漂亮，只是有點過時，而且妳和布麗姬……」托馬斯聳聳肩，彷彿兩人處不來也不是一、兩天的事了。

原來如此。我深吸一口氣，試著對上托馬斯的目光。

「我會換上羊毛套裝。」我低語，別開視線，只想趕快轉移話題。「這件也太醜了，眞不知道布麗姬爲什麼留下。你說得對，洋裝不適合。」

「布麗姬說我得剪頭髮。但我不想剪，只要有髮夾或髮圈，我就能整理好頭髮，還有，我得有人協助我繫鞋帶。」我表示。

「轉過去。」托馬斯命令。

雖然有點遲疑，但我還是照他的話做。當他拿起我的頭髮，我驚呼一聲。他開始將每一縷頭髮編織成一條長長的辮子，我非常訝異，一動也不動地享受他的手碰觸我頭髮的感覺。他綁好辮子後，在髮尾打了幾個圈，用髮夾之類的東西固定好幾次。

「好了！」他說。

我摸了摸後腦杓的髮髻，轉過身來。

「托馬斯．史密斯，你眞是充滿驚喜，你的口袋裡有髮夾嗎？」

他雙頰微微泛紅，沒近看還眞看不出來。

「是布麗姬要我拿給妳的。」他清清喉嚨。「我母親一直都是留長髮，她綁頭髮的樣子我至少看過成千上萬次。她中風後沒辦法自己綁，有時候我會幫她綁。我綁得不是很好，但配上那頂醜陋的帽子和可怕的套裝，沒有人會注意妳的頭髮。」

我笑了出來，他的目光落在我的笑容上。

「坐下。」他命令，指著床上。我再次乖乖聽話。他拿起靴子。

「裡面沒有長筒襪嗎？」他朝箱子點點頭。

我搖了搖頭。

「之後再解決這個問題，現在先穿靴子。」他蹲下，我把腳塞進他舉起的鞋子裡，抵在他的胸前，他俐落地將扣眼套上鉤子。

「那個我就幫不了忙了。」他低聲說。從他的角度看，床下的束腹一覽無遺。

「我短時間不會穿它，太痛了，反正沒人看得出來。」

「我想是不會。」他的臉再次泛紅，我感到不解，明明是他先提起的。他綁好我的另一隻靴子，輕輕把我的腳放在地上。他沒有站起來，而是抱住膝蓋，低頭看著地板。

「我不知道怎麼跟大家解釋，安。我沒辦法把妳藏一輩子。妳得幫我。妳死了五年，就算是虛構的也好，我們得有個說法。」

「我去了美國。」

他瞪大眼睛看著我。「妳留下襁褓中的孩子，去了美國？」他的聲音如此平板，我都可以在上面建一道牆了。我轉開目光。

「我痛苦到快瘋了。」我低語，無法直視他的目光。我確實人在美國，當歐文去世時，我真的悲痛不已。

他沉默不語，在眼角餘光中，我看到他一動也不動，歪著頭，肩膀微微下垂。

「布麗姬說我像是從精神病院逃出來的，也許可以就這麼告訴大家。」我苦著臉說。

「天啊！」托馬斯輕語。

「我可以演得很好。我眞的覺得自己快瘋了，天知道我有多迷惘。」我說。

「爲什麼要演戲？那是眞的嗎？眞相是什麼，安？我想知道眞相，妳可以對其他人說謊，但請不要對我說謊。」

「我已經很努力不這麼做了。」我低語。

「那是什麼意思？」他起身俯瞰我。

「眞相不是你能接受的。你不會相信，而且你會認爲我在說謊。如果有用，我會告訴你眞相，但說了也沒用，托馬斯。」

他倒退一步，活像我打了他一巴掌。「妳說妳不知道。」他放低聲音，氣惱地說。

「我不知道復活節起義後發生了什麼事，我不知道我是怎麼到這裡，我不清楚我身上發生了什麼事。」

「那就告訴我妳知道的事。」

「我可以向你保證，如果沉默是一種謊言，那麼我有罪。但到目前爲止，我告訴你的事，對你說的話都是眞的。如果不能說眞話，我寧願什麼都不說。」

托馬斯搖了搖頭，表情交雜著憤怒和困惑，不發一語地轉身離開我的房間。我陷入沉思，想知道我的困境何時會到盡頭，何時一切都會結束，我的生活何時會恢復正常。我復元得差不多了，隨時可以偷溜到湖邊，走進湖中，沉入湖底，回到朝思暮想的家裡，留下歐文和托馬斯。就快了，但不是現在。

「大家會認得我嗎？」我大聲問，努力壓過風聲和馬達聲。托馬斯握著方向盤，開著一輛像從《大亨小傳》裡出來的汽車，載著我們前往斯萊戈。歐文坐在我們中間，穿著一件小背心和外套，深色長襪和褲管之間露出瘦小的膝蓋，頭戴著他這一生都在戴的扁帽，薄薄的帽簷拉低遮住了他的藍眼睛。這是一輛敞篷車——在多雨的愛爾蘭是一種風險，但現在天空晴朗，微風徐徐，旅程十分愉快。打從湖上的那天以來，我就沒出過門，目光離不開這片熟悉的景致。一百多年來，愛爾蘭的人口並沒有增長，一代接著一代，風景幾乎沒有什麼變化。

「妳擔心有人可能會認出妳？」托馬斯反問，語帶困惑。

「沒錯。」我承認，一瞬間和他四目相對。

「妳不是來自斯萊戈，很少人認識妳，至於那些認識妳的人……」他聳聳肩，沒有說完。他別開視線，陷入沉思。托馬斯．史密斯在思考時不會咬唇或皺眉，靜止的臉龐沒有一絲情緒，五官不受影響。很奇怪，不過短短幾天，我已經熟悉他的動作，他微微傾身低頭的模樣和那張平靜無波的表情。歐文是學他的嗎？所以我才會這麼了解托馬斯．史密斯？他走進歐文的人生，填補狄克蘭留下的父親空缺，潛移默化影響了歐文？我認出一些相似之處——分開站立的雙腿、低垂的視線、波瀾不驚的外表、平靜的沉思。看著他，我更加懷念起爺爺。

我不假思索地握住歐文的手，他的藍眼睛直視我，縮緊他的手，微微顫動了一下。接著，他露齒一笑，解除了我的一種渴望，卻又引起另一種。

「我有點害怕去逛街。」我湊近他耳邊輕語。「要是你能牽著我的手，我會比較勇敢。」

「奶奶喜歡逛街，妳不喜歡嗎？」

通常我很喜歡，但當斯萊戈出現在不遠處時，一想到有吊帶的束腹、陌生的服飾和對托馬斯的依賴，我的恐懼加深了。我好奇地東張西望，想找間大教堂來確定所在位置。我的胸口開始灼熱。

「我有一副耳環……和一枚戒指，兩個應該都可以賣個好價錢。」我脫口而出，隨即轉念一想，自己其實對公文袋裡的那枚戒指一無所知。我拋開這個念頭，換個說法。

「我有一些珠寶想賣掉，這樣我就有錢了。托馬斯，你能幫我嗎？」

「不用擔心錢的事。」托馬斯簡單地說，直視前方。

一個只收取雞隻、小豬或一袋土豆當作報酬的鄉下醫生，不可能不用擔心錢的問題。我的憂慮更深了。

「我想要自己的錢。」我堅持。「也需要找工作。」工作，天啊，我從來沒有替人工作過，從我能組出第一個句子開始，我就一直在寫故事。對我來說，寫作不是一份工作。

「妳可以當我的助理。」托馬斯說，下巴緊繃，眼睛盯著路。

「我不是護理師！」我是嗎？她是嗎？

「對，但妳可以按照指示做事，偶爾從旁給我一點協助，就這樣。」

「我想要自己的錢，托馬斯，買我自己的衣服。」

「奶奶說妳應該稱托馬斯叫史密斯醫生。」歐文打岔。「她還說，他應該叫妳加拉赫太太。」

我們都沉默了。我不知該說些什麼才好。

「你奶奶也是加拉赫太太，那樣不就搞不清誰是誰了嗎？」托馬斯回答：「再說，安在結婚之前是我的朋友，你會叫你的朋友米莉亞爲麥修小姐嗎？」

歐文摀住嘴，噗哧一笑。「米莉亞才不是小姐，她是討厭鬼。」他高聲說。

「所以囉……安也是。」托馬斯瞄了我一眼，隨即移開視線，但微揚的眉毛使他的話語變得柔和許多。

「斯萊戈有珠寶商或當舖嗎？」我堅持，就算惹人厭我也要追問到底。在一九二一年是叫當舖嗎？我內心的不安持續擴大。

托馬斯嘆口氣，車子在凹凸不平的車轍上顛簸。「我有三個病人要看，每個地方都不會停留太久，但我會在諾克斯街過去一點的地方放妳和歐文下車——歐文，待在你母親身邊，幫她的忙。皇家銀行旁邊有家當舖，那是丹尼爾．凱力的店，他會給妳一個好價格。辦完事後，走到萊昂斯百貨，應該能買到所有妳需要的東西。」

歐文在我們之間的座位上雀躍不已，提到的百貨公司讓他非常興奮。

「我看完病人就去那裡跟你們碰面。」托馬斯承諾。

我們經過加拉沃格河上的海德橋——一座我不到兩星期前才走過的橋。我驚奇地東張西望。時代變遷之下，景色依舊。街道上沒有鋪路，不見二〇〇一年的繁忙交通，看起來更爲寬廣，建築也更爲新穎。角落不再是葉慈紀念博物館，一旁醒目的字樣寫著「皇家銀行」。幾輛汽車和一輛貨車轟隆隆駛過，清一色的黑，全是古董車。馬車並不少見，路上大多數是行人，衣著考究，步履匆匆，服飾端莊穩重——正式的西裝和領帶、背心和懷錶、連身裙和高跟鞋，以及帽子和長大衣——再再衝擊我的感官，帶來超乎現實的感受。這是一個電影場景，我們是舞台上的演員。

「安？」托馬斯輕聲催促。我將目光從商店櫥窗、寬敞的人行道、路燈、古老汽車和馬車上移開，從那些早已……過世的人們身上移開。

我們停在一家小商店前，離雄偉的皇家銀行只有兩間店的距離。三顆金色的球體懸掛在一根華麗的鐵柱上，玻璃上寫著「凱力的店」，使用的是現在沒人在用的巴洛克字體。身旁的歐文不耐煩地扭動，急著想要下車。我伸手去抓車門的把手，掌心出汗，呼吸急促。

「你說他會給我一個好價格，但我不知道多少算是好價格？」我脫口而出，想要拖延時間。

「不要接受低於一百英鎊的價格，安。我不知道妳從哪拿到的鑽石，但那些耳墜絕對不只這價錢。別賣掉戒指。至於百貨公司，我在萊昂斯百貨有一個帳戶，就用那個帳戶，他們知道歐文是我的……」托馬斯立刻修正他的話。「他們知道歐文跟我住在一起，不會多問。買東西的錢都記到我的帳上，安。」他重申。「給孩子買一個冰淇淋，剩下的錢存起來。」

一九一九年十一月三十日

幾個月前，我短暫去了一趟都柏林，在布朗斯維克大街度過驚險的一晚。我關在警察局翻閱文件，文件內揭露了城堡的祕密情報操作，列出他們在愛爾蘭的線人——這些人被稱之為「G-Men」（特工）。阿麥的臥底線人是城堡的警察，但提供情報給新芬黨。他讓阿麥進入檔案部，阿麥帶上我。「好玩嘛！」他不需要我替他壯膽，但似乎想要有個伴。在我們兩人的努力下，幾個小時內，我們清楚了解到G部門內的情報是如何流通，以及透過誰流通。阿麥找到自己的檔案，一張模糊不清的照片，幾句對他的精明的敷衍讚美，他笑到不行。

「但這裡沒有你的檔案，阿托。」他說：「非常乾淨，老兄，但如果在這裡被他們捉到就毀了。」

我們在一間上鎖的房間裡，突然間一扇窗户被打破，我們兩個嚇到魂都飛了，連忙躲到書櫃後面，祈禱沒人會進來查看。我們聽見外面傳來罪魁禍首醉醺醺的唱歌聲，之後一名警察前來趕人。過了一會兒，似乎安全了，阿麥開始小聲說話，不是關於我們知道的事或文件的內容，而是關於生活、愛情和女人。那時，我知道他是想分散我的注意力，我配合他，算是為了回報他的好意。

「你怎麼還沒定下來，醫生？娶一個利特林郡的美女，生幾個藍眼睛的寶寶啊。」他說。

「那你呢，阿麥？我們年紀差不多，女士們都愛你，你愛她們。」我回答。

「你不愛我？」他嘲笑地說。

「我當然也愛你。」

他笑不可遏，我猛地一顫，他動靜這麼大，也太不考慮我們現在的處境了吧！

「笨蛋，安靜點！」我制止他。

「你是個好朋友，阿托。」他低語，濃濃的科克口音更加明顯。「我們總會為重要的事情騰出時間，肯定有某個人是你無法停止思念的。」

我想到安。我不時會想到她，事實上，是到了時時刻刻的地步。我隨即否認。「我沒找到那個人，應該一輩子找不到吧。」

「哈！說這話的男人拒絕了倫敦最美的女人耶。」阿麥開玩笑地說。

「她已婚，阿麥，而且她對你更有興趣。」我說，他說的人是莫亞．盧埃琳—戴維斯（注），她確實很漂亮，而且已婚。我是在陪阿麥去倫敦時見到她。當時，阿麥想要寫一份企劃書給美國總統，希望威爾遜總統能夠給予支持，並關注愛爾蘭問題。愛爾蘭出生的莫亞對英愛衝突下的刺激和陰謀感到很有興趣，她提供了她在都柏林附近的房子——毛毛莊園——給阿麥藏身，而他接受了。

「一開始不是，老兄，她嫌我臉色白，聲音大，又愛抽菸。看得出來她喜歡你的長相。直到她發現我是麥可．柯林斯，而你只是一名鄉下醫生，她才開始注意我。」阿麥打趣說，撲過來故意和我扭打。他緊張過度時就會這副德性。

「那麼，一位鄉下醫生和一名通緝犯，躲在全是灰塵的地方到底是為了什麼？」我問道，喉嚨因為吸入的灰塵而發癢，手臂因為想阻止阿麥咬我的耳朵而作疼。每當他把人成功摔倒在地時就會咬人耳朵。

「為了對愛爾蘭盡責，為了對國家的愛，而且很好玩啊。」阿麥氣喘呼呼，差點弄倒一堆檔案。

是很有趣，我不但全身而退，連耳朵也逃過一劫。天亮之前，阿麥的手下內德、布羅伊來找我們，帶我們神不知鬼不覺地離開，除了阿麥，沒人知道這件事。那晚之後，麥可．柯林斯變得更加深思熟慮。我完成了在都柏林的事情，回到朵姆赫，回到歐文和布麗姬身邊，回到需要我的人們身邊。比起成為阿麥軍隊中的士兵，大家更需要醫生。當時，我完全不知道那一晚在他的戰爭中、在我們的戰爭中意味著什麼。

阿麥根據那些檔案制定了自己的計畫，想要從內部摧毀在愛爾蘭的英國情報部門。潛入檔案部門那晚之後，沒不久，阿麥便組織了自己的菁英軍事小隊，一群非常年輕的男子——比阿麥或我都要年輕，極其忠誠，具有強烈的信念。有人稱他們為十二使徒，有人說他們是殺手，我想他們兩者兼具。他們追隨阿麥，聽從他的指令，而這些指令是無情的。

有些事我不認為阿麥會想和我討論，我也不想知道。但那晚我就在布朗斯維克大街，我看過檔案上的名字，當G-Men在都柏林一一被當成目標殺害時，我知道原因。傳言目標被清除之前，會收到警告，要他們停止、辭職、不要再針對IRA——也就是愛爾蘭共和軍，這是現在愛爾蘭反抗組織的名稱，不再是義勇軍、愛爾蘭共和兄弟會或是新芬黨。我們是愛爾蘭共和軍。阿麥聳聳肩說，也該是團結一心的時候了。有些G-Men聽從警告，有些人沒有。有些人死了。我不喜歡這種情況，但我能理解。這不是復仇，這是策略，這是戰爭。

T．S．

注 莫亞．盧埃琳－戴維斯（Moya Llewelyn-Davies），愛爾蘭獨立戰爭期間的愛爾蘭共和主義者。

第9章　他的交易

誰在談論柏拉圖的紡車；
是什麼使它旋轉？
永恆可能縮小，
時間正在逆流。

——W·B·葉慈

牽著歐文的手，我推開當舖大門。頭頂上門鈴叮鈴一聲，我發現自己來到了一個藏寶箱，有著各式各樣古色古香的奇珍異寶，茶具、玩具火車、槍枝和金色物品等等。歐文和我停下腳步，驚奇地看著這些寶物。狹長房間的另一端，一名男子站在木製櫃檯後方，一身筆挺的白襯衫，深色領帶塞進整齊扣好的深色背心裡，鼻梁上戴著一副小巧的金框眼鏡。他有一頭厚重的灰色鬈髮，整齊的鬍鬚和小鬍子遮住了他下半張臉。

「午安，夫人。您有想找什麼東西嗎？」他喊道。

「呃，不是的，先生。」我支支吾吾地說，目光從滿牆的精緻古物移開，向自己和歐文承諾，總有一天會再回來好好看看。歐文不肯走，眼睛死盯著一輛模型車，那輛車很像是托馬斯的車。

「你好啊，歐文，醫生人呢？」當舖老闆又開口問，要歐文注意他。歐文嘆了口氣，被我推著走向櫃檯。

「您好，凱力先生，他去探訪病人了。」歐文回答，聽起來非常成熟。我安心下來，至少我們之中有一個不是那麼害怕。

「他工作得太辛苦了。」當舖老闆嘴裡說著，眼睛始終好奇地打量著我。他伸出手，明顯在等待我的回應。我握住他的手，但他沒有回握，而是拉起我的手指，湊近他的滿是鬍碴的唇，蜻蜓點水地吻了一下我的指關節，隨即放開我的手。

「我們還沒有榮幸見過面，夫人。」

「這是我媽媽。」歐文驕傲地說，小小的手緊抓櫃檯邊緣，雀躍不已。

「你媽媽？」凱力先生眉頭一皺，顯得困惑。

「我是安·加拉赫，很高興認識你，先生。」我說，沒有多做解釋。我可以看到他那副小眼鏡後的想法，他非常想問問題。他摸摸鬍子，一次，二次，又一次，然後雙手放在櫃檯上，清了清嗓子。

「加拉赫夫人，有什麼我可以爲您服務的嗎？」

我沒有糾正他，而是取下手指上的戒指，黑瑪瑙上的淡雅浮雕，精雕細琢的金邊細環，我不由得想，爺爺應該會理解我的困境吧。

「我想賣掉我的珠寶們，有人說你會給我一個好價格。」

男子拿出一個珠寶放大鏡，刻意地檢查了戒指，然後再次撫摸他的鬍子。

「妳提到珠寶們。」他含糊其辭，沒有說出價格。「還有其他的嗎？」

「是的，我還想賣掉我的……耳墜。」我使用托馬斯用的措詞，取下耳朵上的鑽石耳釘，放在我們之間的櫃檯上。

他濃眉一挑，再次舉起珠寶放大鏡，花了更長的時間檢視耳墜，期間不發一語。每一顆都是兩克拉，而且鑲嵌在白金上，它們在一九九五年花了我快一萬美元。

「我無法給妳它的實際價值。」男子說，這次輪到我驚訝了。

「你**可以**給我多少？」我輕聲追問。

「我可以給妳一百五十英鎊，但我能在倫敦以更高的價格賣掉，在那之前，妳有六個月的時間可以償還貸款。」他解釋道：「聰明的做法是留下它們，夫人。」

「一百五十英鎊對我來說已經非常滿意了，凱力先生。」我說，忽略他的建議。耳墜對我來說毫無意義，我需要錢。我感到一陣激動。我需要錢。在一個此刻還不存在的時間和地點，我可是擁有數百萬美元。我深呼吸，平復情緒，專注在眼前的任務。「那戒指呢？」我不死心地問。

當舖老闆再次撫摸浮雕，遲遲沒有回答，這時，歐文從口袋裡掏出自己的寶物放在櫃檯上。他的眼睛剛好越過櫃檯邊緣，期盼地看著當鋪老闆。

「你願意用多少錢買下我的鈕扣，凱力先生？」

凱力先生笑了，拿起鈕扣，透過放大鏡仔細查看，彷彿它非常有價值。我一時反應不過來，正打算抗議時，珠寶商皺起眉。

「*S McD*是什麼，歐文？」他唸著。

「它很貴重。」

「歐文！」我輕聲斥責。「抱歉，凱力先生，我們不賣這枚鈕扣。我沒發現歐文帶著它。」

「聽說肖恩．麥克德莫特會在某些鈕扣和硬幣刻上名字，這就是其中之一嗎？」凱力先生問道，仍在研究那枚黃銅小玩意。

「我不清楚，凱力先生，這枚鈕扣是個紀念品。請你等一下好嗎？」

凱力點點頭，轉過身去處理他後面的櫃子。我帶著歐文離開櫃檯，蹲在他前面。

「歐文，你知道那枚鈕扣是什麼嗎？」

「知道，鈕扣是醫生的，他的朋友給了他，然後醫生給了我。我喜歡把它放在口袋裡當作幸運符。」

「你爲什麼想賣掉這麼珍貴的東西？」

「因爲……妳需要錢。」歐文解釋，可憐兮兮地望著我。

「是的，但那枚鈕扣比錢更重要。」

「奶奶說妳身無分文，說妳是沒有家也沒有尊嚴的乞丐。我不要妳變成乞丐。」他眼睛閃著淚光，嘴唇顫抖。我嚥下喉嚨中的怒氣，提醒自己布麗姬是我的高祖母。「歐文，你絕對不可以賣掉那枚鈕扣，它是無法用任何金錢取代的珍寶，因為它代表了離開之人的人生，那些對我們很重要又很想念的人。你明白嗎？」

「是。」歐文點點頭。「可是我很想妳，為了留住妳，我可以放棄我的鈕扣。」

我眼眶含淚，和他一樣嘴唇顫抖。「一位非常聰明的人告訴過我，我們在心中留著我們所愛的人，只要還記得被他們所愛時的感覺，我們就永遠不會失去他們。」我緊緊摟住他小小的身軀，緊到他開始掙扎並咯咯地笑。我放開他，擦掉滴在鼻子上的淚珠。

「答應我，以後不要把鈕扣放在口袋裡，要收在非常安全的地方，好好珍惜。」我說，口氣盡可能地嚴肅。

「我答應妳。」歐文說。我站起身，和歐文一起走回櫃檯去找老闆，他一直假裝沒在看我們。歐文說：「凱力先生，我媽媽不讓我賣這枚鈕扣。」

「那是對的，小傢伙。」

「史密斯醫生也叫我媽媽不要賣掉她的戒指。」

「歐文。」我尷尬地說。

「是嗎？」凱力先生問。

「是的，先生。」歐文點點頭。

凱力先生抬眼看著我。「那麼，我認為他是對的，加拉赫夫人。我將給您一百六十英鎊買下鑽石耳墜，但妳得保留妳的戒指。我記得幾年前有個年輕人來到這裡，買下了這件物品。」他用拇指撫摸著浮雕，陷入回憶。「這枚戒指超出了他的財力，但他非要買到不可。他說，這是要送給他想娶的女孩。我們達成交易——用他的懷錶換這枚戒指。」他把戒指放入我的手中，合起我的手。

「那懷錶不值多少錢，但他是個出色的談判者。」

我詫異地盯著凱力先生，懊惱不已。難怪托馬斯這麼堅持，我居然想賣掉安的結婚戒指。

「謝謝你，凱力先生，我都不知道有這件事。」我低聲說。

「現在妳知道了。」他親切地說，一段回憶掠過他的臉龐，他抿著嘴，若有所思。「妳知道……我可能還留著那只懷錶，交易不久後它就不動了。我想懷錶需要修一修，就先收起來了。」他拉開抽屜並解鎖櫃子，不一會兒，他歡呼一聲，從一個天鵝絨內襯的抽屜中拉出一條長鍊，鍊子上掛著一只簡單的金色懷錶。

我內心爲之揪緊，用顫抖的手摀住嘴，以免自己驚呼出來。那是歐文生前經常佩戴的懷錶，那只錶讓他看起來像個老古板——垂掛的鍊子和金色的吊墜盒——但他從來沒有爲了新款而丟棄它。

「看到沒，小傢伙？」凱力先生向歐文示範如何打開盒蓋上的閂鎖，露出裡頭的錶面。歐文高興地點點頭，當舖老闆則眉頭一皺，盯著懷錶。

「哎呀，眞沒想到！」凱力驚嘆不已。「居然還會動。」他查看自己掛在背心小口袋裡的錶，用一個小工具調整了狄克蘭．加拉赫的懷錶時間，仔細查看那些微小的時針分針，最後滿意地哼了一聲。

「就給你吧，小傢伙。」凱力先生說，把櫃檯上的懷錶推到歐文手邊。「畢竟它曾經屬於你的父親。」

小歐文和我離開當舖，身上帶著的東西比我們進來時還多。除了一百六十英鎊和狄克蘭的懷錶──我將鍊子別在歐文背心上，但懷錶被歐文緊緊握在手中──我的耳垂上還夾著一副浮雕瑪瑙耳墜。我後知後覺地意識到，一九二一年的大多數女性耳朵上可能沒有穿洞。凱力先生堅持說這副耳環非常搭配我的戒指，我應該收下。他實在太親切大方了，我不禁懷疑我給了他一個非常好的交易。然而，光是我仍戴著安的戒指這件事，也許我一輩子都無法報答他。我差點犯下可怕的錯誤，是當舖老闆救了我。他還告訴我一個比戒指本身更加珍貴的故事。

狄克蘭的懷錶引發的連鎖效應讓我困惑不已。如果我沒有和歐文一起進入當舖，凱力先生會把這懷錶送給歐文嗎？我認識爺爺的這些年，他都帶著這只懷錶。是我改變了歷史，還是我一直都是歷史的一部分？再說，歐文是怎麼拿到安的戒指？如果她死了、下落不明，戒指不是一直在她身上嗎？

我突然意識到自己不知該往哪走。我右手緊握錢包，左手緊牽著歐文的手，任由歐文帶著我走，思緒卻遠在八十哩之外──或者說是八十年之後。

「歐文，你知道百貨公司在哪裡嗎？」我難為情地問。

他笑嘻嘻地放開我的手。「傻瓜，就在那裡呀！」

我們所在的對街有一排巨型玻璃窗──至少有六扇──深紅色遮陽棚上有淡淡的幾個大字：**斯萊戈．亨利．萊昂斯百貨**。櫥窗內的基座上擺放出帽子和鞋子，一臉蒼白的人形模特兒展示著洋裝和西裝。一時間我感到如釋重負，但沒多久又被恐懼取代。

「只要找人幫忙就好了。」我大聲對自己說，歐文點點頭。

「奶奶的朋友潔拉汀．康明斯阿姨在這裡工作，她非常熱心。」

我的心一下子盪到谷底，肚子一陣翻滾，以為自己要得病了。布麗姬的朋友肯定認識安．加拉赫，眞正的安．加拉赫，一開始的安．加拉赫。歐文拉著我往前走，顯然已等不及要探索大型商店，我則做好心理準備。

一群男人聚集在入口右邊的大窗戶前，背對著馬路，雙手在胸前交叉，盯著窗格內的某樣東西。我伸長脖子，想要看看是什麼吸引了大家的目光。我湊過去時，有個人正好離開了他的位置，而我才剛看清楚窗戶內有什麼時，另一個人隨即佔據了這個空位。這些人正在看一份報紙，有人將《愛爾蘭時報》張貼在百貨公司窗戶內側，讓經過的人都可以看到。

我放慢腳步，不自覺被那些文字吸引，但歐文一個勁地拉著我往前走。一名男子耐心地爲我打開門，在我經過時向我脫帽致意。一走進店裡，所有對報紙和文字的念頭被我拋諸腦後，我驚奇又不安地東張西望。高聳的架子、寬闊的走道、商品展示和裝潢。沒有賣場的背景音樂，也沒有日光燈的照明，頭頂上懸掛的吊燈在光澤亮麗的木地板上灑落一地溫暖的光芒。我原地轉了一圈，發現我所處的地方是男裝部門，其他的還等著我去探索。

「衣服、長襪、一雙新靴子、一雙鞋子、一頂帽子、一件外套，和十幾二十樣東西。」我喃喃自語，試著列出一個清單，以免自己躲到角落裡去哭。我不知道自己的錢能買多少東西。我偷瞄了一眼右邊掛著的大衣標價，十六英鎊。我心算了一下，隨即放棄。我最多只會花一百英鎊買東西，另外的六十英鎊要當作備用金，直到我能賺到更多錢，或是醒過來，就看哪個先發生了。

「奶奶都是去樓上的洋裝部。」歐文說，再次爲我帶路。我們走上一個寬敞的樓梯，來到二樓，放眼望去都是別緻的帽子、五彩繽紛的布料，而這裡的空氣香氛四溢。

「您好，潔拉汀．康明斯阿姨！」歐文大叫，對著一位站在附近玻璃展示櫃後的女士揮手，她的年紀跟布麗姬相仿。「這是我媽媽，她需要幫助。」

有一位女人噓聲要他小聲點，彷彿我們是在圖書館裡，而不是站在一堆懸掛的衣服之間。潔拉汀．康明斯從玻璃櫃後面走出，她朝我們走來，姿態優雅，身材豐腴。

「你好啊，歐文．加拉赫先生。」她輕鬆地打招呼，頭髮梳理得井井有條，身穿一件深藍色洋裝，搭配寬鬆的腰帶，傲人的胸脯上垂著一條同色系的蝴蝶結，袖長及肘，飄逸的裙襬落在腳踝上方。她的頭髮猶如一頂光亮圓弧的灰色帽子，端正地套在她圓圓的臉龐上。她眨也不眨地正視我，雙手在身前交握，像士兵一樣腳跟靠攏，立正站好。

不像凱力先生，她似乎並不驚訝。我猜想布麗姬在我養傷時有來過斯萊戈。無所謂，只要這女人能幫助我，而且不要我回答任何問題就好。

「安．加拉赫夫人，有什麼需要我協助的地方嗎？」她說，沒有多費唇舌客套和自我介紹。

我一股腦地列出清單，希望她能填補空白。

她舉起一隻手，喚來帽架旁的一名年輕女子。「歐文．加拉赫先生跟我走，碧翠絲．巴恩小姐會親自協助妳。」

我這才意會過來，歐文之所以直呼她的全名潔拉汀．康明斯，是因爲她稱呼其他人時也都是全名，並加上稱謂。碧翠絲．巴恩匆匆走向我們，漂亮的臉蛋上掛著熱心的笑容。

「碧翠絲．巴恩小姐，這位是安．加拉赫夫人，妳來協助她，我相信妳會謹慎處理。」

碧翠絲．巴恩用力點頭，潔拉汀轉過身，朝歐文伸出手。

「妳、妳要帶他去哪裡？」我問道，我相信好的父母不會隨便把孩子交給完全不認識的陌生人。歐文認識她，但我不認識。

「當然是樓上的玩具部門，接著去弗格森藥妝店吃點心。」她笑盈盈地看著歐文，粉嫩的臉頰上冒出兩個深酒窩，再看向我的眼睛時，她的笑容消失了。「我的交班時間到了，整點半的時候會回來，妳會有足夠的時間購物，不需要擔心孩子。」

歐文雀躍地握住她的手，接著臉色一沉，垮著肩膀說：「謝謝您，潔拉汀·康明斯阿姨，可是醫生說我一定要跟緊媽媽，幫她的忙。」

「跟我走就是在幫妳媽媽。」康明斯太太說。

歐文看著我，遲疑地笑了笑，一臉期待。

「去吧，歐文，好好玩，我沒事的。」我撒了個謊。

我看著歐文走遠，他的手被那位年長的女士握著，我好想把他叫回來，但他已經掏出懷錶給她看，口沫橫飛地說著我們剛剛在當舖的冒險。「加拉赫夫人，我們開始吧？」碧翠絲說，她的嗓音很高，眼神炯亮。

我點點頭，堅持她叫我安就好，並結結巴巴地重述一次我的需求清單，邊走邊留意價格，指出我喜歡的品項和偏好的顏色。每件洋裝平均大約七英磅。碧翠絲不停地介紹晚禮服、家居服、冬季和夏季服裝，當然還有帽子、鞋子和手提包，說得我頭暈目眩。

「您需要襯衣、束腹、內褲和絲襪嗎？」她壓低聲音問，儘管周遭並沒有其他人。

「是的，麻煩了。」我回答。如果想順利買完東西，是時候撒點小謊了。「我病了很長一段時間，已經很久沒買衣服，所以不知道現在流行什麼，也不知道自己穿多少尺碼，甚至不確定一位女士需要什麼東西。」我露出可憐兮兮的眼神，這點不難做到。「希望妳可以給我一點建議，但不用一整套，那太貴了，只要基本款就好。」

「當然。」她拍拍我的肩膀。「我帶您去試衣間吧，我非常會量尺寸，這會是很棒的體驗。」

當她回來時，兩手抱滿白色的褶邊裝飾。

「我們有一些來自倫敦的精美藝術絲，以及長度到膝蓋的短褲。」她愉快地說：「還有一些新款式的束腹，綁帶設計在前面，非常舒適。」我腦海中閃過一個畫面：我坐在書桌前，穿著有抽繩的棉褲和稜紋背心。我嚥下內心的恐慌。

所謂的「藝術絲」摸起來就像人造纖維，重點是耐洗嗎？我努力塞進那件束腹，綁帶在前方是很方便的設計，穿起來相對輕鬆多了。長長的褶邊垂在大腿中間。襯衣設計來穿在束腹裡面，它像一件方形內衣，柔貼舒適，微微地支撐起胸部。我穿上碧翠絲偷偷提到的短褲，其實還不糟嘛！

我穿上一件深藍色連身裙，方形設計的領口，透明及肘的袖子，剪裁簡單大方，寬鬆的裙襬在我的腳踝上方輕輕搖曳，透過一條腰帶修飾身形。碧翠絲抿著嘴打量我。

「顏色和款式都很適合妳，妳的脖子很美，搭件珠寶首飾就很適合參加晚宴，也可以戴頂帽子去參加彌撒。可以加選一件玫瑰色的。」

兩件棉質襯衫，一件粉紅色，另一件是綠色，有著寬V型的翻領，下方是三顆鈕扣，用來搭配碧翠絲口中的基本款灰色長裙。我另外試穿了兩件「家居服」：一件桃色，另一件是帶有小棕點的白色。兩件都有深及大腿的口袋、修長的袖子和寬扣的袖口。設計簡單，圓形領口圍繞鎖骨，裙子長及小腿，有褶的腰帶將上衣及裙子分開。碧翠絲在我頭上放了一頂白色寬邊草帽，帽上點綴著桃色花飾和蕾絲。她稱讚我非常好看，又另外幫我挑了兩件披肩，一條是淡綠色，另一條是白色，我拒絕時還被她罵了。

「妳在愛爾蘭出生對吧？妳一生都住在這裡，當然得有披肩啊！」

碧翠絲拿來一件羊毛長大衣，一頂搭配用的深灰色帽子，帽上裝飾著一束玫瑰和一條黑絲帶，她說這是鐘形帽。有別於草帽的硬挺圓邊和圓頂，鐘形帽貼合頭部，帽緣性感地微微展開，烘托出我的頭部線條。我很喜歡，所以留下它，繼續看下一件物品。

要買的東西愈堆愈高，除了內衣和衣服，我還需要四雙絲襪，一雙棕色皮革高跟鞋，一雙中跟黑色T型涼鞋，以及一雙冬季穿的黑色靴子。我當然也可以穿安的舊靴子走很長的路或做家事。我不是很想做家事，不曉得一九二一年的女性都得做些什麼家務。托馬斯有僕人，但他提過希望我協助他照顧病人，我安慰自己那些靴子也是可以派上用場。

我一直在心裡計算——四雙襪子一英鎊，鞋子和披肩各三英鎊，棉質連身裙每件五英鎊，靴子和亞麻洋裝七英鎊，襯衣和短褲各一英鎊，裙子四英鎊，襯衫兩英鎊半，束腹要貴一點，帽子和棉質連身裙價格相同，羊毛大衣一件就要十五英鎊，全部加起來已經將近九十英鎊，而我還沒去買盥洗用品！

「妳得要有一、兩件參加派對的洋裝，醫生經常受邀到有錢人家裡。」碧翠絲堅持，眉間出現一道皺痕。「妳有首飾嗎？我們有一些漂亮的人造珠寶，就像眞的一樣。」

我拿出我的戒指和耳環，表示這就是全部了。她咬著唇，點點頭。

「妳還需要一個手提包，但不急於一時。到了冬天，妳就會想要有另一件羊毛套裝。」她補充道，打量我穿著走進百貨公司的這件老氣醜陋套裝。「這件……不是太……好看，但很保暖。」

「我不會跟醫生去參加派對。」我反駁。「這件衣服就夠了。我會有披肩和大衣，沒事的。」

她嘆口氣，像是遺憾沒能滿足我的需求，不過還是點頭同意了。「好的，等妳試穿完畢，我會幫妳將購買的東西打包裝箱好。」

一九二〇年十月二十六日

黑棕部隊和後備隊（注1）——從大不列顛來到愛爾蘭的軍隊——無所不在且不受任何約束。鐵絲網、路障、裝甲車和荷槍實彈的巡邏士兵是司空見慣的事。朵姆赫比都柏林平靜，但我們仍然感受得到，全愛爾蘭都感受到了。上個月，黑棕部隊和傭兵縱火焚燒掉一半的巴爾布里根小鎮，家園、商店、工廠，以至於整個城鎮區都被夷為平地。皇家警隊宣稱這是對殺害兩名黑棕部隊成員的報復，但這些報復完全不合理，而且不分青紅皂白。他們想要打垮我們，而我們當中很多人已經崩潰。

今年四月過後，許多新芬黨黨員只因參與政治活動就鋃鐺入獄，和一般罪犯一起被關進蒙喬伊監獄，而為了抗議，有些人開始絕食。一九一七年，一名政治犯，同時也是愛爾蘭共和兄弟會（IRB）的成員，他選擇絕食抗議，結果被強餵致死。蒙喬伊監獄外聚集的民眾愈來愈多，全國的關注度也愈來愈高。一九一七年絕食抗議引發的全球憤怒終於迫使首相勞合．喬治妥協，給予這些男子戰俘身分（注2），將他們轉移至醫院療養。身為弗倫奇勳爵親自任命的醫療代表，我能以官方

注1 auxiliary，雇傭兵，通常是第一次世界大戰的退役軍人，被招募來協助皇家愛爾蘭警隊對抗愛爾蘭共和軍。

注2 意味著被捕者將受到人道和符合國際標準的待遇，而不會被視為普通犯罪嫌疑人或政治犯，有權得到適當的食物和醫療照顧，以及不被迫害或受到羞辱。

身分在慈悲醫院看到他們。我是自願的。這些男子虛弱不堪，但他們知道，他們贏得一場戰役。

拒絕前往西敏市就職的新任領袖們所成立的愛爾蘭新政府——愛爾蘭眾議院，已被英國政府宣布非法。阿麥和其他議員——那些還沒入獄的——暗中建立一個運作中的政府，全心全力創建一個獨立愛爾蘭能夠運作的體制。但公開身分的地方市長、官員和法官，不像眾議院議員那樣容易隱藏，他們接二連三被逮捕或謀殺，科克市長湯瑪斯．麥克科坦在自家被射殺，他的接任者特倫斯．麥克斯溫利上任不久，在一次科克市政廳突襲中被逮捕。麥克斯溫利市長和同行被逮捕的十名男子發起絕食抗議，以譴責持續非法拘禁公職人員的行為，這次的抗議就像四月那次一樣，引起全國關注，但不是因為有個好結局。特倫斯．麥克斯溫利在絕食抗議的七十四天後，在昨日死於英格蘭的布里克斯頓監獄。

每一天都會多一個可怕故事，多一個不可原諒的事件，整個國家都在承受巨大壓力。然而，恐懼之中莫名夾雜著一絲希望，彷彿整個愛爾蘭都在覺醒，我們的目光都集中在同一個地平線上。

T．S．

第10章　三個乞丐

你們這些遠赴他方的人，
能否解開我心中的困惑。
是最不渴求的人得到最多，
或是最渴求的人得到最多。

——W．B．葉慈

當我頭髮微帶淩亂地走出試衣間時，碧翠絲已經在等著我。我穿著一件棉質連身裙，戴了一頂新帽子遮住醜陋的頭髮。碧翠絲讓我直接穿走那雙棕色皮革高跟鞋，我就不用再穿安那雙需要綁帶的靴子。碧翠絲將安的舊棕色套裝、帽子和靴子，連同我其他買的東西一起打包。我看起來比剛抵達時好多了，但身體一側還是在作痛，頭也因用腦過度在發疼。眞高興這次的冒險就要結束。碧翠絲喋喋不休地問我平時是如何打理自己。我告訴她需要洗髮精和可以讓頭髮變得滑順的產品。她點點頭，彷彿知道洗髮精是什麼東西。「我需要……月事來時用的……」這年代的人應該也是用這個詞形容一個女人的生理期吧？碧翠絲點點頭，顯然聽懂了。

「我們把衛生棉和月事帶放在不顯眼的展示架上，一旁有個放錢的盒子，這樣女士們就不需要公開購買，也會感到比較自在。我會趁沒人注意的時候，把這些東西放到妳的盒子裡，一起結帳。」

解決了最重要的兩件事，我跟著她來到樓下的化妝品部門，瀏覽琳瑯滿目的商品。碧翠絲愉悅地指出那些我熟悉的品名——凡士林、象牙香皀和旁氏冷霜。碧翠絲在紙上工整地寫下清單，做好收據，把我選購的東西放進一個像是麵包店常用的淡粉色盒子裡，碧翠絲另外加了旁氏雪花膏進去。

「晚上用冷霜，早上用雪花膏。」她說明。「可以讓妳不會臉泛油光，上粉底的效果會更好。妳需要蜜粉嗎？」

我聳聳肩，她抿著嘴，打量我的肌膚。「肉色、白色、粉色還是奶油色？」她問道。

「妳覺得呢？」我含糊其辭。

「肉色。」她斬釘截鐵地說：「Lablache這個牌子是我最喜歡的蜜粉，雖然貴了一點，但很値得。再來點淡粉色的胭脂如何？」她從玻璃櫃後拿出一個小容器，打開金屬蓋。「看？」我覺得這個顏色太過粉色了，但她向我保證：「這會是最服貼妳的臉頰和嘴唇的胭脂，沒有人知道妳有上妝，即使被發現了，也絕不要承認。」

讓自己看起來像沒化妝，這是個不錯的目標，我喜歡。

「有一款新的睫毛膏——我們從小到大都是用凡士林和灰燼，現在不是了。」她旋開另一個跟護唇膏差不多大的小容器，讓我看一眼裡面的黑色油脂。我從沒看過這種睫毛膏。

「怎麼用？」我問。

碧翠絲湊近我，告訴我不要動，用食指沾了些黏液，再用拇指搓一搓，自信滿滿地用黑色指尖輕輕摩擦我的睫毛末端。

「太完美了。妳的睫毛又長又黑，本來就不怎麼需要睫毛膏，但現在變得更加顯眼了。」她眨眨眼，把它放進盒子，另外還拿了某種椰子油洗髮精，說是一定可以讓我的頭髮變得閃閃動人，同時還有爽身粉可以讓我「保持清爽」，和一小瓶不會讓我打噴嚏的香水。我還添購了一條牙膏、一支牙刷、一小盒絲線「牙線」，以及一組梳子加扁梳。當我詢問可以在哪結帳時，碧翠絲給了我一個奇怪的表情。「已經結清了，安。醫生在大門口等妳，妳買的東西都在那裡。我以爲妳是想節儉一點。」

「我想自己付錢，碧翠絲。」我堅持。

「但是……都結完帳了，加拉赫夫人。」她結結巴巴地說：「已經算到他的帳上，我不想引起騷動。」

我也不想引起騷動，現在非常尷尬。我深吸一口氣壓下情緒。

「這些盥洗用品還沒算到他的帳上吧。」我舉起懷裡的粉紅色盒子。「我要自己付錢。」我堅持。

她一臉欲言又止，最後點點頭，轉向入口處附近的收銀機，那裡有一位蓄著鬍子的店員在等待。她把我的盥洗用品收據遞給他。

「加拉赫夫人要結帳，貝瑞先生。」她解釋說，從我手中接過盒子，以便我能拿出凱力先生給我的紙鈔袋。

「史密斯醫生交代過加拉赫夫人買的東西要算到他帳上。」貝瑞先生皺起眉頭。

「我知道，但我要自己支付這幾樣東西的錢。」我堅定立場，用皺眉回應他的皺眉。

店員看看我，又看看門口，然後又看回我。我順著他的目光，看到托馬斯站在那裡凝視著我。

微微斜著頭，一隻手牽著歐文，另一隻手塞進他的褲袋。

歐文圓鼓鼓的臉頰裡塞了一根圓形棒棒糖，嘟起的嘴唇裡突出一根棒子。

「一共多少錢？」我問，將注意力拉回到店員身上。

男店員嘀咕著把品項輸入收銀機，總金額隨著每一聲清脆的叮噹聲而改變。

「一共十磅，夫人。」他氣呼呼地說。我從袋裡抽出兩張看似是五磅的鈔票，我得私底下好好研究一下這些鈔票才行。

「您買的東西我們都裝箱了。」巴瑞先生說，收下鈔票放進收銀機裡。他指著身後一堆包裹，招呼一個小弟過來。男孩快步跑來，他把箱子一一疊到自己手中。「您先請，加拉赫夫人。」貝瑞先生指著大門。

我滿臉通紅轉身走向托馬斯，渾身不自在，就像是「不知羞恥的乞丐」領著一支皇家隊伍。碧翠絲提著我的盥洗用品和帽盒，搖搖晃晃跟著我走。那名男孩和貝瑞先生則一起搬運其餘的包裹。

托馬斯打開門，朝停在人行道旁的汽車點頭。

「包裹放在後座。」托馬斯吩咐，他的目光集中在四名快速走向商店的男子身上。那些人穿著卡其色制服和高筒靴，腰間繫著黑色皮帶，頭戴傳統蘇格蘭帽，讓我聯想到蘇格蘭男人和風笛。只不過，那些人身上沒有風笛，他們帶著槍。

「媽媽，妳好像美麗的女王喔！」歐文喊道，伸出黏答答的手就要來摸我的裙子，我閃了開來，一把抓住他的手，不去管他的手黏在我手上的感覺。托馬斯趕緊催我們上車，目光始終沒有離開那些接近的士兵。

貝瑞先生一看見那些男人，便把包裹連忙放進後座，隨即將碧翠絲和男孩趕回店內。

托馬斯關上我這側的車門，大步走到車前，快速轉動曲柄把手，原本就暖好的車子瞬間發動。托馬斯坐上駕駛座，關上車門，就在這時，那些男人停在張貼《愛爾蘭時報》的大窗戶前，用槍托敲碎玻璃。報紙隨著碎玻璃飄落在地，一名士兵俯身，點燃一根火柴燒掉報紙。街道兩旁的人停下腳步，觀看這一場破壞行爲。

「你們在做什麼？」貝瑞先生推門走出來，震驚地面紅耳赤。

「去告訴萊昂斯先生，他正在煽動反皇家愛爾蘭警隊和英國皇室的反叛暴力，下次再貼報紙，我們就打破所有窗戶。」一名操著科克口音的男子大聲嚷嚷，故意讓聚集在對街的人群都能聽到。他踢了冒煙的報紙一腳後，這一群男人沿著街道繼續走，朝海德橋前進。

托馬斯全身僵住，雙手緊握方向盤。車子轟隆隆地響著，他下顎緊繃，耳朵附近一條肌肉抽動。對街的人們跑過馬路來看熱鬧，貝瑞先生開始收拾善後。

「托馬斯？」我輕聲說。歐文瞪大眼睛，下唇顫抖。他嘴裡的棒棒糖掉了出來，落在他腳邊。

「醫生，警察爲什麼要那樣做？」歐文問道，泫然欲泣。托馬斯拍拍歐文的腿，鬆開油門，調整方向盤旁的槓桿，緩慢駛離百貨公司，把破壞現場留在身後。

「怎麼回事，托馬斯？」我問道。他沒有回答歐文，不發一語，眼神陰鬱。我們跟在四名警察後面穿越海德橋，駛離斯萊戈，往朵姆赫方向的回程前進。離小鎮愈遠，托馬斯愈放鬆下來，他嘆口氣，瞄了我一眼，隨即把目光集中在前方的路上。

「亨利．萊昂斯每天都派司機去都柏林拿報紙，貼在櫥窗上，讓大家知道都柏林發生了什麼事。主要行動都在都柏林，整個愛爾蘭的戰鬥都在都柏林進行，人們都想要了解。黑棕部隊和後備隊不喜歡他張貼那些報紙。」

「後備隊？」

「皇家愛爾蘭警隊後備隊。安。他們和一般警察是兩個獨立的指揮系統，全是大戰結束後失業的英國陸軍和海軍的前軍官。他們唯一的任務就是鎮壓愛爾蘭共和軍。」

我做過相關研究，所以我記得。

「他們不是皇家警察？」歐文說。

「不是，小傢伙。後備隊比皇家警察更糟糕。要知道一個人是不是後備隊，可以從他的帽子和槍帶看出來。歐文，你看到他們的帽子了嗎？」托馬斯追問。

歐文點頭如搗蒜，牙關微微顫抖。

「遠離那些後備隊隊員，歐文，還有皇家警察，愈遠愈好。」

我們都沉默下來，歐文咬著唇，撿起棒棒糖，拍掉髒污，想放回嘴巴得到一點安慰。

「我們回家後洗乾淨再吃，歐文。你要不要給托馬斯看看你的懷錶，跟他說凱力先生告訴我們的故事？」我提議，想要轉移他的注意力，轉移我們所有人的注意力。

歐文從口袋裡拉出長鍊子，將擺動的懷錶遞到托馬斯眼前，讓他能看得到。

「凱力先生送我的，醫生。他說這是我爸爸的，現在它是我的了。它還在動喔！」

托馬斯舉起左手，接過懷錶放在掌心上，嘴唇因驚訝和悲傷而扭曲。

「凱力先生收在抽屜裡，我們走進店裡時，他才想起來。」歐文補充道。

托馬斯的視線和我相遇，我相信他已經知道戒指的故事。

「我拿到爸爸的手錶，媽媽還留下她的戒指，你看？」歐文拍拍我的手。

「我看到了。你要好好珍惜這只錶。把它和你的鈕扣一起收在安全的地方。」托馬斯說。

歐文看著我，黏答答的臉蛋露出愧疚的表情，我能從他皺起的小鼻子看出，他在害怕我告訴醫生他想賣掉他的寶物。我幫他把錶放回他的口袋，笑盈盈地看著他的眼睛，讓他放心。

「歐文，你會看時間嗎？」我問。

他搖搖頭。

「那我教你，這樣你就能使用這個懷錶了。」

「是誰教妳看時間的？」他問道。

「我爺爺。」我柔聲說。我肯定看起來很難過，因爲小男孩用他髒兮兮的手指拍拍我的臉頰，安慰我。

「妳會想他嗎？」

「現在不想了。」我顫抖著聲音說。

「爲什麼？」他驚訝了，就像很久很久以前的我一樣。

「因爲他一直都在我身邊。」我輕聲說，重複著爺爺抱著我時說的話。在那瞬間我突然頓悟，整個世界不再相同——我開始懷疑，爺爺自始至終都知道我是誰。

我幫歐文洗了手，兩人一起打理好自己，準備吃晚餐。我的髮夾掉了，鬈髮垂落在臉和背上。我鬆開頭髮，弄濕手指，盡可能理順每一根鬈髮，用我在安的箱子裡找到的一條緞帶，將所有頭髮往後束成一個鬆散的馬尾。我眞想直接撲倒在床上，我的側腹好痛，完全沒有食慾，但這是我第一次跟家人一起坐在餐桌上。

布麗姬在晚餐時不發一語，背部僵直，咀嚼著小到不用動下巴的食物碎片。當她看到我們搬著一堆包裹、鞋盒和帽盒走進來放到我房間，她先是瞪大眼睛，接著又瞇起眼。歐文吱吱喳喳地跟她說起被砸碎的櫥窗、潔拉汀·康明斯阿姨買的棒棒糖和他在架上看到的有趣玩具，但她一點反應也沒有。布麗姬讓男孩坐在她旁邊，托馬斯坐首位，我坐在另一側，正對著歐文，和托馬斯隔著一個位置。這是個奇怪的座位安排，不過這樣一來，布麗姬就可以不用看到我，又可以讓我遠離歐文和托馬斯。

梅芙的姊姊艾莉諾站在廚房門口附近待命，我對她笑了笑，讚美她做的料理。雖然我沒什麼胃口，但食物眞的很美味。

「可以了，艾莉諾，妳可以回家了。晚餐後，安會清理餐桌和洗碗。」布麗姬吩咐道。

女孩告退後，托馬斯眉頭一挑，看著布麗姬。「加拉赫夫人，這是在重新分配家務嗎？」

「我很樂意。」我打岔。「我也需要做出貢獻。」

「妳累壞了。艾莉諾在回家路上也會擔心自己是不是做錯什麼惹布麗姬不高興，因為她一向會在收拾完後打包剩菜回去給家人。」托馬斯說。

「我是認為安虧欠你太多，最好開始償還。」布麗姬面紅耳赤地大聲反駁。

「我會處理自己的債務和那些欠我債的人，布麗姬。」托馬斯冷冷地說。布麗姬略顯震驚。托馬斯嘆口氣。

「先是兩個乞丐，現在變三個？」布麗姬嗤之以鼻。「我們現在就是乞丐吧？」

「媽媽現在不是不知羞恥的乞丐了，奶奶，她賣掉耳環，現在很有錢。」歐文開心地說。

布麗姬推開椅子猛地站起。「來，歐文，該洗澡睡覺了，跟醫生說晚安。」

歐文不依，儘管他的盤子早已空了很久。「我要聽媽媽說庫蘭獵犬的故事。」他撒嬌地說。

「今晚不行，歐文。一整天下來都累了，跟奶奶去吧！」托馬斯說。

「晚安，醫生。」歐文難過地說：「晚安，媽媽。」

「晚安，歐文。」托馬斯說。

「晚安，我親愛的男孩。」我邊說邊送上飛吻，逗他開心。他親了一下自己的手掌，吹向我，看起來這是他的第一次。

「歐文。」布麗姬命令道。

他垂頭喪氣地跟著奶奶離開了房間。

兩人的腳步聲漸行漸遠。「去睡吧，安。妳都快在湯裡睡著了，剩下的我來收拾就好。」托馬斯說。

我置若罔聞，起身收盤子。「布麗姬說得對，你二話不說就收留我──」

「二話不說？」他挖苦地說：「我記得我問了不少問題。」

「你什麼都沒要求。」我更正道。「我不那麼害怕的時候，其實眞的很感激你。」

他站起來收走盤子。「重的我來，妳負責洗碗。」

我們靜靜地做事，兩個人在廚房裡都不太自在──但我懷疑我們各自的原因不同。我不知道東西放在什麼地方，而托馬斯幫不上什麼忙。我猜他從沒洗過碗或準備過一頓飯。

奢華的設備讓我大開眼界──一個巨型冰箱、一個大水槽、兩個嵌入式烤箱、八個電磁爐頭，還有一個食品倉庫──托馬斯稱之爲食品儲藏室，大小跟餐廳一樣大。流理檯面又大又乾淨，維護得相當好。我已經知道這個家和這些舒適設施對於一九二〇年代的一般家庭來說並不典型，尤其是在愛爾蘭鄉下。我讀過他的日記，關於加瓦戈里，關於他的繼父，關於他所繼承的財富和肩上的重擔。

我將盤子上的食物裝入碗裡，不敢亂丟。豬吃廚餘嗎？我知道托馬斯有養豬、羊、雞和馬，全交由奧圖照料。我找不到任何看起來像家事皀的東西，只能將盤子和碟子沖一沖，一一疊放在盆子裡。托馬斯清理好餐桌，將剩菜放入冰箱，麵包和奶油則收進儲藏室。我擦拭流理檯面，欣賞那些因經常使用而略顯磨損的厚重木質表面，這些表面顯然是被比我更熟練的雙手使用過。我相信布麗姬之後會來檢查，但在無人指導之下，我已經盡力了。

「妳爲什麼怕？」托馬斯輕聲問，看著我完成清理。

我關掉水龍頭，擦乾手，相信我們已經清理得乾乾淨淨，一隻老鼠都不會靠近。

「妳剛說妳不那麼害怕時很感激我。妳爲什麼害怕？」他追問。

「因爲一切都是那麼的……不確定。」

「布麗姬怕妳帶走歐文，所以才表現得那麼壞。」托馬斯表示。

「我不會，永遠也不會……我又能去哪？」我結結巴巴地說。

「看情況。妳之前去了哪裡？」他不死心地追問，我顧左右而言他。

「我永遠不會那樣對待歐文、布麗姬或你。這裡是歐文的家。」

「而妳是他的母親。」

我想坦承我不是，除了愛，我無權管他。但我沒有坦承。坦承意味著切斷和我唯一關心的人之間的聯繫。我能承認的只有一件事。「我非常愛他，托馬斯。」

「我知道，其他的我不知道，但至少我知道這點。」托馬斯嘆道。

「我保證，不會帶歐文離開加瓦戈里。」我看著他的眼睛做出承諾。

「但妳能保證**妳自己**不會離開？」托馬斯說，找出我話裡的漏洞。

「不能。」我輕聲說，搖搖頭。「我不能。」

「那妳走吧，安。如果妳打算要走，現在就走，免得造成更多傷害。」

他不是在生氣，也不是在斥責我。他眼神嚴肅，語氣溫柔。我一度哽咽，眼眶泛淚。他輕輕將我拉入懷中，彷彿我是個孩子一樣，撫摸我的頭髮，輕拍我的背。但我沒辦法在他懷中盡情哭泣。我的胃一陣翻攪，皮膚緊繃。我抽身而退，恐慌從腳後跟蔓延上竄，從我的掌心滲出，我害怕會在他面前顯露出來。我轉身，逃也似地離開廚房，一手壓著身側的疼痛，一心想著只要關上門我就安全了。

「安，等等。」托馬斯在我身後大叫，門砰的一聲關上，隨後傳出焦慮的說話聲。一對神情疲憊的夫婦圍住托馬斯，他們身上穿著略顯破舊的乾淨衣服。那對夫婦讓他沒辦法追上來，我一路沿著走廊跑回房間。

「我們家的艾莉諾說她被加拉赫夫人開除了，醫生！她一路哭著回家，我擔心得不得了，如果有什麼問題，你會告訴我對吧，史密斯醫生？」婦女哭訴著。

「您一直待我們很好，醫生，真的很好，但也要我女兒知道自己做錯了什麼，她才能改不是嗎？」男人也開口了。正如托馬斯稍早說的那樣，奧圖一家完全誤會了艾莉諾提早回家的原因。

可憐的托馬斯，要保持公正肯定非常困難。他在很多事情上都是對的，如果我終究要走，我應該現在就走。在這點上，他是對的。

但我不知道該怎麼做才好。

一九二〇年十一月二十八日

上星期六，我和阿麥坐在都柏林格拉夫頓街的開羅咖啡廳吃培根和蛋。阿麥吃東西像在比賽，一直塞食物到嘴裡，眼睛盯著盤子，隨時準備裝滿繼續吃。我始終覺得很不可思議，他居然可以在城裡來去自如。他通常穿著一套筆挺的灰色西裝，戴著一頂圓頂帽，時不時騎著腳踏車，明目張膽對著追捕他的人微笑揮手、閒話家常，他的能力遠超過其他人。

但上週六他顯得煩躁不安，在某一刻，他推開盤子，越過桌子湊近我，兩人的臉幾乎貼在一起。

「阿托，你看到後面桌子那些傢伙了嗎？等一下，先別看，先讓餐巾掉地上。」

我喝了一口面前的黑咖啡，放下杯子時故意將餐巾掉到地上，當我撿起餐巾時，眼睛掠過另一側牆邊幾張半空的桌子。我立刻知道他指的是哪些男人。他們打著領帶、穿著三件式西裝，而不是制服。他們將帽子往右壓低，引人目光，眼睛卻警告你最好別看。我不確定他們是不是倫敦佬，但他們確實是英國人。一張桌子有五個人，隔壁桌也有幾個。也許是他們監視房間的方式，或是邊抽菸邊談話的模樣，他們很明顯是一夥的，而且是麻煩人物。

「那還不是全部，但他們明天就會走。」阿麥說。

我沒問他是什麼意思，他的眼神冷漠，嘴角下撇。

「他們是誰？」我問。

「人稱開羅幫（注1），因為他們總是在這裡聚會。勞合．喬治派他們來都柏林對付我。」

「如果你知道他們是誰，他們不就也可能知道你是誰，你跟我要快被轟成蜜蜂窩了？」我就著杯口低語。我的手抖個不停，不得不放下杯子。不是因為害怕，至少不是為了自己，而是為了他。我氣他居然冒了這麼大的危險。

「我必須親眼看到他們離開。」阿麥淡淡地說，聳聳肩。他不緊張了，緊張的人變成我。他戴上帽子站起身，算了幾枚硬幣支付早餐錢後，我們頭也不回地走出咖啡廳。

隔天早上，破曉時分，都柏林城內有十四名男子被槍殺，當中有許多人是被派來對付麥可、柯林斯和他的小隊。

警察被殺非同小可，到了下午，英國警方震驚不已，派出裝甲車和軍車前往克羅克公園（注2），當時，都柏林和蒂珀雷里兩隊正在進行足球賽。售票員一看到裝甲車和滿載的軍車便逃入公園。黑棕部隊追上去，聲稱售票員是愛爾蘭共和軍的成員。黑棕部隊一進入公園，就向全場觀眾開火。人民被踩踏、射殺，共六十人受傷，十三人死亡。我整晚都在照料傷患，愧疚於自己在這場混亂中的角色，憤怒於事情竟發展到這個地步。我深深渴望一切都能結束。

T、S、

注 1 開羅幫（Cairo Gang），在愛爾蘭獨立戰爭期間被派往都柏林一群英國軍事情報人員，目的是對抗愛爾蘭共和軍。

注 2 位於都柏林的運動場，是愛爾蘭規模最大的體育場，也是歐洲第四大體育場。

第11章 在世界形成前

如果我將睫毛染得更黑，
眼睛更亮，
嘴唇更紅，
去問那一面又一面的鏡子：
這樣可好？
為的不是虛榮，
而是在尋找我原有的一張臉，
一張世界形成前的臉。

——W．B．葉慈

奧圖夫婦確定一切沒事、放心離開後，托馬斯來敲我的房門。我看著那對夫婦經過我的窗戶，雙手抱著一堆麵包，以及艾莉諾爲晚餐準備的羊肉、馬鈴薯和肉汁。

我躲在棉被裡，藏起臉，關掉燈。門沒有鎖上，過了一會兒，托馬斯小心翼翼打開門。

「安，我想檢查妳的傷口。」他說，停在門檻處沒有走進來。

我假裝睡著，一雙腫脹的眼睛緊閉著，把臉埋在被子裡。不久，他走了，門在他身後輕輕闔上。他說過我應該離開。我考慮穿上放在櫃子上層的衣服，穿上我原本人生的衣服，躡手躡腳走到湖邊。我可以偷一艘船划回家。

我想像自己破曉時分坐在湖中一艘偷來的船上，等待回到二〇〇一年。萬一什麼都沒發生呢？要是又被托馬斯救起來，而我穿著奇裝異服，無處可去怎麼辦？他會以爲我眞的瘋了，不讓我接近歐文。我呻吟起來，一想到這裡我就失去勇氣，心跳加速。但萬一奏效呢？如果我眞的可以回家呢？

我是真的想回家嗎？

我愣了一下。我在曼哈頓有一間漂亮的公寓，有錢過上一輩子不愁吃穿的生活，受人尊重、稱讚。我的公關會擔心，我的編輯會焦慮，我的經紀人甚至可能會悲傷。除此之外，還有**其他人**嗎？

我有成千上萬名忠實的讀者，但沒有親近的朋友。我在數十個城市有數百名熟識的人，和寥寥幾個男人約過會，甚至和其中兩個上床過。有過兩個情人，而我三十歲了。情人這個詞讓我皺眉，當中並沒有牽涉到愛情。我一直都是和工作結婚，愛上我的故事，致力於我的角色，我從來沒有想要任何人、任何事。這在一片孤獨的汪洋中，歐文始終是我的島嶼。這是我選擇的海洋，我所愛的海洋。

如今歐文不在了。沒有他在另一邊等我，我就沒有橫渡那片海洋的渴望。

托馬斯在我隔天起床前離開，直到當晚我入睡後才返回。我靠自己輕而易舉地換了繃帶，想必之後不需要再麻煩托馬斯。但托馬斯顯然不這麼認爲。今晚他來敲門時，我還沒熄燈，人正坐在一張小桌子前，沒辦法假裝已經入睡。

我知道下星期一就是歐文的生日，我想爲他做點什麼。我在托馬斯辦公室的抽屜找到紙、幾枝鉛筆和一支我不知道怎麼用的鋼筆。梅芙幫我在厚厚一疊紙的中央縫上一條又長又粗的線，好將書頁綁在一起，做成書背。歐文知道這是要給他的，高興得手舞足蹈。我讓他協助我在縫線上打膠加以強化，乾透後，我將頁面沿著縫線對摺。接著就是替他撰寫一個專屬於他的故事。他得等到下星期一才能看到成品，換句話說，只剩下三天。

現在，托馬斯站在門外，而我不想見他。我還記得他說的話，他的話令我焦慮。我沒按照他的要求離開，也不敢面對他。我怕我給不出答案、給不出解釋，他不會讓我留下。

我穿著那天托馬斯從湖中救起我時，身上穿的毛衣和褲子。一來，我沒想到會有人造訪，二來，我不想穿那種寬鬆的睡衣，身體被包成一團，晚上睡覺很不舒服。我仍在思索未來和回家的事，穿這些衣服讓我感覺更像自己，而我需要成爲作家安．加拉赫，爲一個完美的小男孩創作一個獨特的故事。

托馬斯再次敲門，輕輕轉動門把。

「我可以進去嗎？」他問道，手上拿著醫藥包，眞是個盡職到最後一分一秒的醫生。

我點點頭，眼睛沒有離開過用來記下靈感的小紙堆，打算之後再謄寫到頁面上。

他走到我背後，散發一股溫暖的氣息。「這是什麼？」

「我在替歐文的生日製作一本書，爲他寫一個從未被講述過的故事，專屬於他一人。」

「妳自己寫？」他的聲音使我莫名心跳加速。

「對。」

「妳都是叫狄克蘭唸書給妳聽，說自己一看書，那些字就都在動。我還以爲寫作對妳也一樣困難。」他緩緩地說。

「看書或寫作對我來說都不成問題。」我輕聲說，放下鉛筆。

「妳是左撇子。」托馬斯詫異地說。

我遲疑地點了點頭。

「我以前都沒注意到。狄克蘭是左撇子，歐文也是。」

托馬斯沉默了幾秒，若有所思。我等待著，擔心繼續動筆的話，他還會有其他發現。

「我需要檢查妳的傷口，安，應該癒合得差不多，可以拆線了。」

我順從地起身。

當他的目光從我的衣服移到我散落的頭髮時，他皺起眉頭。

「馬凱維奇伯爵夫人也穿褲子。」我辯解。馬凱維奇伯爵夫人是愛爾蘭政治的領導人物，一名出生在富裕家庭但對革命更有興趣的女性。起義後，她被監禁，有一些負面聲譽，但也得到一定程度的尊重，尤其是在那些同情愛爾蘭獨立運動的人之中。她嫁給波蘭伯爵這件事讓其故事增添不少色彩。

「是的，我聽說過。所以褲子是她給妳的？」他反駁，嘴角露出一絲戲弄的微笑。我沒有理會他，逕自走到床邊，小心翼翼躺在平整的床單上。我之前看到梅芙熨燙床單，她不要我自己燙衣服，但還是有簡單教會我如何使用熨斗。熨燙過的衣服已被掛在角落的木質大衣櫃裡。

我掀起衣服露出繃帶，下襬塞在胸部下方，但繃帶邊緣還是被褲腰遮住了。我解開褲子鈕扣，稍微下拉一吋，眼睛死盯著天花板。托馬斯看過我穿更少的模樣，但像這樣露出肌膚，感覺就像在跳脫衣舞。他清了清喉嚨，而他的尷尬也放大了我的尷尬感。他從桌邊拉出椅子，坐到我床邊，從包裡取出一把小剪刀、一把鑷子和一小瓶碘酒。他拆掉我昨天自己換的繃帶，用棉花棒清理之後，穩穩地取出我側腹的縫線。

「在百貨公司時，碧翠絲告訴我妳還需要不少東西。看妳不得不穿上馬凱維奇伯爵夫人的褲子，我想她說得沒錯。」

「我不打算讓你花錢買我的衣服。」我說。

「我也沒有打算讓妳以爲我希望妳離開。」他一字一句地柔聲反駁，好讓我能了解他的意思。

我吞下口水。我不想哭，但一滴眼淚背叛般地滑下臉頰，消失在耳廓內。歐文去世前，我很少哭，而現在我常常哭。

「我的車裡都是包裹，等幫妳拆完線，我再去搬進來。碧翠絲向我保證，現在那裡已經有妳需要的所有物品。」

「托馬斯……」

「安……」他用同樣的語氣回應，抬起藍眸看我，隨即又低頭，小心翼翼地繼續拆線。我可以感受到他吹拂在我肌膚上的氣息，我閉上眼睛，抵抗腹部的顫抖和赤裸腳趾的蜷曲。我喜歡他的觸摸，喜歡他的頭湊近我的身體，我喜歡他。

托馬斯．史密斯是那種可以安靜來去而不被注目的男人。但如果你停下腳步，仔細打量他的五官，他是帥氣的——一雙深邃憂鬱的藍眸。他露出笑容的那一瞬間，雙頰露出長長的溝痕。整齊的白牙藏在形狀完美的嘴唇後，有型的下顎尖端帶有一個小酒窩。微傾的肩膀，憂鬱的氣質，即使大家會去找他幫忙，也都會尊重他的個人空間。一頭深色頭髮，與其說是棕色，但更偏向黑色。雖然每天早上都會刮鬍子，鬍碴依然閃著紅色光澤。身材消瘦，但緊實的肌肉讓他顯得厚實寬大。他不高也不矮，不是個大男人，也不是小男人。一舉一動帶著與生俱來的自信，但既不吵鬧也不顯眼。他是托馬斯·史密斯，人如其名的普通，但也……一點都不普通。

足以讓我寫成一篇故事。

他是個會讓讀者逐漸喜歡上的角色，人們會愛上他的善良、正直和可靠。也許我會寫下關於他的故事。也許我會……在某一天。

我喜歡他，要愛上他很容易。

宛如蝴蝶掠過般，我驚覺過來。我從未遇過像托馬斯這樣的人。即使是曾短暫進入我生活的男人，我也從未真正對他們感到好奇，我從未感受到那種吸引力、那種壓力，那種渴望去了解也希望被了解的心情。直到我遇到了托馬斯。我全都感受到了。

「告訴我那個故事。」托馬斯低語。

「什麼？」

「妳打算寫給歐文的那個故事，我想聽聽。」

「噢。」我思索片刻，把靈感串聯成句子。「好吧……故事是關於一個穿越時空的男孩。他有一艘小船——一艘紅色的小船。他把小船放入水中……吉爾湖上。這艘船只是孩子的玩具，但當他把船放入水中時，小船變大了，大到他可以爬上去。每當他划到對岸，總會去到不同的地方。革命時期的美國，有拿破崙在的法國、正在建造長城的中國。他要是想回家，只需要找到最近的湖泊和小溪，把小船放進去，然後登船。」

「然後他會發現自己回到湖上。」托馬斯說，聲音裡有掩不住的笑意。

「是的，他會又回到家。」我說。

「歐文一定會喜歡。」

「我打算先寫第一個故事，第一次的冒險，然後根據他最感興趣的事物再繼續寫下去。」

「有鑒於此，不如妳把做好的那本空白小書留給他寫，我再幫妳做一本，如何？」托馬斯坐直身體，拉下毛衣蓋住我的肚子，接著收起工具，拆線完成。「我是個不錯的畫家，畫一個坐在紅船裡的小男孩不是問題。」

「我寫故事，你來畫圖？」我開心地問。

「對，在還沒裝訂的頁面上比較容易進行。完成後，整理相應的文字和插圖，最後再縫合上膠。」

「但我們沒那麼多時間。」

「那我們應該開始動工了，伯爵夫人。」

星期五和星期六晚上，托馬斯和我在一直工作到凌晨——我眞不明白，他怎麼有辦法白天工作，晚上繼續製作孩子的書。他制定出流程，確保裝訂時圖片和文字能夠對齊。我開始撰寫故事，文字簡潔有力，每頁只寫一小段，而托馬斯在文字下方加上簡單的鉛筆素描，不時穿插一整頁的圖片，讓整本書更有趣。他給了我一支鋼筆，筆端有個小凹槽，用來放入墨水粒和幾滴水（注）。我得小心握好筆，以免墨水滴滿整頁。但我太笨拙了，只好用回鉛筆。托馬斯咬著唇，縮著背，趴在桌前用鋼筆重描。

到了星期天，布麗姬、歐文、托馬斯和我去參加彌撒。托馬斯說，連續三個星期天不去參加彌撒，就像一個人起死回生般會引起大騷動。但我確實是起死回生了！我等不及再次見到巴林納加的小教堂，但又害怕引人注目。因為不想惹人閒話，這次我特別注意外表，決定穿上那條深玫瑰色連身裙，搭配碧翠絲讓托馬斯帶回家的奶油色鐘形帽。碧翠絲還準備了一盒首飾，幾對搭配不同服裝的耳環，幾副手套，以及一個百搭的中性深灰色手提包。

碧翠絲準備的包裹中還有一個刮鬍刀組，跟托馬斯用的一模一樣——一小盒刀片、一把寬頭的厚把手，全收納在一個錫盒裡，盒蓋刻有一隻鷹。我懷疑是托馬斯發現我三番兩次借用了他的刮鬍刀，就另外買了一把，免得我繼續借用下去。這把刮鬍刀跟我慣用的相較起來更笨重且不好操作，但只要小心一點，還是堪用。不曉得這個時代的女性會不會刮毛，既然托馬斯給了我一把，應該也不是太罕見吧。

我試了一下化妝品，先抹上雪花膏，然後是粉底、胭脂和睫毛膏，效果出奇地好。我看起來容光煥發，碧翠絲是對的，臉頰和嘴唇上點淡淡的粉色很適合我。

頭髮依然是整體最棘手的部分。我將鬈髮編成法式辮子，髮尾在頸背的位置打成結，用幾根長針固定，祈禱髮型不會亂掉。我第一次穿上束腹，將絲襪繫在長帶上，穿完後只感到氣喘吁吁。真是累死人，我再也不要穿束腹了。

我和歐文坐在汽車後座，把前座留給布麗姬，布麗姬對此嗤之以鼻。歐文則神情一亮。

「彌撒很久喔，媽媽。」他小聲地警告我。「奶奶又不讓我坐在朋友旁邊。妳坐我旁邊的話，可能就不會那麼無聊。」

「有一天你會喜歡的。被你在乎的人包圍，而且他們也在乎你，一切都非常平靜。這也是教堂存在的原因。這是一個靜坐思考的機會，思考所有上帝創造的奇妙，細數我們擁有的幸福。」

「我很會數數！」歐文期待地說。

「那你就一點也不會感到無聊。」

我們開車穿過朵姆赫鎮，進入田野，沿著同一條路前進——一條沒有鋪設的路——梅芙．奧圖的指示言猶在耳。當我看到教堂，就像看到一張熟悉的臉孔，雖然心中帶著忐忑，但我還是笑了。我們停在一排風格相似的汽車之間，托馬斯打開車門走下來，抱起後座的歐文，接著協助布麗姬下車，最後是我。

「布麗姬，妳先帶歐文進去吧，我有話要跟安說。」托馬斯示意，歐文和布麗姬同時皺起眉頭，但布麗姬牽起小男孩的手，穿過草地走向教堂，敞開的大門迎接一波波搭著汽車、貨車和幾輛馬車前來的信徒。

「我今天早上看到達比神父了，他正在爲莎拉．吉利斯做臨終祈禱，她是奧圖太太的祖母。」

注 第一次世界大戰時因士兵們不方便在戰壕裡攜帶墨水瓶，墨水粒（ink tablers）這種乾燥、像小藥丸般的固態墨水於焉誕生。現今用這種固態墨水來操作的鋼筆已沒有再生產。

「老人家年紀大了，也想早點解脫。」他說道：「莎拉．吉利斯至少有一百歲了，她的去世對這個家庭來說是種祝福。」

「天啊！」

我點了點頭，想起梅芙和她將繼承的長壽。

「但我要跟妳說的不是這件事。我請達比神父在今天的講壇上宣布一個消息。他每週都會宣布消息——教會野餐、訃聞、新生、請求各地教區居民的協助等等。」托馬斯解釋道，取下帽子又重新戴上。

「我請他宣布，妳病了很久，現在重回家中，和兒子一起住在加瓦戈里。這樣會比一個一個通知來得容易。而且，沒人會在達比神父宣布後提問，要也是等到彌撒結束。」

我慢慢點了點頭，緊張之餘安下心來。

「現在……我們必須進去。」他露出一絲苦笑。「那麼現在呢？」

我遲疑了下，托馬斯輕輕托起我的下巴，直視我帽簷底下的眼睛。

「大家會說話，安，猜測妳之前在哪裡，做了什麼——和誰一起做。捏造一些不實的傳言。但這一切都不重要，不可思議的是，妳就在這裡。沒人能質疑這一點。」

「不可思議的是，我就在這裡。」我點點頭。

「由妳決定要不要塡補這一段空白。我會一直在妳身邊，他們最後都會失去興趣。」

我再次點點頭，堅定地把手勾在托馬斯的手臂上。

「謝謝你，托馬斯。」和他爲我做的事相比，這句話顯得微不足道，但他讓我挽著他，兩人一起進入教堂。

一九二二年七月八日

一樣的她，卻又完全不同。

皮膚有著相同的光澤，眼睛有著相同的斜度，鼻子、下顎和面貌五官沒有一絲變化。頭髮長及腰部，但依然深黑鬈曲。她和我記憶中一樣苗條，並不特別高䠷，她的笑聲讓我泫然欲泣——喚醒一段回憶，一段更為甜美的時光，一位好朋友，也帶來新的痛苦。

我都已放棄希望時，她卻回來了。我沒有找到她，是她找到了我們。奇怪的是，她並不生氣，也沒有崩潰，彷彿她並不是安。

她的聲音一樣悅耳低沉，只是比較緩慢、溫和，不再那麼果斷。她流暢地吟詩、說故事，我可以聽好幾個小時，而這和我認識的那個女孩非常不同。以前的安說起話來像連珠炮，充滿活力和想法，永遠坐不住。狄克蘭會笑著吻她，讓她慢下來。她則在發表完論點後回吻他。

有別於以往的她，現在的安宛如欣慰的聖母瑪麗亞，沉穩內斂。我猜是因為她和歐文團聚的關係。她全心全意地凝視他、愛著他，以至於我對自己居然懷疑她一事感到羞愧。看到她因為兒子那樣地幸福，讓我對她失去的歲月感到憤怒。她也應該憤怒，應該悲傷。她應該留下疤痕，但她沒有。唯一可見的疤痕是她側腹的槍傷，但她不肯多加解釋。

她拒絕說出她之前待在哪，或是發生了什麼事。

無論我怎麼想，都想不出合理的情節。她在起義中受傷了嗎？有人救起她、照顧她嗎？她是五年後才恢復記憶嗎？她是真的在美國？她會不會是英國間諜？她有戀人嗎？狄克蘭的死讓她崩潰了嗎？種種的可能——或太不可能——讓我快瘋了。當我追問她時，她似乎真的很害怕，恐懼到嘴唇顫抖，雙手發抖，迴避我的目光。我只好放棄，暫且擱置這些問題，反正遲早有一天我會找到答案。

她有耳洞——和鑽石耳墜，直到她賣掉了。她的前牙沒有空隙，我是在她第一次請求我幫她清洗時發現的。我不知該如何解釋，也許是我記錯了，但那一排潔白完美的牙齒看起來不對勁。

當我把她從湖中拉出來時，我一喊她的名字，她立刻就回應了我。但她沒有叫出我的名字。一想到假如我不在那裡會發生什麼事，我就不寒而慄。當時，我剛去對岸幫波莉．奧布萊恩看完診，我很久沒去了，會在那裡完全是偶然。我聽見槍聲，絕對是槍聲沒錯。隨後，她的叫聲引導我找到她。之後，我不知所措，只能被她牽著鼻子走。

只要她一離開我的視線範圍，在沒看到她之前，我會擔心不已。布麗姬認為只要一有機會，她就會帶歐文離開。我也害怕。我不相信她，卻從沒像現在這樣被她吸引。我不能讓她走。為了歐文，我不想嚇走安，說實話，我自己也無法放手。

我在六月時去了一趟都柏林，巡視都柏林的監獄，利用我醫療的身分資格去探望阿麥正在談判釋放的政治犯。弗倫奇勳爵已經卸任，但他在絕食罷工期間給我的通行證讓我暢行無阻。但有幾名囚犯獄方不讓我探視，意味著這些囚犯的狀態相當嚴峻，不適合接受正式檢查。

我揮舞著文件威脅，堅持要完成我的工作，因此得以進入更多的門，但不是全部。我特別記下這些男人被囚禁的地方，盡可能從獄警那裡收集訊息，確保阿麥知道哪些囚犯處境危險，很有可能無法出獄。

我花了三天的時間東奔西走，寫成報告，做成圖表。在我離開後，阿麥已經執行了幾次越獄計畫，而我再也沒有回去。後來，就像安預測的那樣，傳出停火協議。

我需要知道阿麥的想法。十八個月來，戴、瓦勒拉在美國籌募資金，遠離了地獄般的愛爾蘭，這段時間是阿麥在主持政府，在前線打一場沒有他的戰爭。然而，戴、瓦勒拉和勞合、喬治的談判桌上並沒有阿麥的空間。

T、S、

第12章 第一次告解

為何那些充滿疑問的眼神
緊緊盯著我？
若讓空蕩的黑夜回應，
他們除了迴避我還能做什麼？

——W．B．葉慈

「你畫得眞好，這些插圖眞可愛。」我說。現在是星期日晚上，歐文已經被哄上床睡覺了。

「小時候我體弱多病，不是在讀書就是在畫畫。」托馬斯說，目光集中在他正在創造的圖畫上，畫中一個男人望向遠方湖泊上漂浮著的一艘小船。書已經完成，但托馬斯還在畫畫。我把完成的頁面縫在一起，縫合處黏上托馬斯從一本舊帳簿拆下來的布書封，樸素的藍布非常貼近主題。托馬斯以華麗的字跡在封面寫下「歐文・加拉赫的冒險」，標題下方畫了一艘小帆船。我們爲歐文創造了三個不同的冒險：一個回到恐龍時代，一個參觀金字塔建造，還有一個是前往人類登陸月球的未來，歐文的小船必須穿越銀河回家。托馬斯相當佩服我的想像力，在我的幫助下，托馬斯筆下的火箭和太空旅行者非常先進。

「你住在這棟房子裡嗎？」我問道，起身整理出一個可以包裝禮物的空間。

「對，我父親在我出生之前去世了。」他打量我的眼神，評估我是否已經知道他說的這件事。

「之後你母親就嫁給了一個英國人。」我說。

「是的，這棟房子和這片土地都是他的。我和我母親成了地產階級的一份子。」他語帶嘲諷。「我童年的大部分時間都是凝視著窗外，就是妳現在睡覺的那間房間。我不能玩耍、奔跑或出門，那會害我咳嗽、喘個不停，有幾次我差點停止呼吸。」

「氣喘？」我不經心地說。

「是的。」他詫異地說：「妳怎麼知道？這不是一個普遍的名詞。我的醫生們稱之爲支氣管痙攣。我在一本一八九二年發表的醫學期刊上看過探討氣喘的文章，它源自希臘字*aazein*，意思是喘氣，或張口呼吸。」

我不發一語，等著他繼續說下去。「我想如果我學得夠多，就可以治療自己，因爲似乎沒有人可以幫我。我夢想著可以在小巷裡不停地奔跑，夢想著可以打板棍球和摔角，夢想著有一個不會比我先累的身體。媽媽不敢讓我上學，但她不會跟我爭論或規定我要讀什麼或學什麼，甚至當我表示有興趣時，她去問莫斯汀醫生能否讓我看他的解剖學書籍。我讀了一遍又一遍，有時醫生會坐到我身旁，回答我的問題。繼父雇了一名家庭教師，他也非常支持我。他訂閱了醫學期刊，就這樣，除了素描和閱讀沃爾夫．唐和羅伯特．埃米特(注)的書籍之外，我成了一位小小的醫學專家。」

「你之後再也沒生病了。」

「對，但我覺得是自己每天喝黑咖啡的緣故，很大程度地緩解了我的症狀。當然，我平日會遠離乾草、某些植物或雪茄菸之類的東西，以免加重病情，但能好轉的主要原因是我長大了。十五歲那年，我健康到可以去上韋克斯福德的寄宿學校聖彼得學院。接下來的事妳都知道了。」

我其實不知道，但我保持沉默，用棕色紙包起歐文的書，再以一條長長的麻線綑綁好。

「妳怎麼看達比神父今天早上的宣布？」托馬斯謹慎地問。我知道他指的不是那個讓每個人都轉頭、伸長脖子看我的宣布。當達比神父按照托馬斯的要求歡迎我回家時，我專注地看著自己的膝蓋。歐文坐在我身旁動來動去、揮手，享受眾人的關注，而坐在他另一邊的布麗姬大力捏了一下他的腿制止。我瞪了她一眼，很不喜歡她這樣的行爲。她尷尬地滿臉通紅，下巴緊繃，而我的憤怒變成了沮喪。布麗姬現在很不好受。神父宣告的時候，她的視線始終沒有離開彩繪玻璃上的耶穌受難

注 兩人皆為愛爾蘭獨立運動的重要人物及領導者。

圖，她心裡的難受並不亞於我。直到達比神父改談起政治，提到新成立但未受承認的愛爾蘭眾議院和英國政府達成停火的消息，引起了信徒們的關注。

「親愛的兄弟姊妹們，有消息傳出，明天七月十一日，愛爾蘭共和國總統兼愛爾蘭眾議院主席艾蒙．戴．瓦勒拉和英國首相勞合．喬治將簽署一項停火條約，結束長年的衝突，開啓和平對話時期。讓我們爲我們的領袖和同胞祈禱，願秩序得以維持，愛爾蘭最終能實現自由。」

現場頓時歡聲雷動，達比神父則沉默片刻，等待激動的群眾平靜下來。我偷瞄了一眼托馬斯，祈禱他忘記我的預言。他面無表情地望著我，眼神高深莫測。

我和他四目相對，隨即別過頭，感覺喘不過氣。我懊惱不已，不知道將怎麼替自己辯解。

彌撒結束後，他沒有提起這件事，晚餐時也沒有，只是心平氣和地與布麗姬以及隨後來找他談話的男人一起討論這則消息。他們在客廳裡爭論休戰的意義，提到國家分治，以及愛爾蘭共和軍成員面臨的威脅。一夥人高談闊論了很久，抽著讓托馬斯喘不過氣的香菸，最後他建議移動到後院露臺上，那裡有冰冷的新鮮空氣，同時他們的對話也不會打擾到屋裡其他人休息。布麗姬和我並沒有被邀請參與討論，之後，我哄歐文上床睡覺，在他的房間待了很久，爲他講故事、吟誦葉慈的詩，一直讀到〈拜利和艾琳〉他才終於睡著，這是唯一他不感興趣的故事。

等我溜回自己房間去完成歐文的書時，那些男人都已經離開了，托馬坐在我的書桌前等我。即使是這個時候，我們也僅是閒話家常而已。

此時他疲憊地抬起頭，手指沾有鉛筆墨痕，身上散發一股他不碰的菸味，表情不再平靜，對話也不再輕鬆。

「我知道妳不是狄克蘭的安。」托馬斯低聲說，我不發一語，內心顫抖等著責怪的語氣降臨。

他站起來，繞過書桌停在我面前，距離我只有一臂長。我想走近他，我想靠得更近，光是靠近他就能讓我胸口緊澀、小鹿亂跳。他帶給我前所未有的感覺，即使害怕他接下來的話，我還是想靠近他。

「我知道妳不再是狄克蘭的安，因爲狄克蘭的安不會像妳這樣看著我。」最後一句話說得雲淡風輕，一時間我以爲自己聽錯了。我們四目相對，我嚥下口水，想擺脫喉嚨中的鉤子，但就像他把我從湖裡拉出來之前一樣，我被困住了。

「如果妳再這樣看著我，安，我會吻妳。我不知道能不能相信妳，有一半的時間我甚至不知道妳是誰。但該死的，每當妳那樣看著我，我根本無法抗拒妳。」

我想要他的吻，我希望他吻我。但他沒有縮短我們之間的距離，他的唇也沒有覆蓋在我的唇上。

「我不能就只是安而已嗎？」我近乎哀求地說。

「如果妳不是狄克蘭的安，妳是誰？」他低語，彷彿根本沒聽見我的話。

我嘆口氣，垮下肩膀，眼神飄離。「也許是歐文的安吧！」我說，我一直都是歐文的安。

他點點頭，淒然一笑。「是的，也許吧，總算是。」

「托馬斯，你……愛過……我嗎？」我鼓起勇氣問他，我知道這樣太不知羞恥，但我需要知道他對狄克蘭的安有什麼感覺。

他詫異地緩緩挑高眉毛，退後幾步，拉開和我的距離。我悵然若失，但同時也鬆了口氣。

「我沒有，妳一直都是狄克蘭的女人，永遠都是，而我也愛狄克蘭。」托馬斯說。

「如果我不是……狄克蘭的女人……你會想要我……做你的女人嗎？」我字斟句酌地追問，以免說錯話。

托馬斯一邊搖頭一邊說，彷彿在否認自己的話。「妳就像火一樣狂放不羈又如此熱情，讓所有人忍不住靠近妳，汲取妳的溫暖。從以前——到現在，妳始終是那樣美麗。我不想被妳吞噬，不想引火上身。」

我不知該感到欣慰還是沮喪，一時間內心五味雜陳。我不希望托馬斯愛她，但我確實希望他關心我。

「狄克蘭喜歡妳的熱情如火，他非常非常愛妳。妳點燃了他的內心，我以爲妳對他也有同樣的感覺。」

我不得不替安辯解，我不能爲了自己而讓托馬斯懷疑她。

「我相信她是的，我相信安．芬尼根．加拉赫有著一模一樣的感覺。」我低下頭。

他沉默了，就算我不肯對上他的眼睛，也感覺得到他現在內心的混亂。

「我不明白，妳說得彷彿妳們是兩個不同的人。」他追問。

「我們確實是——」我哽咽著說，努力保持冷靜。

他邁出一步，然後又一步，湊近到我面前，抬起我的下巴，打量我的眼睛。他的手指輕輕觸摸我的臉，他的眼神映照出了我的感受——悲傷、失落、恐懼和未知。

「安，我們都不再像以前。有時，我甚至認不出鏡子裡的那個人。不是我的臉變了，是我看待世界的方式變了。我見過的一些事永遠改變了我，我做過的一些事扭曲了我的視野。我跨越界線，試圖重新找到那些線時，線都早已消失了。沒了界線，一切都變得模糊不清。」

他的聲音聽起來如此傷心，說的話如此沉重，讓人爲之觸動。我只能默默凝視他，爲他的悲傷落淚。

「但當我看著妳時，我看到的仍是那個安。」他低語。「妳的輪廓是如此清晰，即便妳周遭的臉龐都一一黯淡逝去——他們都已逝去了很多年——但是妳……是這麼的清晰。」

「我不是她，托馬斯。」我說。我需要他相信我，卻又不敢讓他理解。「此時此刻，我也希望我是她，但我不是那個安。」

「妳說得對，妳變了，不再像過去那樣灼燙我的眼睛，現在，我不必移開視線。」

他這近乎告解般的坦承，迴盪在我們兩人之間。我屏住呼吸，他俯身溫柔地釋放我的吐息，用柔軟的唇瓣輕觸我的唇，在我來得及回應前又蜻蜓點水般地滑過。我緊追其後，迫切地想喚回它們。他猶豫了下，額頭抵著我的額頭，雙手握住我的肩膀。我屏息以待，發出無聲的邀請。他接受了，回應我的期待。他的雙手滑到我的背後，他的嘴覆上我的嘴，我感受到他的吻溫暖地壓迫著我，如此眞實，如此不可思議。

我們的唇在濃烈的情慾之中愛撫，一次輕觸和滑動，一次輕推和暫停，沉醉在唇對唇的重量中。一遍又一遍，然後再一遍，不斷地試探和說服，加深和釋放，我的心跳彷彿嘴裡和胃裡顫抖，它喘息著：*我要、我要、我要*。它吶喊著：*更多、更多、更多*。庫蘭獵犬在門口吠叫示警。我們氣喘吁吁地後退，感到不可思議，睜大雙眼，緊抓著手，雙唇微張。有好一會兒，我們只是靜靜凝視彼此，相隔咫尺。我們的身體充滿電流，情緒高亢。接著，我們拉開距離，放開彼此，我胸口的悸動和奔騰的血液慢慢褪去。

「晚安，伯爵夫人。」托馬斯低聲說。

「晚安，賽坦特。」我說。他轉身離開房間，一抹微笑掠過他的唇邊。入睡之際，我才猛然想起，他沒有要求我解釋停火的事。

接下來幾週，我彷彿身處迷霧之中，徘徊在現實和一種既不合邏輯卻又無法否認的存在之間。我不再質疑發生在自己身上的事——和即將發生的事——接受每一天的到來。當一個人做了可怕的夢，一部分的潛意識會知道，只要醒來就能回到現實，驅逐惡夢。但這不是一個可怕的夢，它成了甜美的避風港，我已不在乎自己是否睡著了，即使一道頑固的聲音仍低語著我終將會醒來。我用童年的想像力接受了當下的困境，迷失在我創建的世界之中，害怕故事會結束——回到原本的生活，而那裡沒有歐文、愛爾蘭和托馬斯．史密斯。

托馬斯再也沒有吻我，我也沒給出任何索吻的暗示。我們確立了某種尚未準備好探索的關係。狄克蘭走了，安也不在了，至少他認為的那個安已經不在了。他被困在對那兩人的回憶以及對我的感覺之間，我則糾結於未來是我的過去，以及過去可能將成為我的未來。我們安於現況，天南地北無所不聊，我提問，他坦然回答，他提問，我試著不說謊。我幸福得有些莫名其妙，滿足得有些神智不清，因為有這些人在，我感覺活著真好，如果我還算真的活著。

托馬斯每星期會有一、兩次將我帶在身邊，每當他需要助手時，我都會盡力協助他。我是被醫生撫養長大，基本的急救都會，也不會一看到血就驚慌失措或昏厥，這大概是我唯一能做的了。但托馬斯似乎認為這樣就已足夠。如果可以，他會讓我留在家裡陪伴歐文，畢竟這個秋天歐文就要開始上學了。

歐文把加瓦戈里所有的動物都介紹給我認識，細數動物的名字——有豬、雞、羊，以及一匹即將生小馬的漂亮棕色母馬。我們兩人沿著湖岸和小巷散步了很久，越過綠色的小山和低矮的石牆，我漫步在利特林郡的田野上，歐文在我身邊喋喋不休。愛爾蘭是一片灰色和綠色，點綴著山丘和山谷中野生的黃色金雀花。我想深入了解這片土地。

有時布麗姬也會加入我們，一開始是因爲她擔心歐文會和我一起消失，後來則是因爲開始享受運動。她對我的態度有了一點點軟化，有時被我一哄，會聊起一些年輕時住在利特林北部吉爾提克洛赫村的日子，讓我一窺她的生活。她似乎很意外我會聽得這麼入迷，會想知道她的故事、想更了解她。我發現她有兩個兒子和一個女兒，年紀都比狄克蘭大，還有一個小女孩被埋葬在巴林納加。我沒看到墓碑，不禁納悶那孩子的安息之處是否只有一片草地，上面僅放一塊沉重的石頭來標記。

她的大女兒瑪麗住在美國康乃狄克州的紐哈芬市，嫁給一個名叫約翰・班農的男人，生下三個孩子，但布麗姬從沒見過這些孫輩，歐文也從未提起過這三個表親。布麗姬的兩個兒子都未婚，其中一個叫班，在都柏林當列車長。另一個叫連恩，在斯萊戈的碼頭工作。打從我來到加瓦戈里以來，從沒見過他們來訪。我全神貫注聆聽布麗姬聊起每一個孩子的近況，努力吸收安本該知道的事，並竭盡所能矇混過關。

「妳對布麗姬眞好。」托馬斯有次對我這麼說，當時我們剛散步回來，他已經在家了。「她從沒善待過妳。」

也許「眞正的」安・加拉赫和我之間的差異在於，布麗姬是她婆婆，但卻是**我的**高祖母。我的血管裡流著布麗姬的血液，她是我的一部分——至於佔了多少比重，只有DNA才知道。但她屬於我，我想認識她。第一代的安可能沒有感受到相同的歸屬感。

托馬斯在八月中旬去都柏林待了幾天，原本想帶我和歐文一起，最後卻改變主意。他似乎不太想離開，卻又急著要走，他把醫療包和一個小行李箱放在福特T型汽車的後座，要我保證，當他回來時我還會在加瓦戈里。

「別走，安。」他拿著帽子，眼裡充滿恐懼。「答應我妳會留在這裡，有妳一句話，我就可以在都柏林做我必須做的事，而不用一直擔心這裡。」

我點點頭，然而一瞬間有點害怕——害怕自己若再不回家，可能就永遠也回不去了。也許托馬斯看出我眼神中一閃而逝的動搖，他深吸一口氣，屏氣思索，最後下定決心。

「我不走了，我可以多待一會兒。」他說。

「托馬斯，走吧，我會在這裡等你回來，我保證。」

他凝視著我的嘴唇片刻，像是想要吻我來找到眞相。就在這時，歐文從屋裡衝出來，撲向托馬斯撒嬌，說如果托馬斯不在家時他都表現得很乖，他想要一份禮物。托馬斯輕鬆地舉起他，緊緊擁抱住，然後給出承諾。

「如果你乖乖的又聽奶奶的話，照顧好媽媽，別讓她靠近湖邊，我就帶禮物回來給你。」他對歐文說，放下男孩，抬起他的淺藍色雙眸望向我。我猛地心跳加速，一段回憶竄入腦海，感覺此刻似曾相識。一句話掠過我的腦中。

「別靠近水邊，親愛的，湖水會將妳帶離我身邊。」我低喃，托馬斯見狀歪著頭。

「什麼？」他問。

「沒事，是我以前讀過的一句話。」

「爲什麼媽媽不能靠近湖邊？」歐文困惑地問。「我們常常去岸邊散步，媽媽還教我怎麼跳石頭。」

很久以前，是歐文教我跳石頭，到底是誰先教的誰，這又是令人昏頭轉向的問題。

托馬斯皺起眉頭沒有回答，再次嘆了口氣，彷彿他的頭和胃正在打仗。

「托馬斯，走吧，你不在的時候，一切都會很好的。」我堅定地說。

一九二二年八月二十二日

我雙手握著方向盤，開車前往都柏林，內心忐忑不安。打從戴、瓦勒拉回來，弗倫奇勳爵不再擔任總督之後，我和阿麥就少有聯絡。從大局來看，我對阿麥的助益不大，我只是一個聽他說話的人、一個朋友、一個提供資金和保守祕密的人。無論何時何地我都盡己所能。儘管如此，我還是離開太久了。就算有停火協議，我依然憂心無比。

我在德夫林酒吧遇到阿麥和他的私人助理喬伊．奧萊里。酒吧後方有間房間是阿麥的辦公室，他們兩人在辦公室裡，讓門留了一點門縫，萬一麻煩接近，可以快速從後門離開。阿麥待在德夫林酒吧的時間比在自己的公寓還要多，他很少在同個地方停留太久。普通市民知道他的身分，若不是有他們的支持和沉默，以他頭上懸賞的賞金，他早就被捕了。他的聲望極高，而我擔心阿麥和眾議院主席的摩擦很大程度是來自他的名聲。當他告訴我戴．瓦勒拉為了「讓他退出這場鬥爭」，正在考慮送他去美國，我擔憂不已。

我簡直不敢相信自己的耳朵，阿麥就是這場鬥爭，我也是這麼告訴他。沒有他，愛爾蘭起義除了象徵性的意義和痛苦外，沒有任何成果——就像過去幾百年每一次的愛爾蘭起義一樣。

喬伊．奧萊里同意我的看法，這是我第一次好奇喬伊．奧萊里到底多大年紀，他一定比我年輕，但看起來憔悴不堪。阿麥也是，他的胃不好，常常嚴重地作痛，我懷疑是胃潰瘍，逼他保證會調整飲食。

「瓦勒拉不會送走我的——不會有人支持他這麼做。但他可能會派我去倫敦，醫生。他已經放出風聲，要派我去針對具體條款談判。」阿麥說。

我告訴阿麥，我認為那是好消息，直到他告訴我戴、瓦勒拉想留在都柏林。

阿麥說：「這幾個月以來，他和勞合、喬治一直見面討論停火的事，結果真到談判條約時他卻想退縮？瓦勒拉不是笨蛋，他狡猾得很，他正在操縱一切。」

「所以你是代罪羔羊。」結論顯而易見。

「沒錯，萬一失敗了，他想要我來承擔後果。我們不會得到我們想要的一切，甚至什麼都得不到。我們絕對不會得到一個沒有南北劃分的愛爾蘭共和國。瓦勒拉清楚這一點，一旦正面衝突，他知道英格蘭有能力擊垮我們。我們只有三千或四千名戰力，就這樣。他對我們執行中的計畫一無所知。」

阿麥焦慮地踩著地板，來回走動，我只靜靜聆聽他說出他的恐懼。「我們反擊得很狠，也打得很激烈，全仰仗愛爾蘭人民的掩護、提供食物並緊閉嘴巴。他們真的做到了，該死，他們真的做到了！去年科克的農場被焚燬，所有郡內的商店被縱火，後備隊在斯萊戈肆無忌憚展開報復行動，牧師不顧指認教區居民，被當頭一槍射殺。沒有涉入『流血星期日』（注）的無辜青年被折磨和吊死，只因總得有人付出代價。即便如此，也沒人說話，沒人背叛。」

阿麥跌坐在椅上，灌了一大口放在前方的烈酒，擦擦嘴後接著說：

注 Bloody Sunday，一九二一年七月十日，在愛爾蘭獨立戰爭期間，貝爾法斯特發生警方與共和派人士爆發衝突。此暴力事件在正式停火的前一天爆發，結束了愛爾蘭大部分地區的戰爭。

「幾百年來，我們唯一想要的，就是他們離開這片土地，讓我們自己治理自己。勞合、喬治知道對愛爾蘭人民宣戰在國際法庭上不會受到好評，天主教會已經發表聲明譴責英國的策略，懇求喬治考慮一個針對愛爾蘭問題的解決方案。關鍵是，美國也開始介入了。但我們不能繼續這樣下去，愛爾蘭也不行。」

愛爾蘭不行，阿麥不行，喬伊、奧萊里也不行。必須做出妥協。

「你會去嗎？」我問阿麥，他點點頭。

「我想不到其他辦法，我不是政治家，但我會盡我所能。」

「感謝上帝你不是。」喬伊、奧萊里拍了拍他的背。

「瓦勒拉不會只派你一個人去，要知道勞合、喬治有一整團律師和談判專家。」我憂心地說。

「他也想派亞瑟去，他很適合，可以充分代表我們。我相信還會有其他幾位。」

「我也會在倫敦，如果你需要我的話。他們不會讓我坐在談判桌前，但如果你需要，我隨時可以傾聽。」我說。

他點點頭，沉重地嘆了口氣，彷彿聊完之後已經抒發了不少。他的眼神炯亮，不再那麼激動。下一刻，他露出了一個邪惡的微笑，我開始不安。

「根據我的情報來源指出，你家裡有一個女人，醫生。一個你信中從沒提過的美女。你這麼久沒來都柏林是因為她嗎？偉大的托馬斯、史密斯也淪陷了？」

當我告訴他那是安——狄克蘭的安——他震驚得有好一會兒都說不出話來。喬伊並不認識狄克蘭或安，他靜靜地啜飲烈酒，等我解釋，也有可能是在享受寧靜。我不認為喬伊或阿麥有時間聽我解釋。喬伊要騎著自行車穿越都柏林大街小巷，傳遞阿麥的急件，確保事情運作順利。

「這些年來她一直都活著……卻從沒傳來消息？」阿麥低聲說。

我告訴他我是如何在湖中找到身中槍傷的她，他瞪大眼睛看著我。

「喔，阿托。要小心，我的朋友，你要非常、非常小心。有些你難以理解的勢力正在運作。滲透的形式五花八門，你不知道她去過哪裡，或跟誰接觸過。聽起來很不妙。」

我點點頭，不發一語。我知道他是對的。在把她從水裡拉出來的那一刻起，我就一直在告訴自己同樣的事情。我沒有告訴阿麥，她在消息傳出之前就知道停火的事，也沒告訴他，我已經愛上了她。

T、S、

第13章　她的勝利

我按照龍的意願行事，直到妳的出現。
我曾幻想愛是隨心所欲或逢場作戲。
然後妳闖入了龍的領域，
我嘲笑、發狂，但妳主宰了一切，
斬斷鎖鏈，釋放我的腳踝。

——W．B．葉慈

我向托馬斯保證，當他不在時，一切都會沒事，但這是一個我無法兌現的承諾。在他離開後，房子有很長一段時間陷入寂靜，夜晚變得黑暗。過了兩天，梅芙穿著睡袍和披肩，激動地低聲將我喚醒。

「醒醒，安小姐！穀倉出事了。史密斯醫生不在，我知道妳有時候會協助他。我們需要繃帶和藥物，我爸說可能還需要威士忌。」

我趕緊爬下床，穿上深藍色睡袍。這是碧翠絲為我選的，我不想要，但托馬斯還是買了。我趕往托馬斯的診間，將繃帶和其他可能有用的物品塞滿梅芙的手中，接著去酒櫃取了三瓶愛爾蘭威士忌，快速灌了一口來壯膽。

我沒去想會是什麼事在等著我，或者我有沒有能力解決它，而是直接跑出後門，穿過露臺衝進磅礴大雨中。一場在我入睡後不知何時下起的雨。

馬廄、穀倉和主屋之間隔著一片寬闊的草坪，四周林木環繞。我赤腳踩在上面，草地冰冷濕滑。林間閃爍著一盞提燈，正在呼喚我們。梅芙拖著繃帶跑在前頭，萬一繃帶淋濕，就派不上用場了。

穀倉裡，一名全身濕透的年輕人躺地上昏迷不醒，被一群跟年紀相仿、同樣渾身濕透的男人們包圍。其中一人高舉提燈照亮傷患的身體，當我隨著梅芙進入時，所有人同時轉過頭、高舉武器。

「醫生還在都柏林，爸，安小姐是我們唯一的希望。」她的聲音透露著恐懼，彷彿害怕自己做錯事。我從梅芙身邊走過，來到她父親身旁，他正努力用自己的襯衫擦去年輕人頭上的血，並祈求聖母瑪麗，上帝之母，眷顧他的兒子。

「發生了什麼事？」我詢問道，跪在男孩身邊。

「他的頭，羅比的眼睛不見了。」丹尼爾・奧圖結結巴巴地回答。

「是子彈，夫人，這孩子中了一槍。」圍繞在一旁的人群裡有人說。

「讓我看看，奧圖先生。」我要求道。他把污穢的襯衫從兒子臉上移開。羅比的右眼血肉模糊，當我把他的頭轉向光源時，他奇蹟似地呻吟了一聲，讓我知道他還活著。他的太陽穴上有另一個黑色且凹凸不平的洞，距離眼眶僅一吋，彷彿子彈以一個異常傾斜的角度擦過眼睛，削下頭側邊的一塊肉。我對於頭部傷口或大腦的知識不足，無法做出更精確的判斷，但如果子彈直接射穿出去，沒有留在頭部，這似乎是一個好跡象。

眼下我能做的只有止血，並努力讓他活到托馬斯回家。我跟梅芙要來繃帶，將一大塊紗布蓋住羅比的眼睛，另一塊壓在射穿的傷口上。他的父親固定紗布，我則又加上另一層，盡可能穩穩地包裹男孩的頭，直到他整顆頭從眼部以上都被緊緊包紮起來。

「我們需要毯子，梅芙，妳知道哪裡有。」我指示道。梅芙點點頭，像陣風似地跑出門，我的話音剛落，她就已經衝回主屋了。

「夫人，要不要帶他回家？讓他母親來照顧？」丹尼爾・奧圖問。

「盡可能不要移動他，奧圖先生，他需要保暖，我們必須替他止血。在醫生回來之前，我們只能這麼做。」我回答。

「槍怎麼辦？」有人低語，我這才想起周圍還有一群濕答答的觀眾正居高臨下地看著我。

「有多少把槍？」我問。

「妳知道得愈少愈好。」陰影中的一名男子辯稱，我點了點頭。

「可以藏在地板下，我帶你們去看。」丹尼爾・奧圖提議，但他無法直視我的眼睛。

「黑棕可能在追蹤我們，岸邊都是他們的人。現在去洞穴的話，只會把他們引到我們其他的藏匿處。」

「閉嘴，帕迪！」另一人怒斥。

「羅比是怎麼中彈的？」我問道，聲音平靜，手卻在顫抖。

「有一名黑棕對著樹林掃射，想要把我們趕出來。羅比中彈後甚至一聲不吭，他一直保持移動，直到我們都躲進去。」

梅芙回來了，雙手抱滿東西，臉色蒼白。

「安小姐，黑棕來了，有兩輛貨車開進車道。加拉赫夫人醒了，歐文也是，他們很害怕，歐文在找妳。」

「萬一他們進來看到羅比，就算我們把槍藏在閣樓，其他人先離開，他們也一樣會知道。他們會大肆搜索，還可能一把火燒了這個地方，然後帶走羅比。」提著燈的男人說。

「帶羅比去馬具室。」我說：「那裡有一張床，用這瓶剩下的威士忌潑他，把瓶子扔在床邊地上。用毯子包覆好他，保持溫暖，用枕頭蓋住頭，只露出臉的下半邊，讓他看起來像睡死了一樣。奧圖先生，去拉那匹懷孕的母馬過來，讓牠躺下，裝出牠要分娩的樣子。剩下的人，藏好槍和自己。我會想辦法拖住他們。梅芙，跟我來。」我吩咐道，快步走過草坪，女孩跟在我後面。我走進主屋，脫掉沾血的睡袍和底下的睡衣，講它們塞到我的床下，穿上昨天的連身裙，噴上一點香水，最後整理好髮辮。

我在走廊遇到梅芙。「小姐，妳的臉和手有血！」她驚呼。我跑向廚房水槽，努力擦洗自己的臉和手，這時，一道清脆的敲門聲響遍整棟屋子。士兵來到門外了。

「去找布麗姬和歐文，告訴他們待在樓上，妳陪著他們。梅芙，我會沒事的。」

她點點頭，下一秒不見人影，無聲地飛奔上樓。我走到門口，成為自己故事中的角色，腦中充滿各種可能的情節，顫抖著伸手開門，迎接那些站在雨中、面無表情的男人，彷彿化身郝思嘉（注），正在款待一群訪客。

「天啊！」我說，放棄使用愛爾蘭口音。在加瓦戈里醒來後，我一直用愛爾蘭口音作為自己的保護色。「你們嚇到我了！外面雨下真大，我剛剛也在外面呢。我們穀倉裡有一匹小馬要出生了，母馬正在受苦，我陪了牠好一會兒。你們有人懂畜牧嗎？」我笑了出來，彷彿剛說了一個笑話。「我是指繁殖動物。」我喋喋不休地說，任由雨水淋濕裙子和臉上的鬈髮，接著後退一步，手一揮，示意他們進屋。

「有什麼事嗎？希望不是有人需要醫療照顧，醫生現在不在家。」

「我們需要搜索房子，夫人，還有這片土地。」帶頭的男人說，但他沒有要進屋的意思。他頭戴蘇格蘭帽，腳踩高筒靴。我想到托馬斯提到的後備隊，他們不受任何人指揮。

「好是好，但為什麼？」我皺著眉說。

「我們有理由相信，這屋子附近的森林中藏有走私槍枝的人。」

「天啊！」我說，語裡的恐懼如假包換。「好的，上尉，你當然可以搜屋子。我可以叫你上尉

注 郝思嘉（Scarlett O'Hara），美國經典文學小說《飄》的女主角，父輩為愛爾蘭移民。故事描述她如何從富裕的美國南方淑女，成為在戰後生活中掙扎、性格堅韌的女性。

嗎？」我退到一旁，讓路給他。「外面雨下那麼大，而且我剛剛才去過穀倉，沒看到任何人。如果你們所有人踩遍穀倉，可憐的母馬可能會流產。能否就一、兩位跟著我進去看，免得驚動到牠？」

「夫人，屋裡還有誰在？」後備隊置若罔聞。

「看在老天的份上，上尉！」我跺著腳。「我都濕透了。」那男人的眼睛掃過我的胸部後又抬起看我。「各位，如果你們要進來，就請快進來！」

上尉——他沒有反對我給他的軍銜——命令其中六名男子包圍房子，等待進一步指令，其餘的人和他一起進屋。一共十名男子，其中四人匆匆走進門廳，好讓我能關上門。

「先生們，我可以幫你們拿大衣和帽子嗎？」我問道，知道他們不會答應。

「屋內有多少人？」上尉又問了一次，眼睛瞄向樓梯。樓上走廊的一盞燈和亮著的廚房是屋裡唯一的光源。我打開頭上的吊燈，照亮一群男人。

「我六歲的兒子，他正在睡覺，所以請各位安靜地搜索。另外還有我婆婆和一名女僕。醫生在都柏林。我們的工頭在穀倉和母馬待在一起。他兒子應該也在，不過可能已經先跑去睡覺了。」

「妳離開時，他們都在嗎？」

「是的，上尉，我留了一瓶威士忌，免得他們要徹夜守著母馬而不太高興。」我狡猾地笑了。

「夫人，妳是美國人嗎？」另一名男子出聲問。我這才意識到之前在斯萊戈見過他，他就是破壞萊昂斯百貨櫥窗的其中一人。

「是的，我沒能學會愛爾蘭口音。」

「也沒差。」男人說。上尉則指著樓上。「巴雷，你和羅斯去搜樓上的房間，華特士和我搜這邊。」

「請小心，巴雷和羅斯警官。」我甜甜地懇求。「我婆婆脾氣很壞，要是你們當中有任何一人被撥火棍打就不好了。」

兩人臉色發白，猶豫了一下後才上樓。我一時猶豫要跟著哪一方才好，但願布麗姬能保持冷靜，也能幫助歐文保持冷靜，而我相信梅芙不會有事。

「上尉要喝點什麼取暖嗎？茶或白蘭地？」我輕快地問。

「不用，夫人。」上尉大步走過大廳，我跟在他身後東扯西扯地聊著，他置若罔聞。他搜索了我的房間、浴室和廚房，直到那個叫華特士的男子叫住他。

「上尉？請來看一下？」

當我隨著上尉走到屋子深處時，心正怦怦狂跳。華特士站在托馬斯的診間裡，盯著明顯被翻動過的櫥櫃和抽屜。

「夫人？」

「是，上尉？」我一臉無辜地回答。

「整棟房子一塵不染，誰會需要醫療照護？」

「母馬啊，上尉！」我大笑。「我在找鴉片酊，醫生藏起來了不讓我知道，他擔心我會濫用。但我父親告訴我，如果在馬的舌頭上放一點，馬就會立刻平靜下來。上尉，您試過在馬的舌頭上放鴉片酊嗎？」

他一臉狐疑地看著我。

「應該是沒有。說起來簡單，做起來可不容易。」

「妳找到了嗎？」他質問。

「沒有，但這裡被我弄得一團糟，對吧？」

「我想我們需要看一眼那匹母馬，夫人。」

「當然，先生，請讓我去拿一下我的披肩。」

我走過房子，深呼吸以保持冷靜。看到兩名警官下樓時，我如釋重負地笑了。樓上沒有任何騷動，但願歐文全程都睡得很熟。

我從衣櫃裡取出披肩，迅速穿上安的舊靴子並繫好，我可不想上尉趁我不在場時搜索。我得讓他看到我勾勒好的畫面。只能祈禱穀倉裡的男人和槍全都已經消失無蹤。

我們走在紛飛的細雨中，有些隊員在靠近草坪邊緣處，朝樹林裡東張西望，另外一些人則留在屋裡。穀倉裡仍舊閃爍著燈光，我故意絆了一下，伸手去抓上尉，他放慢腳步，我感激地笑了笑，抓住他的手臂。

「哎呀，我們這也算是一次冒險，不是嗎？等醫生回家，我一定要說給他聽。希望到時我們會有一匹新的小馬。」我說。

「醫生預計何時回來，呃……」

「叫我加拉赫夫人就好。我想應該是明天或後天，弗倫奇勳爵還是總督時，他經常去都柏林，醫生已故的父親是弗倫奇勳爵夫婦的朋友呢。上尉，您認識弗倫奇勳爵嗎？」

「我還沒有這個榮幸，加拉赫夫人。」上尉回答，我聽出他的語氣已有些軟化。托馬斯不會希望我透露這種事，但眼下和一位英國保皇派的交情能讓上尉放心。

當我們走進穀倉時，丹尼爾．奧圖正帶著母馬繞圈圈，每隔一段時間，他就停下來低聲對牠說話，然後再繼續走。他的襯衫仍沾滿了血，襯衫袖子捲到肘部的那隻手臂血跡斑斑。

他看到我們時一臉詫異——演得很像，但我懷疑他臉上的恐懼是真的。

「奧圖先生，母馬怎麼樣了？」我欣喜地問，彷彿圍在一旁的男人們只不過特別的訪客。丹尼爾的視線瞬間射向我，他注意到我的美國口音。

「我帶牠走了一會兒，加拉赫夫人，有時會有用。」

「老兄，你身上都是血。」上尉厲聲質問。

「就是啊，長官！」奧圖附和。「牠看起來比實際嚴重，我檢查時牠的羊水破了。我摸到小馬的頭，真的，還有兩隻小前蹄。」

「奧圖先生，你只有一個人嗎？」上尉吼道，他對生小馬的細節一點也不感興趣。

「我兒子羅比睡在後面的床上，他有點喝多了，但都快天亮了，上尉，我們已經陪了母馬一整晚。」

上尉不爲所動，逕直走過狹長的穀倉，指揮幾名手下爬上閣樓，另一個則去搜後面的房間。我屏住呼吸，擔心羅比，擔心萬一繃帶暴露，我們都完蛋了。幾分鐘後，那個男人回來了，擦著他的嘴。我腦中浮現一個畫面，一瓶已開封的高級威士忌無辜地放在那裡，供一位渾身濕透且疲憊的警官自取。

「跟他說的一樣，上尉。」他和善地說。

「加拉赫夫人，接下來幾個小時，我們會去搜索田間和湖畔。我建議您讓僕人和家人留在家裡，我明天會再回來檢查。」

「您確定不要喝點東西嗎，上尉？天亮後，員工都會在，我的廚師可以爲您和您的手下準備一頓豐盛的早餐。」

他猶豫了下，而我開始擔心自己是否做得過頭了，他們愈早離開愈好。

「不用了，謝謝您，夫人。」上尉嘆口氣，他的手下開始一一離開，而就在上尉也轉身要走之際，他側過頭來問：「奧圖先生，你聽說過給分娩的母馬用鴉片酊嗎？」

丹尼爾皺起眉頭，我的心一沉。「我沒有多的鴉片酊可以用，如果有，也沒什麼不好。」

「嗯，加拉赫夫人對此似乎深信不疑。」

「夫人肯定知道，上尉，她非常聰明。」丹尼爾點點頭，看都沒看男人一眼。我突然感到一股想要瘋狂大笑的衝動，但我忍住了，跟著上尉走出穀倉。

天一亮，雨便停止。加瓦戈里旭日東昇，彷彿昨晚也是一夜好眠。羅比．奧圖踉蹌地出現在草坪上，把大家都嚇了一跳。他盲目地亂走，痛得大聲哀號。至少他的腿和肺沒有問題。我們隨即把他帶進房子，來到我的房間。我擔心會有感染，但不敢拆繃帶檢查那個可怕的傷口。出血已經止住，他也沒有發燒，我餵他之前托馬斯給我喝的糖漿，接著他就沉沉地——非常安靜地入睡，太好了。

和羅比在一起的男人們消失在黑夜中，槍枝藏在地窖裡，就在丹尼爾牽著懷孕母馬走動的正下方。另一個問題是，離母馬真正分娩的時間還很久，萬一到時黑棕回來發現的話就不好了。但就目前而言，我們已經度過最糟糕的情況，除了羅比，奧圖一家聚集在加瓦戈里的廚房裡。這一家的母親梅姬守護著她的大兒子，我則盡可能按照上尉指示，讓她的孩子們待在室內。上尉在太陽下山時回來，說明會繼續巡邏這一區。我感謝他，彷彿他和他的手下都在保護我們，然後像送走老友那樣揮手道別。

我有話想問丹尼爾，我知道他也一樣，但我們兩人都保持沉默，想辦法撐過這一天，時刻關注托馬斯回來了沒有。傍晚時分，丹尼爾帶他的孩子們先回家，畢竟整晚都沒睡，他和我都累壞了，而梅姬留在加瓦戈里陪伴羅比。布麗姬攔住我質問一堆問題，關於黑棕部隊來做什麼，以及羅伯特·奧圖爲什麼受傷並且躺在我的床上。我沒告訴她穀倉裡那群男人的事，以及他們藏起的槍枝，而是一臉無辜地說沒人知道發生了什麼。羅比被一顆流彈擊中，我們正在照顧他。

她大發牢騷，詛咒英國和愛爾蘭共和軍，抱怨停火協議根本是假的，醫生老是不在家，還有一個擁有危險祕密的女人。我忽略最後一部分，並更加用力祈禱托馬斯能快點回家。因爲我自己的房間已被使用，只好睡在托馬斯房間的床上，隔壁就是歐文的房間。

隔天清晨，也就是托馬斯離開後的第四天，他回來了。瑪姬·奧圖在他一進門時就攔住他。他拆掉羅比的繃帶，盡可能地消毒和沖洗傷口，然後重新包紮。他告訴瑪姬，羅比有愛爾蘭人的好運，也許右眼看不見，但至少命保住了。不久，丹尼爾·奧圖也過來，把驚險的經過一五一十告訴托馬斯。但奧圖家沒人提起我正睡在他的床上。托馬斯回到房間，往我身旁一躺，驚醒了我。他和我都嚇了一大跳。

「老天啊，安！」他驚呼。「我沒看到妳在這裡。我還在奇怪我的床單怎麼亂了，想說是因爲這場騷動，所以沒人整理。我以爲妳在歐文房裡。」

「羅比怎樣了？」我說。看到他，我整個人如釋重負，開心到快哭出來。

托馬斯把對梅姬、丹尼爾說的話又重複了一次，並補充說，如果能避免感染，傷口會癒合，那名年輕人就會康復。

我們沉默了一會兒，對未來憂心忡忡。

「丹尼爾說是妳計劃了整件事。他說如果沒有妳，連恩、羅比和所有男孩都會完蛋，更別說加瓦戈里了。黑棕部隊光爲一些小事就已經燒掉不少民家。」托馬斯說。

「我發現自己是一名非常出色的女演員。」我害羞地說，很高興得到他的稱讚。

「丹尼爾也這麼說，他說妳聽起來像一位遠從美國來的女士。」他若有所思。「爲什麼是美國口音？」

「我得想辦法讓他們覺得我不是威脅，分散他們的注意力。如果我不是愛爾蘭人，爲什麼要關心愛爾蘭共和軍呢？我沒有反抗就放他們進屋，像個傻女人一樣地聊天，隨機應變。當他們發現診間被翻動過時，我還以爲死定了。」

「鴉片酊？」托馬斯問，唇角顫抖。

「對，鴉片酊。丹尼爾．奧圖也是個不差的說謊者呢。」

「妳怎麼會想到那匹母馬？這眞是高招，既能轉移注意力，也把血的事交代過去。」

「我曾經……讀過……一個故事，是關於十九世紀中期肯塔基州路易維爾市的一個家庭，他們養馬，賣給美國的有錢人。」我又撒謊了。但這是個善意的謊言。我從沒讀過這樣的故事，而是寫過這樣的一本書。托馬斯眼皮沉重、帶有睏意地盯著我，等著我說下去。「其中有一段寫到，那戶人家利用小馬的出生來轉移當局注意力……只是他們要藏的不是槍，而是奴隸。他們是地下鐵路組織（注）的一份子。」

「那……眞是……很了不起。」他輕聲說。

「故事是根據眞實事件改編。」我說。

「我說的是妳，安，妳眞了不起。」

「而你累壞了。」我低聲說，看著他閉上眼睛，表情放鬆。我們面對面躺在大床上，宛如老友聚在一起過夜。

「我就知道自己不該離開。我一直有不好的預感。我在凌晨兩點離開都柏林，把報告給『大塊頭』後，就一路開車趕回來。」托馬斯含糊不清地說。

「睡吧，賽坦特。」我說。我多想撫平他額頭上的頭髮，摸摸他的臉，但就這樣靜靜看著他入睡也好。

注 Underground Railroad，美國祕密路線網和避難所，用來幫助非裔奴隸逃往自由州和加拿大。

一九二二年八月二十五日

連恩，加拉赫是狄克蘭的哥哥，年紀大他好幾歲，是他決定把槍帶到加瓦戈里。我知道有一段時間，阿麥利用連恩在斯萊戈碼頭的管道，在黑棕部隊的眼皮底下運貨。漲潮時，透過長長的渠道，將槍枝從大海運送至湖泊，藏在岸邊的洞穴中，再分送到內陸。布麗姬的大兒子班、加拉赫是列車長，負責的路線是從卡文郡到都柏林，我毫不懷疑他的火車上經常藏有槍枝。阿麥之前提到一批湯普森衝鋒槍，能大大提升愛爾蘭共和軍的火力，但到目前為止，這批貨尚未抵達。

連恩和男孩們帶到加瓦戈里的槍枝，現在都存放在穀倉木地板下約三坪大小的地方。那是多年前丹尼爾和我挖出的一個空間，四周鋪滿石頭。活板門沒有把手，打開要靠內側的一個彈簧鎖機關，除非你知道，否則根本找不到活板門。

多年來，班和連恩始終和我們保持一定的距離，我猜想主要是出於愧疚和無助。當他們的母親帶著歐文搬到加瓦戈里時，他們總算放心了。在愛爾蘭有兩種人——一種是擁有大家庭的農民，一種是單身成人。如果想找工作，移民是僅有的幾個選項之一，也因此，不想離開愛爾蘭的男男女女，晚婚的情況愈來愈嚴重。由於擔心無法養活一個家，男人只求自己溫飽，而女人不讓男人上她們的床。

布麗姬經常提起她的孩子們，她想念他們，寫信拜託兩個兒子來加瓦戈里看看她。他們很少來。自從安回來後，他們幾乎音訊全無。直到現在。

今晚，連恩來探望母親了。他和我們一起共進晚餐，和自己的母親閒聊。他刻意避開與安交談，但眼睛不斷飄向她。她似乎和他一樣不自在，安靜地坐在歐文身邊，眼睛盯著自己的盤子。可能是連恩神似狄克蘭的外表令她感到痛苦，也可能是她心中有懸而未解的問題。不過，她贏得了丹尼爾的支持，他相信是她救了他們所有人。連恩似乎沒那麼肯定。

晚餐過後，連恩要求私下談話。我們往穀倉走，壓低聲音，睜大眼睛掃視黑暗之中是否有竊聽的影子。

「我會等黑棕部隊和後備隊停止巡邏。」他告訴我。「都要協議停火了，他們該準備撤退才對，但我們都知道那只是他們變本加厲的藉口。我們不會坐以待斃，醫生，我們在囤積物資和策劃，以防衝突再次惡化。三天後，我們會移走這些槍，我會盡量不讓你再次陷入這種境地。」

「差點一發不可收拾，連恩。」我說，我無意責備他，只是想提醒他。

他點點頭，垂頭喪氣地手插口袋。「的確如此，醫生，事情可能還沒结束。」

「怎麼會，連恩？」

「我不相信安，托馬斯。完全不相信。她一出現，黑棕就盯上了我們。我們在這裡走私武器三年了，你從湖中救出她的那天，我們無法像往常一樣在奥布萊恩的碼頭卸貨，碼頭上至少有二十四個黑棕等著我們，我們只好把武器丟在西岸的洞穴裡。要不是突然間濃霧密布，我們早就完蛋了。」

「連恩，是誰說我從湖裡救出她？」我語氣平靜，但腦中警鈴大響。

「伊蒙、唐納利，他認為我應該知道，畢竟我們是家人。」他替自己辯護。

「嗯，根據丹尼爾的說法，如果安和黑棕合作，你那晚就不會活下來了。」我說。

「那女人不是安。」連恩生氣地小聲說：「我不知道她是誰，但她不是我們的安。」他揉著眼睛，像是想抹掉她的存在。當他再次說話時，語氣不再那麼堅定，取而代之的是疲憊。「你照顧了我的母親和姪子，你照顧了很多人，托馬斯。每個人都知道，我們無法回報你。但你不欠安，我們都不欠她。你必須擺脫她，愈快愈好。」

連恩沒跟布麗姬道別就離開了。安沒先跟我說聲晚安就帶歐文回到他的房間。我把羅比移到診間的一張小床上，所以安不必睡在我的床上。這個想法使我的身體僵硬，但思緒放鬆下來。我坐在自己的書桌前，聽到她在隔壁房間給歐文講述歐辛、妮芙和青春之地(注)的故事。

我停筆聆聽，再次沉醉於她的聲音和故事。

我不是被安所困擾，而是被她迷住了。

連恩失去理智才會說她不是安。但在內心深處，我有點相信他是對的，我跟他一樣糊塗了。

T．S．

注 妮芙（Niamh）是提爾納諾的公主，提爾納諾意為「青春之地」，一個人不會老去或死亡的地方。她和歐辛（Oisín）相戀，帶他回到提爾納諾，幸福地生活了好幾年。但當歐辛回去愛爾蘭探望家人，他一碰到土地，便瞬間變老，不久後死去。

第14章　我屬於愛爾蘭

「我屬於愛爾蘭，
和愛爾蘭的聖地，
時間在流逝。」她喊道。
「好心的人啊，
來和我在愛爾蘭共舞。」

——W．B．葉慈

連恩‧加拉赫，狄克蘭的哥哥和布麗姬的兒子，在湖上開槍射我的人就是他。他是河船上的其中一人，舉槍瞄準我並扣下扳機。

我跌入時間裂縫來到一九二一年，而我懷疑，這件事以一種奇怪的方式拯救了二〇〇一年的我。當時我還搞不清楚狀況，遇到了連恩，而在一九二一年的那天，他是真實存在的人，也確實在湖上。我在二〇〇一年從岸邊划船離開，進入另一個世界，在那個世界，連恩‧加拉赫試圖殺了我。

他那天一定也在穀倉裡，他就是帶槍枝過來的其中一人。但當時我的注意力都放在羅比身上，以及擔心危險降臨在加瓦戈里和受到加瓦戈里庇護的人，所以沒能仔細打量那些男人。但連恩當時就在現場，他看到我了。今晚，他又回來，坐下來吃烤牛肉、馬鈴薯和紅蘿蔔配焦糖醬，彷彿那天在湖上的事從未發生過。

也或許眞的沒發生過。

我思考過無數次，也許是我自己搞錯了。穿越時空的創傷很可能扭曲了我的認知，並改變了事件。但我的腰腹有一道無比眞實的粉色厚傷疤，而連恩‧加拉赫是個走私槍枝的人。

那晚我走進飯廳時，這男人已經坐了下來。他和布麗姬都並未搭理我，但歐文拍了拍自己旁邊的椅子，興奮地表示這是我第一次坐在他旁邊。我幾乎是跌坐上去，震驚不已。幾分鐘後托馬斯進來了，跟連恩聊得熱烈，而我嚇到一句話也不敢說。

我很快就藉故離開，但歐文抓住我的手，央求我給他洗澡和講故事。布麗姬馬上就同意了，看樣子她想多花點時間和兒子在一起。現在，我摸黑坐在歐文的房間裡看著他入睡，害怕獨自落單，害怕到不敢有任何動作。

我必須告訴托馬斯，必須告訴他，開槍射傷我的人是連恩。但他會想知道爲什麼我之前都沒說。如果我是安．加拉赫，我會認出連恩，連恩也會認出安，但他試圖殺了她，也就是我。他想殺了我們。

我不自覺發出一聲驚恐的呻吟，歐文動了一下，我摀住嘴，努力壓抑不安。連恩並不害怕，他坐在我對面，一邊跟托馬斯和他母親聊天，一邊吃光盤子上食物，還要了第二份。他一定覺得自己很安全——我在加瓦戈里住了兩個月，沒有做出任何指控。

如果那麼做，將演變成我和他必須對質，而我會是需要解釋最多的人。

我整晚坐在歐文房裡的椅子上，不敢回自己房間。隔天一大早，托馬斯找到我，我不自然地蜷縮在椅子上，脖子僵硬，衣服皺成一團。他俯身輕摸我的臉，我驚醒過來，雙手亂揮，他摀住我的嘴，讓我安靜。

「妳的床沒有動過，我很擔心。」托馬斯輕聲說：「我還以爲——」他挺直背脊，沒有說完話。

「發生什麼事？」我問道。我不是唯一還穿著昨晚衣服的人。

「羅比的傷勢惡化了，要住院住療才行。我認爲他腦中可能有腫塊——也許是骨頭碎片。這裡沒有相關的設備和技術，我打算帶他去都柏林。」

「我可以一起去嗎？」我問。我不想再被留下來。不能是現在，連恩還在這裡啊！槍枝被移走後，他也會離開吧，到時就沒什麼好怕的了。

托馬斯大感詫異。「妳想和我一起去都柏林？」

「你開車，我來照顧羅比。」

他緩緩點頭，似乎在考慮。

「我也想去。」床上的歐文嘟囔著。「我會幫忙照顧羅比。」

「這次不行，歐文。」托馬斯安撫他。他坐在歐文床邊，將他緊緊擁入懷中。「我很想你，孩子。可以的話，我到哪都想帶著你。但羅比傷得很重，這次不是去玩，你不會喜歡的。」

「媽媽就會喜歡嗎？」歐文懷疑地問。

「她也不會喜歡，但我可能需要她的協助。」

「我們正在創作我們的書耶！」歐文抗議道：「她在為歐文·加拉赫寫一個新的冒險故事。」

他非常喜歡生日時收到書。我後來又寫了一本，現在正在進行第三本。歐文要求要在日本、紐約和廷巴克圖（注1）都要有冒險故事。

「你有預留插圖的空間吧？」托馬斯問。

歐文點點頭。「在下面，可是你趕不上的，醫生。」他難過地說。

「我保證我會追上，你也可以自己試著畫畫看啊！」托馬斯建議。「你的畫總是讓我開心。」

歐文打了個呵欠，點點頭。既然他不能跟，而且還昏昏欲睡，所以翻過身去繼續睡。托馬斯把被子拉到他的肩膀上，我親親歐文的臉頰，低聲說愛他，然後兩人悄悄走出房間。

「愈快動身愈好。我會讓丹尼爾幫我把羅比帶到車上，妳可以在十五分鐘內準備好嗎？」

我猛點頭，經過走廊的同時在心裡列清單。

「安？」

「是？」

「妳要準備一件好看的洋裝，紅色的那件。樓梯下方的壁櫥裡有一個行李箱。」

我點點頭，沒有質疑他，隨即衝向我的房間。

從朵姆赫開往都柏林的車程比在二〇〇一年要久得多，泥土路，慢車速，再加上後座有一個傷患，讓這趟旅程充滿壓力。但一路上車很少，而且我不是負責駕駛的人，不用像「上輩子」的人生那樣閃躲前方的車輛，祈禱一切平安。我們停車加了一次汽油，沒想到油箱居然在前座下方，人必須離開座位才能加油。托馬斯看到我驚訝的表情，皺了一下眉頭問：「不然會在哪？」

我們離開朵姆赫，經過三個半小時抵達都柏林。我以為自己已經做好心理準備面對都柏林的服飾、汽車、街道和聲音，但顯然沒有。托馬斯則對於沒有檢查哨一事鬆了口氣——這是停火協議後最顯著的跡象。我只能點頭，努力將一切盡收眼底。現在是星期五早上九點，都柏林昏暗殘破，在進入市中心前，我完全認不出它。先前研究過的舊照片突然間活躍起來，由黑白轉為鮮明。我只記得薩克維爾街改名為奧康內爾街，而尼爾森紀念柱（注2）尚未被炸毀。郵局被燒到只剩空殼，我緊盯著那座殘骸，根據自己對一九一六年都柏林地圖的印象——其中一張還釘在我辦公室的牆上——

注1　西非馬利的一座古城，靠近撒哈拉沙漠的邊緣，以其豐富的歷史遺產和古老的清真寺而聞名。

注2　尼爾森紀念柱（Nelson's Pillar），為了紀念英國海軍將領尼爾森而建，建於一八〇八年至一八〇九年之間，一九六六年被愛爾蘭共和主義者炸毀。

這不是通往慈悲醫院最近的路。我懷疑托馬斯想要觀察我對戰區的反應，就算不解我爲何一臉好奇，他也沒有表現出來。

我們經過一排整齊的連棟棕色房屋，托馬斯朝那邊點點頭。「我賣掉在蒙喬伊的舊房子，另外買了一間，跟原本的隔了三棟房子。那裡沒有不好的回憶。」

我點點頭，慶幸不用記得安．加拉赫應該熟悉的那個家。我們停在慈善醫院的大門前，高聳的柱子、莊嚴的入口和起義前的郵政總局，與照片上沒有太大差異。托馬斯進醫院尋找擔架和幫手，我和羅比則待在車內。

他沒幾分鐘就回來，帶著一名身穿白色修道袍的修女、兩名男子和一個擔架。托馬斯簡短解釋了羅比的狀況，並指定一名外科醫生。修女點點頭，表示他們會盡力而爲。她似乎認識他，並稱呼他史密斯醫生，對護理人員下指示時嘖聲連連。我們停好車後，我整天都在大廳裡走動、等待消息。護理師穿著白色連身圍裙，戴著小巧的帽子，推著坐在舊式輪椅和躺在折疊床上的病人，來回穿梭在走廊上。儘管醫學在未來八十年有了驚人進步，但醫院整體氛圍並沒有改變，同樣地專業又忙碌，悲傷與解脫交錯，透露出一股強烈的悲劇感。成年後的歐文在醫院度過了一生，我突然明白他爲何不想在醫院死去。

托馬斯得以觀看手術過程，下午六點來醫院餐廳與我碰面。我買好的麵包和湯早就冷掉了。

我一邊吃晚餐，一邊伏在桌前撰寫給歐文的新故事。我決定要在他的小腦袋裡種下布魯克林的種子。這在一集裡，歐文．加拉赫划過吉爾湖，發現自己來到紐約港，抬頭仰望自由女神。他在其中一頁走過布魯克林大橋，另一頁走到傑克森街和金斯蘭大道的角落，跑到一九一四年成立的舊綠點醫院大廳閒逛。爺爺之後就是在那裡工作，直到它於八〇年代初關閉。我加入一頁，描述這位年輕的冒險家在艾伯特球場觀看道奇隊比賽。他坐在左外野上方的上層看台上，當葛拉迪・古汀(注1)沒有彈奏風琴時，他會聽到希爾妲・切斯特(注2)敲響她的牛鈴。我在故事中描述紅磚拱門、旗桿和計分板底下艾比・史塔克的廣告：「擊中看板，贏得西裝」。

我沒去過艾伯特球場，它在一九六〇年被拆除，而歐文非常喜歡它，詳細描述過給我聽。歐文說，道奇隊離開布魯克林後，棒球再也不一樣了。每當他提起時，總帶著一種緬懷的微笑，彷彿在說：「能去過那裡真是太好了。」

我畫了一小張康尼島的圖，畫中的小歐文吃著熱狗，仰望摩天輪。這也是爺爺很愛做的事。我畫得沒有托馬斯好，但也夠了。

當托馬斯坐到我身邊，手拿一杯黑咖啡，宣布羅比的手術成功時，我把故事讀給他聽。他一邊聽著並目光飄遠，此刻他的頭髮凌亂。

「棒球和布魯克林？」他低喃。

「歐文說他想要一個在紐約的冒險。」我說。艾伯特球場是在一九二一年之前完工的，我確定日期沒有錯，但他特意提起讓我坐立不安。

「歐文想要一場紐約冒險，那麼妳想來一場都柏林冒險嗎，安？」他柔聲問。

注1 葛拉迪・古汀（Gladys Gooding），一九四〇～一九五〇年代廣受紐約體育迷認識的知名人物，長期在艾伯特球場（Ebbets Field）擔任風琴師。

注2 希爾妲・切斯特（Hilda Chester），著名的布魯克林道奇隊球迷，以於艾伯特球場帶著鈴鐺和大鼓為她喜愛的球隊加油打氣而聞名。

「你想去哪，史密斯醫生？」

他放下咖啡，拿起一塊硬麵包沾了下冷湯，慢條斯理地咀嚼，眼睛盯著我，若有所思。他吞下食物，再次喝了口咖啡，彷彿下定決心般地嘆了口氣。

「有個人我想讓妳見一見。」

萊昂斯百貨的漂亮店員碧翠絲．巴恩替我挑了一件貼身的紅色連身裙，一字形領口、蓋肩袖和微微下垂的腰線。裙襬在我小腿周圍搖晃，我感覺自己就像跳著查爾斯頓舞（注）的輕佻女子。我當然不輕佻，但她的眼光真不錯，衣服非常適合我，顏色襯托出膚色和眼睛，使我整個人顯得神采奕奕。她還加了一款紅色胭脂和一雙只露出上臂的絲質長手套。我戴上手套後又脫下，即使在愛爾蘭，八月戴手套還是太熱，沒辦法講究時尚。我將頭髮束攏在其中一側，綁成一個鬆散的髮髻垂落在脖子下方，再輕輕拉出幾縷髮絲掠過鎖骨。上粉底、刷睫毛膏，雙唇點上紅色胭脂，一看就是花過心思打扮。我從鏡子前後退，但願能取悅他。托馬斯敲了敲門，我請他進來。他走進來，顯然剛刮過鬍子，頭髮梳得光滑，呈現出烏黑的波浪，筆挺的白襯衫外加三件式西裝，打上領帶，手臂上掛著一件黑色長風衣。

「外面濕氣重，妳最好多加件外套。」他建議，走向我掛衣服的衣櫥。房間裝潢漂亮，色調豐富搭配深色家具——既奢華又不張揚。整棟屋子都是一致的風格，低調而不過時，熱情卻又略帶冷淡，就像一位優雅得體的管家，一如托馬斯本人。

「都柏林沒有宵禁，大家都在慶祝停戰。」他看著我的臉說，眼神溫柔。我收回之前的話，他並不總是那麼冷淡。我微微一笑，享受他眼中的溫暖。

「我們有要慶祝嗎？」我問。

「我想有的。妳介意用走的嗎？不會太遠。」

「一點也不會。」

他陪我走到門口，幫我穿上外套，並伸出手臂。我沒有挽著他的手臂，而是將手指穿過他的手指。他瞬間屏息，眼睛微微一亮，使得我脈搏加速，心怦怦跳著。我們步入夜晚，手牽手沿著街道走，腳步聲咚咚咚地打著節奏。

濃霧低垂，街燈宛如布幕後的蠟燭，模糊而微熱。托馬斯邁著大步前行，黑色長風衣的身影莫名地與濃霧融爲一體，忽隱忽現。我的襪子抵抗不了潮濕的天氣，被束腰帶固定在腿上的感覺也很奇怪，但肌膚感受到的空氣很舒服。我沒有戴帽子，擔心弄亂頭髮，但托馬斯戴上了扁帽，他似乎很喜歡扁帽，歐文生前戴的也都是這種帽子。帽簷下是托馬斯深邃的藍眸。不同於他本人的氣質，這是一頂俏皮的帽子。我發現大部分男人都戴著更爲講究的圓頂高帽，但托馬斯很少戴那種帽子，彷彿藉由扁帽向世人宣告：我只是個普通人，不用太注意我。

「我們要去格雷沙姆酒店，我的一位朋友今天結婚。既然都來都柏林了，我想應該要參加一下。我們錯過了聖派翠克教堂的婚禮，但派對才剛剛開始。」

注　一九二〇～三〇年代美國流行的一種搖擺舞。

「你想替我引見的是這位朋友嗎？」

「不是。」他握緊我的手。「德莫特．墨菲是個了不起的男人，但今晚他的眼裡只裝得下希妮。妳應該還記得希妮。」

我當然不會記得希妮。我吞下緊張的情緒，從帕內爾街轉進奧康內爾街，格雷沙姆酒店赫然出現眼前。它俯瞰整條街道，通火通明，活力四射，主宰整個市中心。住客紛紛走進霧濛濛的夜晚，但總會重回它的懷抱。

我們受到貴賓般的款待，專人俐落收走大衣，領著我們來到一座寬敞的樓梯，直接通往私人宴會廳。燈光閃耀，音樂流淌，引我們走入一個寬闊的空間——樂隊正在演奏，人們在舞池中跳舞，而舞池被小桌子圍繞，桌旁坐著盛裝的男男女女。舞池的另一側是個大型吧檯，擺設一排高腳椅，吊燈環繞。托馬斯停下腳步打量房間，他的手放在我的腰背上。

「阿托！」有人大喊，接著左後方的角落傳出更多聲音大叫「阿托」，起此彼落。

他看著我，小小做了個苦臉。我低著頭，努力不讓自己笑出來。他移開他的手，挺直肩膀。

「他都叫我阿托，其他人就跟著這麼叫了。我看起來像是叫阿托的人嗎？」

閃光燈突然亮起，刺眼到我們兩個一時睜不開眼看，不由得後退一步。我們剛才正好停在設置在入口前方的拍攝點。攝影師從一個外表像手風琴的單眼相機後探出頭，衝著我們微笑。

「兩位一定會喜歡這張照片，很少能拍到這麼自然的照片。」

幾秒後，好幾個男人湧上前，拍著托馬斯的背，吆喝著歡迎意外現身的他。

「我們以為你回家了，醫生！」眾人紛紛欣喜地說，接著人群散去，另一人加入了這個熱鬧場面。

「阿托，介紹一下這位女士！」男子說道。一抬頭，我對上麥可．柯林斯好奇的目光。他手插口袋，重心放在腳後跟，斜著頭。他很年輕。我知道他的故事、他的歷史、他的生平事蹟和死亡，但還是被他的年輕嚇了一跳。

我伸出手，克制自己不要像搖滾音樂會上的歌迷一樣激動尖叫。但這一刻的意義、他在歷史上的重要性，以及他存在的價值，都讓我不由得心情激動，雙眼閃閃發光。

「我是安．加拉赫，很榮幸見到您，柯林斯先生。」

「是他媽的安．加拉赫啊！」他說，咬字十分清楚，然後長長地吹了聲口哨。

「阿麥！」托馬斯喝斥。

麥可．柯林斯看起來有些尷尬，點頭表示歉意，但仍握著我的手繼續打量我。

「安．加拉赫，你覺得我們阿托怎麼樣？」

我正要回答，他握緊我的手，輕輕地搖頭並警告我：「如果妳撒謊，我會知道。」

「阿麥！」托馬斯再次提醒。

「別說話，阿托。」他低聲說，目光鎖定在我身上。「妳愛他嗎？」

我深吸一口氣，視線無法從那雙黑色眼睛上移走。這個男人無法活到許下婚禮誓言，看不到自己三十二歲生日，不會知道他是多麼出色的一個人。

「很難不愛他。」我輕聲回答。這每一字都像一個錨，將我固定在一個不屬於我的時代和空間。

柯林斯聞言，歡呼著將我高高舉起，彷彿我剛剛讓他變得非常快樂。「你聽到了嗎，阿托？她愛你，如果她說不，我就要把她搶過來了。一起拍張照片吧！」他指著笑吟吟的攝影師。「我們得記錄這一刻，阿托有女人了！」

我無法看向托馬斯，也無法呼吸，而麥可．柯林斯掌控了一切。他把我們拉到他身邊，一手搭在我肩上，對著相機得意地笑，彷彿他剛剛擊敗了英國人。我有種似曾相似的感覺，好像看過而且經歷過這一切。燈閃的那一刻，我恍然大悟。我想起安和麥可．柯林斯的合照，以及托馬斯和安的照片，從兩人親密的姿態和目光來看，照片中的人不會是我的曾祖母。

那些是我的照片。

「托馬斯．史密斯是不是……愛著安？」我問爺爺。

「是……也不是。」歐文回答。

「哇啊！背後有故事喔！」我驚呼。

「的確有。」歐文低聲說：「很精彩的故事。」

現在我明白了。

一九二二年八月二十六日

我永遠不會忘記這一天。安已經去睡了，而我坐在這裡盯著火焰，彷彿它會有另一個不同且更好的答案。安坦白了一切，而我……依然一無所知。

前往格雷沙姆酒店之前，我打電話到加瓦戈里，奧圖家一定等不及知道羅比的狀況。整個朵姆赫只有兩台電話，其中一台就在加瓦戈里。我的理由是我當然得花錢裝電話，畢竟我是醫生，要方便大家聯絡到我。但在愛爾蘭鄉村，沒有人有電話，自然也不會有人打電話找我，他們會直接上門。我唯一會收到的電話是來自都柏林。

梅姬焦急地守候在電話另一端，在接線員幫我接通後，我告訴她「我的病患」手術很順利，腫塊基本上已經消了不少。她一邊哭著唸誦《玫瑰經》，一邊將電話交給丹尼爾。他不好明說原因，只是連聲道謝，奇怪的是，他提起那匹不到兩週就要出生的小馬。

「今天下午，我們進去查看牠的狀況，醫生……『小馬』不見了。」丹尼爾意味深長地說。

我花了好一會兒才意會過來。

「有人進入穀倉，醫生，小馬不見了。沒人知道牠去哪了。連恩來看過布麗姬，我不得不告訴他。他很生氣，他原本的計畫因為小馬不見就……你知道的。我們得找出是誰帶走牠。醫生，能請你轉告安小姐嗎？連恩相信她已經知道了，但這怎麼可能。」

我沉默下來，震驚不已。槍不見了，連恩為此責怪安。丹尼爾也沉默了一會兒，等著我消化他話裡的意思。我告訴他，等我回去之後，我們會進一步調查。他同意了，然後我們掛斷電話。

我打算告訴安我們不去格雷沙姆酒店，但當我走進她的房間，看到婀娜多姿的她，鬈髮鬆散地綁起，眼神溫暖，微笑充滿期待。我再次改變主意。

她牽著我的手，我半是麻木地走著，完全沒做好冒險的準備。我只知道我想讓阿麥見見她，好讓自己心裡好過一點。帶安去見他是很瘋狂的一件事，我不知道自己為什麼要這樣做，也不知他為什麼要聽到那雙紅唇說出告白。這就是他的行事風格，我現在完全懂了。他不受傳統束縛，總叫人出乎意料。

他問她對我的想法，問她是否愛我。她只稍微猶豫了一下，不確定是否要在大庭廣眾下承認私人的感情，然後給了肯定的答案。世界彷彿旋轉起來，我激動不已，多想把她拉回夜晚之中，如此一來，我可以保護阿麥，又能狂吻她。

她滿臉紅暈，眼神炯亮，避開我的目光，似乎和我一樣感到目眩神迷。阿麥就是有這種特殊的魅力去推動他人。他堅持一起拍張照片，然後慫恿她走進舞池。她一開始還有些抗拒。我聽見她說：「我不會跳舞，柯林斯先生！」她以前很愛跳舞，只要音樂一響起，就會拖著狄克蘭一起跳舞。

阿麥補足了她舞技上的不足，摟著她，隨著拉格泰姆音樂在原地跳起簡單的兩步舞。他跟她說話，凝視她的眼睛，彷彿想知道她所有的祕密。我能理解那種渴望。我看到她搖頭，嚴肅地回答他。我有一股想要打斷他們的衝動，但我忍住了。為了救他、救她、救我自己。我簡直快瘋了。

我被拉到角落的桌子，喬伊、奧萊里在我身邊，湯姆、卡倫遞來一杯飲料，而西恩、馬可把我推到椅子上。六月時，我去蒙喬伊監獄探望過西恩，給予醫療照顧，他最近才剛被釋放出來。停火帶來了平靜，他們一行人歡天喜地，不再需要躲藏和戰鬥，可以盡情地交談和慶祝。而我只能驚嘆，他們有多久沒能好好坐在朋友的婚禮上，不必在門口設置警衛，隨時留意有人巡邏、突襲或遭到逮捕。

阿麥也帶著安回到角落的桌子，她坐在我身旁，喝了一大口我的飲料，皺著眉放下杯子。

「去和她跳舞吧，阿托。我佔用她太多時間了。」阿麥要求，眼神帶著陰影。他的心情並不像他的手下那樣愉快。他的人暫時得到了解脫，卸下重擔。但他沒有，他不太能接受被當成傀儡，奉命參加條約談判。

我起身，向安伸出手，她沒有拒絕，只是請我忍耐一下她的舞技，就像她和阿麥跳舞時那樣。懷中的她身段輕盈，鬈髮輕拂過我的臉頰，她的呼吸撩撥著我的脖子。我很會跳舞，不是因為我想，正好相反，我不想引人注目，也不在乎有沒有人讚賞。之所以去學跳舞，純粹因為這是一項需要學習的技能，是我一貫的人生態度，至於傳統愛爾蘭舞蹈，則是出於反抗心態。

安隨著我的腳步邁出小小的步伐，身體貼著我搖曳，脈搏急促跳動，因全神貫注而咬著唇。我伸出拇指輕碰她的唇，不再讓她咬著。她的眼睛對上我的眼睛，看我的眼神非常不像安。我們沒有談起她的告白，或是兩人之間日益增長的感情。我沒有提到在加瓦戈里不翼而飛的槍枝。

霎那間傳出迸裂的聲音，有人尖叫，我隨即把安護在身後。一陣笑聲接著傳來。那不是槍聲，而是香檳。新開瓶的香檳湧出泡沫，德莫特、墨菲舉起酒杯，以傳統的方式致敬在愛爾蘭土地上的死亡。在愛爾蘭的死亡、意味著在愛爾蘭落地生根，而不是移民到其他國家。

眾人舉杯附和，安卻僵住了。

「今天是幾號？」她問，聲音中帶有一絲恐慌。

我回答說今天是八月二十六日，星期五。

她唸唸有詞，彷彿試著回憶某件重要的事。「一九二一年，八月二十六日，星期五，格雷沙姆酒店。格雷沙姆酒店發生了一件事。婚禮……是誰結婚？可以再說一次他們的名字嗎？」

「德莫特、墨菲和希妮、麥考溫。」我回答。

「德莫特、墨菲和希妮、麥考溫，婚禮，格雷沙姆酒店。」她驚呼。「快去叫麥可、柯林斯離開這裡，托馬斯，快！」

「安——」

「快點！」她要求。「還得想辦法讓所有人出去。」

「為什麼？」

「告訴他是索普，應該就是那個名字。有人放火，門又被堵住，沒人逃得出去。」

我沒問她是怎麼知道，只能緊抓著她的手，轉身大步走向角落，麥克正眼神陰鬱地喝酒、大笑。

我傾身在他耳邊私語，安緊跟在我身後。我告訴他有一個叫索普的人——我不知道他是誰——正打算放火，必須立刻疏散房間裡的人。

麥可轉頭對上我的視線，疲憊不堪的模樣震撼了我。他隨即振作精神，疲憊的神情消失了。

「兄弟們，每個出口都需要一個人，動作快，這裡可能有人想放火。」桌旁的眾人立刻起身，酒杯一飲而盡後重重放下，頭髮往後爬梳，彷彿要打理好外表才能進入戒備狀態。接著眾人一哄而散，往各個門口移動，而阿麥仍站在我身邊，等待結果。不久後，傳了一聲喊叫。吉羅德、奧沙利文狂踢正門，門看起來像是被封鎖了，正如安所說的。

阿麥和我對看了一眼，然後他的目光短暫落在安身上，眉頭深鎖，眼神困惑。

「這邊可以出去。」湯姆、卡倫在酒吧後面喊道。

酒保結結巴巴地說：「你不能從那邊出去。」

卡倫的吼叫聲掩蓋過他。「大家得一個一個出去！走吧，女士優先，先生們！沒事的，只是以防萬一格雷沙姆酒店又失火了……」格雷沙姆酒店位在都柏林市中心，在它的百年歷史中歷經不少劫難。阿麥大步走向出口，一手拿著帽子。喬伊快步跟隨在他身邊。

有些人緊張地笑了，但婚禮賓客魚貫而出，走進八月潮濕的夜晚之中。就連酒保也不會傻到留在原地。我殿後，推著安和放棄打破另一扇窗的奧沙利文離開，最後掃視一眼房間，確定人都走光了。煙開始從通風口湧出。

T、S、

第15章　在時間改變我之前

我在一棵斷樹下躲雨，
在每一個談論愛情和政治的團體中，
我的椅子最靠近火焰，
那是在時間改變我之前。

——W．B．葉慈

是新郎的敬酒詞——在愛爾蘭的死亡——觸發了我的記憶。在研究格雷沙姆酒店時，我讀過一篇關於婚宴攻擊的報導。當時我原本計畫朝聖完朵姆赫後，回到都柏林時就要住在那裡。之選擇格雷沙姆酒店，是因爲它的歷史，以及它在一九一六年復活節起義和隨後的動蕩年代中所處的中心位置。我看過麥可．柯林斯的照片，有他站在酒店大門前的照片，在餐廳和熟人碰面的照片，也有他在酒吧裡喝酒的照片。我讀過莫亞．盧埃琳－戴維斯的故事，她是愛上他的女人之一，出獄後一直住在格雷沙姆酒店。

麥可．柯林斯的命飽受威脅，格雷沙姆酒店事件只是其中之一，但因爲是發生在停火協議之後，且攻擊目標太多，因此引起注意。英國政府堅決表明不知情，否認涉入其中。有人認爲這是爲了破壞和平進程，而主事者就是能從中獲利的人。嫌疑人之一就是一名英國的雙重間諜，只知道他叫索普。麥可．柯林斯在自述中曾指認過他，但實情爲何並沒獲得證實。

我不知道我這是在拯救生命或是讓自己身陷其中，也不知道自己這是在改變歷史或是因爲發出警告而修正了它。我只知道我就是歷史的一部分，無論如何都已抽不了身。儘管我跟這件事一點關係也沒有，但也無法解釋我是如何事先知曉有人縱火。

我提起裙襬跟著托馬斯奔逃，心臟劇烈跳動。我讓情況變得更糟了。當我們站在一旁等柯林斯的手下檢查每一道門時，柯林斯俯身湊近我耳邊低語。

「我不想殺了妳，安．加拉赫。但我會的，妳知道吧？」他說。

我點點頭，但奇怪的是，我並不害怕。我只是轉過頭，正視他的眼睛。

「我不是一個好人。我做過可怕的事，總有一天會付出代價，但我這麼做都是有理由的。」他陰沉地說。

「柯林斯先生，我向你保證，不管是對你或是愛爾蘭，我都不是威脅。」他回答：「只有時間會告訴我們答案，加拉赫夫人，只有時間知道。」

柯林斯說得對，只有時間知道，只有時間才能說明，而時間不會保護我。

婚禮賓客沿著小巷朝奧康內爾街移動，加入從正門出來的住客。漫天的煙霧扭曲了身影和尖叫，難以分辨誰是有罪，誰是無辜。麥可．柯林斯和追隨他的人消失在夜色中，跳上突然出現的車，揚長而去。

消防車和救護人員分頭趕到，托馬斯穿梭在人群之中，在對街進行檢傷，查看是否有住客吸入煙霧，將狀況較為不佳的人送上已抵達現場的聖約翰救護車上，放其他人去另覓新的住宿地點。

我站得遠遠的，無時無刻不緊盯著托馬斯。這時，一場及時雨降了下來，驅散掉好奇的圍觀群眾和紛紛攘攘的行人。大家匆匆跑去躲雨，有效地清出了場地。我們的外套還留在格雷沙姆酒店裡，看樣子是找不回來了。我全身濕透，頭髮滴著水。托馬斯先前脫下他的西裝外套披在我身上，當最後一輛救護車離開後，他發現我裹著外套正在等他。

「這裡已經沒有我能做的，走吧。」他說，他的襯衫緊貼著皮膚，滿臉煤灰。他撥開頭髮，抹掉臉上的水，但沒多久又濕了。

雨水從濕漉漉的天空逃脫，沿著屋簷落下，流入裂縫，覆蓋整條街道和建築物。

我們在大街小巷中奔跑。我踩著紅色高跟鞋既跑不快也容易滑倒。他拉著我的手，穩住我的腳步，但我的掌心感受到他的緊張。他的手握得死緊，下巴緊繃。

當我們來到他住的街區，托馬斯猛地打住腳步，咒罵一聲，將我拉進一處凹壁躲雨，開始掏口袋。

「我把家裡的鑰匙放在大衣裡。」他說。

我伸手去找披在身上的西裝外套口袋，隨即意識到他指的是還掛在酒店衣帽間的大衣。

「我們回去找，說不定可以拜託他們讓我們進去衣帽間，或是請他們幫我拿。」我提議，抖動身體以保持溫暖。凹壁可以遮風擋雨，但總不能在這裡待一整晚。

托馬斯緩緩地搖了搖頭，抿著嘴，若有所思。

「我剛剛治療的一名消防員說，縱火點在衣帽間，安。所有大衣都被澆上汽油，門被上鎖，通風口被打開。就在舉辦婚宴的大廳旁。或者，妳不知道這一部分的計畫？」他低頭看我，然後別開眼，額前一縷頭髮滴下水珠。他的表情和我們所處的陰影一樣黑暗，聲音低沉冷靜，充滿淒涼的期待。

我百口莫辯。不管我說什麼都沒用，所以乾脆什麼也不說。我們默默站在屋簷下，凝視著風雨。我靠過去，身體右側和他緊密相連。我感到寒冷、痛苦，知道他的痛苦不亞於我。他全身僵硬，我望向他的臉，盯著他稜角分明的下巴，他咬緊牙關，有條肌肉像錶針般在跳動，示警我最好在幾秒鐘內快點開口。

我沒說話，嘆口氣別開頭，凝視著暴雨，想知道那片雨霧能否再次帶我回家，一如湖上的霧將我帶到這裡一樣。

「今天早上，我和丹尼爾通過電話。」托馬斯冷冷地說：「他說那些槍不見了，安。連恩認爲妳可能和這件事有關。事實上，他不相信妳就是安．加拉赫。」

「爲什麼？」我驚呼，一整個措手不及。「我怎麼會知道連恩的槍去哪？」我緊扣這項不實的指控。

「因爲妳知道許多不應該知道的事。」托馬斯反駁。「天啊，女人！我已經不知道該怎麼想才好了。」

「那些失蹤的槍枝，以及格雷沙姆酒店的縱火案，都跟我一點關係也沒有。」我說，努力保持冷靜。我走出凹壁，朝他位在廣場的屋子前進。我們就快到了，但我不知如何是好。

「安！」托馬斯大喊，聽得出他聲音裡的挫敗。我難以忍受他的不信任，我能理解，甚至同情，但我現在身心俱疲，瀕臨崩潰。我不想傷害托馬斯，更不想說謊騙他，卻不知道如何告訴他眞相。當下，我只想逃走，結束這個不可能的故事。

「我想回家。」

「等雨停了，我會想辦法。」托馬斯說。

我沒意識到自己把這句話說出了口，但也沒放慢腳步。「我不能像這樣活下去。」我再次不小心說出心裡話。

「哪樣？」托馬斯語帶嘲諷，趕上我的腳步。

「像這樣。」我悲傷地說，任由雨水掩飾滿臉淚水。「裝成另一個人，爲我無法解釋的事受到懲罰，爲我一無所知的事受到指責。」

托馬斯抓住我的手臂，我掙脫，踉蹌地推開他。我不想讓他碰我，我不想愛他，我不想依賴他，我只想回家。

「我不是你以爲的那個安．加拉赫。我不是她！」我堅持地說。

「那妳是誰？別跟我玩遊戲，小安！」他繞過我，擋住我的去路。「妳問我一些妳應該知道的事，而妳從不提起狄克蘭！也從不談愛爾蘭！這些都是以前我們會聊的話題，如今妳有大半時間都感到迷茫，像完全變了一個人，我感覺就像是第一次見到妳。該死的，我喜歡現在的妳，我喜歡妳！」他不耐煩地抹了一把臉，擦去眼中的雨水。「妳愛歐文，妳愛那個孩子，每當我認定妳是另一個人時，妳看他的眼神和注視他的方式，都讓我覺得自己是瘋了才會懷疑妳。妳一定是遇到了什麼事，改變了妳，但妳什麼也不肯說。」

「我很抱歉，托馬斯，你是對的，我不是從前的安。她走了。」我哭喊。

「住口，別再說了。」他哀求，仰頭望著天空，彷彿在祈求上帝賜予他耐心。他雙手握拳，揪著頭髮，朝向廣場上成排的屋子走去，拉遠了與我的距離。他家裡的燈光依稀閃爍著，似乎在嘲笑我們。簾後出現一道影子。托馬斯僵住，盯著那道微弱的光影。

「有人在，家裡有人。」托馬斯說，咒罵一聲，再次仰頭祈求上天。「爲什麼偏偏是現在，阿麥？」他低喃，但我聽到了。托馬斯走回到我身邊，將我拉到他的身旁。儘管發生了這一切，他仍護著我。我再也控制不住自己。

我抱住他，將頭埋在他的胸前，緊緊依偎著——趁我們還有時間，而我們之間不會有未來。雨水拍打人行道，滴滴答答數著時間。托馬斯擁我入懷，唇貼著我的頭髮，雙臂環繞我，沉重地低喃我的名字。

「安，喔，女人，我該拿妳如何是好？」

「我愛你，托馬斯，當這一切結束時，你會記得對吧？我從未認識比你更好的男人。」我說，至少他一定要相信這一點。

我感覺到他的身體一顫，他縮緊雙臂死命抱緊我，透露出他內心的掙扎。我抱著他一會兒，然後放開手想要後退，但托馬斯並沒有完全放開我。

「阿麥在裡面，他會要求解釋。安。」托馬斯警告我，語帶疲憊。「妳想怎麼做？」

「如果我回答你每一個問題，你會答應相信我嗎？」我懇求，抬起頭滿眼淚水地看著他。

「我不知道。」托馬斯坦白地說。我看著他，在大雨沖刷下，他現在不再沮喪了，而是認命。

「但我可以向妳保證，無論妳說了什麼，我都會盡我所能保護妳。我不會推開妳。」

「在湖上開槍射我的人是連恩。」我脫口而出。這是我最害怕的眞相，與這個時空有關的眞相，也是托馬斯能夠解釋、甚至理解的眞相。

托馬斯僵住了，他放開我的手臂，托起我的臉，彷彿想讓我不要動，他才好看清楚我眼中的眞實。他緩緩點頭，似乎滿意他所看到的。他不發一語，沒有問爲什麼、什麼時候和怎麼發生的。他沒有要求任何解釋。

「妳會告訴我一切？阿麥也是？」他問。

「我會。」我輕聲說。我屈服了。「那是一個漫長而又……難以置信的故事，要花點時間才說得完。」

「那就別在這裡淋雨。」他將我緊抱在身邊，兩人一起朝他家走去，走向窗內那搖曳的柔光。

「等等。」他留下我，自己走上前門階梯。他有節奏地敲響自己家的門，看得出那是事先約定好的暗號，接著，門打開了。

麥可．柯林斯看了我們兩個一眼，指著樓梯。

「先去弄乾身體再說。喬伊生了火，克莉莉太太在櫥櫃裡留了麵包和餡餅。喬伊和我已經先吃了一點，還剩很多。去吧。今晚太折騰了。」

克莉莉太太是托馬斯在都柏林的女管家，喬伊・奧萊里是阿麥的左右手，他看起來有點不好意思，明明托馬斯才是屋主，卻是麥可・柯林斯在發號施令。我不需要別人多說，踩著濕漉漉的鞋子啪躂啪躂爬上樓梯，牙關打顫，蹣跚地進入托馬斯爲我安排的房間，脫下他的西裝外套和紅色連身裙。但願奧圖太太能像她之前救回我染血的藍袍一樣，恢復這些衣服的原狀。衣服上覆蓋一層煤灰，連同我的頭髮和皮膚一樣散發出一股煙味。我穿上浴袍，收拾好東西，泡了個熱水澡。要是麥可・柯林斯不滿意我怎麼花了那麼多時間，那也沒辦法。我搓揉頭髮和皮膚，沖洗乾淨後再搓一次。當我終於走下樓梯時，頭髮還是濕著，但全身已變得清爽。三個男人圍坐在廚房的桌子說話，當他們聽到我的腳步聲時，突然沒了聲音。

托馬斯站起身，臉上已經沒有污垢，但依然憂心忡忡。他穿著乾爽的褲子和白色襯衫，沒有扣上衣領，袖子上捲，露出結實的前臂肌肉和緊繃的肩膀。

「坐這吧，安。」麥可・柯林斯拍了拍身旁的空位。餐桌是完美的正方形，四邊都放有一把椅子。「我可以叫妳安嗎？」他問道，站起身，手插口袋後再次坐下，顯得有些焦躁。

我順從地坐在他旁邊，空氣充滿一種結束的氛圍，彷彿我即將從受困的夢中甦醒。喬伊・奧萊里坐在我右邊，麥可・柯林斯在我的左邊，托馬斯在我的正對面，那雙藍色眼睛裡滿是擔憂，卻又帶著一種奇特的溫柔。他緊咬牙關，因爲他明白，自己將無法保護我免於接下來要發生的事。

我想安慰他，試著微笑。他嚥下口水，搖了搖頭，彷彿在爲無法回應我而道歉。

「說吧，安。」麥可・柯林斯說：「妳是怎麼知道格雷沙姆酒店今晚會發生的事？阿托想假裝不是聽妳說的，但他實在很不會說謊，所以我才喜歡他。」

「麥可．柯林斯先生，你聽過歐辛和妮芙的故事嗎？」我輕聲問，自在地發出這兩個名字的發音。在學會寫蓋爾語前，我就已經會說這個語言，知道這個故事。

麥可．柯林斯大吃一驚，他原本期待一個答案，我卻反過來問了他一個奇怪的問題。

「我知道。」他回答。

我將目光鎖定在托馬斯的淺色雙眼上，依賴著他保證不會拋棄我的那個承諾。自從我穿越時光後，不止一次想起歐辛和妮芙，意識到自己和他們故事之間的相似處。

我開始用蓋爾語講述這個故事，而愛爾蘭的語彙讓整桌的人陷入沉默。我告訴他們青春之地——提爾納諾的公主妮芙是如何在利恩湖畔找到歐辛——偉大的芬恩之子。與托馬斯找到我的過程沒有太大的不同。柯林斯嗤之以鼻，奧萊里則扭動了下，托馬斯則靜靜地注視著我，聽我用一種古老的語言編織一則古老的故事。

「妮芙愛上歐辛，請求他和她一起走、相信她。她允諾會盡其所能讓他幸福。」我說。

「妳回答問題的方式很奇怪。」麥可．柯林斯喃喃地說，語氣和緩許多，似乎我的蓋爾語撫平了他的懷疑。一個會說愛爾蘭語言的人，怎麼可能會爲英國王室效力。他沒有打斷我，聽我繼續講述那個傳說。

「歐辛相信了妮芙口中的王國，那是一個與他的世界分隔的地方。他追隨她而去，離開了自己的土地。歐辛和妮芙幸福地度過好幾年，但歐辛想念家人和朋友，想念那片綠色的田野和湖泊，他懇求妮芙讓他回家，哪怕只是拜訪一下也好。妮芙知道如果讓他回家會發生什麼事，她心碎了，因爲她知道，除非歐辛親眼看到眞相，否則他是不會明白的。」我喉嚨一緊，暫時打住。我閉上眼睛，不去看托馬斯注視著我的藍眸，才能有勇氣繼續說下去。我希望托馬斯相信我，但不想看到他停止相信的那一刻。

「妮芙告訴歐辛，他可以走，但必須騎著她的馬——月影，並且雙腳不能碰觸愛爾蘭的土地。她懇求他回到自己身邊。」我說。

「可憐的歐辛，可憐的妮芙。」喬伊・奧萊里輕聲說，他已經知道接下來的發展。

「歐辛旅行了好幾天，終於回到他父親的土地。但一切事物都已改變，家人不在了，他的家也是。人們變了，城堡和偉大的戰士都成爲了過去。」我說。「歐辛過於震驚，忘記妮芙要求他記住的事，他從月影的背上下來，在腳碰觸地面的那一刻，他瞬間變得非常蒼老。在提爾納諾的時間和在愛爾蘭的時間非常不同，月影跑走了，留下他一人。歐辛再也沒回到妮芙身邊，回到青春之地。相反地，他將故事告訴了願意傾聽的人，所以人們會知道他們的歷史，知道他們是巨人、戰士的後裔。」

「我一直很納悶他爲什麼不能回去，妮芙爲什麼不來找他，是因爲他變老嗎？也許美麗的公主不想要一位老人。」柯林斯若有所思地說，雙手交錯放在頭後，語氣非常認眞。

「***Cád atá á rá agat***，安？」（注）托馬斯用蓋爾語低語，我再次對上他的目光，胃在翻攪，手心濕潤。他想知道我到底要說什麼。

「就像歐辛一樣，除非你親身經歷，否則有些事你不會理解。」我說。

喬伊疲憊地揉了揉眉心。「可以說英語嗎？我的蓋爾語沒有妳好，安。聽知道的故事是一回事，交談又是另一回事，我想要了解。」

「當麥可還是個孩子時，他的父親預言他會爲愛爾蘭做出偉大的事，他的叔叔也預言了非常相似的事情，而他們兩位是如何知道這樣的事？」我問，重新使用英文。

「***An dara sealladh***。」麥可低聲說，瞇起眼看著我的臉。「第二視覺。聽說我的家族中有這方面的天賦，我認爲那只是一個父親對兒子的驕傲。」

「但時間證明你父親是對的。」托馬斯說，喬伊一臉忠誠地點點頭。

「我無法解釋自己所知道的，你希望我給出的解釋，並不會有任何意義，那只會讓我聽起很瘋狂，而你將會害怕我。我告訴過你，我對你和愛爾蘭都不構成威脅。這是我唯一能給你的保證。我不能解釋我是**如何**知道，但會告訴你我知道的事。當墨菲舉杯敬酒時……我就是……知道。我也知道會簽署停火條約。我知道具體日期，也告訴過托馬斯，而他那時對此條約根本毫不知情。」

托馬斯緩緩點頭。「是眞的，阿麥。」

「我知道，十月時你將被派往倫敦，與英國協商條款，柯林斯先生。戴．瓦勒拉會留下來，你會帶著簽署完成的條約返回，受到愛爾蘭人民壓倒性的支持，除了戴．瓦勒拉和部分忠於他的議員。不久之後，愛爾蘭不再需要對抗英格蘭，而是開始內鬥。」

麥可．柯林斯眼中充滿淚水，拳頭緊壓在唇上。他緩慢起身，手埋進頭髮中，他的痛苦令人難以直視。他拿起茶碟和茶杯，激憤地摔向牆壁。托馬斯遞給他另一個，也是同樣的下場。然後是另一個盛著一片餡餅的盤子，馬鈴薯和餡餅的碎屑散落在廚房各處。他不斷地狂摔東西，我只能緊盯著他空著的椅子。我肚子裡的顫抖轉移到雙腿，桌下的膝蓋不由自主地顫動。當他收拾好情緒重新坐下時，眼神變得堅毅。

「妳還知道些什麼？」他問道。

注 原文為：「Cád atá á rá agat a Aine?」

一九二一年八月二十六日

（接續）

如果沒有親眼看到、親耳聽到，我絕不會相信。安走進虎穴，僅僅用一則以完美愛爾蘭語講述的故事，便平息了這隻猛獸。她所知道的事非但沒讓她受到譴責，反而拯救了她。

愛爾蘭早已戒除異教的根源，但從她溫柔的眼眸和誘人的嗓音，我相信我的安有德魯伊（注）的血統。她用言語編織魔法。她不是伯爵夫人，她是女巫，但並不邪惡，沒有惡意，也許這就是最終打動阿麥的原因。

他問了她十二個問題，若她知道答案，她回答得毫不猶豫，若她無法回答，她也會冷靜地否認。我不可思議地看著她，感到既震驚又驕傲。阿麥不想知道她之前去了哪裡，或是她怎麼會出現在湖上——那些是我的問題。他想知道愛爾蘭能不能存活，勞合．喬治會不會履行條約，愛爾蘭是否不會被分裂，英國人真的永遠離開愛爾蘭土地了嗎？只有當阿麥問到自己是否時日不多，她才略顯猶豫。

「我只能告訴你，時間不會忘記你，愛爾蘭也不會。」她說。我不認為他相信，但很感激他沒有追問。

當阿麥和喬伊從後門離開，坐上等候在外的車子後，安如釋重負，頭抵著餐桌，手緊抓桌沿。她的肩膀在顫抖，但她只是靜靜地哭泣。我試著拉她起來，想要安慰她，但她雙腳癱軟，身形不穩。於是我抱起她，從廚房來到火爐旁的搖椅上。每當我請克莉莉夫人在夜晚多留意是否有不明人士或東西時，她都會坐在那張搖椅上織毛衣。

小安蜷縮在我懷中，任由我抱著。我屏住呼吸，害怕她受到驚嚇會突然逃跑，或是我會這麼做。她把腳縮在身軀下，臉轉過來靠在我的肩上，溫暖的氣息吹在我的襯衫上，淚眼濕潤，使得我更想緊緊抱著她，把她拉近我，貼近我。我粗嘎的呼氣撥動了她的髮絲——那是我一直憋住的氣息——我縮緊手臂，踩穩腳跟，我們兩個加起來的重量壓得搖椅在木地板上嘎吱作響，聲音和我胸膛中的心跳節奏相呼應，提醒我我依然活著，無論是心智或是身體。她也是。我的手隨著搖椅的起伏撫摸著她的背，兩人一前一後地搖晃。我們沒有說話，一切盡在不言中。

靠近壁爐的窗户突然震動，她的呼吸停頓，頭微微抬起。

「噓。」我安慰道：「只是風。」

「它想要講什麼故事？」她低喃，聲音因激動過後而變得沙啞。「風知道所有的故事。」

「妳告訴我，安。」我低語。「妳告訴我。」

「有位老師曾告訴我，虛構的小說是未來，非虛構的小說是過去。一個可以被塑造和創建，另一個不能。」她說。

「有時它們是同一件事，取決於是誰在說故事。」我說。突然間我釋懷了——我不在乎她去過哪裡或守著什麼祕密，我只希望她留下。

注　德魯伊是古代凱爾特文化中的宗教領袖、祭司和學者，在英國、愛爾蘭和其他歐洲地區擁有高度的社會地位，被認為擁有許多神祕知識和能力。

「我叫安．加拉赫。我不是在愛爾蘭出生，但愛爾蘭一直在我心中。」她開始說，宛如吟誦詩歌般敘述起另一個故事。我們的眼睛一起注視著火焰，她的身體緊緊依偎在我身旁，我再一次陶醉在她的言語中。那是歐辛和妮芙的傳說，時間不是單一序列前進，而是富有層次，互有關聯。一個不斷重複相同路徑的圓圈，一代接著一代，即使不是同一領域，也仍在同一空間。

「我於一九七〇年在美國出生，我的父親是狄克蘭．加拉赫——以他爺爺的名字命名。我的母親是漢娜．基夫，一名來自科克的女孩。她曾在紐約度過一個夏天，從此再也沒回家。或者說，她回家了，當風和水帶走他們時，愛爾蘭收回了她。」她低聲說：「我幾乎不記得他們，當時我六歲，就像歐文現在的年紀。」

「一九七〇年？」我問，但她沒有回答，不疾不徐地繼續說，而聲音中抑揚頓挫使我沉默，即使我的理智與我的心並不同調。

「歐文和我交換了位置。誰是父母？誰是孩子？」她說出令人費解的話，然後沉默片刻，若有所思。我繼續晃動搖椅，身體留在原地，思緒卻早已四處飛散。

「我爺爺最近過世了，他在朵姆赫出生，但很年輕時就離開，再也沒有回去。我不知道為什麼……但我開始相信他是為了我。在我出生前他就知道這個故事，我們現在正在經歷的這個故事。」

「妳爺爺叫什麼名字？」我問，聲音裡有掩不住的不安。

「歐文，全名是歐文．狄克蘭．加拉赫，我非常愛他。」她哽咽地說。我祈禱她會從敘述寓言開始變成自我告解，不再擔任說故事的角色，只做我懷裡的女人。然而她繼續說，她的焦慮也隨著每一個字而增加。

「他要我答應會將他的骨灰帶回愛爾蘭，帶到吉爾湖，所以我這麼做了。我來到愛爾蘭，來到朵姆赫並划船到湖上，向他道別，撒下他的骨灰。但霧氣愈來愈濃，我找不到回去的路，看不到岸邊，四周都是一片白色，就彷彿我已經死了卻還不自知。一艘河船突然出現，船上有三個男人，我出聲向他們尋求幫助，而接下來我知道的是，其中一人開了槍，然後我掉入湖中。」

「安。」我哀求，我希望她停下，不想再聽下去了。「噓，別說了。」我安撫她，把臉埋進她的頭髮裡，壓抑住我的呻吟。我能感覺到她的心跳猛烈地撞擊我的心跳。她柔軟的胸脯無法掩飾她的恐懼，每一句話聽起來都是那樣地不可思議，她卻說得信誓旦旦。

「然後你出現了，托馬斯。你找到我，叫出我的名字，我以為自己得救了，一切都結束了，卻沒想到這只是開始。現在我在這裡，在一九二一年，我不知道怎麼回家。」她哭著說。

我只能摸著她的頭髮，前後搖晃搖椅，多希望能忘記她剛說的每一件事。她沒有收回或一笑置之，但隨著坐得愈久，她的焦慮逐漸平息下來，我們沉浸在各自的思緒當中。

「我越過湖泊，就回不去了對吧？」她低喃，她的意思非常明確。說出去的話是收不回來的。

「安，我已經不相信精靈很久了。」我沉重的聲音彷彿寂靜中的喪鐘。

她原本蜷縮在我的大腿上，現在她推離自己，從我胸前抬起頭，以便能直視我的眼睛。她飄逸的秀髮為美麗的臉龐增添了柔美，我想將雙手埋進她的髮間，湊近她的嘴，用吻消除掉所有的瘋狂和悲慘，疑慮和幻滅。

「我不期望你相信精靈，托馬斯。」

「是嗎？」我沒想要說話這麼尖銳，但我必須遠離她，否則可能會忽視我心中的怒吼和血液中的警告。我不能吻她，不是現在，不能在她說了這麼多後。我站起身輕輕放下她，讓她站好。她堅定地看著我，眼眸在火光下從綠色轉為金色。

「是。」她柔聲回答。「但你願意試著……相信我嗎？」

我輕輕摸了摸她的臉頰，不想說謊，但也不想傷害她。然而，我的沉默道盡一切。她轉過身，走上樓梯，輕聲道晚安。現在我坐在這裡，凝視著火焰，將一切記錄在這本日記裡。安坦白了一切……而我卻仍然一無所知。

T．S．

第16章　瘋子湯姆

以天地為床的瘋子老湯姆唱著：
是什麼改變了我，
使我思緒茫然，失去洞察的眼光。
是什麼讓自然純淨不變的光
變成冒煙的燈芯。

——W．B．葉慈

我曾在某處讀到，一個人除非優先考慮到自己所愛的事物，否則永遠不會了解眞正的自我。我最愛的兩件事勝過一切，而這兩件事形成我的身分認同。一個身分是來自爺爺教導我的東西，圍繞在他對我的愛、我們彼此的愛，以及我們共度的生活。另一個身分來自我對說故事的熱愛。我成爲一名作家，沉溺於賺錢、登上暢銷書榜、創作下一部小說。失去爺爺時的同時，我失去了一個身分，而現在我又失去另一個。我不再是《紐約時報》暢銷作者安·加拉赫。我是在都柏林出生的安·加拉赫，已故的狄克蘭遺孀，歐文的母親，托馬斯的朋友。我扮演了好幾個原本不屬於我的身分，努力想要做好，但這些身分已經開始和我產生摩擦。

從都柏林回來後的幾週裡，托馬斯總是避開我，或者疏遠我，再次把我當成狄克蘭的安，儘管他知道我不是。我告訴他一個他無法接受的事實，所以他把我放進**她的**角色中，不願意正視我的另一個身分。有時，我發現他在看我的神情既驚恐又悲傷，彷彿我得了不治之症。

托馬斯去到都柏林，帶著傷痕的羅比·奧圖返回加瓦戈里。羅比的眼睛上戴著一塊俏皮的眼罩，頭側有一道醒目的傷疤，身體左側有點虛弱。他的動作變得緩慢，年輕的他似乎老了許多，走私武器和伏擊黑棕部隊的日子都成了過去。沒人提及連恩或失蹤的槍枝，但小馬終於出生了，我們當初謊稱的事成眞了。值得慶幸的是，後備隊的上尉沒再回到加瓦戈里，之前對我的猜疑和指控也都悄悄擱置在一旁。但我仍然在枕頭下放著一把刀，並請丹尼爾·奧圖在我的房門加上一道鎖。連恩·加拉赫或許對我放心下來，但我可不覺得自己已經安全。我相信事情終究得要解決，爲此我憂心忡忡，輾轉難眠。

我惦記著湖泊，想像自己推著一艘船，乘風破浪，不再回來。每天我沿著湖畔走，不斷思考，但最後每天都選擇回頭，不願嘗試。我不願離開歐文、托馬斯，也不願離開現在的自己，這個新的安。我深深想念我的爺爺——那個男人，而不是這個男孩。我哀悼我的人生——那個作家，而不是這個女人。要做出這個選擇並不難，在這裡，我有可以去愛的事物。到頭來，我只想愛得更深，而不是回到原來的地方。

未來的那些年，那些即將來了又走的年份——對我來說，那些年已經發生——給我帶來沉重的壓力。我知道愛爾蘭接下來會發生什麼事。儘管不知道每一個轉折或每一次的跌宕起伏，但我知道那些坎坷的終點。那些衝突、永無止境的戰鬥和動盪。我不由得想，這一切都是爲了什麼。那些死亡和痛苦，有時需要戰鬥，但有時也需要停止戰鬥。事實證明，時間並沒能解決所有問題——至少在愛爾蘭的情況是如此。

在無止境的黑暗隧道中，歐文是圍繞在我身旁的光。然而，眞相讓這樣的喜悅黯然失色。愛他並不是我可以騙他的藉口。我是冒牌貨，再多的愛都不能改變這個事實，我唯一能爲自己辯解的是，我無意傷害或欺騙他。我陷入一個不可能的境地，既然無法脫困，只能盡量做到最好。

歐文和我寫了好幾本書，記錄我們去遙遠地方的探險和冒險。托馬斯從我在都柏林的自白和歐文的故事中找到關聯。就像歐文故事的男孩一樣，我曾坐著船漂蕩在湖上，然後發現自己來到另一個世界。托馬斯盯著文字，然後看向我，宛如烏雲罩頂般恍然大悟。從那之後，他就盡量避開我，等歐文和我上床睡覺後，才來替故事加上插圖。

寫故事以外的時間，我開始教歐文認識時間和讀寫。他是左撇子，就像我。或者我是左撇子，就像他。我教他如何正確握筆，並整齊地書寫字母，提前幫他做好上學的準備。但開學的日子來得比想像中要快，九月最後的星期一，托馬斯、歐文和我默默走向學校，歐文悶悶不樂地拖著腳步。

「媽媽，妳不能在家裡教我嗎？」歐文低聲抱怨。「我比較喜歡那樣。」

「歐文，你媽媽需要協助我出診。你也會有朋友。你爸爸和我就是從小認識，如果你在家自學，你可能會錯過結交一位終身好友的機會。」托馬斯說。

歐文一臉懷疑。他已經交了不少好朋友，可能在想就算不上學也可以看見他們。再說，自從我們從都柏林回來後，托馬斯就再也沒帶著我出診。他並不想和我獨處。

眼見歐文顯得不相信，托馬斯指著樹林間一處小空地，一座小屋座落其中。我之前見過那座小屋，但並未放在心上。很明顯，那是個廢棄的小屋，四周植被已開始入侵屋內。

「歐文，看到那棟小屋了嗎？」托馬斯問。

歐文點點頭，托馬斯逕自帶著我們往前走。天空開始飄起雨來。

「那棟小屋裡曾住著一家人，像我們一樣的一家人。但是爆發了一場馬鈴薯疫情，全家人餓著肚子，有人死了，有人到美國找工作餬口。愛爾蘭各地都有廢棄的房子。你必須上學，好好學習，改變愛爾蘭，讓愛爾蘭適合人民居住，這樣就不會有家庭死去，我們的朋友就不必離開。」

「可是醫生，沒有其他食物嗎？」歐文問。

「有，只是沒有馬鈴薯。」托馬斯回答，目光投向遠方的景色，彷彿能看見七十年前疫情肆虐全國的景象。

「他們不能吃其他東西嗎？」歐文又問。我真想親吻他，感謝他的好奇心。照理說我應該知道答案，但其實我並不知道。我應該要多了解這些故事，以前我所做的研究多半集中在愛爾蘭內戰，而不是比內戰早幾十年的歷史。我專注聆聽，轉頭看向那棟荒涼頹圮的小木屋。

「馬鈴薯無法生長，農作物生病了，而人們向來在小花園裡種馬鈴薯來餵飽家人一整年。當馬鈴薯無法生長，他們沒有其他東西可以代替。大部分人家都會養一頭豬，但沒有馬鈴薯，也就沒有廚餘餵豬，所以豬不是餓死，就是在變得太瘦前被吃掉，最後這些家庭也就一無所有了。

「英國地主的田裡依然生長著穀物，但那些穀物被賣到愛爾蘭以外的地方。一般人家沒有錢買穀物，也沒有足夠土地或方法種植足夠的穀物。雖然還有牛和羊，但只有少數人擁有。牛羊被穀物餵養得肥肥胖胖，同樣運往國外。當牛肉、羊肉和羊毛被賣給其他國家時，佔愛爾蘭人口絕大多數的窮人變得愈來愈餓，愈來愈絕望。」

「大家不去偷嗎？」歐文語帶保留。「如果奶奶餓了，我會去偷食物。」

「那是因爲你愛你的祖母，不想看到她受苦。但偷竊不是答案。」

「那麼答案是什麼？」我輕聲問，這是個哲學問題，一個挑戰，而不是眞正的詢問。

托馬斯開口時注視著我，彷彿希望我記住，以及承接起曾在安·加拉赫心中熊熊燃燒的信念。

「幾個世紀以來，愛爾蘭人四處漂泊——塔斯馬尼亞、西印度群島、美國——被買賣、被繁殖、被奴役。因爲契約勞工制(注)，愛爾蘭的人口被削減了一半。在饑荒期間，這個島上又多了一百萬人死亡。在利特林郡，我母親的家族之所以能存活，是因爲地主憐憫佃農，在疫情最嚴重的時候停收租金。我祖母曾在地主家當女傭，她每天在廚房吃一餐，剩菜就帶回家給兄弟姊妹。她的家族有一半的人都移民出去了。饑荒期間，有兩百萬名愛爾蘭人移民。英國政府並不關心，英格蘭

注 indentured servitude，一種在十七至十九世紀間，特別是在美洲，廣泛存在的勞工制度。某種程度上是對早期移民去到美洲的鼓勵，但常伴隨著剝削和虐待。有些人甚至永遠無法獲得自由。許多愛爾蘭人因經濟困境或其他因素成為契約奴隸，希望能在新世界找到更好的生活機會。不幸的是，他們在新世界所遭遇的情況往往與期望中截然不同。

不過咫尺之遙，就算我們離開或餓死，他們隨時可以派自己的勞工過來，不管是以前還是現在，我們都能被取代。」托馬斯的聲音裡沒有憤怒，只有悲傷。

「我們要怎樣對抗他們？」歐文滿臉漲紅地問，這個故事太過殘酷也太令人心碎。

「我們學會閱讀、思考，並且學習。我們變得更好、更強壯，然後團結在一起說：『夠了，你們不能再這樣對待我們。』」托馬斯輕聲說。

「這就是我去上學的原因。」歐文一本正經地說。

「對，這就是你爲什麼要上學的原因。」托馬斯附和。

我情緒激動，哽咽難語，強忍著即將奪眶而出的眼淚。

「歐文，你知道你爸爸想要當老師嗎？他知道這有多重要，但他坐不住，你媽媽也是。」托馬斯補充，他迎上我的目光。

我沒有回應。對我來說，靜靜坐著一直很容易，我可以坐著去夢想，任由思緒帶著我飛遠，直到我不再是我自己，展開一段旅程。另一個安和我的差異日益擴大。

「我想成爲一名像你一樣的醫生，托馬斯。」歐文拉著托馬斯的手，扁帽帽簷底下的眼睛往上認眞地看著他。

「會的，歐文，你一定會成爲一名醫生。」我找回自己的聲音，向他保證。「你會成爲世界上最好的醫生之一。人們會喜歡你，因爲你聰明又善良，你使他們的生活變得更好。」

「我會讓愛爾蘭變得更好嗎？」歐文問。

「每一天，你都讓愛爾蘭在我心中變得愈來愈好。」說著，我跪下來，在他進入校園前緊緊擁抱他。

他伸出他的小手臂環抱住我，親了親我的臉頰，然後同樣擁抱親了一下托馬斯。我們目送他跑向校園裡的一群男孩，扔下他的帽子和小書包，轉眼間就忘記我們的存在。

「妳爲什麼要告訴他可能不會發生的事？」托馬斯問。

「他會成爲一名聰明又善良的醫生，他長大後會是一名出色的男人。」我說，情緒再度湧上。

「啊，伯爵夫人。」托馬斯嘆息著，親暱的呼喚讓我的心爲之雀躍。他轉身沿著原路往回走，離開學校。我再次看了一眼那所小學和歐文帶有光澤的頭髮後，跟上他的腳步。

「不難相信他以後會是這樣的男人，畢竟他是狄克蘭的兒子。」托馬斯說，兩人一起走著。

「比起狄克蘭，他已經更像是你的兒子。他或許有狄克蘭的血液，但他有你的心和靈魂。」

「不要這麼說。」托馬斯反駁，彷彿這想法的本身就是一種背叛。

「這是事實。歐文非常像你，托馬斯，不管是他的舉止和善良，或是解決問題的方式。他是你的。」

托馬斯再次搖搖頭，拒絕接受。他的忠誠使他不認爲這是自己的功勞。「妳忘記狄克蘭是什麼樣的人了嗎，安？他是光的化身，就像歐文一樣。」

「我不能忘記我不知道的事情，托馬斯。」我柔聲提醒他，感覺他猛地一震。我壓下心中的挫折。我們沉默地走了好一會兒，他手插口袋，盯著地面。我雙手環胸，目光直視前方，卻能清楚意識到他的每一步和每一句想說的話。當他終於開口，彷彿就像一座被沖破的堤防。

「妳說，妳不能忘記妳不知道的事，但妳是愛爾蘭人，安。妳有安·加拉赫的笑聲，妳有她的勇氣，有她深色的髮髮和綠眼睛。妳會說愛爾蘭的語言，清楚愛爾蘭的民間傳說和故事。就算妳告訴我妳是另一個人，我也清楚妳是誰。」

我可以透過樹林看見湖泊，天空陰沉，風雨欲來，驅使著雲朵退離湖泊，夾在波浪和風之間。我眼睛刺痛，胸口酸澀，轉身離開他，走上通往湖泊的小路。草叢仍低語著他的話：「我清楚妳是誰。」

「安，等等。」

我旋即回過身。「我知道我長得和她一模一樣！我看過照片，幾乎如出一轍。她的衣服和鞋子我都穿得下，但我們是不同的人，托馬斯，你一定能看出來。」

他搖頭，一再否認。

「看著我！我知道難以置信，有時連我自己都不相信。我一直想要醒過來，但也害怕醒過來，因爲一旦我醒了，你就不在了，歐文也會消失，我又要再次孤單一人。」

「妳爲什麼要這麼做？」他痛苦地說，閉上眼睛。

「你爲什麼不看著我？爲什麼不好好地看著我？」我哀求。

托馬斯抬起頭凝視我。我們分站在路旁的草地上，四目相對，意志碰撞。接著，他深深嘆口氣，手抓過頭髮，轉身走回到我身邊，湊近我，彷彿想吻我、搖晃我，逼我屈服。

我有同樣的感覺。

「妳的眼睛顏色和我記憶中的不同——是海洋的綠，而不是草地的綠，妳的牙齒也比較直。」他輕聲說。

牙套很貴，曾祖母當時享受不起這種奢侈的待遇。托馬斯的目光落在我的唇上，他嚥下口水，輕撫我的上唇，隨即抽手。當他再次開口時，無比溫柔的聲音中透露著不情願，就像在承認某件痛苦的事。

「狄克蘭的安在前牙有個齒縫，妳刷牙的時候，我發現那個齒縫不見了。妳以前常用齒縫吹口哨，妳說那是妳唯一的音樂天分。」

我笑了，積壓在胸口的怒氣也釋放了一點。「我絕對沒辦法用齒縫吹口哨。」我聳聳肩，彷彿不覺得有什麼大不了，但其實在意到幾乎無法呼吸。

「妳的笑聲和歐文一樣。」托馬斯接著說：「但妳也有著狄克蘭的穩重。眞是不可思議，就好像他們都……在妳身上回來了。」

「他們是的，托馬斯，你還不明白嗎？」

他表情激動，再次搖頭，彷彿難以置信也難以接受。他不能明白。但他繼續說，聲音低得像在自言自語。「妳看起來非常像以前的安。」他痛苦地皺眉，像是不敢相信自己居然在區分兩個安的不同。「沒人會懷疑妳不是她，但她是……更加的……有稜角。」他一時詞窮，彷彿想不到更好的形容詞。我畏縮了一下，雙頰發燙。

「我非常有智慧。」

「是嗎？現在？」他打趣道，嘴角微微上揚，緊繃的臉龐隨之放鬆。

我怒從中來。他是在嘲笑我嗎？

「我不是指妳的智慧，安。以前的安很直接，沒有妳的平靜。她是……激進，強悍又充滿激情，坦白說，還有點讓人厭煩。也許是因爲她覺得必須如此。但妳的溫柔是美麗的，溫柔的眼睛，溫柔的鬈髮，溫柔的聲音，溫柔的微笑。不需要爲此感到羞愧，愛爾蘭現在幾乎沒什麼溫柔可言了，這也是歐文如此愛妳的原因之一。」

怒火消失，取而代之的是另一種完全不同的感覺。

「妳很棒。」他若有所思地說：「妳的口音聽起來就像我們其中一員。妳聽起來像同一個安，但有時一不小心妳會忘記……聽起來就又像妳自稱的那個女孩。」

「我自稱的那個女孩。」我喃喃地說，哪怕只有片刻，我還以爲我們已經超越了不信任，看來終究是沒有。「不管你相不相信，事實就是如此。托馬斯，我需要你假裝我就是我宣稱的那個我。你能做到嗎？無論你是否相信我，是否認爲我是撒謊、發瘋或生病，我就是知道還沒發生的事，而你認爲我應該知道的事，我大半都不知道。你心裡有數，我不是安·芬尼根·加拉赫。我不認識你的鄰居和城裡的管家，不懂整理我的頭髮，不會穿這些討厭的絲襪，不會煮飯縫衣服，天啊，我連大河之舞都不會跳。」我猛地拉了一下裙底的束腹束帶，束帶回彈到我的腿上。

托馬斯沉默了，他深吸好幾口氣，陷入沉思。他凝視著我的眼睛，嘴角再次微微上揚，然後大笑起來，掩著嘴，似乎想要克制自己卻做不到。

「什麼是大河之舞？」他笑不可遏地說。

「愛爾蘭舞蹈，你知道的。」我將雙臂貼緊身體兩側，踮起腳跟，很彆扭地模仿起《舞王》中的舞步。

「妳說這是大河之舞？」他哈哈大笑。

他也跟著起舞，踏步踢腳，雙手扠腰，並看到我試圖模仿他時大笑。我想學他，但一點也學不來。他跳得太棒了，充滿活力，一路沿著小徑舞向房子，彷彿腦中聽得到小提琴旋律。那位沉悶的醫生、疑心的托馬斯已經不見了。雷聲轟隆，雨開始落下，我們彷彿回到都柏林，回到那場雨中，回到那張搖椅上，回到我用不可能的眞相打破的那份親密。

我們沒有回到主屋，布麗姬會在，另外至少還會有四個奧圖家的人。托馬斯把我拉進穀倉，那裡有乾淨的乾草味，以及母馬和新生小馬的呼吸和嘶鳴聲。他關上我們身後的門，將我推到牆上，嘴巴湊近我的耳朵。

「如果妳瘋了，那我也瘋了，我將是瘋子湯姆，妳會是瘋狂的珍。」他說，他引用了葉慈的話。我心跳急促，手緊抓著他的襯衫。

「事實上，我覺得我瘋了，過去一個月，我逐漸失去理智。」他氣喘吁吁地說。他的呼吸撩撥我的頭髮，搔癢我的耳朵。「我不知道這是對或錯，我看不到明天或下星期的事，內心有一部分仍相信妳是狄克蘭的安，我不應該對妳有這種感覺。」

「我不是狄克蘭的安。」我迫切地說，他的唇離我是如此地近，我一轉頭，便從我臉頰上掠過。

他接著說：「我不清楚妳從哪裡來，又將去往何處，但我為妳感到擔憂，為我自己和歐文感到害怕。所以如果妳要我停下，安，我會的。我會退後，努力成為妳需要的人，而當……萬一……妳要走的話，我會竭盡所能向歐文解釋一切。」

我將唇壓在他青筋暴露的喉嚨上，拉扯那片光滑的肌膚，吸吮他耳朵下方跳動的脈搏，有意留下標記。我把手按在他的胸口上，感受到他底下猛烈跳動的心。這一刻，我心中豁然開朗。我走進了一個過去，而這個過去將成為我的未來。

接著，他的嘴封住了我的唇，兩手激動地捧住我的臉，我後仰的頭撞到牆上，蜷曲著腳趾，踮起腳尖，好讓自己的身體能更加貼合他的身軀。有好長一段時間，我們之間只是碰撞和滑動，是嘴在學習共舞，是舌頭在挑逗隱藏的角落，然後激情轉為安靜的熱情。他的唇往下探到我的喉嚨，臉頰滑過我的領口，接著跪下來，就像剛才捧起我的臉那樣抓住我的臀，要求我全部的注意力。他跪著，隔著衣物吻住我的私密處，一股濕熱纏繞、低吟並呼喚他。

我發出呻吟，聲音迴盪在我腦海中久久不散，渴望停留在這一刻，也渴望完成儀式。他將我拉倒在地，雙手爬上我的臀，包覆住我的肋骨，直到我整個人躺在他的身體下。他的雙手掀高我的裙子，我蜷起手指抓住他混亂的頭髮，拉過他的嘴，和他舌頭交纏，熱度從我的腹部蔓延到兩人相貼的唇和交融的呼吸。

他抵著我開始推動，宛如沖刷吉爾湖畔的浪潮，一波又一波，反覆翻騰、撤退、捲土重來，堅持不懈地進入我。直到最後，我只能感受到波濤洶湧的浪潮，我的嘴忘了如何親吻，我的心忘了如何跳動，我的肺忘了汲取氧氣。托馬斯什麼也沒忘，他抬高我進入他，吻住我，誘惑我的心隨著他的心跳動，提醒我的唇喊出他的名字。他撫摸我的頭髮，身體靜止下來，潮水退去，留下喘息不已的我，所有遺忘的事物都被重新憶起。

一九二一年十月一日

我常在想，如果英國人曾經更加人道，愛爾蘭人是否還會是現在的我們。如果他們曾經更加理智，允許我們繁榮。我們被剝奪了所有的權利，在備受嘲諷中長大，他們對待我們就像對待動物一樣，但我們並未屈服。從克倫威爾（注）時代以來，我們一直受到英國踐踏，但我們仍然是愛爾蘭人。我們的語言被禁止，但我們仍然在使用；我們的宗教被頻繁地屢屢鎮壓，但我們仍然在實踐。當世界各地都經歷了某種宗教改革，放棄天主教，轉向新思維和科學，我們卻堅定不移。為什麼？因為那意味著英國人的勝利。我們信奉天主教，因為他們告訴我們不可以。當你愈試圖從一個人身上奪走某些事物，他會更加渴望。我們唯一的反抗就是對自身的認同。

安對自身的認同，正是她的一種反抗。她拒絕放棄。整整一個月，我發現我不斷地在與自己的內心、理智，以及她在爭辯。儘管我沒有明說，只是默默哄她、勸她、求她和說服她，但她不為所動，堅持她的荒謬。

我告訴自己的內心，我不能擁有她，但我血液中的異議份子跳出來說，她是我的。我投降了，接受所有的不可能，命運卻再次試圖將她從我身邊帶走。也或許，命運只是揭開了我眼前的面紗。

注 克倫威爾（Oliver Cromwell），英國政治家，在一六四九至一六五〇年間對愛爾蘭發動了軍事征服，過程中對愛爾蘭人進行許多殘酷的行為，使他在愛爾蘭歷史中的形象非常負面。

安在湖畔和歐文玩耍。她撩起裙子在平緩的浪花中跑進跑出，要是前來叫喚大家吃晚餐的布麗姬看到，肯定要大驚小怪了。我停下腳步想要看她一眼，欣賞她白皙的雙腿在綠色湖水的映襯下閃閃發光。我揪緊著心，望著她和歐文在暮色之中嬉笑玩鬧，鬈髮飛揚，兩腳有力地踢著水。歐文雙手抱著紅球，那是奧圖家送他的生日禮物。他在鵝卵石沙灘上跌倒，擦傷了膝蓋，球也丟了。當我沿著斜坡往下走時，安抱起他，而他的淚水打斷我的遐想。但歐文在意的不是擦傷，而是漂走的球。他指著球大聲哭喊，安立刻放下他跑去撿球，要是漂遠就撿不到了。

她跑進湖裡，手提著衣裙，膝蓋奮力抬得很高，努力不讓裙子濕掉。構不到球，安便往前再走一點伸手去抓，卻被球愈帶愈遠。我沒由來地害怕起來，拔腿狂奔，大喊著要她不要管球了。她繼續涉水前進，放開裙子，腰部以下沒入水中，朝載浮載沉的球而去。

我距離她太遠了。我沿著湖畔跑，大喊著要她回來。有那麼一瞬間，她的形體變得模糊，宛如湖水上的一道海市蜃樓，就像隔著一塊玻璃，她裙子的白成了一縷薄霧，頭髮的黑成了傍晚的陰影。

歐文開始放聲尖叫。

尖叫聲迴盪在我腦中，我涉水衝向她逐漸淡去的身影，大喊著要她回頭，不要再走了。紅球像地平線上的太陽般悄悄消失，我在水中拚命地撲向她剛才所在的位置，去抓她僅存的稀薄身影，但撲了個空。我大喊安的名字，一再往前撲，終於被我摸到一塊布料。我緊抓著不放，一次又一次地拉向自己，直到結結實實時掌握住安的裙子。

我看不到岸邊，分辨不出水和天空的界線。我被困在現在和過去之間。我腳踩在變動的沙地上，被白霧團團包圍。我可以感覺到她，她背部的線條和腳的長度，但我看不見她。我抱著隱形的她，拒絕放棄，帶著她走向歐文的哭聲——猶如霧中的警報聲。然後，霧中開始傳出低喃，那是她在呼喊我的名字。白霧開始消散，湖畔出現了，我懷中的安變得立體。我將她高高地抱在胸前，防止她被暗湧的湖波和時間的手帶走。我們雙雙跌到鵝卵石沙灘上，緊緊擁抱著彼此。歐文跌跌撞撞跑向我們，他抱緊安，安則抱緊我。

「媽媽，妳去哪裡了？」他哭著說：「妳離開我，醫生也離開我了！」

「沒事，歐文。」安試著安撫他。「我們都沒事，都在這裡。」但她沒有否認男孩見到的事。

我們穿著衣服，氣喘吁吁地倒成一團，彼此安慰，直到我們急促的心跳恢復平靜，現實感也再度回來。歐文坐起身，忘記了害怕，開心地指著那顆無辜的紅球，它已經自己回到了湖畔邊。

他放開緊攀住我們的手，不再問些我們答不出來的問題，而是跑去撿球，然後朝斜坡走去。布麗姬等我們吃晚餐等得不耐煩，隔著樹林在主屋那邊呼喚我們，但她還得再等一會兒。

「妳就這樣走進水裡。」我低語。「變得愈來愈模糊……就像厚玻璃中的倒影。我知道妳要消失了，妳要離開了，而我再也看不到妳。」我接受了那不可能的真相，加入安的反抗。

安抬起她那蒼白而嚴肅的臉，在暮色之中與我四目相對。她打量我的表情，尋找新信徒洗禮後的光芒，我進一步提出證明。

「妳真的不是安、芬尼根，對不對？」

「對，托馬斯。」安搖了搖頭，目光緊盯著我。「我不是。安、芬尼根、加拉赫是我的曾祖母。我離家非常非常遙遠。」

「天啊，女人，我真的很抱歉。」我用嘴輕輕掠過她的前額和臉頰，順著附在她皮膚上的小水滴，滑向她的唇。我輕柔、莊重地親吻她，深怕傷害了她，使得這具湖中的紙娃娃碎裂瓦解。

T、S、

第17章　一種可怕的美麗誕生了

他也放棄了
他在這場偶然喜劇中的角色；
他也跟著變了，
徹底轉化；
一種可怕的美麗誕生了。

——W·B·葉慈

宛如撥雲見日般，從他相信我的那一刻起，一切都變了。暴風雨退去，黑暗消散，我擺脫了層層束縛，突如其來的認可讓我全身盈滿暖意。

托馬斯也自由了，在他親眼所見之後，和我一起扛下這個祕密，毫無怨言地背負起這個重擔。他有成千上萬個問題，但沒有任何疑慮。大多數的夜晚，當房子安靜下來，他會悄悄走進我的房間，爬上我的床，兩人緊握著彼此的手，低聲交談那些不可思議的事。

「妳說妳出生於一九七〇年，那是幾月幾日？」

「十月二十日。我就快三十一歲了。不過，就技術上來說……如果我沒真正存在，就不會老去。」我笑吟吟地挑了挑眉。

「那就是後天，安。妳有打算告訴我那天是妳的生日嗎？」他責備道。

我聳了聳肩。我沒打算說，畢竟布麗姬可能知道「真正的」安的生日，兩個人的生日不會在同一天。

「妳比我大。」他得意地笑，彷彿我年紀比較大是隱瞞他的懲罰。

「是嗎？」

「我到聖誕節那天才滿三十一歲。」

「你是一八九〇年出生，我是一九七〇年。你可是比我大了八十年呢，**老人家**。」我戲謔地說。

「我在這個地球上比妳少待了兩個月，伯爵夫人，妳比較大。」

我笑著搖搖頭，他用手肘撐起身子，俯視著我。

「妳是做什麼的？二〇〇一年的安是做什麼的？」他提到「二〇〇一年」時，語氣明顯帶著敬畏，彷彿不敢相信這樣的時代眞的存在。

「我講故事，還有寫書。」我說。

「是啊，當然。」他喃喃地說，他的驚訝逗笑了我。「我想也是。妳是寫哪種故事？」

「關於愛情、魔法和歷史的故事。」

「而現在妳正在經歷它。」

「你指的是愛情還是魔法？」我低聲說。

「是歷史。」他低語，炯亮的眼睛溫柔地凝視我，俯身輕輕吻了我一下後退開來。我們都知道接吻會打斷對話，我們渴望彼此，但也渴望對話。對話後的吻會更加有意義。

「妳最想念什麼？」他問。他的呼吸撩撥著我的嘴，使我肚子顫抖，胸口騷動。

「音樂，我想念音樂。在寫作時我會聽古典音樂，只有古典樂能帶出故事氛圍，又不妨礙故事發展。寫作跟情感息息相關，沒有情感就沒有魔法。」

「妳是如何邊聽音樂邊寫作？妳認識很多音樂家嗎？」他困惑地問。

「不是的。」我咯咯地笑。「我一個也不認識。音樂很容易錄製和複製，可以隨時播放。」

「像留聲機那樣？」

「對，就像留聲機，但比那更好。」

「妳都聽哪些作曲家？」

「克勞德．德布西、艾瑞克．薩提和莫里斯．拉威爾是我的最愛。」

「啊，妳喜歡法國男人。」他打趣道。

「不是的，我喜歡鋼琴，那時期的音樂十分美麗，簡單中帶有深度。」

「其他呢？」

「我還想念衣服，我們的衣服比較舒服，尤其是內衣。」

他在黑暗中變得沉默，我暗忖是否讓他感到尷尬了。他有時真叫我詫異，激情又保守，熱心又拘謹。我不知道這是托馬斯的性格，或是這時代的男人都是這樣，恪守著某種尊嚴和禮儀。

「也小很多。」他低語，清了清喉嚨。

「你注意到了。」甜蜜的騷動又開始了。

「我試著不去注意，但妳的存在本身已非常令人難以置信，相較之下，妳的衣服、耳朵上的洞，以及其他一百萬件小事情好像也沒什麼奇怪了。」

「我們相信能理解的事情。雖然我這樣的存在不在理解範圍內。」

「再跟我多說一點，八十年後的世界是什麼模樣？」他又問。

「那是一個充滿便利的世界。速食、快節奏的音樂、快速的旅行。因此，世界變小了，資訊流通方便。在下一個世紀，科學和創新日新月異，醫學進步驚人。托馬斯，你一定會覺得身處天堂，疫苗和抗生素的發現幾乎和時間旅行一樣神奇。」

「而人們還是會閱讀。」他低語。

「是的，謝天謝地，他們會讀書。」我笑了。「沒有大帆船能像一卷書，將我們送到異鄉。」我引述道。

「艾蜜莉．狄更森。」他補充說。

「是我最喜歡的詩人之一。」

「妳也喜歡葉慈。」

「我最愛葉慈。你認爲我有機會見到他嗎？」我半開玩笑半認眞地問。我剛才想到這個可能性，如果我可以見到麥可・柯林斯，那我當然也可以見到威廉・巴特勒・葉慈啊！就是他的詩歌使我想成爲一名作家。

「也許可以安排。」托馬斯低聲說，月光點亮陰暗的房間，柔化了他的神情。他眉頭深鎖，我輕輕撫平他眉間的小皺紋，要他放下擔憂的念頭。

「安，有人在等妳嗎？在美國有愛妳勝過一切的男人嗎？」他低聲問。

噢，原來他在擔憂這個。我在說出回答前，便已搖搖頭。

「沒有，沒有這樣的人。也許是抱負的關係，也許是我只專注於自己，我的精力和專注都給了工作，而不是任何人。在二〇〇一年，最愛我的那個人已經不在了，他在這裡。」

「歐文。」托馬斯說。

「是的。」

「那是我最難以想像的事……我的小男孩長大離家。」他嘆口氣。「我不喜歡去想這件事。」

「他去世前曾說，他愛你幾乎和愛我一樣多，而你對他就像父親一樣。但在那之前我一點也不曉得，他把你當作祕密。托馬斯，直到最後的那一晚，我才知道你的存在。他給我看了你和我的合照。我當時不明白，只以爲是我曾祖母的照片。他還給了我一本書，是你的日記。我讀了前幾篇，讀到了復活節起義、狄克蘭和安的事，以及你如何試圖找到她。早知道我就一口氣讀完了。」

「也許妳沒讀完是好的。」他低聲說。

「爲什麼？」

「因爲妳會知道一些我甚至還沒寫到的事。有些事最好自己去發現，有些路最好不要先知道。」

「你的日記只寫到一九二二年，實際是哪一天我忘了，那本已經寫到最後一頁。」我急忙說，因爲那個日期一直困擾著我……日記的結束感覺就像是我們故事的終局。

「那代表還有另一本。我從小就開始寫日記，有一整排的日記本，讀起來都很有趣。」他苦笑著說。

「但你把那本給了歐文，那是他唯一擁有的一本。」我反駁。

「或者那是妳唯一需要看的一本，安。」他指出。

「但我沒看完整本，一九一八年以後的我都還沒看。」

「那麼也許是歐文需要讀那一本。」他推測。

「我小時候常求他帶我去愛爾蘭，他不肯，只說那裡不安全。」我說，想起爺爺使我心痛。失去一個人就是這樣。關於他的回憶悄無聲息地湧上，提醒我他已經走了，我再也不能和他在一起，至少……不是他過去的模樣，不是我們過去的模樣。

「安，妳能怪他嗎？那孩子看到妳消失在湖中。」我們兩人都沉默下來。那個介於兩地之間的白色空間，使我們不自覺地靠得更近，緊抱住對方。我把頭擱在他胸前，他雙手緊緊摟著我。

「我會像歐辛一樣嗎？」我低聲說：「他失去妮芙，而我會失去你？會不會我試著回到以前的生活，結果發現回不去，而三百年就已經過去了？我以前的生活已經蕩然無存——我的故事、我的工作和我所有的成就。說不定，我已經成爲其中一名消失的人。」我說。

「消失的人？」

「我們都會消失，時間最終都會帶走我們。」

「妳想回去嗎，安？」托馬斯問。他的聲音很溫柔，但我可以從他手臂的重量感受到他的緊張。

「你覺得我有選擇嗎，托馬斯？並非我自己選擇來到這裡，這樣的話，我還可以選擇要不要離開嗎？」我的聲音聽起來很卑微，我不想因我的沉思而喚醒時間或命運。

「別進入湖中。」他懇求。「如果妳遠離湖泊……」他的聲音逐漸變小。「妳就可以在這裡生活，安。如果妳想，妳的人生可以在這裡。」我可以聽出他的緊張。我相信他希望我留下，但他不想直接開口。

「身爲一名作家，一個講故事的人，最大的好處之一就是我可以在任何時間和任何地點寫作。」我輕聲說：「我只需要一枝鉛筆和一些紙。」

「噢，女人。」他低喃，我的臉頰緊貼著他加速的心跳，但他仍然反對我的屈服。「我愛妳，曼哈頓的安，眞的。我害怕這份愛只會帶給我們痛苦，但這不會改變現在的事實，不是嗎？」他說。

「我愛你，朵姆赫的托馬斯。」我不假思索地回答，不願談起痛苦或困難的眞相。他的胸膛隨著笑聲而震動。「朵姆赫的托馬斯。沒錯，那就是我，我永遠不會改變。」

「妮芙眞是笨，托馬斯，她應該告訴可憐的歐辛，如果他踏上愛爾蘭的土地會有什麼後果。」他的手移到我的頭髮上，開始鬆開我的辮子。他放下我的頭髮垂落到我的肩膀，我忍住不發出舒服的呻吟。

「也許她希望他自己做出選擇。」托馬斯反駁。我知道他的意思，他希望我選擇留下不是出於他的壓力。

「那麼，也許她該讓他知道賭注是什麼，這樣他就能做出選擇了。」我不滿地說，唇在他的喉嚨上廝磨。托馬斯屏住呼吸，我重複這個動作，享受他的反應。

「我們正在爲一個童話故事爭論，伯爵夫人。」他低喃，緊抓著我的頭髮。

「不，托馬斯，我們正生活在一個童話故事裡。」

他猛地翻身將我壓在下面，這個童話故事有了新的生命力和新的奇妙。托馬斯吻我，直到我開始往上不斷地飄浮，接著又往下降落在他歡迎我的懷抱中。

「托馬斯？」我抵著他的唇呻吟。

「嗯？」他低喃，他的身體貼著我手震動。

「我想留下。」我嬌喘著說。

「安。」他強硬地開口，吻住我的嘆息，他的愛撫平息我的憂慮。

「嗯？」

「請不要走。」

一九二一年十月二十日是星期四，托馬斯帶回了禮物——一台有轉動把手的留聲機和幾張古典音樂唱片，一件用來取代我在都柏林遺失的長大衣，以及一本熱騰騰、剛剛出版的葉慈詩集。他偷偷將禮物放在我的房間裡，可能是擔心我對他的慷慨會感到不自在，但他指示艾莉諾做一個淋上卡士達醬的蘋果蛋糕，並邀請奧圖家一起共進晚餐，讓這頓飯成爲一場慶祝活動。布麗姬看起來並不知道媳婦的生日，當托馬斯堅持要辦派對時，她完全沒有反對。

歐文對我的生日比他自己的還要興奮，問托馬斯是否打算把我倒抓起來，拿我的頭去撞地板，執行「生日撞頭」，幾歲就敲幾次，再加碼未來一年的一次。托馬斯大笑，說生日撞頭是給小男生和小女生。布麗姬斥責歐文太沒禮貌。我悄悄告訴歐文，他可以給我三十一個吻作爲代替，再緊緊擁抱我作爲未來一年的那一次。他爬到我的腿上，乖乖照做了。

幸好奧圖家沒有帶禮物，但他們每個人都給了我一個祝福，在用餐過後輪流對我說出祝福語，高高舉起他們的杯子。

「願妳活到一百歲，再多活一年來懺悔。」丹尼爾．奧圖打趣說。

「願天使停留在妳的門前，困難減少，祝福增多。」梅姬補充道。

「願妳的臉青春永駐，屁股永遠不會變瘦。」是羅比給的祝福，他還沒找回說話得體的感覺。我用布麗姬繡有字母A的手帕掩著嘴笑，家裡另一位成員也匆忙提供了一個新的祝福。我最喜歡的祝福來自年輕的梅芙，她希望我能在愛爾蘭一直到老。

我對上托馬斯的眼神，緊抱著歐文，全心全意祈求風和水能個實現這個祝福。

「輪到你了，醫生。」歐文大喊。「你的生日祝福呢？」

托馬斯尷尬地動了動，臉頰微微泛起紅潮。「安很喜歡詩人威廉．巴特勒．葉慈，所以，我要給予的不是祝福，而是背誦他的一首詩來娛樂賓客。一首完美的生日詩，名叫〈當你老了〉。」

每個人都咯咯地笑了起來，歐文看起來有些困惑。

「媽媽，妳老了嗎？」他問。

「不是，寶貝，我是永垂不朽。」我回答他。

眾人又笑了，而奧圖家姊妹們催促托馬斯吟誦詩歌。托馬斯站起身，手插口袋，微縮著肩，開始吟誦。

「當你老了，頭髮白了，昏昏欲睡……」托馬斯清晰地說出「老」和「白」，大夥兒再次笑了出來。這是我熟悉的一首詩，我記得每一個字。我的心已化成一灘水。

「當你老了，頭髮白了，昏昏欲睡，」他在笑聲中重複。「坐在火邊打盹時，拿起這本書，慢慢地讀，夢見你眼裡曾有的溫柔，以及眼中深深的影子，多少人愛過你愉悅的優雅，眞心或假意地愛上你的美麗。但唯有一人愛過你身上朝聖者的靈魂，愛過你臉上變化的憂傷。」

房間裡變得安靜，梅姬的嘴唇微微顫抖，眼中閃爍著回憶中的甜美。這是一首讓年華老去的女人回憶起年輕感覺的詩。

當他說話時，托馬斯輪流看著每個人，但這首詩是爲我而吟誦，我就是那個面容變化的朝聖者。他吟誦完，反思愛是如何遠離，並「在高山行走，在眾星之間隱藏他的臉」。大家又是鼓掌又是跺腳，托馬斯俏皮地鞠躬，接受讚美。他坐下前和我對看一眼。我移開目光，發現布麗姬正挺直背脊看著我，一臉若有所思。

「小時候，我的爺爺——他名字也叫歐文——在他的生日時不會要求我給他一個祝福，而是會要求我給他一個故事。」我語帶保留，得快點轉移大家的注意才行。「這是我們特別的傳統。」

歐文開心地鼓掌，大聲說：「我喜歡妳的故事！」所有人都被他的熱情逗笑，我好想埋首在他紅髮中痛哭，但我忍住了。歐文喜歡我的故事正是一切的開始，時間和命運莫名地讓我們一起度過另一次生日。

「跟大家說那個多納和國王驢耳朵的故事。」歐文要求。在大家的鼓勵之下，我說了，將這一傳統延續下去。

托馬斯找不到連恩。連恩聲稱槍枝失蹤後便辭去了碼頭的工作，他的同事似乎並不特別關心他的下落。布麗姬說他去了科克郡的海港小鎮雅各哈，但她手邊只有一封寫了寥寥幾行的信。連恩信中承諾他會寫信，底下有他的簽名。布麗姬猜測他可能在更爲繁忙的碼頭找到了更好的職位，但他的不辭而別讓每個人心中都忐忑不安。我不知道布麗姬對連恩的行動知道多少，但我選擇相信她。他是她的兒子，她愛他，我不會因此責怪她。我只是慶幸他走了，但托馬斯擔心會有後患。

「我不知道威脅在哪，就沒辦法保護妳。」他在某個晚上對我說。當時，我們跟歐文道過晚安後，兩人散步在秋天的空氣之中，踩著剛掉落的樹葉，避開湖畔。我們都不想再接近那座湖。

「你眞的認爲我需要保護嗎？」

「駁船上不是只有連恩一人。」

「對，還有其他兩個人。」

「他們長什麼樣子？妳能描述出來嗎？」

「他們戴著一樣的帽子，穿著類似的衣服，身高、年齡都差不多。我想其中一個膚色比較淺——藍眼睛、長滿鬍碴的下巴。另一個人看上去比較重，臉頰飽滿、紅潤，我看不到他的髮色……當時我的注意力都在連恩和那把槍上。」

「也算是線索吧，但我現在想不到是誰。」他憂心地說。

「連恩看到我的時候非常震驚，你覺得他是因爲嚇到……還是害怕……所以才會開槍？」我若有所思地說。

「安，我看到妳時也很震驚，但從沒想過要對妳開槍。」托馬斯低語。「妳可以保持低調，不動聲色，但他們都知道妳已經看到他們，妳並不安全。連恩認爲妳是間諜，當他告訴我妳不是安時，聽起來有點瘋狂，但現在知道他是對的，這讓我更加緊張。我只想快點找到他。阿麥來自科克，也許他有人脈可以幫我打聽。確定連恩人在雅各哈，我會比較放心。」

「會不會是他拿走槍，托馬斯？」我從一開始就懷疑他，揭開陰謀是我的專長。

「那些槍是他的——再怎麼說也是他的責任，他爲什麼要謊稱槍不見？」

「爲了讓人懷疑我。他知道他做了什麼好事，托馬斯。他知道他在湖上想殺了我。也許他想讓我看起來像瘋子……或者，他認爲如果我被當成叛徒、間諜，當我指控他時，就沒有人會相信。他只須趁四下無人時搬走槍枝——他原本就打算這麼做——然後告訴丹尼爾槍枝不見了。丹尼爾不會知道眞相，你也不會知道眞相。他的指控發揮了效果，讓你對我更加警惕。」

「很有道理。」托馬斯沉默了，陷入沉思，疲憊地坐在分隔草地和樹林的低矮石牆上，雙手托著頭。當他再次開口時，聲音顯得猶豫，彷彿害怕我的回應。

「安出了什麼事，我指的是狄克蘭的安？妳知道很多事，有什麼是妳害怕告訴我的嗎？」

我坐到他旁邊，伸手去握他的手。「我不知道出了什麼事，托馬斯，如果我知道，我會告訴你。我甚至不知道狄克蘭有哥哥和姊姊。我以爲自己和其他愛爾蘭男人或女人一樣，在美國也有親戚。我以爲歐文和我是加拉赫家族的最後一代。你的日記……寫到復活節起義和他們在其中的角色，那是我對曾祖父母有過最完整的了解。歐文從未提起他們，對他來說，除了一些事實和照片外，他們並不存在。我從小就認爲安和狄克蘭是在復活節起義中身亡，這從來都不是一個問題。在二〇〇一年，他們的墓碑看起來就和現在一樣，只是多了青苔。並列的石頭上刻有他們的名字，日期還是一樣。」

他沉默了很長一段時間，思索著這一切。

「遺憾的是，當人們離開愛爾蘭後就幾乎不會回來了。」托馬斯嘆了口氣。「我們永遠不知道他們發生了什麼。死亡或移民，結果都一樣。我開始認爲只有風知道安出了什麼事。」

「***Aithníonn an gaoithe***，風知道一切。」我輕聲說：「這是小時候歐文告訴我的，也許他是從你那裡學到的。」

「我是從阿麥那裡學到的，但他說風是一個愛八卦的女人，如果你不希望任何人知道你的祕密，最好告訴一塊石頭。他說，這就是爲什麼愛爾蘭有這麼多石頭。石頭吸收每一個字，每一個聲音，而且永遠不會告訴任何人。這是件好事，因爲愛爾蘭人喜歡喋喋不休。」

我笑了，這讓我想起我生日那天，歐文要求我講國王驢耳朵的故事。多納因爲迫切地想要傾訴，便將國王的祕密告訴了一棵樹，不久之後，那棵樹被砍倒用來製作豎琴。當豎琴被彈奏時，國王的祕密就這樣被琴弦唱了出來。

這個古老的故事有幾個寓意，其中之一就是沒有永遠的祕密。托馬斯並不是一個隨便說話的人，我懷疑麥可・柯林斯也不是。但眞相總有一天會大白，而某些眞相會致人於死地。

一九二一年十一月二十七日

我今天收到阿麥的信，他正在倫敦，和亞瑟、格里菲斯及其他幾位被選出的代表一起參與條約談判。愛爾蘭的代表團意見分歧，一半的人反對另一半的人，這個分歧是戴、瓦勒拉造成的，被首相勞合、喬治加以利用。阿麥非常清楚。

英國首相組建了一支強大的英國團隊來替英國的利益發聲，其中包括溫斯頓、邱吉爾。愛爾蘭人都知道邱吉爾對我們的看法，他反對自治和自由貿易，支持用後備隊控制我們。對於像邱吉爾這樣背後有著強大軍事經歷的軍人來說，當然會鼓吹戰爭。他看不起阿麥的做法，在他看來，愛爾蘭問題不過就是一場農民暴動，我們是一群手持乾草叉和火炬的暴民。邱吉爾也知道，世界輿論是可以用來對抗英國的工具，而他在削弱輿論影響上非常有一套。然而，阿麥說，邱吉爾能夠理解一件事，那就是對國家的熱愛。如果他能在愛爾蘭代表團中感受到同樣的熱愛，彼此之間就可能建立起一座狹窄的橋梁。

阿麥之前確定和平談判將在十月十一日開始，他記下日期，要求我可以的話帶安到倫敦——或都柏林。他寫著：「我會盡量利用週末去都柏林，讓眾議院的議員們知道談判的進展，我不想被指控對瓦勒拉或其他人有所隱瞞。我會盡一切努力不讓安的預言成真。但到目前為止，她都是對的。我並不拜她所賜，我已經做好心理準備。當一個人知道自己注定失敗，就會有小小的自信和鎮定。我並不期待會有多好的結果，正因為如此，我得以看到事物真實的一面，而非我期望中的模樣。帶她來，阿托，也許她會知道我接下來應該怎麼做。我已經一籌莫展了。我不知道怎麼做對我的國家最好。

我敬重的人們紛紛死去，為了一個理念，一個目標。我相信一個獨立愛爾蘭的夢想，但要擁有理念很簡單，夢想甚至更簡單，這些都不需要付出實際行動。

「英國代表團舒舒服服地待在他們的權力殿堂中，對自己的地位充滿自信。唐寧街和西敏宮散發著權威和長久以來的統治氛圍，這些都是愛爾蘭未曾享有的。勞合．喬治和他的團隊每晚回家，在私人書房裡開會，策劃如何分裂和征服來到這裡的代表團和留在愛爾蘭的高層們。一次又一次的討論，一次又一次的會議，我們就這樣不斷在繞圈子。

「這都是一場遊戲，阿托。對我們來說，這是生死交關的問題，對英國人來說，這只是政治策略。他們談論外交，但我們知道外交意味著統治。無論如何，我清楚我的角色結束了。我回到愛爾蘭後，不可能再用過去幾年的作戰方式，我現在是眾所皆知的人，自然無法再用那一套躲藏、攻擊和撤退。我的照片被大幅刊登在英國和愛爾蘭的報紙上，如果談判破裂，我能安全離開倫敦都已算是幸運。要不就是這個小小的愛爾蘭代表團達成協議，要不就是英國和愛爾蘭將全面開戰。我們沒有足夠的人力、手段、武器或意志來打這場戰爭，一般民眾也沒有這種意願。他們想要自由，為此犧牲了很多，但他們不想被屠殺，我也不能昧著良心把他們推向那種命運。」

這封信讓我哭了——為我的朋友、我的國家和一個看似黯淡的未來而哭泣。我每天都去斯萊戈閱讀貼在萊昂斯百貨櫥窗上的《愛爾蘭時報》。安沒有追問我任何事，彷彿在靜靜地等待，冷靜地接受現況。她已經知道接下來的發展，這份重擔她只能默默承受。

當我告訴安，阿麥想見她時，她半信半疑。她仍認為他想要她死。在我出示信件取得她的信任後，她立刻同意在她能幫得上忙的地方提供協助。當她讀到信裡悲傷的結尾，她也像我一樣落淚了。我想安慰她，卻一句話也說不出來，反而是她走進我的懷裡，安慰了我。

我對她的愛濃烈到自己都難以想像。葉慈寫過人會完全改變，而我確實就像變了一個人，再也回不去。愛是一種可怕的美麗，特別是在這種情況下，但我只能沉醉於它的血腥光輝之中。

在我不憂慮愛爾蘭的命運時，我會規劃一個圍繞著她的未來。我想著她白皙的胸部和那雙小小的高弓足、臀部的曲線，耳後和大腿內側如絲般光滑的肌膚。我們獨處時，她會捨棄掉愛爾蘭語調，她真正說話的腔調在我們之間創造了之前不存在的真誠。美國口音很適合她。然後我開始想著她是多麼適合當一名母親，當她懷有我們的孩子時，肚子會如何隆起——歐文會有一個他可以愛和照顧的對象，他需要一個手足。我想像她會給孩子講的故事，她寫的故事和她將要寫的故事，全世界的人都會讀到的故事。

接著，我開始考慮希望她能改名。不久之後。

T、S、

第18章 他的自信

我歷經心碎，深受打擊，
那又如何？我知道，
從石頭裡，
從荒涼之地，
愛會油然而生。

——W．B．葉慈

麥可．柯林斯搭乘的船，比預計晚了好幾個小時才抵達鄧萊里的港口。他們在愛爾蘭海撞到一艘漁船，抵達港口時，距離眾議院的十一點內閣會議只剩四十五分鐘。十二月二日，麥可從倫敦打電話到加瓦戈里，請托馬斯和我到都柏林和他見面。我們連夜開車來到碼頭，窩在T型車上等了四小時，一邊打盹一邊發抖，等船入港。都柏林又開始到處都是黑棕部隊和後備隊，彷彿勞合．喬治一聲令下全體出動。這是相當明白的警告，若沒有達成協議，愛爾蘭將永遠都是這個樣子。我們被攔下盤查了兩次，一次是抵達都柏林時，另一次是在鄧萊里的碼頭停車等待時。他們用手電筒上上下下查看我們的臉、身體、車內和托馬斯的醫療包。我沒有證件，但我是個還算漂亮的女性，又有一位醫生同行，他的文件上有政府的用印。他們最後沒找任何麻煩就放我們走了。

麥可與代表團祕書羅伯特．奇德斯一起返回都柏林，他是個身材消瘦、長相秀氣、學識淵博的人。根據我的研究，我知道他有一個美國妻子，最終不會支持這項條約。但他只負責傳遞訊息，並不是代表，所以跟英國達成協議不需要他的簽名。他疲憊地握了握我和托馬斯的手，他有自己的車在等著，給了我們和麥可一個短暫的相處時刻，接著他就要趕往市長官邸進行會議。

「我們開車的時候聊，托馬斯，可能不會有其他機會了。」麥可示意。我們三人坐進車子前座，托馬斯坐駕駛座，我在中間，麥可看起來像是好幾個星期沒睡了。托馬斯開車時，他拍拍外套，梳理一下頭髮。

「說吧，安。」麥可要求。「接下來會發生什麼事？這趟地獄般的旅程能有什麼好結果？」

我花了整晚去回憶時間軸上的複雜細節，只記得從十月十一日到十二月初正式簽署條約的這段時間，會議上一來一往吵得很兇。就我的印象，今天在市長官邸的會議並沒有任何關鍵性的結論。除了在日後的爭辯中被提及外，今天的會議基本上沒有太多的資訊。這只是開始，接下來幾週，爭執只會更加白熱化。

「具體細節我不記得了，但勞合・喬治要求必須對王室宣誓效忠，這部分引起相當大的反彈。戴・瓦勒拉堅持採取外交聯繫（注1），而不是條款中的自治領（注2）地位——」

「外交聯繫已經被否決掉了。」麥可打斷我的話。「我們試著爭取，完全沒用。接受自治領地位，向王室宣誓效忠，奉王室爲包括愛爾蘭在內的聯合小國領袖，是我們最接近共和國的方式。我們是一個小國，英格蘭是一個帝國，自治領地位是我們能爭取到最好的條件，我認爲這是離眞正獨立又接近了一步。我們只能選擇獲得立足點，或者選擇開戰，就這樣。」麥可怒氣沖沖地說。

我點點頭，托馬斯緊握我的手，鼓勵我繼續說下去。麥可・柯林斯不是對我生氣，他只是累了。在過去幾個星期裡，他經歷上百次相同的爭論。

「麥可，我只能說，那些之前恨你的人，現在依然恨你。不管你怎麼說都改變不了他們的想法。」

「卡哈爾・布魯阿和奧斯汀・史塔克。」他嘆道，點名了他在愛爾蘭內閣中最強勁的對手。「瓦勒拉不恨我……或者他也是。」麥可抹了抹臉。「戴・瓦勒拉的名字在整個愛爾蘭有很大影響

注 1 external association，一個國家在外交和國防事務上與另一個主權國家有某種形式的關聯，但在所有其他事務上保持完全的內部自主權。

注 2 dominion，英國殖民地爭取成為自治領後，除了內政享有高度自治外，自治領亦擁有自己的貿易政策、有限的外交政策自主，更可設立自己的軍隊，但只有英國政府才有宣戰權，形成類似多個國家集體防衛的制度。

力，他是眾議會主席，有很多政治資本。但我無法理解他，就好像他想決定國家的方向，又不想成爲坐在駕駛座上控制車輛，以防我們墜落懸崖。」

「他會將自己比作一位船長，船員們在漲潮前匆忙上船，差點害船沉了。」

「他這麼說？」麥可說，臉色一沉。「身爲船長，卻不屑與船員一起出航。」

「我記得你在某次爭辯中說，他想在陸地上駕駛船隻。」我低語。

「啊，那樣說才對。」麥可說。

「人民會支持你，阿麥，如果你覺得條約可以，對我們來說就可以。」托馬斯開口。

「我覺得不可以，托馬斯，差得遠了。但這是一個開始，遠比愛爾蘭以往得到的都要多。」他暗忖，然後問了最後一個問題。「我會回倫敦去，對嗎？」

「會的。」我堅定的說。

「戴．瓦勒拉會和我一起去倫敦嗎？」

「不會。」

柯林斯點點頭，彷彿早在他的預料之中。

「其他人會簽署條約嗎？我知道亞瑟會簽，但愛爾蘭代表團的其他人呢？」

「他們都會簽，巴頓最難說服，但首相告訴他，如果他不簽，三天後就會開戰。」根據歷史學家的說法，勞合．喬治說的三天只是虛張聲勢，但巴頓相信了，大家都相信了，就這樣，條約簽署完成。

麥可沉重地嘆了口氣。「那麼，我今天沒什麼需要說的。我太累了，也不想再爭論什麼。」他打了個大大的哈欠，下巴喀擦一聲。「阿托，你打算什麼時候娶這女孩啊？」

阿托看著我，笑而不語。

「你不娶的話，那我娶囉。」麥可又打了個哈欠。

「你已經有太多女人要應付了，柯林斯先生。瑪麗公主、凱瑟琳・奇爾南、黑茲爾・拉弗里、莫亞・盧埃琳－戴維斯……我還遺漏了哪位嗎？」我問。

他詫異地挑眉。「天啊，女人，嚇死我了。」他低聲說：「也是時候和凱瑟琳定下婚期了。」他沉默十秒。「瑪麗公主？」他不解地問，眉頭深鎖。

「在條約談判期間，馬凱維奇伯爵夫人指控你和瑪麗公主有染。」我竊笑。

「我的天。」他呻吟道。「我哪來的時間啊！多謝妳的提醒。」

我們在都柏林市長官邸前停車，那是愛爾蘭議會的總部。市長官邸是一座宏偉的矩形建築，淡色外牆上和大門前廊兩側有一排排方正的窗戶。人群聚集，一些男人攀在左側矮牆上的路燈以獲得更好的視角。這個地方擠滿了好奇和相關的人們。

麥可・柯林斯牢牢地戴上帽子，然後走出車子。新聞媒體蜂擁而上，人群大聲呼喊，但他沒有放慢腳步，也沒有笑容。他穿越鵝卵石鋪成的庭院，走向樓梯，幾名下屬跟在後面，充當他的保鑣。我認出格雷沙姆酒店婚宴上的湯姆・卡倫和吉羅德・奧沙利文，他們也在鄧萊里港口等待，跟著我們的車一起來到市長官邸。在被人群吞沒前，喬伊・奧萊里朝我們揮了揮手。

麥可・柯林斯動身前往倫敦，托馬斯和我則留在都柏林，我們知道代表團很快會回來。阿麥在十二月七日返回，過去的一星期裡，這可憐的男人待在船上和火車上的時間遠比在陸地上還要多。迎接他和其他人的，是一份刊登在各大報上的聲明稿，聲明稿當中指出，戴．瓦勒拉總統根據「與大不列顛的正式條約」召開緊急內閣會議，向人民表示和平是不穩定的，這份簽署的條約沒有得到他的支持。阿麥就像前幾天一樣，甫抵達鄧萊里，便馬不停蹄地參加一連串的會議——而這次是與一個分裂的愛爾蘭政府——沒有片刻休息或喘息的空間。

經過長時間的閉門會議，內閣以四比三的票數支持共同遵守條約，之後，戴．瓦勒拉向媒體發表另一份聲明，宣稱條約中的條款與國家意願相衝突——即沒有取得國內共識——他並不提倡接受這項條約。而這只是開始。

十二月八日，阿麥一臉迷茫和疲憊地出現在托馬斯位於蒙喬伊廣場的家門前。托馬斯催促他進門，但他只是杵在原地，幾乎抬不起頭，彷彿認爲戴．瓦勒拉和其他內閣成員對他的指控已經讓他名譽掃地，就連他的朋友也開始輕視他。

「阿托，我在德夫林酒吧外被一個女人吐口水，她說我背叛國家。她說是我害肖恩．麥克德莫特、湯姆．克拉克、詹姆斯．康諾利都白白喪命。她說我簽署條約的同時，就是背叛他們和所有人。」

我和托馬斯一起站在門口，試圖勸麥可進屋，安慰他已經盡力了，但他只是轉身，跌坐在最上方的台階。夜幕降臨，街燈亮起，今晚相當地冷。我拿來毯子披在他肩上，托馬斯和我陪他坐在台階，靜靜守護著他受傷的心。當他因疲憊和痛苦而崩潰，像一個被擊潰的孩子那般將頭埋在手臂裡時，有我們陪著他。他沒有向我尋求答案或預言，他不想知道接下來會發生什麼或他應該做什麼，他只是哭，弓著背，肩膀顫抖。過了一會兒，他擦了擦眼淚，疲憊地站起身，騎上他的自行車。

托馬斯追上他，懇求他，若他不能回到科克的家或去加蘭找凱瑟琳，務必到加瓦戈里度過耶誕節。麥可輕聲道謝，朝我點頭致意，但沒做出任何承諾，只說還有工作要做，就這樣騎著車消失在夜色中。

我被尖叫聲吵醒，一瞬間，我彷彿回到曼哈頓，警車和救護車的聲音是城市生活的日常。房裡的陰影和加瓦戈里的聲音打斷我的夢境，我驚坐起身，心跳加速，四肢微顫。晚餐後，我們從都柏林回到家，托馬斯立刻被叫出去看診。歐文動不動就發脾氣，布麗姬則無精打采。我用一則故事和一些賄賂把孩子哄上床，然後自己也倒在床上，一邊擔心托馬斯和他永無止境的行程，一邊慢慢入睡。

我跌跌撞撞走出房間，上樓去找歐文，剛剛聽到的尖叫是他的聲音沒錯。我在走廊上遇到布麗姬，她猶豫了下，讓我先走。

歐文在床上掙扎，雙手亂揮，滿臉淚水。

「歐文！」我坐在他旁邊。「醒醒！你在做惡夢。」他全身僵硬，很難抱著他。他那小小的身軀在夢境和現實之間伸直。我搖晃他，叫喚他的名字，拍打他冰冷的臉頰。他全身冰冷，我趕緊摩擦他發抖的四肢，試圖讓他暖和起來，並喚醒他。

「他很小的時候常常這樣。」布麗姬焦慮地說：「怎麼都叫不醒，翻來覆去，史密斯醫生只能抱著他，直到他平靜下來。」

歐文再次發出令人毛骨悚然的尖叫，布麗姬後退一步，雙手摀住耳朵。

「歐文，你在哪？你能聽到我說話嗎？」我催促道。

他張開眼。「好黑啊！」他哭喊道。

「布麗姬，麻煩妳開燈。」

她連忙照我說的去做。

「醫生！」歐文哭喊著，藍眼睛在房間裡尋找托馬斯。「醫生，你在哪裡？」

「噓，歐文，托馬斯還沒回來。」我安慰他。

「醫生在哪裡？」他哭著說，不是嗚咽，而是號啕大哭。出自本能的尖叫讓我眼眶泛紅，也跟著落淚。

「歐文，他很快就會回家，奶奶在這裡，我在這裡，沒事的。」

「他在水裡。」他呻吟。「他在水裡！」

「不是的，歐文。」我的心一沉，感到不安。是我害歐文做惡夢，他不只看到我消失，也看到托馬斯消失了。

幾分鐘後，歐文的身體放鬆下來，但淚水依然撲簌落下，他仍舊很難過。

我緊抱著他，摩擦他的背並撫摸他的頭髮。

「歐文，你想聽故事嗎？」我低聲說，想要叫醒他，把他從惡夢邊緣拉回來。

「我要醫生。」他哭喊。布麗姬坐在歐文床上，戴著一頂皺巴巴的睡帽，看起來就像耶誕老婆婆。在微弱的光線下，她滿臉皺紋，神情憔悴。她沒有去抱歐文，而是緊握雙手，彷彿她也需要人抱著她。

「你可不可以告訴我，每當你做惡夢的時候，醫生是怎樣讓你感覺好一點呢？」

歐文哭個不停，就像托馬斯永遠不會回來似的。

「他會唱歌給你聽，歐文。」布麗姬低聲說：「要我唱給你聽嗎？」

歐文搖了搖頭，將臉埋在我的胸前。

「他馴服了水，馴服了風，他從罪惡中拯救了一個垂死的世界，他們不能忘記，他們永遠不會，風和浪仍然記得他。」布麗姬試探性地唱。

「他治癒了病的、盲的、跛的，心靈貧窮的人呼喊著他的名字。我們不能忘記，我們永遠不會。風和浪仍記得他。」她繼續唱。

「我不喜歡那首歌，奶奶。」歐文哽咽著說，聲音斷斷續續。

「爲什麼不喜歡？」她問。

「那是關於耶穌的歌，耶穌已經死了。」

布麗姬有點震驚，雖然不應該，但我內心莫名地想笑。

「但這不是一首悲傷的歌，這是一首關於紀念的歌。」她反駁道。

「我不喜歡去想耶穌死掉的事。」歐文固執地說，聲音變得高昂。布麗姬垮下肩膀，我輕拍她的手。她正在努力，但歐文並不領情。

「記住祂，記住那個時候，記住祂將再次來臨，當所有的希望和愛都消失時，記住祂付出了代價。」托馬斯從門口輕輕地唱。「他們不能忘記，他們永遠不會，風和浪仍然記得祂。」

托馬斯淡色的眼睛下有著深深的黑眼圈，衣服皺巴巴的。他走過來，從我懷裡抱起歐文。歐文緊抱住他，將臉埋在托馬斯頸間痛哭。

「小傢伙，怎麼啦？」托馬斯嘆口氣，我站起來讓出位置，好讓托馬斯可以將歐文重新放回他的床上。布麗姬也跟著起身，輕聲道過晚安後，隨即走出房間。我跟在她後面，將歐文留給能幹的托馬斯。

「布麗姬？」

她轉向我，面露哀傷，嘴巴緊閉。

「妳還好嗎？」我問道，她輕輕點頭，但我看得出她正努力保持冷靜。

「當我的孩子還小的時候，有時也會像那樣在睡夢中哭。」她停頓片刻，陷入回憶。「我的丈夫，也就是狄克蘭的父親，他不像托馬斯那麼溫柔。他憤世嫉俗又疲憊不堪，憤怒是他唯一的動力，把他自己逼到極限，也把我們逼到極限。他對我們的淚水沒有一絲耐心。」

我不發一語地傾聽。她不像在跟我對話，我不想驚動她。

「我不讓歐文叫托馬斯爲爸爸，我受不了。托馬斯沒有半句怨言。現在歐文都叫他醫生。我不該那麼做的，安，這是托馬斯應得的。」布麗姬低聲說，眼睛對上我的眼睛，眼中流露出懇求，渴望得到寬恕。我非常樂意給予她。

「托馬斯希望歐文知道自己的父親是誰，他非常保護狄克蘭。」我安慰道。

她點點頭。「是的，他照顧狄克蘭就像他照顧其他人一樣。」她再次眼神閃躲。「我的孩子……尤其是我兒子……繼承了他們父親的脾氣。我知道狄克蘭——狄克蘭對妳也不怎麼溫柔，安。我希望妳知道……如果妳有機會離開，我不會怪妳。我也不怪妳現在愛上托馬斯。聰明的女人都會愛上他。」

我盯著我的高祖母，震驚到說不出話來。

「妳愛上托馬斯了，對吧？」她問道，誤解了我的震驚。

我沒有回答。我想替狄克蘭說話，並告訴布麗姬，安沒有離開，她心愛的狄克蘭沒有對妻子動手或嚇跑她。但我不知道什麼是眞的。

「我覺得我繼續待下去也沒什麼用了，安。」布麗姬難過地說：「我打算去美國和女兒一起生活。是時候了，歐文有妳，有托馬斯。我就像我那死去的丈夫，再也受不了眼淚。」

我內心情緒湧上。「喔，不。」我悲傷地說。

「不？」她嘲諷地說，但我可以聽出她語裡的感情。

「布麗姬，不要走，我不希望妳走。」

「爲什麼？」她的聲音聽起來像個孩子，像歐文，可憐兮兮，又難以置信。「這裡沒有什麼是屬於我的，我的孩子們分散各地，我愈來愈老……孤單一人。也沒有人——」她打住，思索合適的詞。「需要我。」

我想到巴林納加墓地，未來幾年那裡會有她的名字。我溫柔地懇求她。「有一天……有一天妳的玄孫會來到這裡，來到朵姆赫。他們會走上教堂後方的小山，那裡是妳孩子們受洗的地方，是妳孩子們結婚和安息的地方。他們會坐在巴林納加村的石頭旁，石頭上刻有加拉赫之名。他們會知道這是妳的家，因爲是妳的家，所以也是他們的家。愛爾蘭會召喚它的孩子回家。如果妳不留在愛爾蘭，他們要回到誰的家呢？」

布麗姬的唇開始顫抖，她向我伸出手，我握住她的手。她沒有把我拉過去或尋求我的擁抱，但我們之間的距離已經縮短了。我小心翼翼握著她，她的手又小又脆弱，令我感到非常難過。布麗姬不是老人，但她的手摸起來很蒼老，我對時間感到憤怒，它一層層地帶走她——帶走了我們所有人。

「謝謝妳，安。」她低聲說，停頓片刻後鬆開我的手，走進她的房間，輕輕地闔上門。

一九二二年十二月二十二日

眾議院的辯論持續了好幾個小時，日復一日。媒體似乎堅定地站在支持條約的立場，但最初的辯論是不對外公開的，這不符合阿麥的期待。他希望人民清楚爭議是什麼，賭注是什麼，眾議院在吵什麼。只是他的想法一開始就被否決了。

公開辯論從十九日下午開始，今天則為了耶誕節而休會。去年的耶誕夜，阿麥差點被逮捕。他喝醉了，大聲喧譁引來太多注目，我們最後不得不從沃恩酒店的二樓窗戶爬出去，距離後備隊抵達僅差幾秒鐘。當你背負著世界的重擔時，有時會失去理智，阿麥則是在去年失去理智。

今年不用擔心被逮捕，但我認為他寧願用過去的麻煩來換取他現在面臨的麻煩。他陷入忠誠和責任、現實和愛國之間的矛盾，被他寧可誓死保護也不想與之對抗的人撕裂。他又開始胃痛了。我列出一樣的醫囑、療法和限制，但他拒絕了我。

「阿托，我今天發表正式談話，有一半該說的話我都沒說，也沒能表達得很好。亞瑟（、格里菲斯）說我的談話很有說服力，他人很好，還說我是『贏得戰爭的人』，但今天過後，我可能是失去國家的人。」

阿麥要我問安的想法，看她覺得最後的投票結果會是如何。我緊摟著她，讓她和我共用聽筒，她可以對著我手中緊握的直立式話筒說話。我立刻被她的髮香和緊貼著我的感覺所吸引。

「小心，安。」我湊在她耳邊低聲說。說不定有其他人在聽，好奇阿麥為什麼想聽她的意見。安精明地告訴阿麥她「相信」支持條約的派系會獲勝。

「勝出的幅度會很小，麥可，但我相信會通過的。」她說。

他嘆氣的聲音大到從電線中傳出來，安和我都遠離聽筒，躲開刺耳的靜電聲。

「如果妳有信心，那我也會試著有信心。」阿麥說：「安，如果我去找你們過耶誕節，妳會再講一個妳的故事嗎？妮芙和歐辛的故事如何？我想再聽那個故事。我也會吟誦幾首，內容會讓妳的耳朵發燙還會讓妳發笑。然後我們逼阿托跳舞。安，妳知道阿托會跳舞嗎？如果他的愛像跳舞那樣，妳可真是走運了。」

「阿麥！」我斥喝，但安笑了，笑聲溫暖而響亮，我忍不住吻了她的脖子，幸好阿麥也笑了，暫時不再那麼緊繃。

安向阿麥保證，如果他來的話，一定會有故事、食物、休息和跳舞。她提到跳舞時捏了我一下。那天在雨中，我已經向她展示我的舞技，之後則在穀倉裡狂吻她。

「我可以帶喬伊、奧萊里一起去嗎？還是再多帶一個人來保護我，讓可憐的喬伊可以喘口氣？」阿麥問。

安向他保證，他想帶誰來都可以，瑪麗公主也沒問題。他又笑了，在掛斷前，他支吾地說：「阿托，很謝謝你。」他低聲說：「我本該回家過節才對，但是……你也知道伍德菲爾德已經沒了，我得離開都柏林一段時間。」

「我知道，阿麥。我都求你過來求多久了？」

去年，阿麥不敢回科克過耶誕節，黑棕部隊會監視他的家人，準備隨時破門逮人。而今年，他已經無家可歸了。

八個月前，黑棕部隊燒燬阿麥的童年家園伍德菲爾德，將其夷為平地。他的兄弟強尼鋃鐺入獄。柯林斯家的農場只剩一具被燒燬的空殼。強尼的健康惡化，其他家人四散在科克郡的克洛納基爾蒂鎮。阿麥背負著這個重擔。

提到科克和阿麥的家，安變得非常安靜。當我掛上聽筒，她強顏歡笑，綠色的雙眼中閃著淚光，她想哭但不想讓我看見。她匆忙離開房間，喃喃說著歐文該睡了。我讓她離開，但我看穿她了。她就像那天在湖上一樣透明，那天，一切都變得清晰。

她有些事沒告訴我，她在保護我，不讓我知道。我應該堅持要她告訴我一切，這樣我才能和她一起面對即將發生的事。但上天保佑，我其實並不想知道。

T、S、

第19章　針孔

所有湍急流過的溪水
都來自一個針孔；
未出世的，已逝去的，
從針孔持續驅使前行。

——W．B．葉慈

麥可．柯林斯和喬伊．奧萊里帶著一名叫佛格斯的保鑣，提早在耶誕夜那天就來訪，住進房子西翼的三間空房。托馬斯從萊昂斯百貨訂購了三張新床，把床架和床墊搬到樓上已打掃乾淨的房間，梅姬和梅芙鋪上新的床單和放上蓬鬆的枕頭。托馬斯說麥可會不習慣睡在一張大床上，畢竟他總是倒頭就睡，很少停留在同一個地方太久。奧圖家興奮地不得了，像要迎接古代康諾國王來訪般地準備房間。

歐文等得心急，從一扇窗戶跑到另一扇窗戶看人到了沒。他迫不急待要分享一個祕密。我們在歐文的傳奇故事中創造了一段新冒險，歐文和麥可．柯林斯划著小紅船穿越湖泊，進入未來的愛爾蘭。在我們的故事中，愛爾蘭沉睡在三色旗下，不再受英國王室統治，幾世紀以來的紛擾與磨難已經遠去。我以押韻的方式講故事，精心構思每一頁。托馬斯則勾勒出小歐文和「大塊頭」（注1）坐在莫赫懸崖邊、親吻布拉尼石（注2），以及沿著安特里姆郡的巨人堤道開車兜風。在其中一頁，這對看似不搭軋的夥伴看到了克萊爾島上的野花，並在強風中站穩腳步。在另一頁，他們見識了米斯郡紐格萊奇墓的冬至。這個故事一開始並沒有要送給麥可，但當我們完成時，大家都同意要將它當作一份禮物。

這是一本美麗的小書，充滿愛爾蘭的奇思妙想和樂觀希望，兩個一大一小的愛爾蘭哥兒們漫步在這座碧綠之島上。我知道愛爾蘭還要很久很久才能找到書中描述的和平，但和平終將到來，就像故事一樣，逐層、逐章、逐節地實現。愛爾蘭——那個有著綠色山丘和豐富石頭、經歷過動盪年代的愛爾蘭——會延續下去。

我們用紙和麻繩包裹好故事書，寫上麥可的名字，跟樹下的其他包裹擺在一起，其中有爲奧圖家每個人準備的禮物，以及爲所有男士準備的新帽子和襪子。耶誕老人會在歐文睡著後來訪。我在凱力的當鋪買了歐文非常喜歡的T型車模型，托馬斯爲他製作了一艘玩具帆船，漆上紅色，就像我們故事裡的那艘船。

格雷沙姆酒店婚禮的攝影師寄來他拍的照片。我趁沒人發現前攔截到包裹，把托馬斯和我的照片——歐文會收藏一輩子的那張——裝進一個沉重的金色相框裡。小男孩收到不會感到興奮，但它是一份珍貴的禮物。我把婚禮上另一張照片裝進另一個相框，準備送給托馬斯。照片中央的麥可笑得合不攏嘴。

那一晚，我首次正視自己的感情，也是那一晚，我坦白一切。每當看著照片，那些時刻的記憶和在歷史上的重要性，都讓我爲之屏息。

加瓦戈里被打造成一個光彩奪目的耀眼仙境，充滿溫暖的氣味，到處閃閃發光，有香料、閃亮的裝飾，散發香氣的樹木被綁上緞帶，掛上漿果和蠟燭。當我得知托馬斯每年都會向鄰居敞開大門，聘請音樂家並提供足夠的食物來塡飽一千個肚子時，我一點也不感到驚訝。慶祝活動總在傍晚開始，一直持續到前往聖瑪麗教堂參加午夜彌撒，或回家睡覺消除一天的疲勞。

下午五點一過，馬車、喀噠喀噠的農用卡車、汽車和手推車沿著小路，紛紛朝燈火通明、人聲鼎沸的莊園移動。整年空蕩的舞廳經過一番打掃裝飾，被拖地上蠟。長桌上擺滿派和蛋糕、火雞和

注1　即麥可・柯林斯廣為人知的暱稱之一，Big Fella。

注2　布拉尼石（Blarney stone），位於愛爾蘭布拉尼城堡的一塊石頭，據說親吻它可以賦予人們花言巧語的能力，即使平凡的話語也能說得動聽而令人信服。

香料肉，還有十幾種不同的馬鈴薯料理和麵包。食物會冷掉，但沒人在意，大家都四處走動、聊天、嬉笑，享受美食，暫時把憂慮拋在一旁。

有些人圍著麥可．柯林斯，有些人則避而遠之，人們的立場明顯分化，一邊認為簽署條約為愛爾蘭帶來和平，另一邊則相信他引發了內戰。他人在加瓦戈里的消息如野火般蔓延開來，有些人因此避而不來。去年七月因為黑棕部隊而失去兒子和家園的卡瑞岡家拒絕參加，瑪莉燒傷的手已經癒合，但她的心沒有。派翠克和瑪莉．卡瑞岡不想要和英格蘭談和，他們要的是為他們的兒子伸張正義。

托馬斯親自出面邀請，也想查看他們的近況。他收到感謝，但也被拒絕了。他們的警告言猶在耳：「我們不會向英國低頭，也不會與任何這樣做的人一起吃東西。」

托馬斯擔心即使在朵姆赫鎮，麥可也找不到喘息和休息的機會，於是以他自己的名義向鎮民提出警告。在這個耶誕節，加瓦戈里不允許進行任何政治辯論，就連討論也不行。凡是來接受他款待之人，皆須帶著和平的心，以節日的精神參加，否則將不受歡迎。到目前為止，大家都有配合，而做不到的人則選擇留在自己家中。

托馬斯請我以耶誕故事來娛樂客人，並點燃舞廳窗戶上的蠟燭。這些蠟燭是一種傳統，向瑪麗亞和約瑟夫（注1）發出信號，表示屋內有他們的一席之地。在宗教迫害時期（注2），神父被禁止舉行彌撒，窗戶中的蠟燭是信徒的象徵，是屋內居民也歡迎神父的象徵。

當我講述故事並點燃燈芯時，有人緊閉雙唇，眼含淚光。有人向可憐的麥可投去嚴厲目光，眼神中充滿譴責，像是在指責他忘記之前所有的痛苦和迫害。麥可手持一杯酒，一縷黑髮落在眉毛上，兩旁各站著一個男人，一個是喬伊，另一個他只簡單介紹是佛格斯。佛格斯有著淡紅色頭髮，體格消瘦，西裝外套下的腰背繫著一把槍。他看起來不太會打架，但平靜的眼睛從未停止移動。托馬斯向奧圖家解釋，允許佛格斯自由進出房子和庭院。他在這裡是爲了保護麥可，即使是在小小的朵姆赫鎮。

樂手開始演奏，房間中央空了出來，跳舞時間開始了。歌手努力演繹不適合的自己的曲風，聲音誇張，顫音明顯，但樂隊熱情十足，大家也情緒高昂，和舞伴紛紛成對旋轉，然後又重新配對。孩子們穿梭在舞動的人群中，跳舞和追逐。歐文臉頰泛紅，他的熱情感染了每個人，梅芙和茱伊拉努力把他和他的玩伴們聚集在一起玩遊戲。

「你讓我愛上了你，我原本不想愛上你，我原本不想愛上你。」歌手悲傷地唱著，但聲音沒什麼說服力。我低頭盯著手中的香料酒，好想要加些碎冰進去。

「再和我共舞一曲，安。」我不用轉頭也知道是誰。

「我跳得不好，柯林斯先生。」

「我記得可不是這樣啊！我雖然不太了解妳，但看過妳和狄克蘭跳舞，妳跳得很棒。別再叫我柯林斯先生了，安，以我們的交情不需要這麼客套吧！」

我嘆了口氣。他把我拉向舞池。另一個安．加拉赫當然會跳舞。我們之間的差異愈來愈大，我

注1　基督教《新約聖經》中的人物。根據其中敘述，瑪麗亞是耶穌基督的母親，而約瑟夫是她的丈夫，耶穌的養父。

注2　即十七世紀中葉～十八世紀中葉，英國對愛爾蘭天主教徒，以及有時對新教異議份子實施的一系列苛刻法律和制裁的時期。目的為限制天主教徒的宗教和公民權，以加強英國在愛爾蘭的統治和英國國教的地位。

想起自己尷尬的節奏感，想起自己獨自在曼哈頓的小廚房裡跳舞，幸好當下沒人看到——當時的我全心感受音樂，卻無法化為優雅的動作，四肢不協調，還不時去踢到腳趾。歐文總說我是太重視感覺才會跳不好。音樂流淌在妳體內，安，任何人都看得出來。

我相信他，但跳不好依然讓我耿耿於懷。

「我已經忘了怎麼跳。」我抗議，但麥可沒有打消念頭。曲風驟變，歌手已放棄現代風的歌曲，轉而唱更傳統的曲調。小提琴聲忽強忽弱，拍手和踩踏開始了。節奏相當瘋狂，舞步快到我想假裝跟上都做不到。我堅持不能再陪麥可跳下去，但麥可已忘了我的存在，他正看著被推到舞池中央的托馬斯。

「上啊，阿托！」麥可大喊。「讓大家見識一下你的厲害。」

托馬斯面帶笑容，腳步輕快。圍觀的人給予喝采，我只能目不轉睛地看著，完全被迷住。他的腳隨著提琴聲踏下、踢起，宛如一位愛爾蘭民間英雄走進現實，他把激動的麥可拉進圈子，與他共享舞台。托馬斯大笑，頭髮遮住了臉。我無法移開視線，因為愛意而感到目眩，因為絕望而感到虛弱。

我三十一歲，不再是女孩，也不再天真無邪。我從來不是一個會對演員、音樂家，以及那些我無法擁有也不認識的男子傻笑或著迷的人。但我認識托馬斯·史密斯。我了解他，也深深愛著他。但愛他——了解他——就像愛上螢光幕上的一張臉那樣不切實際。我們之間是不可能的，一切都可能在一瞬間、一次呼吸中結束。他是一場夢境，我隨時可能醒來。我非常清楚，一旦醒來，我就再也無法喚回那個夢境。

突然間，從托馬斯在湖中救起我的那一刻起，始終籠罩著我的徒勞和恐懼像黑暗沉重的浪潮般襲來。我一口灌下杯中的調酒想要紓解壓力。心跳在我的腦中嗡嗡作響，跳動的脈搏就像在敲擊一個巨大的鑼。我快步離開舞廳，直到走到前門，才擺脫這些殘響。我衝出房子，躲進樹林裡，雙手壓在一棵高聳橡樹的鱗狀樹皮上，反抗內心高漲的恐慌。

夜晚清澈冷冽，我深吸一口涼爽的空氣，對抗腦中的嗡嗡作響，設法平息內心的不安。我摸著粗糙的樹皮，感到一股踏實感。我抬起下巴吹著微風，閉上眼睛，緊抓住樹幹。

不久後，他的聲音在我背後響起。

「安？」托馬斯上氣不接下氣，沒有穿上西裝外套，袖子捲到手肘，頭髮凌亂。「布麗姬說妳像裙子著火一樣衝出房子。怎麼了？」

我沒有回答他。不是我故意作對，而是因爲快哭出來了。我的喉嚨緊縮，心臟又脹又痛，我沒辦法說話。湖泊在召喚我，我突然想沿著河畔走，去挑釁它，拒絕它，爲了向自己保證我能夠做到。我放開了樹，朝湖泊走去。我不甘心就這樣認輸。

「安！」托馬斯說，伸手抓住我的手臂阻止我。「妳要去哪裡？」我聽出他聲音中的恐懼，我討厭這種感覺，更討厭自己造成了這種情況。「我能感覺到妳在害怕，告訴我出了什麼事。」

我抬頭看他，試著微笑，雙手捧住他的臉頰，拇指摸著他下巴上的凹陷。他抓住我的手腕，轉頭親吻我的掌心。

「妳的舉止像是在道別，伯爵夫人，我不喜歡這樣。」

「不，不是道別，絕對不是。」我激烈地反駁。

「那是什麼？」他低聲問，雙手從我的手腕移到我的腰間，將我拉向他。

我深吸一口氣，思索該如何解釋清楚。每當我感到快樂時，就會出現湖泊的低喃聲。在黑暗中，感受會更加難以忽視，更容易釋放出來。

「我不想要你消失。」我低語。

「妳在說什麼？」托馬斯輕聲問。

「如果我回去，你就會消失。不管我在哪，我都會存在，但你會消失。你會消失，歐文也會消失。我無法承受。」鑼聲再次響起，我靠著他，額頭抵著他的肩膀，深深地呼吸，將他留在我的肺裡，然後再次放他走。

「那就不要回去，安。」他柔聲說，唇輕貼我的頭髮。「和我在一起。」我想要反駁，要求他承認他的建議有可能失敗。但我選擇擁抱他。他的信念安慰了我。也許眞的就是那麼簡單，也許這是一個選擇。

我抬起臉，需要他的眼神和他的穩重。我需要讓他知道，如果這是一個選擇，我已經做出決定。

「我愛你，托馬斯，當你還只是頁面上的文字，一張舊照片上的面孔時，我就已經愛上你了。當爺爺給我看你的照片，並說出你的名字時，我內心已隱約有種感覺。」

托馬斯沒有打斷我，也沒有表白自己的愛。他只是聆聽，凝視著我，目光柔和，嘴唇更加柔和，而他在我背上的碰觸最爲溫柔。但我需要抓住東西，我緊抓著他的襯衫，就像之前抓住樹那樣。他的皮膚因剛剛的跳舞而溫暖，他的心跳在我手下撲通地跳，提醒我在那一刻，他是屬於我的。

「頁面上的文字和照片中的臉孔變成了一個人，活生生、摸得到、完美的人。」我嚥下口水，強忍淚水。「我墜入愛河的速度如此之快，如此深刻，如此徹底。不是因爲愛是盲目的，正好相反。正因爲愛情並不盲目，它是耀眼而令人眩目。我看著你，從第一天起，我就認識你了。你的信念和友誼，你的善良和忠誠。我看到了這一切，並深深地墜入愛河，感情日益深刻。我的愛如此飽滿，以至於我快無法呼吸。愛得太深使我害怕，因爲我們的存在實際上過於脆弱。你得緊緊抓住我，否則我會爆炸……或者我會飄浮起來，飄向天空，飄入湖中。」

我感覺到一陣顫抖從他溫柔的手蔓延到他寬容的雙眼。他的唇微笑著，一次又一次吻在我的唇上。他的嘆息撩撥我的舌頭，我緊握的手鬆開了，屈服地貼著他。他在我回吻的當下低語，即使說話時也吻著我。

「嫁給我，安，我會把妳鎖在我身邊，這樣妳就無法漂走。我們也永遠不必分開。再說，妳該換個新名字了，繼續叫妳安．加拉赫太讓人混亂。」

我完全沒想到他會提到結婚。我拉開距離，滿臉吃驚，然後難以置信地笑了。一瞬間，我忘記托馬斯的嘴唇，轉而搜尋他的眼睛。在樹枝的遮掩和冬月光芒的照映下，那雙淺色眼睛是如此真誠。

「安．史密斯和托馬斯．史密斯這名字一樣平凡。」他輕聲說：「但既然妳是一個穿越時空的伯爵夫人，名字也就沒那麼重要了。」明明是件嚴肅的事，他卻還在開玩笑。

「可以嗎？我們眞的能結婚嗎？」我喘息著問。

「有誰能阻止我們？」

「我無法證明我是……我。」

「誰需要證據？我知道，妳知道，上帝知道。」托馬斯親吻我的額頭、鼻子和臉頰兩側，然後停留在我的唇前，等待我的回答。

「但是……人們會怎麼說？布麗姬會怎麼說？」

「我希望他們會祝福我們。」他吻了我的上唇，然後是下唇，輕輕拉扯，催促我跟隨他的引導。

「麥可會怎麼說？」我喘著氣，拉開距離以便對話。我可以想像麥可．柯林斯會在祝賀托馬斯的同時，在我耳邊低聲警告。

「我相信阿麥會爆粗口，然後哭得稀里嘩啦，因爲他是一個愛恨強烈的人。」

「要是——」我又要開口。

「安。」托馬斯用拇指按住我的唇，托起我的臉，平息我一連串的問題。「我愛妳，非常非常愛妳。我想以所有可能的方式將我們緊緊綁在一起。今天、明天，還有之後的每一天。妳願意嫁給我嗎？」

除了他，我別無所求。世上沒有任何其他事物能與之相比。

我點頭，微笑著完全屈服於他的拇指下。他移開手，再次用他的嘴唇代替。在那一刻，我沉醉於永恆的可能性和他迷人的滋味之中。承諾在我們之間吟唱，我讓自己隨之附和。

接著，風向改變了。月光自雲朵間眨了眨眼，一根樹枝喀嚓作響，火柴啪嚓燃起，一縷香菸的煙霧冉冉飄出。還沒等我們意識到有其他人在，一道聲音從黑暗中傳出。

「原來這是眞的，嗯？我媽說你們兩個有曖昧，原本我還不相信。」我在托馬斯懷中轉身，忍住嘴邊的驚叫聲。托馬斯一手摟著我，給我依靠，然後朝陌生人邁步。

我以爲是連恩。在一片漆黑中，他的體格和身高與連恩相似，聲音幾乎一模一樣。但托馬斯沉著冷靜地以另一個名字迎接那個人，我才知道自己搞錯了，也鬆了一口氣。眼前這個人是班．加拉赫，狄克蘭的大哥，我沒見過的那一位。

「安。」班斜著頭，僵硬地打招呼。「妳看起來很好。」他的聲音聽起來不甚自在，表情也被帽子遮住了。他深吸一口香菸，轉向托馬斯。

「柯林斯在這裡。」他生硬地說：「我想這已經清楚說明你的忠誠在哪裡，醫生。看你還會吻我弟的老婆，忠誠應該不是你的強項吧。」

「阿麥是我的朋友，你知道的。」托馬斯說，無視他的嘲諷。狄克蘭已經去世五年，我也不是他的妻子。「麥可・柯林斯也曾是你的朋友。」

「我們有過相同的目標，現在不是了。」班嘀咕。

「是什麼目標，班？」托馬斯問，語氣非常柔和，但我聽出話裡隱含的尖銳。班也聽出來了，他惱羞成怒。

「該死的愛爾蘭自由，醫生。」他氣呼呼地說，扔掉手中的香菸。「你是不是日子過得太舒服，住在大房子裡，結交有權有勢的朋友，和好兄弟的女人在一起，都忘了七百年來的苦痛了？」

「爲了愛爾蘭的自由、愛爾蘭的獨立，麥可・柯林斯做出的犧牲比你我都要多。」托馬斯反駁，聲音中充滿信念。

「那還不夠！我們浴血奮戰要追求的不是這份條約，我們幾乎就要成功了，現在不能停下來！柯林斯屈服了，他簽下條約的時候，就是在背刺每個愛爾蘭人。」

「別這樣，班，別讓他們也奪走那個。」托馬斯警告。

「奪走什麼？」

「英國人無孔不入，別讓他們分裂我們。別讓他們摧毀家庭和友誼。如果我們內鬥，我們將一無所有。他們會眞正地摧毀愛爾蘭，還是透過我們自己的手。」

「那麼一切都只是徒勞嗎？那些在一九一六年和之後死去的人？他們就這樣白白死去嗎？」班哭喊。

「如果我們互相對抗，那他們確實是白死了。」托馬斯回答。班立刻搖頭反對。

「戰鬥還沒結束，托馬斯，如果我們不爲愛爾蘭而戰，有誰會呢？」

「因爲我們忠於愛爾蘭和愛爾蘭人，所以要剷除異己？事情不應該是這樣的。」托馬斯難以置信地說。

「你還記得當時的情況，托馬斯。一九一六年時，人民並不支持我們。我們投降後，被黑棕部隊帶著遊街，被人噓聲、辱罵、丟東西。但後來人們的態度改變，當他們絞死我們的領袖，你看到了民眾的激動，當被關押在英國八個月的囚犯回來時，你看到群眾的歡呼。人民渴望自由，必要的時候隨時可以上戰場。都已經走到這個地步，我們不能放棄戰鬥！」

「我看著人們死去，看著狄克蘭死去。我不會對著剩下的朋友開槍，我不會。有信念是一件好事，但不能以此爲藉口，對曾經與你並肩作戰的人開戰。」托馬斯說。

「你是誰，醫生？」班嚇呆了。「肖恩·麥克德莫特會死不瞑目。」

「我是愛爾蘭人，不管有沒有條約，我不會把槍口對準你或任何其他愛爾蘭人。」

「你太軟弱了，托馬斯。安一回來——是說之前妳到底去了哪？」他怒氣沖沖轉向我，隨即又回頭看向托馬斯，繼續爭論。「她一回來，你突然就失去鬥志。狄克蘭會怎麼看你們兩個？」班在我們腳邊吐了一口濃痰，朝托馬斯擺了擺手，擺明對他和對我們兩人都很不屑。

「你很久沒過來了，你母親會很高興見到你，班。來吃點東西，喝酒休息一下，和我們一起過耶誕節吧！」托馬斯說，沒有正面回應。

「和他一起？」班指向房子東邊一排窗戶。透過窗戶，可以看見派對進行得如火如荼。麥可站在其中一扇窗戶旁，燈光勾勒出他的身影。他正在和丹尼爾·奧圖聊天。「得有人去告訴那位大塊頭，不要站在窗戶前，你永遠不知道樹林裡藏著誰。」

隱晦的威脅讓托馬斯全身一僵。這時，有一個人從陰影處說話，伴隨著一聲明顯的手槍上膛聲。托馬斯緊摟著我，我好慶幸他就在我身邊。

「沒錯，你永遠不知道。」佛格斯沉著聲說，朝我們走來。保鑣的嘴叼著一根香菸，一派輕鬆，跟手中的武器形成鮮明對比。

班猛地一顫，手迅速摸向身側。

「別這麼做。」佛格斯平靜地警告。「你會毀了很多好人的耶誕節。」

班的手停了下來。

「如果你打算進去，就交出剛剛想拔出的那把槍。」佛格斯平靜地堅持。「如果你不打算進去，為了確保你能活過今晚，我還是得拿走。然後，我需要你開始朝都柏林的方向走。」他讓菸頭掉落，看也不看一眼就用鞋尖將菸蒂踩進泥土裡。佛格斯走近班，逕自開始檢查他是否攜帶武器，並從他的靴子中取出一把刀子，從他的腰帶中取出一把槍。

「他的母親在裡面，他的姪子也是。他是家人。」托馬斯低聲說。

佛格斯點了下頭。「我聽說了。所以他為什麼待在樹林裡監視房子？」

「我來看我的母親，來看我死而復生的弟媳，來看歐文和你，醫生。過去的五年，我都是來這裡過耶誕節，沒想到柯林斯今年會在這裡。我還沒決定要不要留下來。」班理直氣壯地說。

「那連恩呢？連恩也在這裡嗎？」我問道，聽到自己聲音中的顫抖。在我身旁的托馬斯變得僵硬。

「連恩在科克的雅各哈，他今年不會回家，工作太多了，戰爭還在進行。」班咬牙切齒地說。

「但不是在這裡，班，這裡沒有戰爭。今晚不是，現在不是。」托馬斯說。

班點點頭，咬緊牙關，一臉厭惡地用眼神譴責我們所有人。「我想去見我媽和那男孩，我會在穀倉過夜，然後走人。」

「那就進去吧。」佛格斯命令道，戳著班向前走，沒有放下槍。「但要遠離柯林斯先生。」

一九二二年十二月二十四日

在世紀交接之際，愛爾蘭發生了一些變化，彷彿在經歷某種文化復興。我們唱起老歌，聽起老故事——那些我們耳熟能詳的東西——但這次是以一種新的強度去學習。我們觀察自己，也觀察彼此，感受到某種期待。我們對自己是誰、我們能做到什麼，以及對我們的祖先充滿自豪與崇敬。我被教導去愛愛爾蘭，阿麥也被教導去愛愛爾蘭，我毫不懷疑班、連恩和狄克蘭也同樣被教導去愛這個國家。但有生以來第一次，我不知道其中的意義在哪裡。

在和班、加拉赫一番爭執過後，我和安心神不寧地站在樹下。

「我不喜歡這個世界，托馬斯。」安輕聲說：「這是另一個安能理解，但我永遠不能理解的世界。」

「什麼世界，伯爵夫人？」我問她，儘管我已知道答案。

「班、加拉赫和麥可、柯林斯的世界，一個界線不斷變動、立場不停轉換的世界。最糟糕的是……我知道最後的走向。我知道結局，但我依然不能明白。」

「為什麼？為什麼妳不能明白？」

「不像你，我沒有經歷過。」她坦白說：「我所知道的愛爾蘭是歌曲、故事和夢想，是歐文的版本——我們每個人都有自己的版本——而他的版本也因為他之後的離鄉背井而經過美化和修改。我不了解壓迫和革命的愛爾蘭，我沒有被教導去恨。」

「我們沒有被教導去恨，安。」

「你們有。」

「我們被教導去愛。」

「愛什麼？」

「自由、身分認同、可能性、愛爾蘭。」我辯稱。

「你們會用那份愛去做什麼？」她追問。

我沒有說話，她替我回答了。「我告訴你你們會做什麼。你們會互相對立，因為你們愛的不是愛爾蘭，而是愛爾蘭的概念。而每個人心中對這個概念都有自己的理解。」

我痛苦地搖頭，不願意承認。為愛爾蘭而生的憤怒——對每一個不公不正的憤怒——在我心中燃燒。我不想正眼看她，她把我的奉獻貶低成一個不可能的夢想。片刻後，她拉近我的臉，吻了我，默默乞求我的原諒。

「對不起，托馬斯，我說我不明白，卻又自以為是地對你說教。」

我們再也沒有談論愛爾蘭、婚姻或班、加拉赫。但整個晚上，她的話語一直盤旋在我腦海中，掩沒了其他的一切。「你們會用那份愛去做什麼？」

我坐在午夜彌撒中，一邊是阿麥，另一邊是安。歐文睡在我的懷裡，隊伍行進時他開始打哈欠，在第一次讀經之前就睡著了。他在達比神父朗誦《以賽亞書》的預言時輕輕打鼾，無憂無慮，渾然不覺是什麼令阿麥低垂著頭，令安的眉頭緊鎖。他滿是雀斑的小臉靠在我的胸前，貼在我痛苦的心上。我羨慕他的純真、他的信念和他的信任。在平安禮的環節，阿麥轉向我，聲音輕柔，表情嚴肅。我只能點頭，重複那句祝福：「願平安與你同在。」儘管我的心一點也不平靜。

達比神父在布道時說，駱駝穿過針眼要比富人進入天國容易。或許也同樣可以說，駱駝穿過針眼要比愛爾蘭人停止戰鬥容易。

我被教導去愛愛爾蘭，但愛不應該如此艱難。義務是艱難的，但愛不是。或許這就是我的答案。一個人不會為他不愛的事物犧牲奉獻，一切都歸結於我們最愛的是什麼。

T、S、

第20章 白鳥

我徘徊在無數的島嶼之間，在達南神族（注）的海岸，
在那裡，時間必然忘記我們，悲傷不再靠近我們；
倘若我們只是白鳥，親愛的，漂浮在海洋泡沫上，
很快就能遠離玫瑰與百合，以及火焰的憂愁。

——W．B．葉慈

注 愛爾蘭神話中的神聖種族，據說擁有高超的魔法，並且居住在一個遙遠的、神祕的地方。在那裡，他們不會變老也不會生病。

我倏地驚醒，原因不明。我豎耳傾聽，以爲是歐文醒來了，因爲他迫不急待想知道聖尼克（注）晚上來了沒，但我聽到一些陌生的聲音。

我們參加完午夜彌撒，在凌晨時分回到家，每個人都顯得沉默寡言，陷入各自的思緒中。托馬斯把歐文抱上床，我跟在後面。歐文換上睡衣，整個過程他都搖搖晃晃、昏昏欲睡。當我把被子拉到他的肩膀上前，他又沉沉睡著了。布麗姬沒有參加彌撒，而是留下來和兒子單獨相處，不用受到滿屋子客人的干擾。當我們到家時，她已經就寢，而班要不走了，要不就是在穀倉裡。我沒有詢問他的去向。

我輕聲祝托馬斯耶誕快樂和生日快樂。看得出來他很意外，他可能忘了自己的生日，或是沒想到我會記得。我爲他準備了禮物和一個蛋糕放在食品儲藏室，打算晚點再來慶祝。

他把我帶進他的房間，關上門，帶著壓抑的激情將我拉向他，飢渴中帶著敬意。他吻住我，像已經渴望了一整夜，而且不知何時還能再吻我一次。托馬斯不是那種風流的男人，我有種明確的感覺，他在我之前從未認眞對待過任何人，但他全心全意地吻我，傾其所有，並要求我毫無保留地回應。麥可·柯林斯曾開玩笑說，如果托馬斯像他跳舞一樣去愛，我會是非常幸運的女人。托馬斯的愛就像他的舞蹈、他的醫術，像他做其他事一樣——全神貫注、一絲不苟。直到我們兩個都喘不過氣，我抽身而退，悄悄下樓回到自己房間。

托馬斯、麥可和喬伊·奧萊里在書房度過大半個夜晚，低沉的嗓音和偶爾的笑聲在我逐漸入睡時帶給我溫暖。

破曉時分，冬日的太陽總是慢條斯理，天空在灰色的漸層中逐漸轉變，直到陽光終於露臉。我穿上放在床尾的深藍色長袍，套上一雙羊毛襪，悄悄地走出房間，來到客廳，期待看到歐文在樹下翻找禮物的身影。結果是梅芙在升火。她咬著舌，鼻頭上有一塊煤灰。

「我們是第一個起床的人嗎？」我輕聲問，感覺自己像個興奮的孩子。

「哦不，小姐。艾莉諾、茉伊拉和我媽都在廚房。史密斯醫生、柯林斯先生、我哥哥和弟弟，以及其他十幾個人都在院子裡。」

「在院子？」我急忙走到窗前，天濛濛亮，我透過瀰漫的霧氣向外張望。「為什麼？」

「打板棍球啊，夫人！他們正在進行一場激烈的比賽，我的哥哥和弟弟興奮到整夜都沒睡呢。去年耶誕節，醫生送每人一根板棍球棍，答應今年他們可以和大人一起玩。他還特地幫歐文做了一根小棍子。他現在正在外面，可能在給人添麻煩呢！」她嘟囔著，這讓我想起她老了之後的模樣，那位戴著厚重眼鏡的梅芙，說自己很了解安，總是叫歐文小搗蛋。

「歐文在外面？」

她點了點頭，坐回腳跟上，用圍裙擦拭了一下手。

「梅芙？」

「是的，小姐？」

「我有一件東西要給妳。」

她微笑著，把爐火抛在腦後。「給我？」

我走到樹旁，從樹底下取出一個沉重的木盒子，盒內有一層襯墊，用來保護易碎品。我把它遞

注　聖尼古拉斯的暱稱，歷史上的基督教聖人，被視為耶誕老人的原型。

給梅芙，她恭敬地接過它。

「是我和史密斯醫生送的，打開吧。」我笑吟吟地催促她。我曾在凱力的當舖裡看到一套茶具，認出上面精緻的玫瑰圖案。當我告訴托馬斯這個故事，他堅持買下整套茶具，包括茶碟、茶壺和一個附湯匙的糖罐。

梅芙小心翼翼打開盒子，盡可能延長期待的時間。當她看到被嵌在粉紅緞子中的小茶杯時，她驚嘆出聲，聽起來就像一個她即將變成的年輕小姐。

「如果妳想要一根球棍，我也可以安排。不能因爲我們是女士就錯過了樂趣。」我輕聲說。

「哦不，小姐，這比一根傻棍子好多了！」她喜不自勝，用沾滿煤灰的手指輕輕摸了一下瓷質花瓣。

「未來的某一天，等妳長大，會有一位來自美國的女士，她叫安，跟我一樣的名字。她會來朵姆赫尋根，到妳家喝茶，而妳會幫助她。在那一天到來之前，我想妳可能會需要一套屬於自己的茶具。」

梅芙目瞪口呆看著我，嘴巴張成一個完美的O型，一雙藍色眼睛睜得老大，幾乎快佔滿她清瘦的臉龐。

她雙手環胸，彷彿我的預言嚇到了她。「小姐，妳有預知能力嗎？」她輕聲說：「所以妳才會這麼聰明？我爸說妳是他遇過最聰明的女人。」

我搖搖頭。「我沒有預知的能力……不完全是。我是個說故事的人，而有些故事會成眞。」

她緩緩點了點頭，視線牢牢鎖住我的眼睛。「那妳知道我的故事嗎，小姐？」

「梅芙，妳的故事很長。」我笑著說。

「我最喜歡那種有幾十章的大書。」她輕聲說。

「妳的故事將有上千章。」我向她保證。

「我會談戀愛嗎？」

「很多次。」

「很多次？」她高興地尖叫。

「很多次。」

「我永遠不會忘記妳，安小姐。」

「我知道妳不會，梅芙，我也永遠不會忘記妳。」

我隨意編好頭髮，穿上連身裙、靴子和披肩，快速換好衣服，不想錯過觀看比賽的機會。我在一位愛爾蘭人的家中長大，但這一生從沒看過板棍球比賽。他們揮動球棍，在晨霧之中面露凶狠，快速穿梭，將一顆小球從草地的一端推到另一端。歐文獨自在場邊，揮動自己的球棍打擊一顆小球，然後追球再打。看到我走出房子，他跑向我，鼻子和頭髮一樣紅。好在他穿著外套和帽子，但當我伸手去握他的手時，他的手非常冰。

「耶誕快樂，媽媽！」他歡呼著。

「***Nollaig shona dhuit***（耶誕快樂）。」我回答，親親他櫻桃般的臉頰。「告訴我，誰贏了？」

他皺起鼻子看著那些大吼大叫、互相踩踏的男人，他們捲起袖子，敞開領口。他一點也不覺得會冷，並聳了聳肩。「柯林斯先生和醫生一直互推對方，奧圖先生跑不快，總是被撞倒。」

我輕笑出聲，看著托馬斯把球打給佛格斯。佛格斯靈巧地避開衝向他的麥可．柯林斯，嘴巴動得和腳一樣快。看樣子，有些事經歷幾十年還是沒有變，也不會變。互相挖苦顯然是比賽的一部分。加上附近的鄰居，湊齊兩支隊伍各十個人。伊蒙．唐納利是托馬斯從湖裡救起我的那天提供推車的人，他也參加了比賽。他愉快地向我揮手，然後揮桿擊球。我著迷地在場邊觀賽，爲每個人加油打氣，不偏袒任何人，只是看到托馬斯在草地上打滑時，我會皺起眉頭，看到球棍相撞、腳和腳交纏絆倒時，我會不由得屏住呼吸。所有人最後都挺過比賽，沒有人重傷。經過兩個小時的激烈比賽，麥可宣布他的隊伍獲勝。

大夥兒紛紛進入廚房休息，有咖啡、茶、火腿和雞蛋，以及非常黏糊的甜麵包捲，我只吃兩口便飽了。鄰居們很快就紛紛離去，返回自己的家庭和過節日傳統。在托馬斯、麥可、喬伊和佛格斯梳洗完畢回到客廳後，眾人圍在樹旁互送禮物。麥可將歐文抱到腿上，兩人一起讀我們寫的故事。麥可的聲音低沉而溫柔，他那帶著西科克方言的嗓音讓我內心澀然，眼眶濕熱。托馬斯和我十指交纏，輕撫我的拇指，無聲地安慰我。

當故事說完，麥可低頭看著歐文，眼中閃著淚光，喉嚨動了動。「歐文，你能幫我保管嗎？我把這本故事留在加瓦戈里，這樣每當我來拜訪時，我們就可以一起讀它，好不好？」

「你不想帶回家給你媽媽看嗎？」歐文問。

「我沒有房子，歐文，我母親被天使帶走了。」

「你爸爸也是嗎？」

「我爸爸也是。他去世的時候，我六歲，就跟你現在一樣大。」麥可說。

「也許你媽媽會像我媽媽一樣回來。」歐文若有所思地說：「只要你努力許願！」

「你就是這樣做的嗎？」

「是啊。」歐文嚴肅地點點頭。「我和醫生找到一片四葉草。四葉草是有魔力的。醫生要我許願，所以我許了一個。」

麥可眉毛一挑。「你許願要一個媽媽？」

「我許願要一個完整的家。」歐文小小聲地說，但所有人都聽到了。托馬斯圈緊握住我的手。

「歐文，你知道嗎？如果你母親嫁給醫生，他就會是你爸爸。」麥可語帶天真地提議，他根本是故意的。

「阿麥，你怎麼就是管不住你這張嘴呢？」托馬斯嘆道。

「佛格斯說他昨晚無意間聽到有人求婚。」麥可透露，嘴角帶著一絲狡黠的微笑。

佛格斯咕噥一聲，沒有替自己辯解，也沒有責怪麥可。

「那邊的樹枝上塞著一個小盒子，你看到了嗎？」托馬斯對歐文指了指方向。歐文從麥可腿上跳下來，盯著托馬斯指示的葉叢看去。

「是給我的嗎？」歐文雀躍地說。

「算是吧，你能去把它拿來給我嗎？」托馬斯說。

歐文找到隱藏的寶藏，交給托馬斯。

「讓媽媽打開它，好嗎？」

歐文果斷地點點頭，看著我打開那個小小的天鵝絨盒蓋，裡面有一大一小的兩枚金戒指。歐文不解地抬頭望著托馬斯。

「這是我父母的戒指。一個是我父親的，他在我出生前去世，另一個是我母親的，她後來再婚，給了我另一個父親，一個親切善良且視我如己出的父親。」

「就像我和你。」歐文說。

「對，就像我們。我想娶你的母親，歐文，你覺得呢？」

「今天嗎？」歐文開心地說。

「不。」托馬斯說，周圍的人爆出笑聲。

「爲什麼不，阿托。」麥可追問，收起玩笑的口吻。「爲什麼要等呢？我們誰也不知道明天會發生什麼事。娶了小安，給孩子一個家吧！」

布麗姬的視線對上我的，她強顏歡笑，但嘴唇在顫抖。她掩著嘴，藏起自己的情感。我猜想她是想到自己的家庭，我默默爲她的兒子們祈禱。

托馬斯從盒裡取出戒指，交給歐文。歐文接過這枚樸素的戒指，仔細打量了一番，然後轉向我。

「媽媽，妳願意嫁給醫生嗎？」他把戒指遞給我。我的右手一直戴著安的浮雕戒指——對我來說，它是一件傳家寶，而不是婚戒。我很慶幸自己能順利地把托馬斯母親的戒指戴到左手上。

「尺寸剛剛好。」我說：「我想這意味著答案是肯定的。」

歐文歡呼，麥可高興地大叫，抱起小男孩，把他拋向空中。

「現在我們就只需要達比神父了。」我低語。

托馬斯清了清喉嚨。「我們應該定個日期。」

「昨晚彌撒後，我跟他談過了，托馬斯。」阿麥笑吟吟地說。

「你談過了？」托馬斯詫異地問。

「是啊，我問他明天有沒有空，他說可以安排一場婚禮彌撒，既然都聚在一起過耶誕節了，爲何不乾脆辦另外一場活動呢？」

「是啊，爲何不呢？」我脫口而出，整個房間突然安靜下來，我的雙頰發燙。

「的確……」托馬斯呆愣地說，接著露出燦爛的笑容，我突然覺得自己喘不過氣來。他輕輕抬起我的下巴，吻了我一下，事情就這麼定下了。

「那就辦在明天吧，伯爵夫人。」托馬斯輕聲說。

歐文興奮地尖叫，麥可跺腳，喬伊猛拍托馬斯的背。佛格斯不好介入其中，尷尬地離開房間。布麗姬則是默默坐著編織，眼神溫暖，笑容真摯。奧圖家會在晚上回來和我們共進耶誕晚餐，屆時我們會再告訴他們這個消息，但我已經在倒數著成爲安·史密斯的那一刻了。

我偶然看過一份個人記述，裡面提到麥可·柯林斯、喬伊·奧萊里和其他幾個人在都柏林的盧埃琳－戴維斯的私人莊園裡用餐。莊園的名字——毛毛莊園——讓我想到一個充滿絨毛動物娃娃的森林，就像克里斯多福·羅賓和小熊維尼的森林。我很好奇這名字是怎麼來的。然而，這個想法沒有停留太久。據稱有個男人爬上毛毛莊園的樹，企圖透過飯廳窗戶射殺麥可·柯林斯。麥可，柯林斯的保鑣——記述中沒提到他的名字——發現這個狙擊手，用槍指著他，把他押到莊園外不遠處的沼澤地，殺死了他。

這個事件有不同的版本。也有一說麥可．柯林斯當時是在另一個地方。但那個故事的細節和這天耶誕晚餐發生的事驚人地相似。

遠方隱約傳來槍聲，打斷了餐前祈禱，大家不約而同地抬頭。

「佛格斯在哪？」麥可皺眉問道。

布麗姬的茶杯摔到地上，二話不說站起來，提起裙子就往門口跑。

阿麥從椅子上跳起來。托馬斯連忙吩咐：「你們都留在這裡。我去追布麗姬。」

「我也去，醫生。」羅比．奧圖跟著起身，完好的那隻眼睛直視著他，失明的那一眼被遮蓋住了。

「羅比。」瑪姬反對，對成年的兒子過分保護。她差點失去他，不想這麼快又讓他中彈。

「我認識這附近所有的小伙子，知道他們忠於誰，也許我能幫忙解決。」

我們忐忑不安地靜靜等待，盯著自己的盤子。歐文爬上我的大腿，把臉埋在我的肩膀上。

「沒事，別想太多，我們吃吧。」瑪姬．奧圖拍拍手，催促家人們盛裝食物。在迅速瞥了我一眼後，他們照做了。因爲經歷過飢餓，他們更加珍惜此刻，感激地享用起大餐。我裝滿歐文的盤子，要他坐回自己的位子上。年輕人聊開來，但成年人不發一語，豎耳傾聽男人們回來沒，急著想確定一切平安。

「她爲什麼那樣跑出去，安？」麥可壓低聲音問我。

「我只能想到一個原因。」我低聲說：「她一定以爲她兒子有牽涉其中。」

「佛格斯只有在萬不得已的時候才會開槍，安。」喬伊反駁。

「他很有可能是不得已的。」我嘀咕，內心惴惴不安。

「天啊！」喬伊咕噥。

「所以加拉赫家的人不站在我們這一邊囉？」麥可嘆道。「也不是只有他們。」我原本以爲佛格斯昨晚告訴麥可關於求婚的事時，有順道說出班·加拉赫也在現場，以及他很不爽麥可·柯林斯也來了。顯然並非如此。

布麗姬臉色蒼白但鎮定地回到室內，爲她匆忙離席而道歉。「我白擔心了。」她輕聲說，沒有多做解釋。

直到我們用完餐，托馬斯和羅比都還沒回來。歐文被奧圖家的人拉去玩比手畫腳，而我、麥可·柯林斯和喬伊再也等不下去，悄悄從大門離開，走進暮色之中。我們遇到回程的托馬斯和羅比，兩人正從吉爾湖畔東邊與濕地相接的樹林走出來。因爲穿越沼澤的關係，他們臀部以下都濕透了，而且冷得發抖，嘴巴緊閉。

「發生什麼事？佛格斯人呢？」麥可問。

「他隨後就來。」托馬斯回答，試著帶領眾人往房子走。

「他射殺了誰，阿托？」麥可厲聲問道，絲毫不退讓。

「謝天謝地，不是朵姆赫鎮的人，不會有當地人失去父親或兒子。」托馬斯含糊其辭，嘴角透露出他的猶豫和遺憾。他疲憊地揉了揉眼睛。「佛格斯說那個人有一把長距離步槍，正瞄準房子，埋伏了很久，看樣子是在等待射擊的機會。」

「等待射擊我？」麥可問，聲音平靜無波。

羅比那隻完好的眼睛緊張地轉動，他渾身發抖。「我認出他來了，柯林斯先生。他是替志願軍走私槍枝的人。我和連恩·加拉赫見過他幾次，他們叫他布洛迪，我不知道那是名字還是姓氏，替連恩走私槍枝的人都沒什麼好下場。」

「怎麼說？」麥可問。

「馬丁．卡里根去年七月被黑棕部隊殺害，現在布洛迪也搞得自己被殺了。雖然我們不是同一夥，但都站在同一邊。」羅比搖著頭，彷彿無法理解這一切。

「立場有所改變，小伙子。每個人都覺得自己被困住了。」麥可說。

「馬丁．卡里根是金髮、蓄鬍，安。」托馬斯看著我的眼睛。「我想他可能是去年六月在河船上的其中一人。布洛迪符合妳對第三個男人的描述。直到剛剛羅比告訴我，他們是連恩底下的人時，我才想通這一切。」

「阿托，你在說什麼?什麼河船？」麥可一頭霧水。羅比不發一語，托馬斯保持沉默，等著我拼湊出事情的脈絡。

「麥可，他的意思是……佛格斯今晚射殺的那個人，不一定是來殺你的。」我震驚不已。

「什麼？」喬伊．奧萊里驚呼，完全被搞糊塗了。

「他可能是來殺我的。」我說。

一九二二年十二月二十六日

我今天和安結婚了。她和狄克蘭的安在外貌上有許多相似之處，但我不會再聯想到狄克蘭的安。她就是我的安，我的眼裡只有她。她戴著布麗姬的面紗，穿上安、芬尼根的洋裝，一位全身披著白色的耶誕天使。當我提到她的選擇時，她笑著說：「有多少女人能穿上曾祖母的洋裝，戴上高祖母的面紗呢？」她手拿一束冬青，鮮紅的漿果將她白皙的手襯托得格外醒目。面紗下，一頭黑色鬈髮垂落，披散在肩上，看起來十分美麗動人。

教堂很冷，經過兩天的歡慶和混亂後，婚禮的賓客們顯得沉默寡言和昏昏欲睡。昨晚發生了那件事，我以為安會想要延後舉行婚禮，但當我提出時，她搖了搖頭。她說，如果麥可能夠不畏困難前進，我們也可以。當我牽著她的手進入教堂時，她沉著冷靜，眼神清澈。她拒絕用大衣或披肩遮蓋禮服，顫抖著跪在祭壇前，由達比神父帶領我們進行婚禮彌撒。神父以一種寧靜而有節奏的語調唸出禱文，得到在場所有人回應。我看著她，自己也在顫抖，但不是因為寒冷。

我緊緊抓住每一個字，享受儀式的每一個細節，不想錯過任何一刻。然而，在未來的歲月裡，我最珍惜的將會是對安的記憶；她堅定的目光、挺直的背脊、不變的承諾。儀式中的她，宛如俯瞰眾人的彩繪玻璃聖母像，莊嚴而寧靜。

當安宣讀誓言時，她收起愛爾蘭口音，彷彿她所做的承諾過於神聖，不能容忍任何偽裝。即使達比神父對她的美國腔感到奇怪，他也沒有表現出來。就算信眾有任何疑惑，我也永遠不會知道。我們彼此目光緊鎖，她對我許下一生不離不棄的承諾。

輪到我時，我的聲音迴盪在空蕩的教堂裡，並在我的胸臆之間震盪。「我，托馬斯，接受妳，安，作為我的合法妻子。我會擁有並珍惜，無論順境或逆境，無論富裕或貧窮，無論健康或疾病，直到死亡將我們分開。」

達比神父嗓音宏亮地祈求上帝，以祂的仁慈堅定我的承諾，並賜予新人祝福。「上帝所結合的，不讓任何人分開。」他鄭重宣布，阿麥由衷地回應「阿門」，歐文以稚嫩的聲音附和，不受莊嚴的場合影響。

安拿出我在耶誕節早上送她的兩枚戒指，達比神父為這對戒指祝福，我再次被這圓形的象徵打動。信仰、忠誠、永恆。如果時間是一個永恆的圓，那麼它永遠不必結束。安伸出冰冷的手，帶著滿懷希望且不向命運低頭的反抗，將戒指套在我的手指上，我也以同樣的方式宣示擁有她。

彌撒的其餘部分——祈禱、聖餐、祝福和退場——似乎離我們好遙遠，我們兩人彷彿進入了一個與世隔絕的領域，聽不到四周的聲音，知覺變得敏銳。一個只有我們存在的場域，時間在我們周圍流動。

我們走出巴林納加村旁的教堂，死亡留在我們身後的山上，整個人生在我們面前展開，過去和現在都被白色雪花覆蓋。開始下雪了，雪花如羽毛般飄盪在我們四周，美得如夢似幻，宛如展翅的白鳥在頭頂盤旋。我仰頭看著雪花降落，和歐文一起大笑，他張開雙手迎接雪花，想用舌頭接住其中一片。

「天上派來了鴿子。」阿麥喊道，他摘下帽子，擁抱天空，任由雪花溫柔地落在他的頭髮和衣服上，將他飾以冰霜。安沒有看天空，而是抬頭望著我，她笑逐顏開，容光煥發。我把她冰冷的手指帶到我的唇上，吻了吻她的指關節，然後把她拉近，用瑪姬、奧圖在儀式期間拿著的淡綠色披肩將她裹住。

「朵姆赫經常下雪嗎？」安驚喜地問。

「幾乎沒有。」我坦承。「話說回來……這一年真是充滿奇蹟，安，史密斯。」她燦爛一笑，我不禁為之屏息，俯身親吻她笑吟吟的嘴唇，完全不在乎是否有人在看。

「我想上帝在祝福你們的婚姻喔，史密斯夫婦！」阿麥大叫，一把抱起歐文，圍繞著我們跳起華爾滋。奧圖一家也跟著成雙成對地起舞、踢腳跟。喬伊、奧萊里在笑嘻嘻的艾莉諾面前鞠躬邀舞，梅芙則說服嚴肅的佛格斯繞著教堂院子跳了一圈。就連布麗姬和達比神父也加入跳舞行列。在冬日的黃昏中，雪花盤繞在我們的頭上，大家盡情搖擺，和這一刻、和彼此、和一個我將永難忘懷的耶誕節緊密相連。

現在，安縮著身體側躺睡著了。我凝視著她。我的心在胸腔中不斷膨脹，我必須挺直身軀才不會窒息。燈光肆無忌憚地撫摸她，掠過她的頭髮，滑過她的腰線和隆起的臀部，我莫名感到嫉妒。

我無法想像其他男人會像我愛小安那樣愛他們的女人，如果是，街道將一片空蕩，田地變得荒蕪，工業停滯不前，市場崩潰，因為男人們拜倒在妻子腳邊，眼裡除了她，什麼也看不見。如果所有男人都像我愛安那樣愛他們的妻子，我們將會是一群無用的人，如此一來，世界就會認識和平，戰爭將會停止，因為我們將生活聚焦在愛與被愛上。

我們的婚姻僅剛過了數小時，我們交往的時間也沒多久。我知道新奇感會消退，生活的現實很快就會介入，但吸引我的不是她的新鮮感，不是我們之間的新鮮感，正好相反。我們的愛和我們的生活彷彿來自同一個源頭，最終會回歸於那個源頭，層層交織，難捨難分。我們是古老的、史前的、命中注定的。

我對自己和浪漫的思緒啞然失笑，幸好沒人會讀到這段文字。我是一個愛到昏了頭的男人，看著自己熟睡的妻子。她柔軟、赤裸且備受珍視，使我變得傻里傻氣、多愁善感。我伸手撫摸她的肌膚，一根手指沿著肩膀劃過她的手臂，滑向她手背。她的肌膚泛起雞皮疙瘩，但她沒有動，我如癡如醉地看著她。她的肌膚恢復平滑，我的觸摸被遺忘。我手指上的墨水在她手肘留下污漬，我喜歡她的皮膚上留有我的拇指印，如果我是更好的藝術家，會用拇指印來描繪她，我的印記留在我最愛的地方，見證我對她的虔誠。

她睜開眼，衝著我一笑，睏倦的眼皮沉重，雙唇粉嫩。我再次感到無法呼吸，懦弱又沒用，但堅定不移。

「來床上，托馬斯。」她低喃。我不想再寫下去，也不想畫畫，甚至不想洗手了。

T、S、

第21章　告別

親愛的，我必須離去
當夜晚遮上家中守夜人的眼，
那首歌預示著黎明。

——W．B．葉慈

愛爾蘭眾議院於一月初恢復關於條約的辯論，我和托馬斯計畫前往都柏林參加公開會議。我想帶上布麗姬和歐文，但布麗姬鼓吹我們兩個自己去。

「這可能是你們唯一的蜜月。」她堅持。「有奧圖家的人在，歐文和我不會有事。」

我求托馬斯不要告訴她是連恩射傷我——當中的來龍去脈太複雜，還得解釋我爲何人會在湖上，而我做不到。我們之間關係緊張，充滿矛盾，我看不出告訴她會有何幫助。

「妳相信她會保護妳不受他們傷害嗎？」他不可置信地問。

「我相信她會護歐文周全。那是我唯一在乎的事。」我辯解。

「那是妳唯一在乎的事？」托馬斯的音量隨著每個字而提高。「但我不是。天啊，安，連恩想殺了妳。我眞慶幸那可憐的馬丁．卡里根和不幸的布洛迪都死了，因爲現在我只需要擔心那對該死的加拉赫兄弟。」

托馬斯從不吼人，他的激動嚇到了我。我吃驚地看著他。他緊抓住我的肩膀，額頭貼我的額頭，喃喃唸著我的名字。

「安，妳得聽我的。我知道妳關心布麗姬，妳也許覺得可以相信她，但她無法回報妳的信任。她會站在自己兒子那一邊，只要跟她兒子有關，我就不能相信她。」

「那我們該怎麼做？」我問。

「她必須知道，我不會允許他們再靠近妳或歐文。」

「她會怪我。」我哀怨道：「她會認爲必須在我們之間做出選擇。」

「她的確必須做出選擇，伯爵夫人。班和連恩一直在製造麻煩，狄克蘭年紀最小，卻是三個之中頭腦最清楚、心胸最寬大的一個。」

「狄克蘭有沒有打過安？」我輕聲問。

托馬斯因詫異而後退了些。「為什麼這麼問？」

「布麗姬說，她能理解為什麼我——為什麼安一有機會就離開。她暗示狄克蘭不是那麼溫柔的人，他和他的哥哥們都遺傳到父親的脾氣。」

托馬斯瞪大雙眼看著我。「狄克蘭從未對安動手，她會反擊。她給過他哥哥幾個耳光。我知道連恩曾打破過她的嘴唇，但那是她用鏟子打他的頭後，他想奪走鏟子時揮手反擊誤傷的。」

「那為什麼布麗姬認為狄克蘭會使用暴力？」

「狄克蘭總是在掩護班和連恩，我知道他不止一次替他們揹黑鍋。他替他們還債，解決他們惹出的麻煩，幫他們找工作。」

「你認為布麗姬會試圖掩護他們。」我嘆口氣。

「我知道她會。」

因為如此，我們婚後不久，托馬斯便請布麗姬坐下，詢問她兒子們的下落和動向。她吞吞吐吐不願明說，而他斬釘截鐵地告訴她，加瓦戈里不會再歡迎連恩和班。

「史密斯醫生，這些年來你也身陷其中，一點也不無辜，跟我的孩子沒什麼兩樣。我保持沉默，保守你的祕密，但我所知的真的不多，沒有人會跟我說任何事。」她下巴微顫，看著我的眼神中充滿疑問和指責。托馬斯面無表情地看著她。

「我擔心連恩和班會傷害安。」托馬斯壓低聲音說，牢牢緊盯她的雙眼。「我的擔心是對的嗎？」

她搖搖頭，語無倫次地說著什麼。

「布麗姬？」他打斷她，她立刻陷入沉默，挺直背脊，鐵青著臉。

「他們不相信她。」布麗姬咬牙切齒地說。

「我不在乎！」托馬斯出聲咆哮，而那一刻，我看到那個曾揹著狄克蘭穿過都柏林街頭、為麥可．柯林斯潛入城堡和監獄、每天用冷靜的眼神和平穩的雙手面對死亡的托馬斯．史密斯。有點令人害怕。

布麗姬也看到了，她臉色發白，別過頭，雙手緊握放在大腿上。

「我擔心連恩和班會傷害安，我絕不允許那種事發生。」他重申。

布麗姬的下巴垂到胸前。

「我會叫他們遠離她。」她小聲說。

托馬斯緊牽著我的手，我們穿過人群，進入擁擠的市長官邸。麥可保證會幫我們預留座位。我們穿梭在緊張的與會人士中，他們一邊抽菸，一邊走動，整個房間都是菸味和汗臭味。我把臉埋進托馬斯的肩上，感受他乾淨結實的身體。儘管已經知道愛爾蘭的命運，我依然為愛爾蘭祈禱。

托馬斯受到熱烈歡迎和問候，就連馬凱維奇伯爵夫人也帶著一抹淺淺的微笑朝他伸手。監禁和革命的摧殘讓她的美貌褪色。

「馬凱維奇伯爵夫人，容我介紹我的妻子，安．史密斯。她和您一樣熱愛穿長褲。」托馬斯低聲說，輕輕點了點帽子。伯爵夫人笑了出來，手掩著嘴，不露出斷裂和缺失的牙齒。就算是不在乎虛榮的人，也很難真正放下對外貌的虛榮。

「但她是否也像我一樣熱愛愛爾蘭？」她問道，黑帽下的眉毛微微挑起。

「很難相提並論，畢竟她可是嫁給了我。」托馬斯說，彼此心照不宣。

她被逗得哈哈大笑，轉身去迎接別人，使我得以脫離她的魅力。

「記得呼吸，安。」托馬斯低聲說。我盡量。我們一找到座位，會議立刻正式開始。接下來，康絲坦斯．馬凱維奇會直指麥可．柯林斯是個儒夫、違背誓言，即便我的立場始終如一地支持他，但不由得對這女人肅然起敬。

我埋首在成山的研究資料中時，常常在想，如果能回到過去、身歷其境，歷史的魔力是否就會消失。我們是否美化了過去，把普通人塑造成英雄，將哀歌與絕望想像成美麗與勇敢？抑或是猶如回首青春的老人，只記得他見過的事物？我們的視角是否有時讓我們錯過更大的畫面？時間不見得能讓一切水落石出，相反地，時間剝離了更多能替回憶上色的情感。我踏上愛爾蘭的土地時，離愛爾蘭內戰已過了八十年，時間不算太久，人們還沒忘記，但也長到足以讓人用一種更加批判和懷疑的態度來拆解其中的細節，還原事件原本的面目。

但坐在擁擠的會議中，看到那些之前只出現在照片和印刷品上的男男女女，聽到他們高談闊論、激烈爭辯，我並不客觀也不超然，而是深深被打動。愛爾蘭眾議院主席艾蒙．戴．瓦勒拉比所有人都身形高大，鷹勾鼻、臉龐消瘦、膚色黝深，高大魁梧的身材被一貫的黑色服裝包裹住。他出生於美國，母親是愛爾蘭人，父親是西班牙人，卻悲哀地受到父母忽視和遺棄。最重要的是，艾蒙．戴．瓦勒拉是一位倖存者，他的美國公民身分在復活節起義後救了他一命。當麥可．柯林斯、亞瑟．格里菲斯和其他十幾人在內戰中紛紛殞落時，艾蒙．戴．瓦勒拉依舊屹立不搖。他有他的偉大之處，我難免也受到吸引。他在政治上的長壽和個性上的堅韌，在愛爾蘭留下長遠的影響。

他的發言比其他所有人加起來都還多，不斷打斷和插話，迴避和搪塞所有異議。他在休息時間起草了一份新文件，文件內容和條約並沒有太大區別，堅持要得到通過。但這份修正案並沒有經過閉門會議的討論，因而受到眾人反對。他威脅要辭去總統職位，使得問題變得更加複雜。我對他的感覺來自我的研究，我提醒自己，他當時並不知道後續發展，而我有後見之明的優勢，後世對這段歷史已然做出評價。委員會十分尊敬他，對他畢恭畢敬，想方設法安撫他。然而，儘管戴．瓦勒拉位高權重，麥可．柯林斯卻備受愛戴。

每當麥可一開口，所有人便屏氣凝神，專注聆聽，彷彿心跳同步，一種聽不見的鼓聲迴盪在會場，是我以前從未感受過的。我讀過麥可演講的資料，甚至看過一張照片，那是一九二二年的春天，一位攝影師從一棟大樓窗戶所攝，照片裡人群聚集在學院綠地(注)上聽他演講。小小的舞台四周是帽子之海，人頭像一顆顆載浮載沉的白球，除此之外什麼都看不到。會議廳裡的人數雖然不多，但效果是一樣的，他的慷慨激昂和信念吸引所有人注意。

公開辯論持續進行，亞瑟．格里菲斯臉色蒼白、身體虛弱——他的鬍子和圓框眼鏡讓我聯想到較瘦的西奧多．羅斯福。他追究起戴．瓦勒拉的責任時非常犀利。在國防部長卡哈爾．布魯哈惡毒批判麥可．柯林斯後，他為麥可的辯護引起整場掌聲，持續了好幾分鐘。

我在一件事情上錯了。這些不是普通的男人和女人，他們的光環不是時間給予的。即便是我根據研究結論而決定要去恨的人，他們的一言一行之中也是充滿熱情和真誠的信念。他們不是故作姿態的政客，他們是愛國者，他們的血液和犧牲值得歷史的寬恕和愛爾蘭的同情。

「歷史真的對他們不公正，對你們所有人都不公正。」我低聲對托馬斯說，他看著我，眼神洞悉一切。

「我們會讓愛爾蘭變得更好嗎？最終能實現這個目標嗎？」他小聲地問。我不認爲愛爾蘭會有超越亞瑟．格里菲斯、麥可．柯林斯和托馬斯．史密斯之流的人，雖然不會再出現更好的人，但會有更好的日子。「你們會讓愛爾蘭更自由。」

「那對我來說就足夠了。」他低聲說。

在辯論最後一天的最後一小時裡，麥可．柯林斯結束會議，要求愛爾蘭眾議院投票決定是接受抑或拒絕條約。

戴．瓦勒拉已經發表過談話，但仍尋求最後發言的機會。他警告眾議院，條約「會讓你們背上歷史罪名」，正打算繼續慷慨陳詞時，有人打斷了他。

「讓現在和未來的愛爾蘭國民來下評斷吧！」麥可說畢，便不再說話。我感覺到在場每一個人內心的焦慮和肩上承擔的國家重量。來自每個選區的代表逐一投下自己的票，結果是六十四票支持，五十七票反對。

宣布結果時，遠方的街上歡聲雷動，但會議廳內沒有一絲歡慶的氣氛。眾人的情緒從不穩定到和緩，逐漸演變成各種不一致的反應。

「我要立刻請辭。」戴．瓦勒拉在一片混亂之中沉聲說道。

注 College Green，都柏林市中心的一個著名廣場，因鄰近聖三一學院而得名，是都柏林重要且歷史悠久的地點，經常是集會、慶典和政治演講的地點。

麥可站起身，雙手壓在前方的桌上，懇求房間裡的人保持冷靜。「每一個從戰爭到和平，或從和平到戰爭的過渡期，總有混亂和迷惑，讓我們來制定一個計畫，現在就在這裡組織委員會，以維護政府和國家的秩序。我們必須團結一致。」他敦促道，一時間沒人說話，大家屏氣凝神，充滿了一種挑戰命運的希望。

「這是背叛。」一個聲音從觀眾席中傳出，所有人的頭都轉向前排一位纖細的女性。她對著與會人士緊握雙手，嘴巴顫抖。她象徵著愛爾蘭近代歷史中的苦難。

「瑪麗・麥克斯溫利。」我低聲說，差點掉淚了。瑪麗的弟弟特倫斯・麥克斯溫利是科克市長，他在英國監獄中絕食抗議而亡。瑪麗的話語將粉碎所有團結的希望。

「我弟弟爲愛爾蘭而死，他餓死自己，以此呼籲人們關注他同胞所受的壓迫。那些爲了帝國物質利益而出賣靈魂的人，跟我們這些在愛爾蘭共和國成立前絕不罷休的人，是絕對不可能合作的。」

面對支持的呼聲和抗議的吶喊，柯林斯再次努力試圖說服。「請別這樣。」他懇求。

戴・瓦勒拉打斷他的話，猶如一位南方傳教士般振臂高呼：「身爲你們總統，我最後想說的是，我們曾有過輝煌的時刻。我呼籲所有和瑪麗立場一致的人，明天和我會面，討論未來如何前進。我們不能從戰鬥中退縮。全世界都在看。」他語帶哽咽到說不下去，房間裡的人哭成一片。男人們。女人們。過去的朋友和新的敵人。而戰爭又重新回到了愛爾蘭。

我醒來時聽到說話聲，房間仍舊陰暗。我昏昏欲睡地躺著、聽著。此時我獨自睡在托馬斯位於都柏林家的床上。我們離開市長官邸時，街上聚集了滿滿慶祝的人們。迥異於會議室裡的氣氛，街上的人們興高采烈，爲自由邦的誕生而歡欣鼓舞。我們離開會議時，麥可的下屬們擁抱了托馬斯，看得出來他們都因爲投票通過而鬆了一口氣，但緊繃的神情和僵硬的笑容顯示他們深知即將到來的麻煩。

當時休會後，我們再也沒見到麥可。他又被新一輪的會議吞沒，在愛爾蘭眾議院一半成員缺席的情況下，必須擬出一個前進的計畫。而顯然地，麥可現在找到了托馬斯，我聽到通風口傳來他獨特的西科克方言嗓音，但聽不清楚他在說什麼。托馬斯的聲音溫柔低沉，一聽就知道是在安慰他的朋友。我等著他們來召喚我去查看我的水晶球，但前門關上，房子再次陷入寂靜。我爬下床，用睡袍裹住赤裸的身體，下樓來到溫暖的廚房找我憂心忡忡的丈夫。我確定他此刻正憂心忡忡。

他坐在餐桌旁，雙膝張開，頭低垂，雙手捧著咖啡。我給自己倒了一杯咖啡，加入牛奶和糖，直到咖啡變成焦糖色，喝了一大口後，坐到他的對面。他伸手捲起我的一縷長髮環繞在手指上，然後把手放回大腿上。

「剛剛是麥可嗎？」我問。

「對。」

「他還好嗎？」

托馬斯嘆口氣。「他會累死，他給了人們想要的東西，又要安撫少數反對的人。」

這正是他會做的事，在他生命的最後幾個月裡，麥可．柯林斯會慢慢被折磨到不成人樣。我的胃彷彿扭曲，胸口灼熱。我強迫自己不受影響。我現在不會去想那些事情。不是現在。

「托馬斯，你有睡嗎？他有睡嗎？」我問。

「妳昨晚讓我筋疲力盡，女人。我睡了幾個小時，睡得很沉。」他低聲說，一根手指輕觸我的嘴唇，提醒我之前的那些吻，但隨即抽手，彷彿對我所給予他的和平及愉悅感到愧疚。「但我懷疑麥可沒睡。」他小聲說：「凌晨三點，我就聽到他在廚房裡東翻西找。」

「快天亮了，他要去哪裡？」

「去做彌撒，告解，領聖餐。他做彌撒的次數比我知道的窮凶惡煞都要多。」他低聲說：「那會讓他感到平靜、頭腦清醒，也讓他飽受批評。這就是愛爾蘭人，指責一個人的罪行，還拒絕他領取聖餐。有人說他虔誠，也有人說他踏入教堂是僞君子的行爲。」

「你是怎麼想的？」我問。

「如果人是完美的，就不需要被拯救了。」

我悲傷地笑了，但他沒有露出笑容。

我取走他手中的杯子，放在一旁，坐上他的大腿，張手輕輕摟住他的肩膀。他沒有抱住我的臀部將我拉向他。沒有將臉埋進我的脖子，也沒有抬起臉來吻我。他的沮喪塡滿了我們之間的空隙，緊繃的大腿夾住我的膝蓋。我開始解開他的襯衫扣子，一個，兩個，三個。我停下來，在他露在衣服外的喉嚨上印下一個吻。他身上有咖啡的味道，以及奧圖太太的手工迷迭香皂味。

他身上有我的味道。

我的腹部升起一股熱意，驅走恐懼。我用臉頰來回磨蹭他的臉頰，用鼻子頂他，我的手繼續工作。他很快得刮鬍子了。他的下巴粗糙，眼睛出現黑眼圈。他看著我脫掉他的襯衫。我讓他抬起雙臂，以便脫下他的內衫。他一手托住我的下巴，將我的唇拉到他的嘴邊。

「妳是想拯救我嗎，安？」

「一直都是。」

他渾身顫抖。我親吻他的嘴角，用舌頭摸索他唇間的縫隙。我的手貼在他溫暖堅實的胸膛上，感受到他急促的心跳。陰霾逐漸散去。他閉上眼，張嘴抵著我的唇。

好一會兒，我們彼此撫摸交流，加深了吻，難分難捨。我們貼著彼此起伏，嘴巴緩慢，雙唇慵懶，交纏的舌頭分開又結合。

他的手滑過我在藍色睡袍底下的小腿，睡袍腰帶緊束在我的腰間。他抓住我的大腿，揉捏我的臀部。他的手掌掠過我的肋骨和胸部，又重新返回托住、撫摸，充滿敬意，鍥而不捨。他抱著我滑出椅子，躺到地上，拋下了悲淒的情緒，用惻隱取而代之。他的嘴取代手的位置，手忙著打開我的睡袍，丟到一旁。我一絲不掛地躺在他下面，貼著他的肌膚嬌喘，把活力送入他的體內，自己也獲得拯救。

一九二三年一月十七日

一月十四日，眾議院再度開會，由於戴、瓦勒拉和所有不認同投票結果的人離開，議會人數大幅減半。在戴．瓦勒拉辭職後，亞瑟．格里菲斯接任總統，根據條約成立新臨時政府，而阿麥被任命為主席。

在辯論和投票撕裂了愛爾蘭議會後，我和安沒有留在都柏林。我們急著離開，回到歐文身邊和相對平靜的朵姆赫鎮。但之後我們又帶著歐文回來，見證都柏林城堡——英國統治愛爾蘭的象徵——移交給臨時政府。

正式典禮上，阿麥遲到了。他開著一輛敞篷公務車抵達現場，一身筆挺的志願軍舊制服，靴子閃閃發光。

群眾夾道歡迎，歐文坐在我的肩膀上，瘋狂揮手大喊：「阿麥！阿麥！」就好像他和麥可是老朋友。我感動到說不出話，安在我身旁不加掩飾地落淚。

阿麥後來告訴我，接替弗倫奇勳爵擔任總督的菲茨艾倫子爵，當時嗤之以鼻地說：「柯林斯先生，你遲到了七分鐘。」對此，阿麥回應：「總督，我們已經等了七百年，這七分鐘你可以等。」

星期二，我們目睹愛爾蘭新成立的警察部隊——市民警衛隊——身穿黑色制服、頭戴徽章帽子，朝都柏林城堡邁步前進，正式執行他們的職責。阿麥說他們是第一批招募的警察，之後會有更多人加入。國家有一半的人失業，申請加入的人數正不斷增加。

無論人們對阿麥或條約有什麼評價，親眼看到權利和平轉移的這一刻，我永遠不會忘記。每個家庭、每條街道，以及各大報紙上，都柏林人對這一天的到來感到非常驚奇。不是只有大城市看得到條約的影響，除了三個港口駐軍之外，愛爾蘭各地的英軍都在準備撤退。黑棕部隊和後備隊也已經離開了。

T、S、

第22章　安慰

我從沒想過感情會如此深刻，
我們的罪行僅僅因為產生了感情，
便黯淡了我們的命運？
在犯下罪行之地，
罪行也可被遺忘。

——W．B．葉慈

英軍撤退的希望和象徵沒過幾個月就被遺忘。彷彿回到英愛停火時期，兩大對立的愛爾蘭派系——支持條約和反條約——開始強力鞏固自己的陣營，爭取更多支持者加入，努力向社會大眾宣傳自己的觀點。愛爾蘭共和軍一分為二，一半加入麥可·柯林斯和自由邦擁護者，另一半則拒絕妥協，在共和主義者的旗幟下集結，意味著他們不接受共和國以外的結果。

戴·瓦勒拉積極宣揚反條約，吸引大批不滿自由邦作為結果的市民。這些人裡，許多人遭受過英國毒手，不願向一個不可靠的對手妥協。英國曾打破一六九一年的〈利默里克條約〉(注)，惡名遠播，而支持戴·瓦勒拉的人認為英國也會打破〈愛爾蘭自由邦（協定）法案〉。

麥可·柯林斯也開始動作，他走遍各大城市，吸引成千上萬不想再引發衝突和戰爭的人。托馬斯長途跋涉去見他，支持他，評估社會大眾的看法。就像其他城市一樣，利特林郡和斯萊戈郡的人各自選邊靠攏，劃定界線。街上曾因黑棕部隊和後備隊而緊繃的氛圍再次回來了。鄰里間的敵意和朋友間的不信任成了新的爭端。歐文一直做惡夢，而布麗姬神經緊張，在對托馬斯的忠誠和對兒子們的愛之間陷入兩難。當托馬斯和麥可遠行時，我留在加瓦戈里，因為害怕只有一老一少在家。

二月進入了三月，轉眼又到四月，愛爾蘭領導階層的裂痕轉變成整個國家的鴻溝，社會陷入混亂，危險逼近愛爾蘭。想要推翻新政府就需要關鍵的槍枝和資金，不時有人突襲銀行和哨所。報社被洗劫或佔領，宣傳機器開始真正運作。反條約的其中一支愛爾蘭共和軍猶如四處討伐的軍閥，開始入侵城鎮。控制利默里克這座城市，意味著控制了香農河的橋梁，扼住西部和南部地區的咽喉。支持和反對的勢力都在此盤據。

反條約的愛爾蘭共和軍佔領英軍剛撤退的軍營，在酒店設立總部，佔領政府大樓。要驅逐他們就得動用武力，但沒有人想使用武力。

四月十三日，在斯萊戈郡一次支持條約的集會上，麥可對著一千名民眾發表談話，但隨著人群爆發衝突，廣場附近一扇窗戶傳來槍聲，有人迅速將他帶離舞台。他被塞進一輛防彈車後座，托馬斯緊跟在後，車子直奔加瓦戈里。到恢復秩序之前，他在朵姆赫鎮過了一夜，有二十四名自由邦士兵包圍房子保護他。在此同時，他計劃著下一步行動。我們圍坐在餐桌，滿桌吃剩的晚餐。布麗姬待在自己的房間裡，歐文則在相鄰的客廳和佛格斯玩彈珠，後者對他毫不手軟，但表現出極大的耐心。

「科克外海一艘英國船被反條約的勢力劫持了。船上裝滿武器，成千上萬的槍枝現在落入那些想破壞自由邦穩定的人手中。一艘裝滿武器的船隻怎麼會這麼巧，就出現在科克外海？這擺明是英國在背後操縱。」麥可說，起身繞著桌子走。他的肚子飽了，但精神緊繃。

「英國？為什麼？」托馬斯詫異地問。

托馬斯停在窗前，望向外頭的一片漆黑，佛格斯大喊要他遠離窗戶。

「如果我做不到，托馬斯，如果愛爾蘭做不到，英國會說他們別無選擇，只能由他們來恢復秩序，協議會就此作廢，愛爾蘭將重回英國手中。所以他們暗中操控。我發了一封電報給邱吉爾，指控他串通。可能不是他，可能不是勞合・喬治，但肯定有串通，絕對是的。」

「邱吉爾怎麼說？」托馬斯驚呼。

注　Treaty of Limerick，條約內容旨在保障天主教徒的宗教自由和土地權利，然而，這項條約並沒有得到完全的執行。

「他直接否認了，他還問，愛爾蘭是否有人願意爲自由邦而戰。」

房間陷入沉默，麥可坐回椅子上，雙肘抵膝，頭埋在雙手中。托馬斯凝視著我，眼神悲傷，壓抑酸澀的喉嚨動了動。

「我跟英國戰鬥過，阿托。我殺人、埋伏、鬥智，專門製造混亂。但我受不了這一切，我不想和自己的同胞作戰。我一直在跟魔鬼做交易——現在魔鬼有太多張臉孔。我一會兒妥協，一會兒承諾，努力不讓一切化爲烏有，但沒有用。」麥可說。

「爲自由邦而戰，意味著爲自由邦而殺戮。」托馬斯正色說：「這場爭端中的每一方都有好男人，也有好女人。情緒高漲，熱血沸騰，但實際上沒有人想對自己同胞開火。我們倉促計劃，堅守陣地，爭論不休，但不會想互相殘殺。」

「把槍口對準你憎恨的人要簡單太多了。」麥可沉重地承認。「亞瑟．格里菲斯是個主張和平抗爭的人，卻也認爲武力是不可避免的。」

亞瑟．格里菲斯計劃在星期日時，於斯萊戈市政廳和其他支持條約的政治人物一同發表演說。有鑑於自己演講發生的插曲，麥可安排自由邦部隊前往維持和平，讓星期日的會議能夠順利舉行。臨時政府已通過一項獲得英國王室批准的法律，將在六月二十日前舉行大選，不管是支持或反條約，雙方人馬都會爭相維繫——或恐嚇——選民。

我們的談話被羅比打斷了，他站在飯廳門口，靴子沾滿泥巴，手拿帽子，大衣沾著雨水。

「醫生，有個年輕人在斯萊戈的槍戰中被碎片打中，他什麼也沒說，只有自己包紮，但現在病倒了，我想請你看一下。」

「把他帶到診間來，羅比。」托馬斯吩咐，拋下餐巾站起身。

「還有，告訴那小子，在有醫生的前提下，放著傷口不管是愚蠢的。」麥可抱怨道，疲憊地搖了搖頭。

「已經說了，柯林斯先生。」羅比說，向麥可敬了個禮，朝我點點頭，然後隨托馬斯離開房間。

「我想看，醫生。」歐文叫道，丟下佛格斯和彈珠，想搶到前排的位置。托馬斯沒有拒絕，佛格斯則乘機去巡視。

房間只留下麥可和我。我起身開始收盤子，得做點事情來轉移注意力。麥可疲憊地嘆氣，沒有起身。

「我又帶來混亂了。我走到哪，混亂就跟到哪。」他疲憊地說。

「加瓦戈里永遠歡迎你，我們很榮幸有你在。」我回答。

「謝謝妳，安。」他輕聲說：「我不配得到妳的好意。我知道，因為我，托馬斯很少在家。因為我，托馬斯得躲子彈，撲滅不是他引起的戰火。」

「托馬斯愛你。他相信你，我們都相信你。」我說。

我感受到他的目光落在我的臉上，我堅定地迎視他的目光。

「我很少判斷錯誤，姑娘，但我錯看妳了。托馬斯有一個不朽的靈魂，不朽的靈魂需要靈魂伴侶，很高興他找到了。」他低聲說。

我的心顫抖著，淚水盈眶。我停下堆盤子的動作，一手扠在腰上，竭力保持鎮定。我感到愧疚。內疚和猶豫交織著恐懼與絕望。每一天，我都在天人交戰，糾結著是要盡責提醒還是保護他人；每一天，我都在努力忽略自己知道的事情。

「有件事我要告訴你，麥可。聽我說，而且要相信我，就算不是爲了你自己，也是爲了托馬斯。」我說。這些話猶如梗在喉中的灰燼，猶如撒向湖中的歐文骨灰，繚繞在我周圍。但麥可搖搖頭，拒絕了我，彷彿他預料到這些話會導致的後果。

「妳知道在我出生那天，我母親一直工作到臨盆那一刻嗎？我姊姊瑪麗看到她在痛，知道她快生了，但我母親從未抱怨或休息。工作沒做完她不會停下來。」他的目光始終沒有離開我的臉。「我是她第八個孩子，也是最小的一個。她獨自一人在晚上生下我。我姊姊告訴我，她幾乎是一生下我就馬上站起來了。我母親就這樣一直工作到她去世。她是一股無法阻擋的力量。她熱愛她的國家，熱愛她的家庭。」

麥可深吸一口氣，很明顯的，談起她仍讓他感到痛苦。我能理解，我也是一想到爺爺就難過。「她在我十六歲時去世，我當時非常傷心，但現在呢？我慶幸她已經走了。我不希望她爲我擔心，不希望她被迫選邊站，也不希望她活得比我久。」

心跳聲迴盪在我的耳邊，我不得不別開眼睛。我知道這個房間裡發生的事情，實際上已經發生過了。我的存在不是歷史的變數，而是其中的一部分。照片已經證明這一點。爺爺就是這個事實的見證。我相信，我有說或沒說的任何事，都是構成事件的一部分。

但我知道麥可．柯林斯是怎麼死的。

我知道會在哪裡發生。

我知道是什麼時候。

這是我一直隱瞞托馬斯的事。他也從未過問。他一旦知情，日子只會更難過，所以我深藏在心中。然而，守著這個祕密讓我覺得自己像是共犯，它啃噬著我的胃，困擾著我的夢。我不知道是誰下的手——殺手的身分從未獲得證實——自然無從保護麥可．柯林斯。但我可以警告他，我必須這麼做。

「別告訴我，安。」麥可命令，洞悉了我的內心掙扎。「該來的終究會來。我知道，也感覺得到。我在夢中聽到報喪女妖的哭泣，死神已經尾隨我很久了，我寧願不知道那混帳什麼時候會趕上我。」

「愛爾蘭需要你。」我懇求。

「愛爾蘭需要詹姆斯．康諾利、湯姆．克拉克，以及肖恩．麥克德莫特、狄克蘭．加拉赫。每個人都有自己的角色和責任。我走了，還會有其他人。」

我只能搖頭。會有其他人，但再也不會有另一個麥可．柯林斯。柯林斯、托馬斯和我爺爺都是不可取代的人。

「明知道卻阻止不了，讓妳感到沉重對吧？」他低聲說。

我點點頭，忍不住落淚。他想必看出了我的絕望和欲言又止的懺悔。我是多麼想告訴他，多麼想卸下這個重擔。他倏地起身，走向我，搖著頭，伸出一根手指按在我的唇上，俯身凝視我的眼睛。

「一個字也別說，姑娘。順其自然吧，就算是爲了我。我不想去數自己還有多少日子。」

我點點頭。他挺直背脊，遲疑了一會兒，彷彿擔心我會說出口，但還是把手指移開。有好一會兒，我們打量彼此，在無聲之中爭辯，意志相爭，築起心牆，接著，同時呼出一口氣，達成一種默契。我輕輕拭去臉頰上的淚水，莫名地釋懷開來。

「妳看起來有了呢，安。阿托知道嗎？」麥可輕聲說，表情恢復平靜。我震驚地後退一步。

「什、什麼？」我結結巴巴地說，我自己甚至都還不確定啊。

他笑了起來。「啊，我就知道。如果妳保守我的祕密，我就保守妳的，如何？」

「我不知道你在說什麼？」我氣呼呼地說，仍感到震驚不已。

「就是這樣，否認，迴避，反駁。」他神祕兮兮地低語，眨了眨眼。「對我一直很有效。」

他轉身離開房間之前，從籃子裡抓了一片火雞肉和一大塊麵包。捉弄完我之後，他似乎胃口變好了。

「我猜托馬斯已經知道了，他一向觀察入微。而且全寫在妳臉上了。妳的臉頰紅潤，兩眼發光。恭喜妳，姑娘，如果是我的孩子，我會開心得不得了。」他打趣道，再次眨了個眼。

麥可．柯林斯將於一九二二年八月二十二前往科克，他的親信懇求他三思，留在都柏林，但他不聽。他將在一個叫*Béal na mBláth*——花之谷——的小山谷中遭到伏擊身亡。

我寫下即將發生的事，寫下每一個關於麥可．柯林斯之死的細節和理論：22.8.22；22.8.22。這個日期像脈搏般在我腦中跳動，彷彿一個恐怖故事的標題，不斷吞噬我．我不得不把這個故事寫下來，這是我與麥可．柯林斯的妥協，就像他要求我的那樣，在那一天到來之前，我會保持沉默。

我會把這些苦澀酸鹹的話留在嘴裡。但到最後，我不會也不能保持沉默。當那一天來臨時，我會告訴托馬斯，我會告訴喬伊，我會把麥可．柯林斯鎖在房間裡，把他綁起來，用搶指著他的頭，阻止他的命運。這幾張紙將成爲我的保險，我的備份計畫。即使我出事了，它們也會代替我發言，麥可的故事將會有一個新的結局。

因爲不是用鍵盤，我寫到手都快抽筋。我已經很久沒有認眞用手寫字了。我的筆跡很糟糕，但寫字讓我可以平靜下來。

當我寫下所有自己記得的事後，把紙折好放進信封裡封好，然後收進梳妝台的抽屜裡。

四月十四日，都柏林位於利菲河河畔的四法院大樓（注）被反條約勢力佔領，對外宣稱爲新的共和國總部。奧康內爾街上的幾座建築和凱勒梅堡監獄也淪陷。自由邦的倉庫和彈藥庫被突襲，物資被囤積在被佔領的建築物中，冗長的內戰才剛拉開序幕。

「安，妳就不能先警告我一下嗎？」麥可抱怨，托馬斯瞪了他一眼，麥可畏縮了一下，抓抓自己的頭髮。

「對不起，姑娘，我有時候會失態，是吧？」

注　為愛爾蘭最高法院、愛爾蘭高等法院、特別刑事法院、中央刑事法院的所在地，故由此得名。

麥可匆忙離開加瓦戈里，他的車隊緊隨其後，其中包括那位被流彈波及的士兵。托馬斯一開始對於是否留下一事猶豫不決，最後因爲擔心四法院大樓會爆發打鬥，用得上他的專業，便在最後一刻收拾行李，準備跟隨。

看到客人一個個離開，快樂的時光結束了，歐文悶悶不樂。他求托馬斯帶上他，帶上我，但托馬斯拒絕了，並保證幾天後就會回家。佔領四法院大樓加劇雙方衝突，預言著會有流血事件。我不記得詳細細節，無法安慰托馬斯，只知道戰爭一觸即發。彈藥庫被偷走的彈藥炸掉了四法院，造成人員雙亡。那些好人們。只是我記不清時間線和技術細節。

「麥可說得對。」我對托馬斯說，他正在收拾東西。「我一直心不在焉，有些日期就像腦中持續的光芒，有些細節我怎樣都忘不掉，但其他的事情，我應該記得卻沒有記住。我會再努力。」我喃喃地說。

「阿麥會對他愛的人發火，妳可以想成是因爲他信任妳，喜歡妳。」托馬斯嘆了口氣。

「那你還一副想揍他的樣子？」

「我才不管他是喜歡妳還是信任妳，他得注意他的禮儀。」

「你很兇呢，史密斯醫生。」

他笑著闔上行李箱，慢慢走向我，雙手插口袋，斜著頭，一臉有話想說。

「伯爵夫人，妳是不是有事忘了告訴我啊？」

他低聲說道，湊近我，近到我的胸部碰到他的胸膛。我的胸部腫脹、緊繃，我輕輕呻吟著，既想擁抱他，又想保護自己。他的唇掠過我的頭髮，他將手從口袋中抽出，沿著我的側身往上滑，直到拇指劃過敏感的蓓蕾。

「妳會痛，妳好美，而且一月以來就沒來月事。」他低聲說，輕柔地撫摸我，我的疼痛變成了渴望。

「我本來就不太規律。」我含糊其辭，心跳加速。「我沒有懷孕過，不能確定。」

「我知道。」他說，托起我的臉。那一刻，他深情且小心翼翼地吻我，彷彿我的嘴裡裝的是他的孩子，而不是我的子宮。

「我太開心了。」他貼著我的唇說：「在世界天翻地覆的時候，感到開心是錯的嗎？」

「我爺爺說過，開心是在表達感激，感恩永遠不會是錯的。」

「我想知道他是從哪學到的？」他低聲說，湛藍的眼中閃著光芒，我移不開目光，迷失在他身上。

「歐文渴望有一個完整的家庭。」我說，突然陷入沉思。「我不知道這一切如何運作，每當我試圖理解，嘗試在腦中解開謎團，想得愈深入，就會愈害怕。」

他沉默片刻，思索著，目光始終沒離開我的眼睛。「關於信仰，妳爺爺是怎麼告訴妳的？」

答案宛如耳語般掠過心頭，我彷彿回到那個暴風之夜，窩在爺爺懷裡。那已是一個遙遠到很不眞實的世界。

「他告訴我一切都會沒事，因爲風早已知道。」我低聲說。

「那就是妳的答案，吾愛。」

一九二三年四月十六日

我千頭萬緒，卻沒有多少空間能寫出來。這本日記已經滿了，而我還有很多話要說。離天亮還有一段時間，安送我一本新日記當生日禮物，但它還在我家床頭櫃上等著被填滿。

我一身冷汗醒來，獨自一人在床上。我討厭沒有安的都柏林。我討厭沒有安的科克，沒有安的凱里，沒有安的高威，沒有安的韋克斯福德。我發現，只要沒有安，我在哪裡都不怎麼快樂。

我是被雨聲吵醒的。都柏林正逢暴雨，彷彿上帝試圖撲滅我們不滿的火焰。就算四法院會爆發衝突，也不會是現在。阿麥說他們會盡量避免，我擔心他不願意正面與反條約派交鋒，只會讓他們更加膽大妄為。但他不需要知道我在想什麼。我希望當時有留在加瓦戈里。我本來可以回去，但雨下個不停，道路泥濘，最好等雨停再說。

湍急的水聲滲透進我的夢境，我夢到湖泊，又一次從水中拉起小安。就像大多數的夢一樣，既奇怪又支離破碎，安突然不見，留下我一人渾身濕透，空著雙手。她的血染紅了我的船底。我尖叫大哭，哭聲成了悲鳴，那悲鳴來自我懷中的嬰兒，嬰兒被包裹在安血跡斑斑的襯衫裡。嬰兒變形成歐文，緊抓住我，冷得發抖且嚇壞了。我抱著他，像往常那樣唱歌給他聽。

「他們不能忘記，他們永遠不會。風和浪仍記得祂。」

我的腦中反覆浮現這首歌。

該死的雨，討厭的湖，從沒想過我居然會討厭湖泊。但今晚我真的討厭。我討厭沒有安的都柏林。

「別靠近水邊，親愛的。」每次分開時我總輕聲叮嚀她。安點頭，心照不宣。這次我忘了提醒她，我忙著想其他事，滿腦子是她，還有孩子。我們的孩子正在她體內成長。

真希望雨快點停，我必須回家。

T、S、

我從水中救起妳，
安置在我的床上，
一個孤獨的迷途女兒，
來自一個還未消逝的過去。

迷戀莫名演變成愛意，
破碎掉一顆鐵石心腸，
懷疑成了告白，
莊嚴許下血肉之盟。

我聽見風的哀鳴，
朝聖者的靈魂被時光尋回，
呼嘯著要將妳帶回，
吩咐我隨之甜蜜地沉溺。

親愛的，別靠近水邊，
遠離岸邊和海洋，
親愛的，妳無法行走水面，
湖水會將妳帶離我身邊。

第23章 直到時間追上

親愛的影子，現在你們全知曉了，
所有爭鬥的愚蠢，
無論對與錯，
無辜的人和美麗的人，
唯一的敵人是時間；
起來，吩咐我點燃一根火柴，
再點燃另一根，直到時間追上。

——W．B．葉慈

對托馬斯坦承懷孕之後，我不必再遮遮掩掩，整個星期天早上就在虛弱和疲憊之中度過。歐文醒來後咳個不停，我留在家裡照顧他，布麗姬和奧圖一家去參加彌撒。天空陰沉——東邊正在醞釀一場暴風雨——歐文和我爬上托馬斯的大床，一本接一本地讀遍所有歐文的冒險故事，把麥可．柯林斯的故事留到最後。歐文身負重任要保護麥可的書，我們讀的時候，他屏住呼吸，小心翼翼地翻頁，以免讀書時弄皺或弄髒了它們。

「我們應該來寫一個關於我們的故事。」他在我闔上最後一頁時說。

「你、我和托馬斯？」

「沒錯。」他喃喃地說，打了個大呵欠。他咳了一整夜，需要小睡一會兒。我把毯子拉到他的肩膀以上，他縮成一團，閉上眼睛。

「那我們應該做些什麼？去哪裡？」

「都可以，只要我們在一起就好。」他的貼心讓我不禁喉嚨酸澀。

「我愛你，歐文。」

「我也愛妳。」他咕噥地說。

我看著他逐漸入睡，有股衝動想把他抱起來，緊緊摟著，告訴他，他給我帶來多少快樂。但他已開始輕輕打鼾，呼吸因感冒而略顯吃力。我吻了一下他長滿雀斑的額頭，用臉頰輕輕磨蹭那滿頭的紅髮。

我悄悄離開房間，輕輕關上門，走下樓梯。布麗姬和奧圖一家已經從彌撒回來，正在準備簡單的午餐。我得梳理一下自己。羅比想去斯萊戈聽亞瑟．格里菲斯在市政廳的演講，但托馬斯吩咐羅比在他離家時要寸步不離地跟著我，晚上睡在加瓦戈里，任何離家太遠的工作都交給羅比的兄弟去做。自從托馬斯在十二月表明不歡迎連恩和班之後，我們再也沒有那兩人的消息。儘管風平浪靜地過了幾個月，托馬斯並沒有放下戒心。我知道如果不跟著一起去，羅比沒辦法去參加選舉會議。我不想公開露臉也不想參與政治，但不介意再聽一次亞瑟·格里菲斯的演講，也不希望羅比錯過聽一位相當偉大的人演講的機會。

半小時後，我們開車沿著小巷慢慢前進。離家前，我們向布麗姬保證不會太晚回來，歐文還在睡，暴風雨還有一定距離。而布麗姬似乎很喜歡一整個下午窩在火爐旁編織，用我的留聲機聽音樂。

斯萊戈的街上到處都是士兵，緊張的氛圍在我胸中嗡嗡作響。羅比開著奧圖家的農場卡車，在碼頭街找到一處地方停車。一輛卡車轟隆隆駛過，車上坐滿反條約的武裝部隊，讓人難以忽視他們的存在。如果他們有意達到震懾目的，那他們確實成功了。羅比和我下了車，朝鋪著鵝卵石的庭院走去。庭院環繞著市政廳，我們身邊人來人往，大夥兒避開街道，聚集在宮殿式的大樓外，眼睛掃視不斷增加的人數，留意隨時可能出現的麻煩。自由邦部隊至少有三十多名隊員，在大樓周圍圍起一個防護圈，確保會議順利進行。另一輛坐滿愛爾蘭共和軍的卡車緩緩接近，所有人轉頭去看，我瞄到一張熟悉的臉。

「羅比，那是連恩嗎？」我抓著他的手臂小聲問。那個男人在卡車前面，面對另一邊，身體被其他人擋住，頭髮隱藏在一頂普通的扁帽下。卡車沿著街道繼續行駛，我們兩人都沒能看得很清楚。

「我不知道，史密斯夫人。」羅比猶豫了一下。「我沒看到他，說不定我們根本不該來。」

「羅比！」有人喊道，我們轉向圓形羅馬式入口，就在這時，人字形山牆塔上的鐘敲響整點，鐘聲迴盪在烏雲密布的天空，彷彿喚醒了雨水。天空隆隆作響，斗大的雨珠打濕我們周圍的鵝卵石。

「是伊蒙．唐納利，他說會幫我們留位置。」羅比說，我和他便連忙衝向石灰岩台階。我們選擇了留下。

會議順利進行，沒發生任何意外。雖然錯過開頭的演講，但我們津津有味地聆聽亞瑟．格里菲斯的演講。亞瑟．格里菲斯不用筆記，雙手扶著手杖，而他的演講不是那種煽動人群或感染力極強的激動演說。他謹慎而堅定，敦促人民投票支持條約和支持該條約的候選人，並非因為條約完滿解決了愛爾蘭所有的問題，而是它承諾了最佳的前進道路。

演說結束，他受到熱烈歡迎，全場起立為他鼓掌喝采。人群歡呼、跺腳，羅比和我則離開座位，搶在人群之前偷偷走出會議室，沿著鐵欄杆的寬敞樓梯匆忙下樓。這座建築物美在它的釉面圓頂和精雕細琢的砂岩，我本想留步欣賞，但羅比相當緊張，一心想走，分秒必爭地趕我上車。一個小時後，直到我們回到加瓦戈里他才放鬆下來。

他送我到主屋前，這樣我就不用從穀倉獨自走過來，他也感謝我下午陪他外出。

「我會在外面逗留一會兒，我跟爸說會在彌撒之前餵飽動物，但我還沒餵。要是他發現我去鎮上，肯定會不高興。希望他永遠不會知道。」

我跳下車，揮手目送他離開。

房子很安靜，我穿過門廳走進自己的房間。我睡在托馬斯的床上，但他的衣櫃對我們兩個來說太小了。我的其他東西都放在一樓房間，當想寫東西或需要一個人獨處時，我就會躲到那裡。我們遲早會需要重新安排生活空間，尤其是在孩子出生後。加瓦戈里有六間空房，有足夠的空間安排一個大主臥和育兒室，還能就近照顧歐文。

我脫下帽子和外套，掛在衣櫃裡，轉身想去抽屜拿一件毛衣。抽屜是開著的。衣服被翻得亂七八糟，像是有人明目張膽在翻箱倒櫃找東西。最上面一層矮抽屜收著我的珠寶，以及在加瓦戈里這十個月來拿到的小物品，如今也全被倒了出來。我不慌不忙地拿起抽屜，滿心疑惑地重新整理。

「歐文？」我喊道。他現在一定醒了。他和布麗姬在房子的某個地方。他的病還沒好，不能到外面去，應該是他在翻我的抽屜，只有他會搞得一團亂。

我整理好被弄亂的東西，清點了一下我的珠寶和一小疊留聲機唱片，想知道他在找什麼。我隱約聽見門外有腳步聲，頭也不抬地喊：

「歐文？你翻過我的抽屜嗎？」

「不是歐文。」布麗姬站在門口，語氣有點不對勁。她的胸前抱著一疊紙，臉色慘白，眼神慌亂。

「布麗姬？」

「妳是誰？為什麼要這樣對我們？」她哽咽地說。

「布麗姬，我做了什麼？」我問道，血液在我耳邊轟鳴。我朝她邁出一步，她立刻後退一步。

連恩從她背後繞出來，用步槍指著我的胸膛，眼神冷漠，嘴巴緊閉。

「布麗姬。」我哀求，緊盯著那把武器。「這是怎麼回事？」

「連恩從第一天就告訴我，妳不是我們的安，我還不相信他。」

「我不明白。」我低聲說，雙手環抱自己的腰。老天，現在是什麼情況？

「歐文在找東西，我發現他在妳房間，還罵了他。我把東西收起來的時候，信封掉在地上。」

布麗姬解釋，她說得很快，聲音沙啞。

「妳打開了？」

她點點頭。「我打開來看了。我知道妳的計畫。妳騙過托馬斯，騙過麥可．柯林斯，但妳騙不了連恩。他警告我們！想想托馬斯竟然信任妳。他娶了妳，妳卻在策劃謀殺麥可．柯林斯。一切都寫在這裡。」她展示出那幾張紙，手抖得厲害，紙張跟著晃動不已。

「不，妳誤會了。」我平靜地說，聲音和眼神都很冷靜。「我只是想警告他。」

「妳怎麼會知道？」她尖叫，再次搖晃那些紙。「妳一定是和黑棕部隊合作，這是唯一合理的解釋。」

「布麗姬，歐文呢？」我低聲問，沒有費心替自己辯解，或提醒她黑棕部隊和後備隊都早已離開愛爾蘭。但她已經做出最壞的結論，我現在說什麼都沒用了。

「我不會告訴妳！妳不是他媽媽，對吧？」

我向她邁出一步，伸出手想安撫她。

「我要妳離開。」她提高聲音。「妳走，滾出這個房子，永遠不要回來。我會把這個拿給托馬斯看，他會知道怎麼做。但妳必須離開。」

連恩朝前門示意。「走，快走。」他斬釘截鐵地說。

我僵硬地移動雙腳，走出房間，來到門廳。布麗姬背靠牆站著，手裡緊握著那些紙張。我不去理會連恩，只是懇求他的母親。

「我們打電話去都柏林的家，聯絡托馬斯，妳可以告訴他一切，現在就說。」我提議。

「不！我要妳離開。我不知道怎麼告訴歐文，他還以為媽媽回家了。」布麗姬哭了起來，她的臉就像握在拳頭裡的紙張一樣皺巴巴。她丟下紙，用手擦掉淚水，連恩彎腰撿起來，塞進褲子的腰帶裡。

「布麗姬，歐文沒事吧？他安全嗎？」我問道，眼睛緊盯著通往二樓的寬敞樓梯，幾個小時前，我把歐文留在上面。

「關妳什麼事？」她哭喊著。「他不是妳兒子，對妳來說，他什麼也不是。」

「我只想知道他是否沒事。我不希望他聽到妳哭，也不希望他看到槍。」

「我永遠不會傷害歐文！我永遠不會對他撒謊，永遠不會佯裝成其他人！」她尖叫。「我在保護他遠離妳，從妳出現的那一刻起，我就應該這麼做。」

「好，我走。我會離開這棟房子，先讓我拿我的外套和手提包——」

比起她的顫抖和淚水，她眼中的怒火和漲紅的雙頰更令人恐懼。

「**妳的**外套？**妳的**手提包？那是托馬斯買給妳的，他庇護妳，關心妳，妳卻欺騙了他！妳欺騙了那個善良大方的人。」她憤怒地說。

「走！」連恩命令道，用步槍指向門。我放棄掙扎，爲了保命只能乖乖走出大門。連恩跟在後面，槍口對準我的背。我打開門走下前台階，連恩緊跟在後。

布麗姬關上門，我聽到上鎖的聲音，老式的門閂滑入位置。我雙腿一軟，跪倒在地上發抖。我沒有哭。我太震驚了。我只是跪著，頭垂到胸前，雙手抵著潮濕的草地，想辦法脫身。

「現在就給我走。」連恩命令，我想知道布麗姬是否躲在窗簾後看，我祈禱歐文沒有看到。我慢慢站起來，眼睛盯著連恩手中的槍。他輕鬆自然地握著槍，他曾當著兩個人的面，毫不猶豫地對我開槍。

「你又要開槍射我嗎？」我高聲說，但願羅比會聽到趕來救我，但隨即感到一絲愧疚。我祈禱羅比能遠離這裡，我不希望他死。

連恩瞇起眼，斜著頭打量我，沒有放下槍。

「我想我會的，妳陰魂不散，妳有九條命，小安。」

「小安？你對布麗姬說我不是小安。那你有沒有告訴她，你想殺了我？」我挑釁地問。

他臉上閃過一絲懼意，緊握住槍。「第一次的時候，我不是故意射妳，那是個意外。」

我茫然地盯著他，難以置信，甚至更加害怕。他在說什麼？第一次？他試圖殺死安・加拉赫幾次了？

「湖上那一次呢？那也是意外？」我迫切地想知道。

他緊張不安地逼近我，目光銳利。「我以爲是霧太濃看錯了，但眞的是妳。布洛迪和馬丁也看到妳，我們連忙離開那裡。」

「如果不是托馬斯發現我，我就死定了。」我說。

「妳已經死了！」他突然抓狂怒吼。我嚇得後退一步。

「現在，我要妳沿著樹林走下去。」他命令道，指向樹林的手在顫抖，我意識到他也在害怕。

「聽說我的一名夥伴被埋在沼澤裡，我們要通過湖泊往那裡去。」

我不會跟他去任何地方，不去沼澤，也不去湖泊。我一動也不動，他見狀衝過來，一手抓住我的頭髮，槍口對準我的肚子。

「轉身走。」他湊近我的耳邊嘶啞地說：「不然我現在就開槍。」

「爲什麼要這麼做？」

「走！」

我別無選擇，移動腳步開始走。他的手緊抓著我的頭髮，我被迫仰著頭，無法看清楚腳下的路，跌跌撞撞地被他推向樹林。

「我今天在斯萊戈看到妳和獨眼羅比，既然是羅比陪著妳，我猜阿托不在鎮上，就想去看一下我母親。但我一到那裡，就發現她在哭，她很生氣地告訴我妳和黑棕部隊合作。妳也替英國工作嗎，小安？妳來這裡是爲了殺死柯林斯嗎？」

「不是。」我喘著氣回答。我的頭皮好痛。我踉蹌了下，他又把我往前拉。

「我不在乎妳是不是，我只要妳消失，而妳給了我完美的藉口。」

我們穿過樹林，沿著堤岸下滑到湖畔。伊蒙的船停靠在岸邊，連恩大步走過去，催促我跟上。

「把船推出去。」連恩喝斥道。他放開我的頭髮，把我推向前，始終用槍指著我的背以防我逃跑。我猶豫了，目光停留在拍打上岸邊的湖水。

「不。」我呻吟著。**別靠近水邊，親愛的。**

「推出去。」連恩大吼。

我照做。四肢感到無比沉重，內心焦灼。我把船推進湖中，水立刻灌滿了我的鞋子。我赤腳踏出鞋子，丟下它們，只要托馬斯找到鞋子，他就會知道發生了什麼事。

「噢，托馬斯。」我低喃。「歐文……我的歐文，原諒我。」水淹到我的膝蓋，我哭了起來。

「上船！」連恩喝道，跟在我後面涉水而行。我置若罔聞，繼續往前走，知道自己該怎麼做。冰冷刺骨的水不斷拍打我的大腿。

「上船！」他大吼，槍管頂在我的肩胛骨之間。我假裝往前摔倒，張開雙臂，放開了船。冰冷的湖水湧上來接住我，覆蓋住我的頭，灌入我的耳朵。我感覺到連恩死死抓住我的頭髮，他的指甲劃傷了我的臉頰。

一聲槍響傳出，槍聲在水中聽起來異常尖銳。我放聲尖叫，預期會有痛楚——預期我的終局。湖水灌進我的口鼻，我快不能呼吸，想站起來，但連恩的身體沉重地壓著我。我死命掙扎，又踢又抓，想要掙脫他的控制衝出水面。爲了活下去。

一瞬間，我變得輕盈、自由，被包裹在一個沒有空氣的氣泡中，努力保持清醒。壓在我身上的重量不見了，變成一雙拉扯我前進的雙手，那雙手抓著我，把我往上拖到鵝卵石岸。我倒在沙地上嗆咳、乾嘔，湖水輕拍我的腳，宛若在向我懺悔。湖水的味道和腳間的砂礫沒有變，但少了霧氣和陰沉的天空。太陽輕撫我顫抖的肩膀，就彷彿世界倒轉過來，朝太陽傾斜，把我從湖中倒了出來。

「妳是從哪冒出來的，小姐？我的老天，妳快把我嚇死了。」

我一時間說不出話，在我上方的那個人在落日餘暉的映襯下形成一道剪影，看不清他的容貌。

「慢慢來，沒事的。」他安慰著說，蹲在我身旁，輕拍我的背。我認出他的聲音。是伊蒙。他讓我翻身趴在地上，我又吐了一肚子的水。

「連恩……連恩呢？」我嘶啞著聲音問。我的肺在灼燒，頭皮劇痛。我把頭靠在岸邊，慶幸自己還活著。

「連恩？」他追問：「小姐，能再多說一點嗎？」

「伊蒙，我需要羅比，我不能回家。」我咳嗽著。

「羅比？」伊蒙不解地追問：「是羅比還是伊蒙？還是連恩？對不起，小姐，妳到底在說什麼，妳想找誰？」

我翻身側躺，渾身無力，沒辦法跪坐起來。我用盡全身力氣抬頭仰望伊蒙。但他不是伊蒙。我盯著他看，努力辨識上方那張跟聲音並不相符的臉。

「天啊！」他率先驚呼。「是妳，姑娘，老天，怎麼會……妳到底去哪了？妳……妳什麼時候……」他結結巴巴地說了一堆我聽不懂的話。

「唐納利先生？」我喊著，恐懼湧上喉嚨。哦不。不，不，不……

「是我，妳在我這裡租了船，小姐。我本來不想讓妳划那艘該死的船出去。妳知道的。謝天謝地，妳沒事。我們都以爲妳溺死在湖裡了。」他一臉驚恐地坦承。

「今天幾號？是哪一年？」我悲痛地問。我沒辦法環顧四周來確認現在的狀況。我不想面對。我撐起身體勉強站起來，跌跌撞撞走回水裡。

「妳要去哪？」吉姆．唐納利問道。他不是伊蒙．唐納利，而是住在碼頭小屋裡的吉姆．唐納利，在二〇〇一年時租船給我的人。

我跌入湖中，不想承認自己已經離開了，絕望地想要回去。

那人猛地把我拉起來。「妳在幹什麼？妳瘋了嗎？」

「今天是幾號？」我掙扎地哭喊。

「七月六日。」他大聲說，抱住我的上半身，把我拖回岸邊。「該死的星期五！」

「哪一年？」我氣喘吁吁地問：「哪一年？」

「什麼？」他結結巴巴地說：「是二〇〇一年。我們找妳找了一個多星期了。整整十天，妳一直沒回到岸上，跟著那艘船一起失蹤。警察處理完後，租車公司來把妳的車開走了。」他指向一個停車場。當托馬斯住在加瓦戈里時，當歐文住在加瓦戈里時，當我住在加瓦戈里時，那個停車場根本不存在。

「不！」我哭喊著。「不！」

「警察來過這裡，帶著設備在湖上搜索，甚至派潛水員下去。」他搖著頭。「妳發生了什麼事？」

「抱歉……我也不清楚是怎麼回事，我……真的不知道。」我說。

「有我可以幫忙聯絡的人嗎？小姐，妳到底是從哪來的？」他嘀咕著，想要把我哄騙回他的溫暖小屋，好讓他可以快點打電話。我只希望他走開，但他一手搭著我的肩膀，固執地把我帶離湖泊。我得回到水中，潛入水裡，回到之前的時間，回到我離開的地方，回到我失去的生活中。

就這樣，什麼都沒了。一次呼吸，一次沉沒，我死去復又重生。連恩想殺了我，他成功了。他奪走了我的生命，奪走了我的愛，奪走了我的家庭。

「妳到底出了什麼事，姑娘？」

我一個勁地搖頭，悲痛到無法言語。我之前經歷過一次，但這一次，托馬斯和歐文不在這裡幫助我。

一九二三年四月二十六日

安不見了，失蹤了整整十天。我在星期天回到加瓦戈里，那天是四月十六日。家裡一團混亂。瑪姬抱著發燒生病的歐文，他哭到喘不過氣。瑪姬沒辦法直視我，整個人心慌意亂，只聽到她低聲說了一個字——湖——我立刻衝出門，穿過樹林跑到湖畔。羅比和派翠克正在尋找安的屍體。羅比哭著說出那天發生的事情，努力解釋那些匪夷所思的事。

連恩在湖上用槍逼迫安上船，羅比朝他開槍，而當羅比跑進湖裡把連恩從她身上拉開時，她已經不見了。

羅比說他在水裡找了一個小時，只找到她的鞋子。他認為她溺死了，但我知道，她是走了，至少她沒有死。我只能這樣安慰自己。

羅比拖著連恩回到房子，布麗姬盡力照顧他。連恩的肩膀中了一槍，失血很多，但他會活下來。

我想殺了他。

我取出子彈，清洗傷口並縫合好。當他痛到哀號時，我讓他看了眼嗎啡，但沒有給他。

「托馬斯，拜託。我說，我什麼都說，求你了。」他呻吟。

「你要怎麼減輕我的痛苦，連恩？安不見了。」我嘶啞著聲音說：「我讓你活著，但不會減少你的痛苦。」

「那不是小安，她不是小安。我發誓，阿托，我是在幫你。」他呻吟道。

布麗姬聲稱她在安的抽屜發現了一個「陰謀」，一張單子上列出暗殺麥可、柯林斯的日期和細節。布麗姬不知道那些紙跑哪去，她說是連恩拿走的，而連恩說那些紙掉進湖中了。兩個人堅信我的安是冒牌貨。他們是對的，但同時也錯得離譜。我想勒住連恩的脖子，在他的耳邊怒吼。

「她長得像安，但她不是安。」他一個勁地搖頭。

我突然意識到一件可怕的事。

「你怎麼知道，連恩？」我怕到差點問不出口，但很清楚真相就要水落石出了。「你為什麼這麼確定？」

「因為安死了，她已經死了六年。」他承認，渾身是汗，眼神滿是懇求。我能聽到布麗姬的腳步聲，她正朝著診間走來。我起身，猛地關門，上鎖。我現在沒辦法處理布麗姬的事，還不行。

「你怎麼知道的？」我喝道。

「我在場，托馬斯，我親眼看到她斷氣。她死了，安已經死了。」

「在哪？什麼時候？」我悲痛地大吼，聲音在腦中迴響。

「在郵政總局，復活節那週。求你給我點東西，醫生，我痛到無法思考。我會告訴你，但你得先幫幫我。」

我毫不猶豫將針筒插入他的腿，注射完嗎啡後，拔出針筒扔到一旁。他癱軟在床上，終於得到解脫讓他不由得輕笑出聲。

我笑不出來。「說！」我咆哮。他收起笑容，一臉懊悔。

「好，阿托，我說。我說就是了。」他沉重地嘆口氣。痛苦退去了，他的思緒飄向了遠方，從他的眼神和敘事的節奏看來，這個故事可能早已在他腦中重溫了千百次。

「在郵政總局的……最後一個晚上，我們都努力裝作若無其事，假裝不在乎屋頂隨時就要坍塌。除了亨利街的入口，所有出口都著火了。但從亨利街逃走非常危險，大家帶著武器逃跑，聽到聲音就開槍，一路互相在背後射擊。我最後一個離開，狄克蘭和奧拉希利已經先走一步。他們想去摩爾街為其他人殺出一條生路。但消息很快傳來，他們都被擊潰了。我弟弟總是身先士卒。」

回憶湧了上來，濃烈而灼熱。就像當年那個星期六，我去摩爾街尋找我的朋友時，濃煙充斥我的肺一樣。一九一六年四月二十九日是我一生中最糟糕的一天。直到今天。今天更糟。

「康納利要我在撤離之前，確定所有人都離開郵政總局。」連恩接著說，嗎啡讓他說話速度變慢。「那是我的任務，我必須看著大家一個接一個逃命，躲子彈，踩著屍體走。就在那時，我聽見她的聲音。她突然出現在郵政總局，穿過濃煙。她嚇到我了，托馬斯，我當時什麼都看不清楚，又累得要命，如果是我媽從我背後冒出來，我也會開槍。」

我等著他說出她的名字，但當他真的說出來時，我卻退縮了。

「是小安。我不知道她是怎麼回到郵政總局，那個地方已經變成地獄。」

「你做了什麼？」我沙啞著聲音說。

「我對她開槍。我不是故意的，那是本能反應。我朝她開了好幾槍，最後我跪在她身邊，她的雙眼是睜開的，她盯著我看。我叫著她的名字，但她已經死了。然後我又開了一槍……托馬斯，我想確認她是真的。」

我無法看他。我怕自己會做出傻事，就像他對狄克蘭的安、歐文的母親、我的朋友所做的事。我記得那一夜的瘋狂、疲憊和壓力，可以理解他為什麼這麼做。在那當下，我會理解，也會原諒他。但他對我撒了六年的謊，並且再次痛下殺手，只為了掩飾自己的罪行。

「我拿走她的披肩——郵政總局裡面太熱了，她一直握在手上。披肩上面竟然沒有染上半滴血。」他似乎對這個事實仍然感到震驚。我眉頭緊鎖，想像她千瘡百孔的身體下聚積了一灘血。

「她的戒指呢？」現在我全都明白了。

「我從她手指上摘下來，不想讓任何人知道那是她。我知道如果把她留在郵政總局，她的屍體就會被燒燬，沒人會知道我做了什麼。」

「除了你自己。」

連恩點點頭，面無表情，彷彿長久以來在罪惡感中的煎熬，將他折磨成一具空殼。

「然後我走出去。我走到亨利廣場，手裡拿著安的披肩，口袋裡放著她的戒指。我感覺到子彈在我身邊呼嘯而過，我想死，但我沒死。卡瓦納把我拉進摩爾街的一棟公寓裡，整個晚上，我從一棟公寓挖到另一棟，和其他人朝著薩克維爾街前進。我把披肩留在一堆瓦礫中，只留下戒指。從那之後，我一直把它收在口袋裡，我也不知道自己為什麼這麼做。」

「從那之後？」我不敢相信。怎麼可能？我最後一次見到安時，她還戴著那枚戒指。我的安。我的安。我的腿一軟，差點摔倒。

「你難道沒注意到，安戴著同一枚戒指嗎？」我掩著面哀號。

「那些英國混蛋想得真周到，不是嗎？該死的間諜。但他們失算了，我一直知道那不是她。我告訴過你，醫生，但你不肯聽，記得嗎？」

我猛地站起身，撞倒凳子。我得遠離他，免得忍不住掐住他那張義憤填膺的臉。

安告訴我，她的爺爺——歐文——給了她那枚戒指，以及我的日記和幾張照片。這些是他希望她重拾的生活片段。哦，歐文，我珍貴的孩子，我可憐的孩子。他得等上很久才能再次見到她。

「她的戒指在哪？」我忍不住問。

連恩從口袋裡拿出戒指，似乎很慶幸能擺脫它。我從他手裡接過戒指，意識到有一天我會把它交給歐文，最終歐文會交給他的孫女安，而安會戴著它回到愛爾蘭。

但這一章已經過去了，在波瀾起伏的未來和過去之間，我的戲份已經結束。我的安已經穿越湖泊，再次回家了。

「去年七月，你在湖上運送槍枝，看到安時為什麼要開槍射她？我不明白。」我問道，尋找謎底的最後一塊拼圖。

「我以為她不是真的。」連恩小聲說：「我到哪都看見她，我一直殺她，但她一直回來。」

哦，上帝，要是她能回來就好了。要是她真的能回來就好了。

隔天早上，我要連恩走人，永遠不要回來。我向他保證，如果他回來，我會親手殺了他。我讓布麗姬自己選擇要不要跟他一起走。她留了下來，但她和我都知道，我其實希望她走。我沒辦法原諒她，還不能。

我不知道怎麼活下去。呼吸都是痛苦，說話也是痛苦，醒來就是折磨。我無法安慰自己，也無法安慰歐文。他一無所知，不停地問媽媽在哪裡。我不知道該怎麼回答他。奧圖家堅持即使沒有遺體，也要為她舉行追悼會。達比神父說這有助於我們走出傷痛，但我將永遠也走不出來。

T、S、

第24章　失去的事物

我歌唱失去的，懼怕贏得的，
我走在一場重複的戰鬥中，
我的國王迷失了方向，我的士兵無所適從，
腳步或奔向日出，或奔向日落，
總敲打著同一塊小石頭。

——W．B．葉慈

吉姆·唐納利是伊蒙·唐納利的孫子，他很善良，爲我帶來一條毯子和幾雙羊毛襪，替我把濕透的連身裙丟進烘乾機。然後他聯絡警方，陪我一起坐著等待。他給了我一杯水喝，拍拍我的背，並且守在門口。他認爲我會逃跑，而我是真的想逃。

我無法思考，渾身顫抖，當他問我問題時，我只能搖頭。他開始小聲跟我說話，每隔幾分鐘就查看一下手錶。

「妳叫我伊蒙，那是我爺爺的名字。」他說，試圖轉移我的注意力。「他也住在這座湖邊，我們唐納利家族已經在這裡住了好幾代。」

我想喝一口水，但杯子從手中滑落到地板上。他立刻站起身，拿了一條毛巾給我。

「要喝些咖啡嗎？」他問道，我從他手中接過毛巾。

提到咖啡我的胃就開始翻攪。我搖了搖頭，小聲道謝，聲音聽起來像條顫抖的蛇。

他清了清嗓子，開始閒話家常。

「很久以前，有個女人溺死在那座湖裡，她的名字叫安·加拉赫。我爺爺認識她，小時候他曾講這個故事給我聽。這是個小地方，而她有點神祕。幾年過去，故事經過各種穿鑿附會。當我打電話報警，跟警方說出妳的名字時，他們還以爲我在開玩笑。我花了一點時間才說服他們我是說真的。」他扮了個鬼臉，然後沉默下來。

「沒人知道她到底出了什麼事？」我問道，潸然淚下。

「不知道，到處找不到她的屍體，所以才神祕。她住在加瓦戈里——就是樹林後的那棟莊園。」他說，看到我難過的神情，便起身去拿一盒面紙。

「她的家人呢？他們怎麼了？」我低語。

「我不知道，小姐，那是很久以前的事了。只是個老故事，半眞半假，我不是有意惹妳傷心。」

警察來了，吉姆．唐納利如釋重負地從椅上跳起來，帶他們進屋。一連串的問話後，我被帶到醫院接受觀察，確定我眞的懷孕了。我的心理健康狀態受到質疑，好幾通電話來回，只爲了確認我是否會自我傷害或對他人造成危險。我立刻意識到，我的自由和獨立，取決於我能否讓其他人相信我很好。而我並不好，我身心俱疲，仍處在現實的打擊之中。但我沒有精神錯亂或危險。麥可．柯林斯曾說過——否認、迴避、反駁——這就是我所做的，最後，我被釋放了。

警方沒花多久就查出我下榻的地方，從斯萊戈大南方酒店拿到我的行李箱。他們撬開我租來的車，在座位下找到錢包。警方搜索我的財物，調查結束後隨即還給我。我付清醫療費，捐錢給郡內的搜救單位，然後默默重新入住酒店。當櫃檯人員看到我的名字時沒有太大反應，警方辦事很謹愼。我拿到我的錢包、護照和衣物，但還需要租一輛車。最後我選擇買了一輛。我沒有打算離開愛爾蘭。

歐文去世後一個星期，我離開曼哈頓，把他的衣服留在抽屜裡，他的咖啡杯則在水槽，牙刷留在浴室。我鎖上他在布魯克林的赤褐色公寓，推遲了他的律師要討論遺產的來電，並讓我的助理和經紀人轉告所有人，等我從愛爾蘭回來之後再來處理歐文的遺物和我自己的事務。

警方在我的錢包裡發現一張名片，我的名字下方印有經紀人的名字：芭芭拉．柯恩。他們聯繫上她，地球上唯一可能知道我下落的人。警方在整個調查過程中一直和她保持密切聯繫。他們放我出院後，隔天，我打電話給她，她在千里之外大哭，擤著鼻涕要我立刻回家。

「我要留在這裡，芭芭拉。」我輕聲說。說話這件事很痛苦，會觸痛我傷痕累累的靈魂。

「什麼？」她嚷嚷到一半打住。「爲什麼？」

「愛爾蘭就像是我的故鄉。」

「是嗎？可是……妳是美國公民，總不能就這樣定居在那裡吧，妳的工作怎麼辦？」

「我在任何地方都可以寫作。」我回答，然後皺起眉。我曾對托馬斯說過同樣的話。「我會申請雙重國籍，我爺爺在這裡出生，我母親也是，獲得國籍應該不會太難。」我說這些話時好像很認眞，但事實是做什麼都很困難。眨眼很困難，說話也是，站直也是。

「但是……妳在這裡的公寓怎麼辦？妳的東西？妳爺爺的房子呢？」

「芭芭拉，錢能解決的事都是小事。我可以雇人幫我處理。」我安慰她，迫不急待想掛斷電話。

「嗯……至少妳在那裡有房產。那棟房子適合居住嗎？也許妳不用買房子。」

「什麼房產？」我疲倦地說。我很愛芭芭拉，但我太累了，非常累。

「哈維提到妳爺爺在那裡有房產，我以爲妳知道。妳沒跟哈維談過嗎？」哈維．柯恩是芭芭拉的丈夫，正好也是歐文的遺產律師。關係有點密切，但也很方便而且高效率。哈維和芭芭拉都很優秀，全交給他們是有道理的。

「妳知道我沒跟他談過，芭芭拉。」我離開之前沒跟任何人談過。當時我推掉所有事，發郵件，留下訊息，避開所有人。我的心跳笨拙而有力地急促跳動，彷彿不滿我在它這麼痛的時候還要它工作。「哈維在嗎？如果有房子，我想了解一下。」

「我去叫他。」她說，聲音消失了一陣子。我能感覺到她在自家走動，當她再次說話時，聲音相當溫柔。「妳到底怎麼了，孩子？妳去哪了？」

「我想我在愛爾蘭迷路了。」我低聲說。

「哼。」她嘟囔道：「下次妳迷路前，麻煩先通知一下我們夫婦好嗎？」她又恢復了直率的本性，接著把電話遞給哈維。

兩天後，哈維和芭芭拉飛來愛爾蘭。哈維帶來歐文所有的個人文件、我們的家族紀錄和文件——出生證明、入籍和醫療紀錄、契據、遺囑和財務報表。他甚至帶來歐文書桌抽屜裡一盒未寄出的信件，說明歐文堅持要我收下。歐文指定我為史密斯－加拉赫家族信託的執行人——一個我毫不知情的信託——而我是唯一的受益人。加瓦戈里和四周的土地產權都包含在這個信託裡。托馬斯是一位非常富有的人，他讓歐文成為一位非常富有的人，而歐文把一切都留給我。我願意放棄一切，只要能和他們之中任何一人多待一天。

加瓦戈里現在屬於我，我迫切想要回去，但一想到要獨自住在那裡就不寒而慄。

「我都聯絡好了。」哈維說，查看手錶，然後掃了一眼清單。「我們中午要跟管理員見面。妳可以去那片地產走一走，那裡很大。安，我從不明白歐文為什麼這麼執著於它，那不是一塊賺錢的地方，他本人也從未去過。事實上，他根本不想談論它。但他不肯賣。不過……他沒規定妳不能。我安排了一位估價師和一位房地產經紀人在那裡和我們碰面，這樣妳能知道它值多少錢，給妳更多選擇。」

「我要自己去。」我低聲說，沒有多說。無論如何我都不會賣掉那棟房子。

「爲什麼？」他詫異地問。

「沒什麼。」

哈維嘆了口氣，芭芭拉則咬著唇。他們在擔心我，但我不可能在有人陪同的情況下走遍加瓦戈里，一邊傾聽歐文的聲音，一邊尋找托馬斯，然後發現漫長的歲月橫亙在我們之間。我不能在有人旁觀的情況下回到加瓦戈里。如果芭芭拉和哈維擔心現在的我，當他們看到我在加瓦戈里的走廊上哭泣時，他們會更加憂心如焚。

「你先去見房地產經紀人和估價師，等你們辦完程序，我會去看房子。自己去。」我提議。

「那棟房子到底有什麼？歐文的反應跟妳一模一樣。」哈維抱怨道。

我沒有回答，我做不到。哈維嘆了口氣，用手爬梳過他那一頭白髮，環顧著大南方酒店人煙稀少的餐廳。

「我感覺自己像在該死的鐵達尼號上。」他嘟囔著。

我虛弱地笑了笑，想不到我還笑得出來，他們也很意外。

「妳和歐文之間有著不可思議的牽絆。」哈維低聲說：「他非常愛妳，以妳爲傲。當他告訴我他得了癌症時，我知道妳會崩潰。但妳現在讓我害怕，安。妳不僅僅是崩潰，妳是……妳是……」

他思索該怎麼說。

「妳迷失了。」芭芭拉接話。

「不，不是迷失，是失蹤了。」哈維反駁。

我們目光相遇，他伸手握住我的手。

「妳在哪裡，安？」他追問：「妳的靈魂就好像不見了，妳看起來如此空洞。」

我不僅是在爲我的爺爺哀悼，我也在爲過去那個小男孩哀悼，爲我曾經身爲他的母親而哀悼。爲我的丈夫，爲我的生活。我並不是空洞，而是溺水了。我仍停留在湖中。

「她需要時間，哈維，給她時間吧。」芭芭拉反駁。

「對。」我點頭附和。「我只是需要時間。」我需要時間帶我回去，帶我走。時間是我唯一渴望，也是唯一沒人能給我的事物。

「你是奧圖家的人嗎？」我詢問年輕的管理員。哈維和隨行人員已經先行開車離開了。管理員看上去不超過二十五歲，但他挺著肩、斜著頭的模樣讓我覺得他很像是奧圖家的後代。他自我介紹說他叫凱文．謝爾丹，但這個名字不適合他。

「是的，女士，我外曾祖父是羅伯特．奧圖。他長年在這裡擔任管理員。他去世後，我母親，也就是他的孫女——和我父親接手照料這個地方，現在輪到我了……只要妳需要我的話。」他臉色一沉，看樣子很在意我突然關心這個地產。

「羅比？」我問道。

「是的，大家都叫他羅比。我母親說我長得像他。我不知道這算不算讚美。他長得不怎麼樣——只有一隻眼睛——但他的家人很愛他。」他自嘲，大概是想讓我笑一笑他不特別顯赫的家族背景，但我目瞪口呆地看著他，震驚不已。他的確神似羅比，但羅比已經不在了，他們都不在了。

凱文一定是看出了我的難過，他留我一人四處閒晃，並向我保證，如果我需要他，他就在附近，還愉快地替我導覽說麥可．柯林斯曾多次下榻加瓦戈里。

我漫無目的地走了近一個小時，靜靜地穿過各個房間，尋找我的家人、我的生活，卻只找到零碎的片段，那些只存在於記憶中的時光低語和影子。每個房間都有一種空虛和期待的感覺在牽引著，每個房間中央都是一張特大號的新床，床上堆放枕頭和棉被，搭配更新過的窗簾。一、兩件原始的家具替房間添上一絲懷舊感——托馬斯的書桌和他的抽屜櫃、歐文的搖搖馬和放在高架上的「古董」玩具，以及布麗姬的梳妝台和維多利亞時代椅子，那張椅子用類似的花卉布料翻新過。我的留聲機和大衣櫃仍矗立在我過去的房間裡。我打開櫃門，凝視著裡面空蕩蕩的空間，回憶起托馬斯從萊昂斯百貨回家那天，買了一堆他認爲我會需要的物品。那一晚，我知道自己淪陷了，我就要失去自己的心。

廚房的橡木地板和櫥櫃仍保有原來的物件，但經過翻新後變得更加新穎光亮。莊嚴的樓梯和橡木欄杆依然存在，挺過長年的使用，顯得溫暖而可靠。護壁板和裝飾板條也都保存良好，牆壁重新粉刷，而流理檯面和家電都升級了，反映出時代的變遷。這裡聞起來有檸檬和家具清潔劑的味道。

我深吸一口氣，想從牆壁和木頭中找到托馬斯的氣息。但我聞不到他，感覺不到他。我用顫抖的雙腳走向他的書房，走向一整櫃他再也不會閱讀的書籍，然後在門口停住腳步。一個精雕細琢的橢圓畫框掛在牆上，那裡曾經有一個鐘擺，記錄著時光的流逝。

「加拉赫小姐？」羅比在門廳呼喚。不是羅比，是凱文。我想回應他，但我的聲音顫抖，哽咽著說不出話。我拚命擦拭眼淚，努力要鎮定下來，但徒勞無功。當凱文在書房找到我時，我指著上面那幅畫，無法自已。

「呃……這就是那位湖中女士的畫像。」他解釋，刻意不去看我的眼淚。「以一個有八十年歷史的鬼魂來說，她在這附近算是很有名。據說她只在加瓦戈里住過一小段時間，後來溺死在吉爾湖。她的丈夫非常悲痛，花了好幾年的時間畫她的畫像，這是他留下的其中一幅。很美，不是嗎？她是位美麗的女士。」他沒注意到我和畫中人的相似之處，證明人們的觀察力不是很敏銳，或者，現在的我並不特別漂亮。

「她再也沒有回來？」我低喃，聲音像個哭泣的孩子。吉姆．唐納利也說過同樣的話。

「不，小姐，她……呃，溺死了，再也回不來了。」他結結巴巴地說，遞給我一條手帕。我拿起手帕，急著想要止住淚水。

「小姐，您還好嗎？」

「這是很悲傷的故事。」我低聲說，轉身背對那幅畫。**她再也沒有回來**，我再也沒有回去。老天幫助我。

「是的，但那是很久以前的事了，小姐。」

我無法告訴他，對我來說那只是一個多星期前的事。

「柯恩先生說您最近失去了某人。我很抱歉，小姐。」他柔聲地說。

我點點頭，他在附近等待我心情平靜下來。

「我知道柯恩先生說了什麼，羅比，但我不會賣掉加瓦戈里。我要住在這裡，也希望還是由你來擔任管理員，往後要麻煩你了。我會幫你加薪，但我們不會出租房間，至少暫時不會……可以嗎？」

他點頭如搗蒜。

「我是個作家，安靜的地方對我來說比較好，但我一個人無法打理這個地方，我還有……一個孩子……即將出生，需要有人來打掃，偶爾煮頓飯，我經常忙於工作。」

「已經有人會在客人來時負責做飯和打掃，我相信她會很高興有份固定的工作。」

我點點頭，轉過身去。

「還有小姐，您剛叫我羅比，我的名字是……凱文。」他溫柔地說。

「凱文。」我低聲說：「對不起，凱文，我不會再忘記了。另外，請叫我安。我婚後的名字是安・史密斯。」

我又忘了，我一直把凱文叫成羅比。他總是小聲糾正我，但似乎並不怎麼在意。我就像一位客人，逐漸變成幽靈般，在走廊上飄忽來去，不打擾任何人或任何事。凱文很有耐心，大多數的時候都避開我。房子後方的穀倉被改造成住處，他沒有工作時就待在那裡，留我一人在大屋裡徘徊。他每天都會來看我，確認鎮上的女孩潔瑪有打掃屋子，裝滿冰箱。當我的東西從美國運來時，他協助我開箱，把我過去的房間改造成一個新辦公室。他對我寫的書感到驚艷，有各種不同語言版本、裝框的暢銷書排行榜和大小不同獎項。我知道他覺得我有點瘋狂，但我還是謝謝他。

我每天至少都會走進湖裡一次，吟誦葉慈的詩，懇求命運送我回去。我讓凱文去向吉姆・唐納利買一艘船——我不敢親自出面——然後划到湖中央。我在那裡待了一整天，想要重現穿越時光的那一刻。我期待濃霧會突然瀰漫，然而八月的陽光並不配合，美好的天氣在對我裝傻，風和水則沉默不語，佯裝無辜。無論我怎麼吟誦和憤怒，湖泊都拒絕了。甚至，我開始瘋狂地想著要怎麼弄到骨灰，但即便我現在悲痛欲絕，也意識到如果是骨灰起了作用，也因爲那是歐文的骨灰。

大約在住進加瓦戈里的六週後，一輛車穿越了在過去八十年間某個時候建造的大門，沿著車道前進，最後在房子前顚簸地停了下來。我坐在辦公室裡，假裝在工作，目光卻盯著窗外。我看著兩個女人從車裡下來，一個年輕，一個年長，朝著前門走來。

「羅比！」我大叫，隨即打住。他的名字叫凱文，他正在屋後的大草坪割草。潔瑪稍早來過又離開了。門鈴響起，我本想置之不理，不去應門。

但我認識她們。

是變老的梅芙．奧圖和朵姆赫鎭的蒂兒麗。不知出於何種原因，她們登門拜訪。當時在我需要幫助時，她們爲我抽出時間，我應該回報這個恩惠。我撫順頭髮，感謝老天今早讓我一時興起梳洗更衣，我不是每天都會這麼做。

然後我去應門了。

一九二二年七月十六日

安是對的，自由邦軍隊在六月二十八日清晨對四法院大樓開火，將野戰砲設置在戰略位置，瞄準反條約的共和派人士藏身的大樓，發射出高爆彈。對四法院下的最後通牒被忽略，阿麥別無選擇，只能發動攻擊，不然英國政府威脅要派軍隊來處理這個問題。沒人希望自由邦軍隊和英國軍隊並肩對抗共和派。共和派佔領的大樓，包括奧康內爾街和其他地方，同步都被封鎖，以防反條約部隊前去支援被圍困的四法院。但願共和派的人看到大砲出動，他們會屈服並且放棄。

這場戰爭持續了三天，最終以四法院的爆炸結束。這次的爆炸摧毀了珍貴的文件，結束了整個混亂的局面。就像安預測的一樣，好人們都死了。卡哈爾、布魯阿不肯投降。阿麥告訴我的時候哭了。他和卡哈爾、布魯阿大部分時間都意見不合，但卡哈爾是一位愛國者，阿麥最敬佩的就是愛國者。

今天，我站在被燒燬的四法院前，被盜走的彈藥不斷爆炸，消防員撲滅不了，只能讓火舌自行燃燒殆盡。我在想，整個愛爾蘭是否也得自行燃燒殆盡。銅質圓頂不見了，大樓只剩斷壁殘垣，這一切究竟是為了什麼？

五月份時，共和派和自由邦領導人之間達成協議，要將條約的最終決定推遲到選舉以及公布自由邦憲法之後。但協議還沒帶來正面變化就失敗了。阿麥說，白廳(注)得知這件事，並不喜歡推遲決定的聲音。風險太大，投入的成本太多，影響範圍過廣。不在條約內的北愛爾蘭六個郡已陷入流血混亂，因宗教引起的暴力事件到了令人難以置信的地步。天主教徒遭到屠殺，被迫逃離家園，每天都有新的孤兒產生。

我對這一切感到麻木，我也有自己的孤兒要擔心。歐文睡在我的床上，我走到哪他就跟到哪。布麗姬想安慰他，但他拒絕和她單獨相處。布麗姬的健康狀況正在惡化，壓力和失落導致每個人都失魂落魄。我不能帶著他時，奧圖太太會來照顧他。

阿麥在安失蹤後的第二個星期天打電話來，詢問她的近況，想尋求她的建議。我不得不告訴他她已經走了。他像我一樣失去理智，對著電話大喊，四個小時後，他搭乘防彈車過來。佛格斯和喬伊跟著他，隨時準備戰鬥。但我已經鬥志全失。當他要求解釋時，我抱著他痛哭，說出連恩的所作所為。

「哦，阿托，不。」他悲嘆。「不。」

「她走了，阿麥。她擔心你，寫了一封信藏起來，我猜她是打算給我或喬伊，希望我們能保護你。但布麗姬發現了信，她以為安要對付你。布麗姬告訴連恩，他把安拖到湖邊。羅比認為他打算殺了她，再把屍體藏在沼澤裡。羅比想阻止他。他開槍了，但為時已晚。」我沒說出全部真相，沒有提到連恩所有的罪行。我無法讓自己或安承受阿麥的不信任，也不想讓他背負著懷疑的重擔。

他一直陪我到隔天，兩人喝到酩酊大醉也沒能得到任何安慰，但我有短暫地忘了一切。離開時，佛格斯負責開車，一旁是喬伊，而宿醉的阿麥坐在後座。之後，我睡了十五個小時。我很感謝他給了我這個喘息的時間。

注 英國政府的主要行政區域，是英國政府的核心，因此「白廳」一詞也是英國中央政府的代名詞。

我不知道是不是阿麥下的命令，或者佛格斯認為連恩是危險份子直接動了手，在阿麥離開加瓦戈里三天後，連恩、加拉赫的屍體出現在斯萊戈的河邊。阿麥殺人講求實際且有原則，我親眼見過他對他的小隊咆哮，要是他們膽敢說要報復，他就要解除他們的職務。他的策略一直是要讓大不列顛屈服，而不是報復。只有一次，我懷疑阿麥是出於報復而殺人。一個愛爾蘭人被發現時已明顯身亡，他在復活節起義後向英國士兵舉報肖恩．麥克德莫特，阿麥看到了，他從沒忘記那次的背叛。

我們沒談起連恩．加拉赫的死，我們沒有談起很多事。布麗姬說安寫下刺殺的過程──她只能記得八月、花朵和去科克的旅行──那些紙都融解在湖中了。訊息量太少，阿麥也不想聽。他對安的死感到愧疚，這是他必須背負的另一個重擔，而我不管怎麼做也無法減輕。羅比也認為自己要負責，我們都堅信原本可以拯救她，我則沉浸在失去她的悲痛中，我們不約而同陷入自我厭惡。

上星期，伊蒙設陷阱時，在沼澤地發現一艘小紅船。船被沖上一處泥濘的岩棚。他把船拖回家，在座位底下找到一個奇怪的斜背包，裡面有個用軟木塞住的骨灰罐和一本皮革日記，兩樣東西都保存良好，未受自然因素損壞。他看了日記的第一頁，立刻發現這本書是我的。骨灰罐和斜背包一定是安的，我毫不懷疑。我把船放在穀倉，用繩子綁在橫梁上，不讓歐文碰到它，並給了伊蒙一筆費用，謝謝他把寶物帶來給我。

我不懂我放在書房櫃子高處的日記本，怎麼會出現在沼澤地裡的一個斜背包中，這是不可能的事，卻又千真萬確。我的日記沒有泛黃，皮革較為柔軟，但的的確確是我的日記。我左手拿著老舊的日記，右手拿著較新的那本，滿頭霧水又千頭萬緒，想要理出一個合理的解釋，卻徒勞無功。我把兩本日記放在書櫃上，想像要是能夠合而為一，就能恢復宇宙平衡和單一。但兩本書並排在一起，過去和現在，今天和明天，不因我有限的理解而改變。也許在某個時刻，這兩本存在於不同時空的書將再次合而為一，就像安的戒指一樣。

我每天沿著湖畔尋找她，我難以克制。歐文陪著我，不停地看向光滑的湖面。他問我他的媽媽是否在湖中，我告訴他不是。他問我，她是否像他的冒險故事一樣，穿越湖泊去了另一個地方。我說我相信她是的。他安心了。我想到安創作這些故事，可能是為了代替她來安慰歐文。

「你不會也離開吧，醫生？」歐文低聲說，握住我的手。「你不會消失在水中，留下我一個人？」

我向他保證我不會。

「說不定我們兩個可以一起去。」他沉思，抬頭看著我的臉，想要減輕我的痛苦。「也許我們可以坐那艘穀倉裡的船去找她。」

我大笑。幸好我有先見之明，把船放在他搆不到的地方。但我的笑聲沒有減輕心中的痛苦。

「不，歐文，我們沒辦法。」我溫柔地說，他沒有反駁。

即便我知道怎麼做，即便我們都可以跟隨她穿越湖泊進入另一個時空，我們也不能去。歐文必須在這個時代長大，並且有一個兒子在另一個時代長大，安才能存在。我能確定的是，有些事必須順其自然。歐文需要媽媽，但安更需要爺爺。他有我，安沒有任何人。所以歐文必須等，我承諾跟他一起等，即使這意味著我從此再也看不到她。

T、S、

第25章　愛的孤獨

山峰投下陰影，
月是細薄的號角。
我們在雜亂的荊棘下
記得了什麼？
渴望之後是恐懼，
我們的心被撕裂。

——W．B．葉慈

蒂兒麗揹著一個大帆布包，她緊張地抓著背帶，顯然不是自願站在我家門口。梅芙則是泰然自若，透過厚重的眼鏡，一瞬不瞬地盯著我看。

「凱文說妳總是叫他羅比。」她單刀直入地說。

蒂兒麗清了清嗓子，伸出手。「妳好，安。我是圖書館的蒂兒麗·法隆，記得嗎？妳見過梅芙了。因爲妳決定留下來，我們想正式歡迎妳來到朵姆赫鎮。我一開始沒發現妳就是那位作家安·加拉赫。我們圖書館裡有妳所有的書，妳的書還有借閱的等候名單呢。鎮上每個人都很興奮妳要住進我們這個小村莊。」她的每一句話都充滿熱情，但我感覺得到她非常緊張。

我快速握了握她的手，邀請兩人入內。「快請進。」

「我一直很喜歡這座莊園。」蒂兒麗興奮地說，視線掃過寬敞的樓梯和頭頂懸掛的巨大吊燈。「每年耶誕夜，管理員會對外開放房子，有舞蹈、故事和專爲孩子而來的耶誕老人。我在這裡得到初吻，就在槲寄生下。」

「我想在書房喝茶。」梅芙要求，沒等人邀請，便逕自穿過門廳，朝著分隔書房和門廳的法式大門走去。

「梅、梅芙。」蒂兒麗結巴地說，她沒想到老婦人會如此無禮。

「我沒有時間客套，蒂兒麗。」梅芙厲聲說：「我隨時會死，死前我還有重要的事要說。」

「沒關係，蒂兒麗。」我小聲表示：「梅芙很熟悉加瓦戈里，她想在書房喝茶，那就在書房喝茶。兩位請便，我去泡茶。」

我已經煮好一壺熱水，爲了舒緩噁心的感覺，我整天都在喝薄荷茶。斯萊戈的醫生說進入第十三週會好一點，但我現在已經懷孕將近二十週了，不適感一點也沒有減輕，我懷疑是心理因素。

潔瑪曾向我展示過茶具的位置——這是一套我曾確信自己永遠不會使用的茶具。我帶著兩個月來未曾有過的熱情擺好托盤，端著托盤進入書房找梅芙和蒂兒麗。原本以爲兩人會坐在那張矮茶几旁的椅子上，但她們卻站在肖像畫下，仰頭竊竊私語。

我把托盤放在桌上，清清嗓子。

「喝茶嗎？」我說。

兩人不約而同看向我，蒂兒麗有些尷尬，梅芙則一臉得意。

「我說得沒錯吧，蒂兒麗？」梅芙得意洋洋地說。

蒂兒麗看看我又看看畫像，瞪大眼睛。「實是太像……我服了妳了，梅芙．奧圖。」

「喝茶嗎？」我又問了一遍，坐下來，將餐巾鋪在腿上，等待兩位女士加入我。蒂兒麗立刻離開畫像，但梅芙沒有動作，她的目光掃過書櫃，彷彿在尋找什麼東西。

「安？」她若有所思。

「什麼事？」

「這間書房曾經有一整排醫生的日記，妳知道這些日記在哪嗎？我的視力已經大不如前了。」

我站起身，心跳加速，走到她身旁。

「那些日記本來在書櫃最上層，我每星期至少會打掃一次，就這樣打掃了六年。」她高舉手杖去敲打她能搆到的書櫃最高處。「在那裡，妳看到了嗎？」

「我得爬梯子才行，梅芙。」書櫃有一個可以左右滑動的梯子，但自從搬到加瓦戈里以來，我不覺得有爬上去的必要。

「那妳還在等什麼？」梅芙不耐煩地說。

「老天，梅芙。」蒂兒麗嘟囔道：「妳太無禮了，快來坐下喝妳的茶，免得這位可憐的女士把妳從她家裡趕出去。」

梅芙哼了一聲，聽話地轉身離開書櫃坐下來。我跟著她回到茶几旁，心裡惦記著書櫃最上層的那些日記。蒂兒麗一邊倒茶一邊問我是否喜歡莊園、湖泊、天氣、一個人的生活。我簡短而客套地回答，大多不著邊際。

梅芙就著杯口嗤之以鼻，蒂兒麗投以警告的目光。

我放下杯子。「梅芙，有話可以直說，妳來找我是有理由的吧。」

「她認爲妳就是畫像裡的人。」蒂兒麗連忙解釋。「自從有消息指出妳住在加瓦戈里，她就一直吵著要我帶她來這裡。請妳諒解……傳出又有女人溺死在湖裡，居然還同名同姓，全村難免議論紛紛，妳可以想像這造成多大的騷動。」

「凱文說妳叫安·史密斯。」梅芙打岔。

「妳是凱文的曾——」我停下來計算過了幾代。「他是妳的外甥曾孫？」我問。

「對，他很擔心妳。他說妳懷孕了。孩子的爸呢？他覺得孩子沒有爸爸。」

「梅芙！那不關妳的事。」蒂兒麗驚呼。

「我不在乎她有沒有結婚，蒂兒麗。」梅芙厲聲說：「我只想聽故事，我不想再聽那些閒言閒語。我要知道眞相。」

「托馬斯·史密斯後來怎麼樣了，梅芙？」我也有問題要問。「妳和我從沒談起他。」

「托馬斯·史密斯是誰？」蒂兒麗喝了口茶後問。

「畫這幅肖像的人。」梅芙說：「也是我年輕時，擁有加瓦戈里莊園的醫生。我十七歲時，通過所有會計考試後，離開莊園去了倫敦，在一家肯辛頓儲蓄和貸款機構工作。那是一段美好的時光。醫生支付了我的學費和第一年的食宿。不只我，還有每個人。奧圖家的每一個人都非常尊敬他。」

「他怎麼了，梅芙？他也在巴林納加村嗎？」我問道，同時做好心理準備。搖晃的杯子不停碰撞茶碟，我倏地放下它們。

「不，歐文在一九三三年離開加瓦戈里，醫生也走了。據我所知，兩個人都再也沒有回來過。」

「歐文又是誰？」可憐的蒂兒麗努力跟上我們的話題。

「是我爺爺，歐文．加拉赫。」我補充道：「他在加瓦戈里長大。」

「所以妳和畫中的女人有親戚關係！」蒂兒麗開心地說，謎團解開了。

「是的。」我點點頭，非常近的關係。

梅芙不接受這種解釋。「妳跟凱文說妳叫安．史密斯。」她緊咬不放。

「她是知名作家，梅芙！她當然有別名。」蒂兒麗笑了。「不過我必須說，安．史密斯這個名字並不是特別有創意。」她又笑了，但看到梅芙和我沒有跟著她一起笑，於是連忙一口氣喝完茶，臉頰通紅。「我帶了些東西給妳，安。」她急忙說：「記得我之前提到的那些書嗎？那位同名作家？我想妳可能會想要收藏一套，特別是寶寶出生之後。」她又臉紅了。「這些書眞的很有趣。」

她打開放在椅子旁的大袋子。

她從袋裡拿出一疊全新的童書，每本都是閃亮的黑色長方型，封面上有一艘紅色小帆船在月光下穿越湖面，上方是托馬斯手寫的「**歐文．加拉赫的冒險**」，底部以白色字體印著書名。

「我最喜歡的是和麥可．柯林斯的冒險。」說著，蒂兒麗從那疊書中找出它。我一定是呻吟出聲了，因為她的目光立刻投向我，梅芙則嘆了口氣。

「妳這個傻瓜，蒂兒麗。」梅芙碎唸。「那些書是安．加拉赫．史密斯寫的。」梅芙指著我的肖像畫。「畫中的女人，溺死在湖中的女人，托馬斯．史密斯的妻子，以及寫那些童書的女人，都是同一個人。」

「可是……這些書是去年春天出版的，為了紀念復活節起義八十五週年而捐贈的。愛爾蘭每間圖書館都收到一箱。這是怎麼回事？」

「我可以看看它們嗎？」我輕聲說。蒂兒麗恭敬地把書放在我的腿上，看著我用顫抖的手翻閱它們。一共有八本，就跟我記憶中的一樣。

「作者安．加拉赫．史密斯，繪圖托馬斯．史密斯醫生。」我讀著，用拇指輕輕滑過我們的名字。這部分是新的。我打開第一本書的封面，唸出獻詞：**為了紀念一段神奇的時光**。獻詞下面寫著「由歐文．加拉赫捐贈」。

以光面厚紙印刷，機器裝訂，但每一幅圖和每一頁，從封面到最後一行，都與原作如出一轍。

「是我爺爺，這些是他的書，他沒有告訴我……沒有給我看。我什麼都不知道。」我低沉地說，感到深深的驚訝和感動。

「這一套是給妳的禮物，希望沒有帶給妳不安。」蒂兒麗強調。

「不。」我哽咽地說：「不是的，我只是……太驚喜了。這些書很棒，請原諒我。」

梅芙看起來好像被風吹傻了般，說話不再尖酸，也不再咄咄逼人。我有一種感覺，她知道我是誰，也知道逼我承認沒有任何意義。

「我們愛安。」梅芙喃喃地說，嘴唇開始顫抖。「有些人會說閒話，有些人在她……死後，說了很多難聽的話。但奧圖家愛她，羅比愛她，我愛她。當她離開後，我們都非常想念她。」

我用餐巾布擦擦眼睛，說不出話來。我注意到蒂兒麗也在擦眼睛。

梅芙站了起來，拄著拐杖，朝門口走去。這一趟拜訪結束了。蒂兒麗連忙站起，一邊抽泣著，一邊爲在我的餐巾布上留下睫毛膏而道歉。我小心翼翼地把書放在架子上，跟上兩人的腳步，情緒激動到有些腿軟。

梅芙在門口逗留了一下，讓蒂兒麗先走。

「如果他的日記還在書櫃頂層，它們會把妳需要知道的事告訴妳，安。」梅芙說：「托馬斯·史密斯是一位了不起的人。妳應該寫一本關於他的書。別害怕回到巴林納加村，死者能教給我們很多事，我已經挑好自己的墓地。」

我點了點頭，情緒再次激動。我渴望有一天，我的痛苦和眼淚將不再如此容易湧上。

「妳會來看我吧？」梅芙嘀咕著。「我所有的朋友都死了，我再也不能開車，而且也不能在蒂兒麗面前想說什麼就說什麼。她會把我送到精神病院，我不想最後的日子被關在那邊。」

「我會去看妳，梅芙。」我含淚笑著說，我是認眞的。

我無法立刻面對書櫃的最頂層。我等了好幾天，在書房徘徊然後又退了出去。我環抱自己，勉強穩住自己的情緒。自從離開一九二二年以來，我一直站在懸崖邊緣，前後左右動彈不得。因爲害怕墜落，我無法入眠，也不敢大口呼吸。我在靜止中存在著，應對著。

凱文在書房找到我，我正緊抓著梯子，但沒有爬上去，也沒有移動。我的眼睛死盯著書櫃最頂層。

「安，需要幫忙嗎？」他問道。他仍然不習慣直呼我的名字，他叫我名字時的猶豫讓我感覺自己跟梅芙一樣老，與他相隔了六十年的歲月，而不是六年。

我小心翼翼地從梯子上退開，仍堅定地站在我的懸崖邊。「可以幫我看看最上面有沒有日記嗎？」我指了指。「也許你可以把它們遞給我。」我能聽見腦中沙沙沙的碎石子聲。我站得太靠近邊緣了。我閉上眼睛，輕輕呼吸，試圖讓自己保持冷靜。

我聽到凱文在爬梯子，每踏一步，梯子的橫板就發出抗議的聲音。

「這裡確實有日記，看起來有六、七本。」

「你能不能打開一本，唸一下頁面上方的日期……拜託。」我喘著氣說。

「好的。」他說，我聽出他語帶保留，然後是窸窣的翻頁聲。「這本寫的是一九二八年二月四日……嗯，看起來是從二八年開始，一直到……」又是窸窣的翻頁聲。「一九三三年六月結束。」

「你能唸給我聽嗎？隨便哪一頁都可以。」

「這頁寫的是一九三〇年九月二十七日。」凱文說。

歐文長得很高，他的手腳和我的一樣大，上週我抓到他在嘗試刮鬍子，最後我給他上了一課。我們兩人站在鏡子前，打著赤膊，臉上抹著刮鬍泡，手裡拿著刮鬍刀。還得再過一段時間——很長的一段時間——他才需要天天刮鬍子，但他現在基本上學會了刮鬍子。我告訴他，他媽媽以前常常偷我的刮鬍刀來刮腿毛。話一出口，他和我都尷尬了。對一個十五歲的男孩來說，這種細節太親密，而我一時不由自主地想起了她。

八年多了，我仍能感覺到安光滑的肌膚，閉上眼睛時仍然看到它。

凱文停了下來。

「唸點別的。」我低聲說。

他翻了幾頁，又開始唸。

如果安還在，我們的孩子現在已經十歲了。歐文和我不像以前那樣常常聊起安。但我相信我們比以往更加想念她。歐文計劃去美國上醫學院，滿腦子都是布魯克林。布魯克林、棒球和康尼島。當他離開時，我也會跟著過去。我對窗戶外的景致失去了興趣，如果餘生都要獨自一個人，那我寧願去看世界，也不願坐在這裡盯著湖泊，等待安回家。

「能給我嗎？」我打斷他，我需要抱著那本日記，就像抱著我的托馬斯。

凱文彎下腰，手指捏著書本。我接過來，湊近鼻子並拚命吸氣，試圖在頁面中找到托馬斯的氣味，卻猛地打了個噴嚏。出乎意料的是，凱文笑了出來。

「我得告訴潔瑪，她打掃得不太乾淨。」他說。他的笑聲舒緩了我胸口的緊繃。我把書放在一旁，打算等等再來看。

「你能再打開一本嗎？拜託了。」我請求。

「好的，我看看喔……這一本是從，呃，一九二二年到一九二八年。這些日記好像是按順序排列的。」

我的肺劇烈起伏，我的雙手開始發麻。

「要我唸一下這本嗎？」

我不要，我做不到。但最後我還是點了點頭，像玩俄羅斯轉盤一樣賭上自己的心。

凱文打開日記，跳過前面的部分，他的手指輕輕劃過托馬斯的人生頁面。

「這一篇比較短。一九二二年八月十六日。」凱文開始唸，他的愛爾蘭口音完美地詮釋了這一則令人心碎的紀錄。

國內情勢惡化，阿麥和臨時政府的成員面臨威脅，隨時可能被狙擊手射殺或在街上被槍殺。沒有人再上屋頂抽菸，在都柏林時，沒有人會回家。他們所有人——臨時政府的八名成員——都住在被自由邦軍隊包圍的政府大樓裡。他們是一群遊走在危險邊緣的年輕人，唯一的資深成員亞瑟．格里菲斯於八月十二日腦溢血過世。他走了，我們失去了他。他臥病在床，卻仍努力履行他的職責。他找到了唯一能讓他休息的方式。

阿麥得知亞瑟去世的消息時，人正在凱里。他立刻中斷在南部的巡視行程，前去參加告別式。今天，我在都柏林遇見他，看著他走在告別式隊伍前方，自由邦軍隊跟在他後面，每一張臉都寫滿悲傷。我在墓地旁與他站了一會兒，低頭凝視著那個埋葬他朋友遺體的坑洞，我們都各自沉浸在自己的思緒中。

「阿托，你覺得我能活下來嗎？」他問我。

「要是你死了，我永遠不會原諒你。」我回答。我很害怕，現在是八月，安留下的信裡，布麗姬只記得八月。八月、科克和花朵。

「你會的，就像你原諒了安一樣。」

我曾要求他不要提起她的名字。我無法忍受，這會讓她的缺席變得太過真實，也彷彿在嘲笑我心底的希冀——希望有一天我能再次見到她。但阿麥忘記了，他有太多事要記得，壓力正嚴重影響他的身心，當我追問他時，他對我撒謊。他動作變慢了，眼神黯淡，但也許我看到的是我自己的痛苦和恐懼。

他堅持要繼續他的南部巡視之旅，並前往科克。他要和該地引起混亂的關鍵人物見面，說要一勞永逸地結束這場血腥衝突。「為了亞瑟和安，以及每一個按照我的指令行動，而被吊在繩子上或遭到槍決的年輕人。」但科克已經是共和派反抗運動的溫床，鐵路被毀，東倒西歪的路樹阻礙了道路，無法順利通行，到處都設置了地雷。

我懇求他別去。

「他們是我的人民，阿托。」他對我咆哮。「我走遍愛爾蘭，但是沒有人試圖阻止我。看在上帝的份上，我想回家。我想回克洛納基爾蒂鎮，坐在四方酒吧的凳子上，和我的朋友們喝一杯。」

我告訴他，如果他要去，我會跟著他一起去。

話語迴盪在書房。凱文和我都沉默不語，想起那些成就不凡卻中途殞落的人們。

「真是不可思議。」凱文驚嘆道：「我對亞瑟・格里菲斯和麥可・柯林斯是有一點了解，但顯然還不夠多。安，妳要我繼續唸嗎？」

「不了。」我輕聲說，心如刀割。「我知道接下來的發展。」

他把書冊遞給我，我把它放在一旁。

「這一本破舊很多。」凱文看著另一本日記沉思。「嗯……它是上一本。」說著，他翻動頁面。「從一九一六年五月開始，結束於……」他翻過頁。「看起來是用一首詩結束的，但最後一篇是在一九二二年四月十六日。」

「唸那首詩。」我喘著氣說。

「嗯，好的。」他尷尬地清了清嗓子。

我從水中救起妳，安置在我的床上，一個孤獨的迷途女兒，來自一個還未消逝的過去。

我震驚地盯著他，不發一語。他接著唸，臉頰像歐文的頭髮一樣紅，而隨著他唸出的每一個字，我感覺到風在我腦中咆哮，湖水在我皮膚底下聚集。

親愛的，別靠近水邊，遠離岸邊和海洋，親愛的，妳無法行走水面，湖水會將妳帶離我身邊。

我不再踩在懸崖邊緣。我坐在托馬斯的書桌上，感到頭昏目眩。

「安？妳也要這一本嗎？」凱文問道。

我呆愣地點點頭，他爬下來，右手緊抓著那本書。

「我能看一下嗎？」我輕聲說。

凱文把日記放在我手上，擔心我的狀況，在我身邊徘徊不去。

「我以為這本日記不見了……遺失在湖中。」我喘著氣，輕撫日記。「我……我不明白。」

「可能不是同一本？」凱文說。

「不是的，就是這一本……那些日期……我知道那首詩。」我把書還給他。「我不能看。我知道你不能理解，但能請你唸第一篇給我聽嗎？」

他接過書，當他翻動頁面時，幾張照片飄落到地上，他彎腰撿起照片，好奇地看了看。

「這是加瓦戈里。照片看起來有一百年的歷史了，但沒有太大變化。」他說，把照片遞給我。這是我那天在圖書館給蒂兒麗看的照片，是我划船到湖中央向歐文告別前，夾在日記本裡的那張照片。同一張照片，但又老了八十年的歲月。

「這張不是加瓦戈里。」凱文輕聲說，目光被下一張照片吸引。他先是瞪大眼，然後瞇起眼睛，抬頭對上我的視線。「這個女人跟妳長得好像，安。」

那是我和托馬斯在格雷沙姆酒店拍的照片，沒有肢體接觸，卻又清楚意識到彼此的存在。他面向我——他的下巴線條，他的顴骨，他鼻子下方嘴唇的柔軟。

我的照片當時在湖中倖存下來。日記也是。但我沒有。

一九二三年八月二十八日

二十一日一早我們出發前往科克，阿麥在下樓時絆了一下，掉出的手槍走火，槍聲響徹整棟屋子，增加我內心不祥的預感。我看到喬伊、奧萊里站在窗邊目送我們離開。他和我們所有人一樣，都懇求阿麥不要去科克。我知道有我陪著阿麥會讓他感到安心一點，但我在戰爭中的價值通常是在結束後。我的戰爭故事都是關於手術的。

一開始進展得還不錯，我們先是停留在庫拉軍營（注1）讓阿麥進行視察，之後則去了利默里克和馬洛，阿麥想參加軍隊舞會。舞會上，神父當著他的面叫他叛徒，我的背則被潑了一杯啤酒。阿麥不以為意，我則帶著濕答答的屁股喝完我的威士忌。當我們抵達科克的酒店時，負責守衛大廳的人睡著了，阿麥對此不太高興，一手一個，抓起男孩的頭互撞。如果是在一年前的都柏林沃恩酒店，他會感到有生命危險，立刻掉頭走人。但這次他似乎並不特別在意，一頭倒在枕頭上就睡著了。我坐在門前的椅子上打盹，大腿上放著阿麥的左輪手槍。

也許是因為我累了，也或許是自從安失蹤以來，我始終走不出悲傷的氛圍，隔天的展開感覺就像一部電影，既不自然也不真實，沒有生活的色彩和背景。一早，阿麥去見了親朋好友，直到傍晚我們才動身前往馬克魯姆城堡。我沒有陪他進去，而是和負責護送阿麥的小型車隊一起在庭院裡等待——有來自阿麥小隊的肖恩、奧康內爾和喬、朵蘭，以及清除路障的十二名士兵和額外人手。

我們在班登鎮附近遇到問題，大巴士兩次過熱，防彈車在一個山坡上熄火。麻煩接二連三，清掉了樹木，發現下面是壕溝。繞路的結果是迷路了，我們和車隊分散，向人問路，總算趕在最後一個預定行程之前和車隊會合，通過一個叫花口村（注2）的小村落，準備前往克魯克斯敦小鎮。

坑坑巴巴的小路更適合馬和馬車，而不是車隊。一邊是起伏的小山丘，另一邊是樹籬，陽光漸漸消失，一輛缺了輪子的啤酒運輸車翻倒在路中央，運輸車的驢子在不遠處平靜地吃草。車隊減速，大巴士為了避開路上的障礙物而駛入溝渠。

一聲槍響傳出，肖恩、奧康內爾大喊：「快開車！有埋伏！」

但阿麥讓司機停車。

他拿起步槍，從車門滾出來，迫不急待加入戰鬥。我跟著他，有人跟著我。左方彈如雨下，阿麥躲在防彈車後高喊。我們蹲在車後好幾分鐘，用自己的武器對抗連續射擊的維克斯機槍。

雙方持續交火，四周一片槍林彈雨。我們有火力優勢，但他們佔據地理優勢。阿麥不肯低下頭，我一直把他拉回地面，他一直站起來。一瞬間，槍聲平息了，只剩下我們耳裡的嗡鳴聲和腦中的迴響，我不由得燃起一絲希望。

「出現了！他們沿著馬路跑上來了！」阿麥大吼，站起身以便更容易射擊那些衝上山的埋伏者。原本躲在車後的他跑出去，我立刻追上，大喊他的名字。一聲清脆尖銳的槍聲劃破空氣，阿麥倒了下去。

他面朝下躺在路中央，頭骨底部有一個大洞。我跑向他，肖恩、奧康內爾跟在我後面，我們抓

注1 庫拉軍營（Curragh barracks），愛爾蘭最大和最重要的軍事訓練場之一。

注2 花口村（Béal na mBláth），愛爾蘭科克郡的一個小村莊。

住他的腳踝把他拖回車後面。我跪下來，撕扯自己的襯衫鈕扣，我需要止血的布。有人在懺悔祈禱，有人暴跳如雷，有人則追過去對槍手開火。我把襯衫壓在他的後腦杓，將他翻過身。他雙眼閉著，年輕的臉龐平靜祥和。

夜幕降臨，大塊頭走了。

我抱起他，他的頭靠在我的胸前。我把他橫放在座位上，開車返回科克。我不是唯一在哭的人。我們停下來，用水清洗他臉上的血跡，難以置信地看著周遭陌生的環境，我們又迷路了。我們被困在一座煉獄迷宮，到處是倒下的樹木、被炸毀的橋梁和鐵路平交道。我們漫無目的地摸黑開車，中途停在一間教堂前尋求幫助和方向。神父走近車子，在幾呎外的地方看到阿麥靠在我血跡斑斑的胸口上，立刻轉身跑回教堂。有人大叫要他回來，不然就要開槍了。槍枝開火，幸好神父沒有倒下。也許是我們誤會了他，但我們沒有等他回來。

我沒印象我們到底是怎麼回到科克，只知道我們總算抵達，在兩名科克市民巡邏隊員的帶領下，前往沙納基爾醫院。醫院搬走阿麥的遺體，留下渾身沾滿阿麥鮮血的我們，被困在世界上本應最愛他的角落。他是那麼相信他們是他的人民。

一份電報被發送出去，警告倫敦，通知都柏林，告知世界，麥可、柯林斯在亞瑟、格里菲斯下葬的一個星期後被暗殺。他的遺體從潘羅斯碼頭搭船運往鄧萊里。他們不讓我跟著，我改坐火車，車上擠滿了人，聊著他的去世、愛爾蘭的損失，然後是帽子、天氣和鄰居的壞習慣。我感到火冒三丈，激動莫名，不得不在下一站下車。

我沒辦法融入人群，但也不想獨自一人。我花了兩天才回到都柏林。

他今天被下葬在格拉斯涅文公墓，我和吉羅德、奧沙利文、湯姆、卡倫、喬伊、奧萊里一起在哀悼行列中。他們對他的愛於我是一種慰藉，我不必獨自承擔他的記憶。我要賣掉都柏林的房子，今天之後，我不想再回來了。

我要回到歐文身邊，回到我的小男孩那裡。愛爾蘭奪走了所有人，我已經沒什麼可以再為愛爾蘭付出了。

T、S、

第26章　年少的老男人

她的微笑使我蛻變，
使我變得笨拙。
我漫無目的徘徊，
思緒比月亮升起時的星辰軌跡還要飄忽。

——W．B．葉慈

八月的最後一天，我回到巴林納加村，爬上教堂後面的山丘，上氣不接下氣，日漸脹大的腹部擠壓到肺部。我的醫生是一位在斯萊戈執業的資深婦產科醫生，而我的預產期在一月的第一週。第一次掛號時，護理師想根據最後一次月經週期來計算我的孕期，但我不能說是在一九二二年一月中旬左右，只能假裝不知道。我懷疑自己回到現代時已經懷孕大約十二週，第一次超音波檢查證實了我的猜測，儘管日期並不對應。就算是時光旅行，我仍需要懷胎九個月，而我還有四個月的時間。

我蹲在狄克蘭的墓前，輕撫墓碑，向他問好。刻在一旁的名字仍是安・芬尼根，沒有改變。我拔掉布麗姬墳地周圍的雜草。我沒辦法對她生氣，她被困在一個充滿欺騙和無解的困境中，這不是她的錯。她認爲自己在保護歐文和托馬斯。我的視線不斷飄向底部刻有史密斯名諱的石碑。它位於加拉赫家族墓地後面，是一道覆蓋著地衣的細長陰影。我深吸一口氣。梅芙不會搞錯，她說托馬斯並未葬在這裡。我走近它，跪下來，抬起目光看向石頭上的文字。

安・史密斯——一九二二年四月十六日——托馬斯之愛妻。

是我的墓地。

我沒有驚呼出聲，而是靜靜坐著，屏息凝視著他爲我豎立的紀念碑。它既不恐怖也不可怕，這是我們共同生活、彼此相愛的紀念。它證明了我曾經存在，我以前是，也永遠是……屬於他。

「哦，托馬斯。」我低喃，頭抵在冰冷的石頭上哭泣，但這些淚水是一種釋放，一種解脫，我沒打算忍住。他不在巴林納加村，不在風中，也不在草地上，但在這一刻，我感覺比過去幾個月更接近他。寶寶動了一下，我的肚子變緊了，包覆著一個見證過去的新生命。

我躺在石碑底部跟托馬斯說話，感覺就像他透過他的日記在與我對話。我向他聊起老梅芙和年輕的凱文，以及歐文出版了我們的故事。我告訴他寶寶如何成長，以及我爲何認爲是個女兒。我還考慮過名字和嬰兒房要粉刷的顏色。當太陽開始落下，我含淚告別，擦了擦眼睛，再次走下山坡。

我開始一點一點地閱讀日記，像凱文那樣隨機翻頁。我先讀了托馬斯最後一篇日記，讀完後有好幾天都無法再讀另外一篇。那篇的日期是一九三三年七月三日。彷彿飛蛾撲火般，我不斷重溫同一篇，感受到的痛苦幾乎也是一種喜悅。

歐文下週就滿十八歲了。我們去年預定好他的行程，食宿也都安排妥當。他被長島醫學院錄取，但他比大多數學生都年輕許多。我也幫自己買了一張機票，打算陪他一起去，幫他適應環境，看看他未來要走的街道和要待的地方。這樣當我想念他時，就能在腦海中描繪出他在新環境中的模樣。但他堅持要一個人去。他有時讓我想起阿麥，鐵一般的意志和柔軟的心。他向我保證會寫信給我，然後兩人都笑了。我一封信也不會收到吧。

在許多方面，我得到了超過一個父母所能期望的。我有小安的保證，知道他未來的日常生活和人生道路。我知道他是什麼樣的人，以及他將成為什麼樣的人。我們共度的時光已經結束，但歐文．加拉赫的冒險才剛剛開始。

我避開了部分日期的內容，我無法面對一九三三年。我不想閱讀麥可死亡的內容——我拯救不了他——也不想去看愛爾蘭領導階層持續在各方面潰敗。根據我之前的研究，在亞瑟．格里菲斯去世和麥可．柯林斯被暗殺後，局勢一如以往地劇烈失衡，臨時政府授予自由邦軍隊特別權力。在這些特別權力底下，廣爲人知的共和派人士紛紛被逮捕並處決，無法上訴。羅伯特．奇德斯是第一個被處決的人，但他不是最後一個。在七個月裡，七十七名共和派人士被自由邦軍隊逮捕並處決。愛爾蘭共和軍不甘示弱，開始殺害著名的自由邦人物。猶如鐘擺般來來回回，每一次都讓大地變成焦土。

我翻找一九二三年到一九三三年這幾年的日記，只要有關於歐文的隻字片語我都想看。托馬斯非常愛他，日記也圍繞著男孩展開。他替歐文的勝利開心，歐文的煩惱就是他的煩惱，像個父親一樣焦慮。在其中一篇日記裡，他寫到在診間抓到十六歲的歐文親吻米莉亞．麥修，擔心歐文會因此荒廢學業。

> 沒有什麼比戀愛和激情更令人陶醉的了，但米莉亞不適合歐文，現在也不是搞浪漫的時候。我勸歐文去跟米莉亞談一談而不是親吻她時，他有點生氣。吻可以愚弄一個男人，但深入的交談不會。他嗤之以鼻，嘲笑我的經驗。「你怎麼會知道呢，醫生？你從不跟女人說話，你絕對也沒有吻過她們。」他說。我提醒他，我曾愛過一個健談又擅長親吻的女人——一個讓我對其他人失去興趣的女人。我很清楚我在說什麼。一提到小安就會讓歐文陷入沉思，在那之後他沒再多說什麼。但今晚他敲了我的房門，我打開門時，他伸出雙臂擁抱我，我能感覺到他快哭了。我抱著他，直到他準備好放手。

之後我有好幾天不去碰日記。只是比起痛苦，我從中找到了更多的慰藉。每當太過思念被我留下來的托馬斯和小男孩時，我會翻著日記，回首他們過去的那些年，閱讀他們的成就和困難，喜悅和掙扎，看著兩人一起前行。

我找到一篇寫有布麗姬去世那天的日記。托馬斯下筆時帶著同情和寬恕。我很感激她最後不是孤獨一人。我讀到朵姆赫鎮的疾病和死亡，新的療法和醫學進展。托馬斯的日記有時像是病人紀錄，詳細記載了無數的疾病和療法。但他從未再寫過政治，就像已經從紛爭中脫離出來，而他早年提到的愛國心已被一個無黨派的靈魂所取代。當麥可被殺時，他身上的某些東西也一起死去了。他失去了對愛爾蘭的信仰，或者，他失去的是對人的信任。

在一九二七年七月的一篇日記中，托馬斯提到內政部長凱文．奧希金斯的暗殺。奧希金斯負責執行一九二二年的特別權力，引起極大的怨恨。暗殺發生在新政黨「芬納．法伊爾」（注）成立之後。這是艾蒙．戴．瓦勒拉和其他知名共和派系所組織的政黨，社會大眾普遍支持戴．瓦勒拉，而有人問托馬斯下一次的選舉會支持哪一個黨派時，他不公開選邊引來不少了候選人不滿，他們需要他的認可和資金。托馬斯的回答令我詫異，我屏息重讀這段文字。

> 有些路注定帶來痛苦，有些行為會奪走人的靈魂，讓他們從此彷徨失措，尋找失去的東西。因為政治，愛爾蘭有太多迷失的靈魂，我必須守住自己剩下的靈魂。

注 全名為芬納．法伊爾－共和黨（Fianna Fáil – The Republican Party），自新芬黨分裂出來的中間派系。原文的愛爾蘭語意為「命運的戰士」，支持愛爾蘭統一，但反對採取武力手段。

歐文去世那晚也說過前幾句話。我原本還在猜想歐文是否知道這些日記，是否了解那位撫養他長大的男人，此刻我已毫無懷疑。他離家時只帶走一本日記，但他已經全部都讀過了。

我先去看醫生，然後在斯萊戈幫梅芙買了一疊浪漫小說，和幾塊淡色小蛋糕。我沒有她的電話號碼，毫無預警地登門拜訪。她穿著皇家藍的襯衫、黃色長褲和豹紋拖鞋前來應門。她唇上的紫紅色口紅依然鮮豔，看到我喜出望外，卻佯裝惱怒。

「怎麼這麼久，丫頭！」她斥責。「上週我想走去加瓦戈里，然後多南神父把我拖回家。他以爲我有失憶症，哪裡知道我只是上了年紀，懶得講究禮節了。」

我跟著她進入屋子，一邊聽她喋喋不休，一邊用腳關上門。「看樣子妳也挺失禮的嘛，安・史密斯。我客客氣氣地邀請妳來看我，妳都沒來。那些是蛋糕嗎？」她嗅了嗅空氣。

「是的，我還帶了些書給妳。我記得很清楚，妳說妳喜歡很多章節的書。」

她睜大眼睛，下巴顫抖。「是的……我也記得。所以我們不用假裝了嗎？」

「再裝下去就不能聊過去了。我需要跟人談一談，梅芙。」

「我也是，丫頭。」她低喃。「我也是。妳先坐吧，我去泡些茶。」

我脫下外套，擺出蛋糕——每種都拿出一個，剩下的留在盒子裡讓梅芙之後慢慢品嚐。我把新書堆放在她的搖椅旁，然後在她的小桌子旁坐下。她拿著茶壺和兩個茶杯回來了。

「歐文堅持妳沒有死。他說妳只是在水中迷失了，大家都很擔心他，所以史密斯醫生刻了一塊墓碑，我們爲妳舉行了一個小型追悼會，算是爲大家帶來一些平靜和安慰。達比神父想把妳的名字從狄克蘭．加拉赫的墓碑上移除，但托馬斯堅持保留，並拒絕在新墓碑上刻上出生日期。醫生很固執，也很有錢——他捐了很多錢給教堂，所以達比神父就隨他了。

「歐文看到墓碑時大發脾氣，墓碑上的母親名字根本無法安慰他。托馬斯甚至沒留下來參加追悼會。他和歐文在外散步了很久，回來之後，歐文還在哭，但至少不再大吼大叫了，可憐的小傢伙。我不知道醫生對他說了什麼，但歐文從此不再說傻話了。」

我喝著茶，梅芙就著杯口對我微笑。「但他不是傻，對吧？」

「不。」托馬斯不會一五一十全告訴歐文，他會點到爲止——告訴歐文我的身分，以及他會再次看到我。

「我完全忘了安．史密斯，我甚至忘了醫生和歐文。最後一次看到他們是七十年前了，然後妳出現在我門口，我便想起來了。」

「妳想起什麼？」

「別裝了，丫頭。我不再是十二歲小孩，妳也不是這棟房子的女主人。」她往鋪有地毯的地板上用力跺了一下穿著拖鞋的腳。「我想起妳！」

她反應這麼激烈讓我覺得好笑，被記住的感覺眞好。

「我要知道一切，我想知道妳發生了什麼。以前和現在，還有別漏掉接吻的那些部分！」她怒吼。

我重新替自己的杯子倒滿茶，大口咬了一塊粉紅色糖霜糕點，開始訴說所有的事。

九月，一醒來就得知世貿中心倒塌了。我的城市遭受攻擊。我看著新聞報導，抱緊日漸隆起的肚子，想藉此保護著我尚未出世的孩子，想著從一個漩渦離開，又被丟入另一個。我的舊生活、我的街道、我的天際線，永遠改變了。幸好歐文沒有活在布魯克林見證這一切，幸好我不在那裡見證這一切。我的心無法承受更多的苦楚。

在飛機撞擊之前，芭芭拉有聽到飛機的聲音——它們從上空飛過時震動了整個辦事處。幾天後，她打電話給我，不斷強調她有多高興我在愛爾蘭是安全的。「這世界瘋了，安，瘋了，天翻地覆。我們都在努力維持生活。」我完全明白她的意思，但我的世界早已顛覆了好幾個月，而九月十一日只是增加另一種程度的難以置信。

芭芭拉不再只顧著擔心我或我的人生迷惘。而我躲在加瓦戈里的角落，無法承受和消化這次事件的巨大影響。就像芭芭拉說的，世界天翻地覆，但我早已在它傾斜之前就往下掉墜，所以我可以穩穩站住。我關掉電視，祈求我的城市原諒我，並祈求老天保佑我們所有人——包括我——不要迷失自我。

十月，我訂購了一張嬰兒床、一張換尿布台和一把要與舊橡木地板搭配的搖椅。兩週後，我決定要幫育兒室的地板鋪上地毯。這房子會有些冷，要是寶寶從床上滾到冰冷的木地板上就不好了。地毯鋪好，家具裝好，窗簾掛上，我告訴自己，我已經準備好了。

十一月，我認為育兒室的淡綠色牆壁加上白色條紋會很好看。白綠相間的條紋男女皆宜，而且會讓房間看起更活潑。我買了油漆和工具，但凱文認為懷孕的人不應該自己親自粉刷，硬是搶走我的工作。我抗議了一下，但沒有堅持，畢竟挺著這麼個大肚子去粉刷根本癡人說夢。我已經懷孕三十二週，無法想像肚子會變得更大或更不舒服，但我得找點事做。

這個星期，芭芭拉打電話詢問我下一本書的進度，我不得不承認現在的進度是零。我有一個故事，一個與眾不同的愛情故事，但我無法面對結局。我的文字交雜著痛苦和否定，每當我坐下來構思，最後總會變成凝視窗外，徘徊在昔日生活的泛黃頁面中尋找托馬斯。言語無法形容我的感受，有的只有急促的呼吸、賣力的心跳，以及分離的持續痛苦。

既然不能粉刷也不能寫作，我決定去散步。我披上一條粉紅色喀什米爾羊毛披肩，穿上一雙黑色雨靴，如此一來，踩進湖裡時就不會弄濕腳。我的頭髮在一片昏暗中飛舞，向光禿禿的樹枝和顫抖的樹木揮手。我不需要去壓平頭髮，而是任由頭髮垂散到腰部，纏繞上我的雙頰，反正沒人在乎。不會有人對我的黑色緊身褲多看一眼，或是對緊包住我胸部和孕肚的棉質上衣有任何意見。湖畔空無一人，沒有人會看到我。

西愛爾蘭正處於潮濕蕭條的秋末，陰鬱的霧氣貼著我的臉頰，瀰漫整座湖面，遮蔽了天空和海洋、浪花和沙灘，以及對岸的輪廓。我面對著湖泊，風吹動我的頭髮，我看著霧氣聚集成幽靈，在微弱的光線中變換。

我不再走進水中，不再划船遠離岸邊。湖水太過冰冷，我得考慮孩子，一個比我自己重要的生命。但我仍每天至少來這裡一次，向風傾訴心聲。霧氣朦朧了四周，宛如寧靜的世外桃源。唯一陪伴我的是湖水的拍打聲和靴子踩踏的嘎吱響音。

接著，我聽到口哨聲。

聲音停了一下子，然後再度出現，從遠處隱約飄來。唐納利的碼頭空無一人，他這一季已經關門不做生意了。他的窗戶透出光亮，一縷煙從煙囪裊裊升起，融入朦朧的天空。岸邊沒有任何動靜，口哨聲不是來自陸地，而是水中，就像是有個傻漁夫隱身在霧中。

聲音變得更清楚了，順著潮水飄來。我走向前，聆聽那個人吹完曲子，聲音斷斷續續，然後中斷了。我等著對方再吹一次，聲音沒再出現。我噘起嘴唇，接續哼下去。我的口哨聲輕柔，還帶點走音，而我認出了這個旋律。

他們不能忘記，他們永遠不會，風和浪仍然記得他。

「托馬斯？」

我之前曾呼喚過他，對著湖水大叫他的名字，直到聲嘶力竭，陷入絕望。如今，我再次呼喚。他的名字迴盪在空氣中，帶來希望，接著搖搖欲墜，像顆石頭沉入湖中。湖水緩緩低喃回應。

托——馬——斯，托——馬——斯。

船頭先是出現，而後在視線中時隱時現。湖泊在玩躲貓貓。它又來了，而且靠得更近。有人正穩定地划著船。船槳的擺動猶如低柔的呢喃，他的名字成了他的聲音。**伯爵——夫人，伯爵——夫人，伯爵——夫人。**

然後我看到他了。扁帽，寬闊的肩膀，花呢外套和淡色的眼睛。那雙淡藍色眼眸緊盯著我的眼睛。他難以置信地低聲叫出我的名字。小紅船破霧而出，朝岸邊靠近，近到我聽見船槳到摩擦沙礫的聲音。

「托馬斯？」

他站起身，宛如威尼斯的貢多拉船夫那樣划槳，我則跪在岩石岸邊呼喊他的名字。小船靠岸，他踏上堅實的地面，扔掉槳，摘下帽子緊抱在胸前，緊張得像是要上門求婚。他的黑髮參雜了幾根銀絲，眼角多了幾條細紋，但確確實實是托馬斯。

他猶豫了一下，咬緊牙關，眼神充滿懇求，彷彿不知該如何迎接我。我正想起身走向他，他一把衝過來抱起我，緊緊摟著，腹中的孩子被夾在我們兩人之間。他把臉埋在我的頭髮裡，在那一刻，我們都沒有說話。灼熱的肺和急促的心跳奪走了我們的聲音，剝奪了我們的感官。

「怎麼我失去了十一年，妳卻一點也沒有變老？」他埋首在我的髮間哭泣，悲喜交加。「這是我的孩子？還是我也失去了妳？」

「這是你的孩子，你永遠不會失去我。」我發誓，輕撫他的頭髮，摸了摸他的臉，我的手和我的心一樣狂喜。托馬斯緊緊抱住我，我能感受到他的每一道呼吸。但這並不夠，我發狂似地把他的臉拉近我，深怕還沒跟他吻別自己就醒來。

他是如此眞實，臉頰的粗糙感，嘴唇的壓迫感和他嘴裡的味道，都是那樣的熟悉。他吻著我，就像他第一次和之後的每一次一樣，傾注一切，毫無保留。然而，這次的吻帶著漫長分離和新希望的味道，隨著每一聲嘆息和流逝的分分秒秒，我開始相信有來世。

「妳留在愛爾蘭了。」他哽咽道，唇掠過我的臉頰，沿著我的鼻子下滑，越過我的下巴尖，他的手指托著我的臉。

「有個人說，當人們離開愛爾蘭，他們永遠不會回來。我無法忍受永遠不能回來，所以我留下了，而你待在歐文身邊。」我激動地說。

他點點頭，眼神溢滿情緒。淚水從我的臉上滑落，匯集在他的掌心裡。

「我陪著他，直到他說我該走了。」

一九三三年七月十二日，歐文十八歲生日的隔天，托馬斯從穀倉的橫梁放下那艘小紅船，帶上一個小行李箱，裡頭裝了一盒金幣、一套換洗衣物和幾張照片。他認爲他可能需要一些屬於我在二〇〇一年的東西來指引他，於是把我賣給凱力先生的鑽石耳墜放進口袋。他在我典當它們的隔天就贖回來了。他有原本裝著歐文骨灰的空罈，而他知道那天我在湖上吟誦的詩句，一首葉慈的詩，講述了精靈御風而行的故事。

但托馬斯認爲那些鑽石、塵埃和精靈的詩句並沒有派上用場，他只是搭了一趟順風車來到二〇〇一年。那艘船一回到湖上，就往家的方向航行，穿越時空，劃開水面，呼喚霧氣。歐文目送著它消失。

我們把船留在岸邊，船槳插在沙子裡，轉身離開了湖泊。托馬斯睁大眼睛，毫不畏懼。他一手拿著行李箱，戴上帽子。無論托馬斯以哪個年代爲家，我相信他都不會改變。他耐心等待了十一年兩個月又二十六天，擔心萬一我離開了，他就得在一個未知的世界裡，飄洋過海尋找我。如果眞的找到我了，說不定也能找到他未成年的兒子或女兒。倘若時間帶他去了意料之外的地方，他是否就會失去一切，重演妮芙和歐辛的傳說？

但他還是來了。

二〇〇一年十一月十三日

二〇〇一年十一月九日星期五是我抵達的日子。十一年兩個月又二十六天被壓縮成了一百三十四天，而安在一九二一到二二年的這十個月，則在她回來時被縮短成十天。想解開這個謎團，就像想解開宇宙誕生的奧祕一樣。我昨天在萊昂斯百貨公司花十分鐘研究一個孩子的玩具——沒想到這家店還在！這個能夠自由伸縮的玩具——安說這叫彈簧圈——讓我以全新的角度來思考時間。也許時間盤繞成一個不斷擴大（或收緊）的圓圈，一圈一圈層層相疊。我興致勃勃地張開雙臂拉長彈簧圈，然後又將它合攏在我的掌心之間。安堅持要買下來給我。

昨晚，我們躺在她華麗的床上時，我把對於時間和玩具的新理論告訴她。床很大，我們依然擠在一起睡覺。她背靠著我的胸膛，頭抵著我的下巴。我忍不住一直觸摸她。她也有同樣的不安全感，還得過一段時間，我們才能忍受任何形式的分開。當我在淋浴時——大量的熱水太舒服了——沒多久她就來了。她眼神羞澀、雙頰泛紅。

「我害怕……而且我不想一個人。」她說。她不需要解釋或道歉。她的存在讓我有了另一個發現，淋浴有各種令人愉悅的原因，但顯然熱水供應是有限的。

斯萊戈之旅讓我更加欣賞安。我無法想像當她一開始試著去探索一個新世界（和新衣服）時，內心有多不安和害怕，卻還得裝成是熟悉一切的人。我們最後買了一套和我以前非常相似的衣服。扁帽、白色鈕扣襯衫和長褲沒有退流行，吊帶褲和背心則過時了。但安說我適合這種風格，我可以穿任何我喜歡的衣服。我發現自己打扮得很老氣，但我就是一個老人——甚至比梅芙還要老，而梅芙倒是平靜地接受了。我們今天去拜訪她，談了好幾個小時，談到我錯過的那些年和現在已經離開的親愛之人。離開時，我擁抱了她，感謝她在過去和現在都是安的朋友。

安打算寫下我們的故事，我問她是否可以選擇自己角色的名字。她同意了，並希望我替我們的孩子取名。如果是男孩，我要叫他麥可．歐文。但女孩的名字就有點傷腦筋了，我不希望她的名字是為了紀念過去，她將是一個未來的女孩，就像她的母親一樣。安說，也許可以將她取名為妮芙。我笑了。妮芙是愛爾蘭最古老的名字之一，青春之地的公主。但說不定很適合她。

安比我記憶中更加美麗動人。我沒告訴她——我想沒有一個女性喜歡被拿來和過去的自己比較。她的頭髮非常亮麗，她在這裡可以輕鬆地駕馭它，它鬈曲得自然大方、無拘無束，就像安做愛時的模樣。她自嘲自己日益隆起的肚子和腫脹的胸部，走路還會搖搖晃晃看不到腳趾。但我就想這樣看著她。

我們明天早上要去都柏林，安說我們終於可以一起看遍整個愛爾蘭。在愛爾蘭的新面貌底下，我認出了古老的愛爾蘭。愛爾蘭沒有改變太多。當我凝望著湖泊和遠處的山嶺時，依然是原本的愛爾蘭。

都柏林對我來說可能比較困難。在阿麥去世後的十年裡，我幾乎不曾回去過。他似乎徘徊在每個角落，我不想去到沒有他的都柏林。我希望他現在能和我一起看看那座城市，我想知道如果他還活著，世界會是何種模樣。

在那之後，我們會去格拉斯涅文公墓看他。我會描述世界在各方面的進步，甚至是愛爾蘭。我會告訴他，我找到了我的小安。真希望能看到他的表情，他當時很難過她走了。我會告訴他，我找到了我的女孩，並請他保佑我的男孩。

歐文無所不在，他在風中，我無法解釋但毫不懷疑他就在這裡。安給我看了那些書——《歐文、加拉赫的冒險》——我翻頁的同時，感覺他就在我身邊。然後她遞給我一盒滿滿的信件，有好幾百封，歐文堅持要她收好。安說她從不明白他為何沒寄出去，這些信按十年分門別類，早期的信比較多，但在他漫長的人生中，每年至少會有兩封信，所有信都是寫給我的。他承諾會寫信，他真的做到了。

T、S、

（全書完）

作者的話

二〇一六年夏天，我對祖譜做了一點研究，然後前往愛爾蘭朵姆赫鎮，去看看外曾祖父馬丁·史密斯出生長大的地方。他年輕時移民到美國，奶奶說他參與了當地的愛爾蘭共和兄弟會，爲了不讓他惹上麻煩，所以父母將他送往美國。我不知道這是不是事實，因爲奶奶二〇〇一年就去世了，但他和麥可·柯林斯在同年出生，同樣經歷一個改革和革命的時期。

有一年，奶奶在聖派翠克節卡片的背面寫了一些關於她父親，也就是我外曾祖父的事情。我因此知道他的出生年份，而他母親的名字叫安·加拉赫，他父親是麥可·史密斯。這就是我所知道的全部。就像安一樣，我去朵姆赫鎮尋根，而我也確實找到了他們。

我的父母和姊姊和我一起踏上這次的旅程，第一次看到吉爾湖時，我熱血沸騰，激動到眼眶含淚。冥冥之中彷彿有人帶領著我們。蒂兒麗·法隆是眞實存在的朵姆赫鎮圖書館館員。圖書館從不讓人失望，她介紹我們到巴利莫爾的家譜中心，在那裡，我們得知可以去巴林納加墓園，墓園就位在一片田野中央的教堂後方。當我詢問如何找到那裡時，得到的答案是靠祈禱或停車問路，就像安在書中經歷的那樣。我永遠不會忘記自己走上遍地石頭的山坡，在其中找到自己家族的感覺。

我爺爺出生在一個叫加瓦戈里（Garvagh Glebe）的地方，但那個加瓦戈里並不是故事中的那座莊園，也不在吉爾湖旁，而是在朵姆赫鎮高處的小山坡上，遍布岩石，相當貧脊，是名副其實的

「蠻荒之地」，現在那裡有一座風力發電廠。我一看到那些大風車，便就決定了這本書的書名。《風知道的事》這本書的靈感來自這些事件，以及我素未謀面但感覺熟悉的祖先。

我不能以高祖父的名字（麥可・史密斯）爲主角命名，麥可・柯林斯是書中的核心人物，我不想要有兩個麥可，所以托馬斯・史密斯的名字是爲了紀念我的兩位愛爾蘭祖父——來自科克郡雅各哈的托馬斯・基夫，以及來自利特林郡朵姆赫的麥可・史密斯。另外，還有一個我無法確定的班農家族分支，也許會有另一本關於約翰・班農的書。

這本書有很強烈的奇幻色彩，但我也希望它是一部歷史小說。我對愛爾蘭研究得愈透徹，就愈感到迷惘。我不知道如何講述這個故事，甚至不知道該講哪個故事。我感覺自己就像安，她告訴歐文：「歷史沒有共識。我得要有內容。」歐文回答安：「別只顧著研究歷史，卻忽略了生活在這片土地上的人們。」這給了我希望和方向。

愛爾蘭擁有漫長且動盪的歷史，我無意在這個故事中重新審視它或指責任何人。我只想學習、理解並愛上愛爾蘭，同時邀請我的讀者也愛上愛爾蘭。在這個過程中，我沉浸在葉慈的詩句中，他走過我外曾祖父走過的街道，並寫下關於朵姆赫的詩篇。我也愛上了麥可・柯林斯。如果有人想更加了解他，我強烈推薦提姆・帕特・庫根（Tim Pat Coogan）的書《麥可・柯林斯》（*Michael Collins*），可以深入欣賞他的生活和他在愛爾蘭歷史中的地位。有很多描述他的文章和觀點，經過我一番研究之後，我依然敬畏那個致力於愛爾蘭獨立自由的年輕人。

當然，托馬斯・史密斯是一個虛構角色，但我認爲他體現出麥可・柯林斯在了解他的人當中，所激發出的那種友誼和忠誠。我盡可能融合事實和虛構，托馬斯和安遇到的許多事件和描述是實際發生過的。一九二一年八月在格雷沙姆酒店並沒有發生暗殺或縱火事件，那是虛構的，反映出的是那個時期麥可・柯林斯遭受到的生命威脅。麥可和托馬斯在檔案室度過的那個晚上是基於眞實事件，而同樣眞實存在的還有麥可的朋友們——湯姆・卡倫、喬伊・奧萊里、吉羅德・奧沙利文、莫亞・盧埃琳－戴維斯、凱瑟琳・奇爾南，以及其他歷史人物——康絲坦斯・馬凱維奇、亞瑟・格里菲斯、卡哈爾・布魯阿、艾蒙・戴・瓦勒拉、勞合・喬治等等。特倫斯・麥克斯溫利和他的姊姊瑪麗也是眞實存在，寫到他們時我盡量忠於史實。有些紀錄暗示麥可・柯林斯有一名保鑣——其中一則紀錄與加瓦戈里事件和沼澤的槍擊非常相似——但據我所知，他的名字不是佛格斯。布麗姬・麥克莫羅・加拉赫是以我的天祖母布麗姬・麥克納馬拉命名，她與肖恩・麥克德莫特母親的關係完全是虛構的。

爲了塡補歷史空白或推進故事，我會刻意誇大或加入不符史實的內容，但願各位讀完《風知道的事》後，會更加尊重那些先行者，並渴望世界變得更好。

特別感謝我的朋友，來自愛爾蘭盧斯克的艾瑪・可可蘭（Emma Corcoran），她站在愛爾蘭的視角爲這部小說提供了寶貴的意見。她幫助我確保了故事的眞實性和準確性，並在關鍵時刻協助我處理蓋爾語。同樣感謝潔拉汀・康明斯（Geraldine Cummins）的閱讀和熱情的回饋。

非常感謝我的朋友妮可・卡爾森（Nicole Karlson），一次次閱讀我的故事段落，給予我充滿鼓勵和讚美的長篇訊息。這一部很難寫的小說，她的熱情讓我無數次得以保持樂觀，努力前行。

感謝我的助理塔瑪拉・德包特（Tamara Debbaut），總是堅定不移地支持我，包攬下我無能爲力的事。如果沒有塔瑪拉・德包特，就不會有作家艾米・哈蒙。沒有她，我就一無是處了。

這裡不得不提到我的編輯卡蕾・懷特（Karey White），感謝她在我的經紀人和出版商看到手稿之前，費盡心思使其臻於完美。感謝我的經紀人珍妮・狄斯特爾（Jane Dystel），她對我的書具備信心，讓宏大的夢想得以實現。感謝聯合湖（Lake Union）出版團隊，特別是喬迪・沃肖（Jodi Warshaw）和珍娜・弗里（Jenna Free），她們熱情擁抱我的努力，並再次和我走完出版過程。

最後，我要永遠感謝我的父親，謝謝他給了我愛爾蘭，也謝謝我的丈夫給了我堅定的信念。謝謝我的孩子們，他們關心的不是我的書，而是提醒我生活中眞正重要的是什麼。我非常愛你們全部的人。

艾米・哈蒙

國家圖書館出版品預行編目資料

風知道的事 / 艾米・哈蒙（Amy Harmon）著；林小綠 譯. -- 初版. -- 臺北市：春光, 城邦文化出版：家庭傳媒城邦分公司發行, 2024.03
面； 公分
譯自：What the Wind Knows
ISBN 978-626-7282-55-7（平裝）

874.57 113000290

風知道的事

原書名 / What the Wind Knows
作者 / 艾米・哈蒙（Amy Harmon）
譯者 / 林小綠
企劃選書人 / 劉瑄
責任編輯 / 劉瑄

版權行政暨數位業務專員 / 陳玉鈴
資深版權專員 / 許儀盈
行銷企劃主任 / 陳姿億
業務協理 / 范光杰
總編輯 / 王雪莉
發行人 / 何飛鵬
法律顧問 / 元禾法律事務所 王子文律師
出版 / 春光出版
台北市 115 南港區昆陽街 16 號 4 樓
電話：(02) 2500-7008 傳眞：(02) 2502-7676
部落格：http://stareast.pixnet.net/blog E-mail：stareast_service@cite.com.tw
發行 / 英屬蓋曼群島商家庭傳媒股份有限公司城邦分公司
台北市 115 南港區昆陽街 16 號 8 樓
書虫客服服務專線：(02) 2500-7718 / (02) 2500-7719
24小時傳眞服務：(02) 2500-1990 / (02) 2500-1991
服務時間：週一至週五上午9:30～12:00，下午13:30～17:00
郵撥帳號：19863813 戶名：書虫股份有限公司
讀者服務信箱E-mail: service@readingclub.com.tw
歡迎光臨城邦讀書花園 網址：www.cite.com.tw
香港發行所 / 城邦（香港）出版集團有限公司
香港九龍土瓜灣土瓜灣道86號順聯工業大廈6樓A室
電話：(852) 2508-6231 傳眞：(852) 2578-9337
E-mail : hkcite@biznetvigator.com
馬新發行所 / 城邦（馬新）出版集團 Cite(M)Sdn. Bhd
41, Jalan Radin Anum, Bandar Baru Sri Petaling,
57000 Kuala Lumpur, Malaysia.
Tel: (603) 90563833 Fax:(603) 90576622 E-mail:cite@cite.com.my

封面設計 / 張巖
內頁排版 / HAMI
印刷 / 高典印刷有限公司

■ 2024 年 3 月 5 日初版 Printed in Taiwan

售價／480元

ISBN 978-626-7282-55-7

城邦讀書花園
www.cite.com.tw

廣 告 回
北區郵政管理登
台北廣字第00079
郵資已付，免貼

115 台北市南港區昆陽街 16 號 8 樓
英屬蓋曼群島商家庭傳媒股份有限公司
城邦分公司

請沿虛線對折，謝謝！

愛情 · 生活 · 心靈
閱讀春光，生命從此神采飛揚

春光出版

書號：OT1034　　書名：風知道的事

請於此處用膠水黏貼

讀者回函卡

您購買我們出版的書籍！請費心填寫此回函卡，我們將不定期寄上城邦集
新的出版訊息。亦可掃描QR CODE，填寫電子版回函卡

名：＿＿＿＿＿＿＿＿＿＿＿＿＿＿＿＿＿＿

別：□男　□女

日：西元＿＿＿＿＿＿年＿＿＿＿＿＿月＿＿＿＿＿＿日

址：＿＿＿＿＿＿＿＿＿＿＿＿＿＿＿＿＿＿＿＿＿＿

絡電話：＿＿＿＿＿＿＿＿＿＿＿＿ 傳真：＿＿＿＿＿＿＿＿＿＿＿＿

-mail：＿＿＿＿＿＿＿＿＿＿＿＿＿＿＿＿＿＿＿＿＿＿

職業：□1.學生 □2.軍公教 □3.服務 □4.金融 □5.製造 □6.資訊

□7.傳播 □8.自由業 □9.農漁牧 □10.家管 □11.退休

□12.其他＿＿＿＿＿＿＿＿＿＿＿＿＿＿＿＿＿＿＿＿

您從何種方式得知本書消息？

□1.書店 □2.網路 □3.報紙 □4.雜誌 □5.廣播 □6.電視

□7.親友推薦 □8.其他＿＿＿＿＿＿＿＿＿＿＿＿＿＿＿＿

您通常以何種方式購書？

□1.書店 □2.網路 □3.傳真訂購 □4.郵局劃撥 □5.其他＿＿＿＿＿

您喜歡閱讀哪些類別的書籍？

□1.財經商業 □2.自然科學 □3.歷史 □4.法律 □5.文學

□6.休閒旅遊 □7.小說 □8.人物傳記 □9.生活、勵志

□10.其他＿＿＿＿＿＿＿＿＿＿＿＿＿＿＿＿＿＿＿＿

請於此處用膠水黏貼